시간의 아르페지오

지은이

김진희 金眞禧 Kim Jin-hee

서울에서 태어나 이화여자대학교 국어국문학과를 졸업하고 동대학원에서 박사
학위를 받았다. 1996년 『세계일보』 신춘문예 평론 부문에 「출발과 경계로서의 모
더니즘-오규원론」이 당선되어 평론활동을 시작했다. 현재 이화여자대학교 이
화인문과학원 교수로 20세기 초 동아시아 비교문학 및 번역, 근대문예 잡지, 모더
니즘 및 초현실주의, 남북한 시문학사 등을 연구하고 있다. 저서로는 『생명과 시
의 모더니티』, 『근대문학의 장(場)과 시인의 선택』, 『회화로 읽는 1930년대 시문
학사』, 『한국 근대시의 과제와 문학사의 주체들』 등의 연구서와 『시에 관한 각서』,
『불우한, 불후의 노래』, 『기억의 수사학』, 『미래의 서정과 감각』 등의 평론집, 『김
억 평론선집』, 『모윤숙 시선』, 『노천명 시선』, 『한무숙 작품집』 등의 편서가 있다.
2014년 김달진문학상 비평부문 수상, 2016년 김준오 시학상을 수상했다.

시간의 아르페지오
초판인쇄 2023년 2월 28일 **초판발행** 2023년 3월 15일
지은이 김진희
펴낸이 박성모 **펴낸곳** 소명출판 **출판등록** 제1998-000017호
주소 서울시 서초구 사임당로14길 15 서광빌딩 2층
전화 02-585-7840 **팩스** 02-585-7848
전자우편 somyungbooks@daum.net **홈페이지** www.somyong.co.kr

값 32,000원
ISBN 979-11-5905-761-8 93810
ⓒ 소명출판, 2023

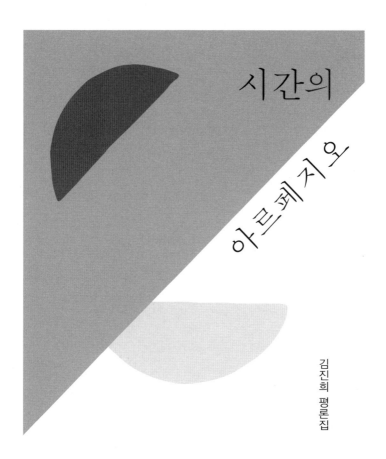

시간의

아르페지오

김진희 평론집

삶과 언어가 만드는 시간의 화음

오래전부터 시를 읽는 시간은 음악을 듣는 시간이기도 했다. 이는 어쩌면 음악을 들을 때만이 오로지 시에 집중할 수 있었다는 고백이기도 한데, 평론집의 제목으로 '시간의 아르페지오'를 떠올린 순간 역시 좋아하던 피아노 연주를 듣던 때였다. 아르페지오arpeggio는 기타나 바이올린의 현, 그리고 피아노의 건반을 한 번에 연주하지 않고 시간차를 두면서 각각의 음을 연주하는 기법으로 펼침 화음이라 부르기도 한다. 첫 번째 음이 울리고, 다음 음이 울리면서 서로 반향하기 때문인지 감상자 입장에서는 더욱 풍성한 화음을 들을 수 있다. 나는 평소 이 아르페지오 연주를 좋아했는데, 시간을 살아가는 우리의 삶과 문학, 그리고 시와 비평에 대한 많은 상상을 할 수 있었기 때문이다. 시간의 변주에 의해 만들어지는 화음에 귀 기울이면서 나는 각각의 존재와 울림을 가진 시어와 이미지가 서로 어우러지며 전체 의미를 생성하는 시의 세계를 떠올린다. 이런 상상은 때로 작가의 문학세계에서 앞선 작품과 최근 작품 간의 관련성을 따져볼 때나, 문학사에서 다양한 작가와 작품이 만드는 하나의 흐름을 이해할 때로 이어지기도 한다. 이 평론집 역시 서로 다른 시간의 지층과 언어를 가진 작가와 시의 주제들을 세 파트로 펼쳐놓아 자신만의 개성과 울림을 갖도록 했다. 텍스트 안에서 이들의 언어가 함께 풍성한 서정의 화음을 만들어냈으면 하는 소망을 가져본다.

이 평론집에 실은 평문들은 발표 당시의 주제와 취지를 훼손하지 않는 선에서 편집의 방향에 맞추어 부족한 부분을 보완 집필한 것이다. 책의 구성은 다음과 같다.

제1부 희망의 기원과 서정의 힘은 오늘의 문학 현장과 문학사에서 다양한 독자에게 새롭게 읽히고 변주되면서 서정의 영향력을 발휘하고 있는 작가들에 관한 평론을 배치했다. 이 작가들 중 일부는 1950년대 이후 등단하여 최근까지 열정적으로 창작활동을 하고 있다. 암울한 현실 속에서 서정의 힘과 희망의 가능성을 알게해준 이 작가들은 1980년대 문학도였던 나의 삶과 언어에 중요한 영향을 주었던 문인들이기도 하다. 그들의 작품을 읽는 일이 내게는 살아 있는 한국의 문학사와 만나는 것이기도 했고 내 독서의 흔적들과 만나는 것이기도 했다. 그러기에 무거웠지만 설레었고 감사한 시간이었다. 이에 청탁 받은 원고의 방향을 고려하면서, 일부의 평론은 기발간 작품집을 다시 읽고 다소 긴 호흡의 작가론을 쓰게 되었다.

제2부 문학사의 지평과 생성의 시학은 한국시가 지속적으로 다루어온 주요 주제나 장르적 특성, 그리고 시학의 문제 등이 각 시대의 사회문화와 역사 현실 등과 대응하면서 어떤 차이의 미학을 만들어내는지 또 오늘의 문학 현장에서 갖는 의미는 무엇인지 살

펴보는 평문들로 구성되었다. 서정시가 함의한 공감의 윤리적 가치, 베트남전 시편들에 내재한 기억과 반성, 한국 도시화의 역사에 대응하는 시와 영화의 실천적 연대, 산문시의 기원과 현대적 변화, 한국 서정시론의 계승과 확장, 최근 여성 시학의 변화와 다양성 등이 제2부의 평론에서 다루어졌다. 여기서 나는 한국시의 주요한 주제와 형식이 문학사적 지평과 사회문화적 맥락 속에서 변화와 차이를 만들면서 새로운 시학을 생성해나가는 도정에 있음을 이야기하고 싶었다.

제3부 기억의 연대와 미래의 언어는 주로 1980년대에서 1990년대 시단에서 창작 활동을 시작한 시인들의 최근 작품에 대한 평론들이다. 시의 연대였던 80년대, 시쓰기의 꿈을 키웠고, 대중문화가 문학의 장을 잠식하기 시작한 90년대, 시인의 길에 들어선 이들의 대부분은 나와 동시대적 기억과 문학적 감성을 공유한 세대이다. 벤야민은 기억이라는 강력한 힘이 우리를 기원의 지점, 혹은 진정한 목적지로 이끌면서 참된 자아를 만나게 한다고 이야기한다. 이런 의미에서 기억이란 장르적으로는 서정시의 본질과 연결되고 삶의 차원에서는 과거의 진정한 나를 다시 미래로 이끄는 실존적 행동이 될 것이다. 그러므로 이 평론집의 안팎에 있는 시인들과 기억을 공유하고, 그들의 언어와 상상력이 발전해 나가는 방향을 사유할 수 있어서 나의 글쓰기와 삶은 여전히 '기쁘고 이유없이 풍성하다'.

평론집 출간을 마음먹은 때로부터 거의 2년 만에 책을 내게 되었다. 내 글쓰기의 문학사적 감각에 주목하면서 어려운 상황에서 출판을 결정해주신 박성모 사장님. 출간과 편집 전체를 조율하여 도움을 주신 공홍 선생님. 그리고 바쁜 일정에도 거친 글을 섬세하게 살펴봐 주신 편집부의 박건형 대리님. 이분들의 큰 도움 덕분에 평론집이 세상에 나오게 되었다. 마음 깊이 감사의 인사를 드린다.

　이 평론집 원고를 보완·정리하는 동안 나는 시카고에 있었다. 광활한 미시간호도 잊을 수 없었지만, 도심을 가로지르며 출렁이는 시카고강이 특히 인상적이었다. 이 강물은 자연의 협곡 사이가 아니라 인간이 쌓아 올린 거대하고 높은 빌딩들-마천루 협곡을 따라 흐르면서 현대문명의 역사를 증거하고 있다. 각기 다른 연대에 지어진 그 건축물들의 물리적 높이와 시간의 깊이, 그 시간의 언어와 이미지들이 물 위에서 흩어지고 모아지면서 그때마다 전혀 다른 풍경을 만들어낸다. 강변에 서서 나는 그 풍경의 화음을 듣고 있었다.

2023.2.
Black Stone을 기억하면서
저자 김진희

차례

제1부

희망의 기원과
서정의 힘

시인의 과제는 그 모든 현상을 관통하는 공통의 실을 뽑아내는 것, 다양한 현상을 통과하는 삶의 잠재성을 표현하는 것이다. …… '모던' 문제는 공동체의 새로운 의미, 감각의 새로운 직조를 구축하는 데 있다. 새로운 감각 직조 속에서 세속적 활동은 공통 세계를 구성할 때 거치는 시적 차원을 획득한다. 하지만 그것은 물질적 이해관계의 산문과 신세계의 정신적 의미 사이 일치를 만들어 낼 대문자 시간Time을 기다리는 문제가 아니다. 새로운 시인은 시간을 예견하고, 시간이 아직 완수하지 못한 표현을 그 시간에 부여한다.

자크 랑시에르, 『모던 타임스─예술과 정치에서 시간성에 관한 시론』에서

김수영

인류의 미래를 추동하는 힘, 자유와 사랑

깨어난 오솔길 위에

뻗어나간 큰 길 위에

넘치는 광장 위에

나는 너의 이름을 쓴다

엘뤼아르 「자유」 부분

어둠 속에서도 불빛 속에서도 변치 않는

사랑을 배웠다 너로 해서

김수영 「사랑」 부분

2021년은 김수영의 탄생 100주년이다. 황망하게 40대 후반 시의 곁을 떠나버린 김수영. 여전히 불우하지만, 강렬하게 타오르는, 사진 속의 눈빛이 또렷하다. 그의 창작 시기 중 후기에 쓰인 「사랑의 변주곡」,1967은 김수영이 세상을 떠나기 전까지 주요하게 다루어왔던 혁명, 역사, 자유, 사랑 등의 주제가 전적으로 통합되어 나타난 작품으로 특히 여기서 '사랑'은 많은 논자들에 의해 그의 시

세계를 완결하는 중요한 주제의식으로 평가되었고, 참여시의 근간으로 제시되었다. 4·19혁명 이후 김수영은 어떤 시적 사유의 과정 속에서 자유와 욕망과 사랑을 발견해나가게 된 것일까.

김수영은 1961년 2월 10일, 일본어로 아래와 같은 일기를 적었다.[1]

나는 내게 죽으라고만 하면 죽고, 죽지 말라고 하면 안 죽을 수 있는 그런 바보 같은 순간이 있다. 모두가 꿈이다. 이것이 '피로'라는 것인지도 모르고, 이것이 광기라는 것인지도 모른다. 나는 형편없는 저능아이고 내 시는 모두가 쇼이고 거짓이다. 혁명도, 혁명을 지지하는 나도 모두 거짓이다. 단지 이 문장만이 얼마간 진실미가 있을 뿐이다. (…중략…) 정말로 나는 미쳐있다. 허나 안 미쳤다고 생각하고 살고 있다. 나는 쉬르 레알리슴으로부터 너무나 오랫동안 떨어져서 살고 있다. 내가 이제부터 앞으로 (언젠가) 정말 미쳐 버린다면 그건 내가 쉬르레알리슴으로부터 너무 오랫동안 떨어져 있었던 탓이라고 생각해다오. 아내여, 나는 유언장을 쓰고 있는 기분으로 지금 이걸 쓰고 있지만, 난 살 테다!

「일기」(1961.2.10) 부분

김수영이 혁명과 시를 적극적으로 사유하기 시작한 1960년 4월 이후의 일기에는 브르통, 아폴리네르, 마야코프스키, 바타유, 모리

---

1   이 글에서 인용한 김수영의 산문은 김수영, 이영준 편, 『김수영 전집 2 - 산문』, 민음사, 2018에서 인용했다. 인용문에서는 산문 제목과 날짜만 밝히는 것을 원칙으로 한다.

스 블랑쇼, 앙리 미쇼 등의 초현실주의자의 이름들과 무의식, 혁명, 자유, 사랑 등의 용어가 빈번하게 등장하고, 불어를 배워야 한다는 각오 역시 나타난다. 초현실주의에 대한 독서가 진행 중이었던 때로 보인다. 그런데 한편 위의 인용문에서 김수영 자신이 그 사이 초현실주의와 오랫동안 떨어져 있었다는 고백은 그럼으로써 시가 가진 혁명성, 정치성에 대한 의식을 깨닫지 못했었음을 반성하는 것이기도 하다. 김수영은 왜 초현실주의를 소환하려 했던 것일까.

혁명革命은 안 되고 나는 방만 바꾸어버렸다
그 방의 벽에는 싸우라 싸우라 싸우라는 말이
헛소리처럼 아직도 어둠을 지키고 있을 것이다

나는 모든 노래를 그 방에 함께 남기고 왔을 게다
그렇다 이제 나의 가슴은 이유없이 메말랐다
그 방의 벽은 나의 가슴이고 나의 사지四肢일까
일하라 일하라 일하라는 말이
헛소리처럼 아직도 나의 가슴을 울리고 있지만
나는 그 노래도 그 전의 노래도 함께 다 잊어버리고 말았다

혁명革命은 안 되고 나는 방만 바꾸어버렸다
나는 인제 녹 슬은 펜과 뼈와 광기狂氣 —
실망失望의 가벼움을 재산財産으로 삼을 줄 안다

이 가벼움 혹시나 역사歷史일지도 모르는

이 가벼움을 나는 나의 재산財産으로 삼았다

혁명革命은 안 되고 나는 방만 바꾸었지만

나의 입속에는 달콤한 의지意志의 잔재殘滓 대신에

다시 쓰디쓴 담뱃진 냄새만 되살아났지만

방을 잃고 낙서落書를 잃고 기대期待를 잃고

노래를 잃고 가벼움마저 잃어도

이제 나는 무엇인지 모르게 기쁘고

나의 가슴은 이유 없이 풍성하다

「그 방을 생각하며」 전문

4·19혁명이 좌절되고, 김수영은 '혁명'이라는 화두를 자신의 삶과 시에 어떻게 받아들일 것인가에 대한 많은 고민을 했던 것으로 보인다. 혁명의 이상과 현실은 시인들을 배반하기 때문에, 완전한 세계의 구현을 꿈꾸는 시인들은 혁명 이후의 현실에 좌절할 수밖에 없다. 김수영은 "혁명은 상대적 완전을, 그러나 시는 절대적 완전을 수행하는 게 아닌가"라고 스스로에게 질문하면서",「일기」, 1960.6.17 정치적 혁명의 완성을 위한 예술적, 시적 혁명의 중요성을 강조한다.

방을 바꾼다는 것은 개인적 차원에서 삶의 틀을 변화시킨다는 것을 의미한다. 즉 삶의 기반 전체를 바꾸었어야 할 혁명은 실패했고, 그것이 남겨준 유산을, 나의 삶에 어떻게 가져올 것인가의 고민을 내포한다. 그러므로 현실적으로는 여전히 혁명을 완수하기 위해 싸워야 한다는 의식은 들지만, 혁명은 실패했다는 현실에 대한 절박한 인식은, 이제 미래의 시간으로 이 문제의식을 이끌고 나가야 한다는 각오를 가능케 한다. 따라서 "이제 나는 무엇인지 모르게 기쁘고 / 나의 가슴은 이유없이 풍성하다"는 김수영의 고백은 분명 가벼운 실망이 아니라 오히려 미래를 위한 책임 있는 자세로 혁명을 자신의 삶으로 가져오고, 새로운 시 쓰기의 인식론으로 가져왔음을 의미한다. 이런 변화와 결단을 통해 김수영은 세상을 떠날 때까지 자신의 삶과 사회를 새롭게 하는 시를 쓰고자 노력했다.

이처럼 삶과 시, 사회와 언어까지 혁명을 통해 새롭게 하려고 하는 에너지는 바로 초현실주의가 추구했던 삶과 언어의 혁명과 만난다. 초현실주의 시인들은 예술적으로 새로운 작품을 생산하려는 예술적 혁명을 위해서가 아니라 사회적으로 진보의 증식 같은 임무를 시인들에게 의도했다. 따라서 그들은 정치에 대해 예술의 자율성을 주장하는 동시에 전통적인 예술 관습의 범위를 넘어서 나아갔다. 그리고 이를 위해서 꿈과 상상력, 직관적 사유로서의 인간의 능력을 자유롭게 발현시키는, 정치적 해방을 요구했고 예술과 상상력의 자유를 요구했다.

특히 초현실주의 시에서 중요한 일은 언어의 개혁이다. 언어의 개혁은 시의 개혁으로, 나아가 인간과 세계의 개혁으로 연결된다.

즉 인간을 자유롭게 하고 인간의 능력 전체를 새롭게 명명하는 작업은 언어를 통해서 이루어지기 때문에 언어와 시의 혁명은 중요하다. 김수영 역시 이런 의미에서 '진정한 시인이란 선천적인 혁명가'이고 모든 실험적인 문학은 필연적으로 완전한 세계의 구현을 목표로 하는 진보의 편에 서지 않을 수 없음을 이야기한다. 또한 시를 쓰는 일은 자유를 행사하는 일이기에, 가장 자유로운 문학은 동시에 가장 참여적인 문학이라는 주장 역시 펼친다. 즉 "모든 진정한 새로운 문학은 그것이 내향적인 것이 될 때는 — 즉 내적 자유를 추구하는 경우에는 — 기존의 문학 형식에 대한 위협이 되고, 외향적인 것이 될 때에는 기성 사회의 질서에 대한 불가피한 위협이 된다" 「실험적인 문학과 정치적 자유」, 1968는 김수영의 주장은 시와 혁명, 그리고 이를 가능케 하는 자유가 모두 동의어임을 의미한다. 김수영은 이런 삶과 시의 논리를 초현실주의에서 발견했는데, 그 역시 초현실주의를 혁명이고, 자유이며, 사랑으로 확장 이해한다. 김수영은 일본의 초현실주의 시인 니시와키 준사부로가 '시를 논하는 것은 신을 논하는 것처럼 두려운 일'이라는 문장을, '자유를 논하는 것은 신을 논하는 것처럼 두려운 일'이라고 다시 바꾸어 말하면서, 시쓰기와 자유를 동궤에 놓고, "제1차 세계대전 후의 블란서 시인들의 다다이즘 운동도, 제2차 세계대전 후의 미국의 젊은 문학자들의 비트 운동도, 쉬운 말로 하자면 모두가 사랑의 운동"이라고 일갈하면서, 기존의 사회와 문학적 관습을 넘어 자유를 실천하는 초현실주의 시의 핵심에 '사랑'이 있음에 주목한다. 「요즈음 느끼는 일」, 1963.2

초현실주의자들은 꿈과 사랑의 가치를 배제하고 오직 정치적 혁명만 주장하는 혁명가는 진정한 의미에서의 혁명가가 아니라고 주장했다. 그들에게 자유란 철학적인 개념도 아니고 어떤 형이상학적 성찰의 대상이 아니며 투쟁과 반항과 희생을 통해서 불붙는 힘과 정열로 사랑과 동질적인 것으로 이해되었다. 그들이 의식하는 사랑의 개념은 낭만주의에서의 사랑처럼 개인의 주관적 감정으로서의 사랑이 아니라 사회적인 문제와 결부되어 있었고 한 개인으로 하여금 그가 속해 있는 사회의 인간화를 꿈꾸게 하면서 욕망의 실현을 계속 추진하도록 만드는 사랑이다. 한 개인과 전체를 연결시키는 이 사랑의 정신은 4·19혁명 이후 "전체와 개인 사이에서 이다바사미[2], 이것이 고작 4월 이후에 틀려진 점(재산이라면 재산)이니……"라고 고백하는「일기」, 1960.10.30 김수영에게 중요한 영감을 주었을 것이다. 즉 한 시인으로서 역사와 사회, 인간 전체의 삶과 어떻게 연결될 것인가라는 문제의식 안에서 사랑의 시의식은 구체적 삶과 욕망, 그리고 생을 긍정하는 뿌리를 내릴 수 있었다.

인간을 긍정적으로 실현한다는 것은 어떻게 사랑하고, 어떻게 희망을 갖고, 어떻게 행복해질 수 있는가의 문제에 주목하는 것이다. 이런 의미에서 제2차 세계대전 전후 초현실주의에서 주목한 인간의 구체적인 욕망과 사랑의 가치는, 1960년 4·19혁명 이후 한국의 삶과 시를 고민하는 김수영에게 일종의 방향성을 제시해

---

2   사이에 끼여 꼼짝을 못한다는 일본말.

줄 수 있었던 것으로 보인다.

초현실주의자들은 제2차 세계대전과 파시즘을 경험하면서 전쟁과 폭력이 벌어졌던 구체적인 삶의 현실, 매일, 매 순간에 대한 자각을 새롭게 하게 되었다. 이런 인식은 레지스탕스로도 활동했던, '자유'의 시인, 엘뤼아르에게서도 생명과 삶에 대한 긍정과 사랑의 힘에 대한 소망 이라는 주제의식으로 나타난다.

> 내 육체의 민감한 의식이었던 너
> 영원히 사랑하는 너 나를 만들었던 너
> 너는 억압과 불의를 참지 않았고
> 지상의 행복을 꿈꾸며 노래해 왔으니
> 자유를 꿈꾸었던 너의 모습을 나 이제 이어받으련다.
>
> 엘뤼아르 「사랑의 힘에 대하여」 부분[3]

엘뤼아르는 사랑을 기반으로 폭력과 죽음에 지친 인류 전체의 미래와 행복에 대해 꿈꾼다. 이런 의미에서 엘뤼아르는 인간과 삶에 관한 '사랑의 변주곡'을 노래한 시인으로 평가받고 있다. 위의 작품에서 엘뤼아르는 사랑이란 육체를 가진 인간의 구체적 현실이고 욕망이며, 억압과 불의에 저항하며 지상의 행복과 자유를 추동하는 진정한 힘의 원천이라고 노래한다. 그 힘은 억압과 폭력 속에

---

3   폴 엘뤼아르, 오생근 역, 『이곳에 살기 위하여』, 민음사, 2010, 98~100쪽.

서도 인간에게 안전과 보호와 신뢰를 가능케 하는 생명의 힘이다.

들판은 경작되고 공장은 빛이 가득하고
보리는 넓은 황금빛 파도 속에서 결실을 맺고
포도수확과 추수에는 수많은 목격자들이 있게 되었지
이 모든 일은 단순한 것도 아니고 이상한 것도 아니야
바다는 하늘이나 밤의 눈 속에 있고
숲은 나무들을 보호해 주게 되고
집의 벽은 같은 형체로 이어지고
모든 길은 언제나 만나게 되지

사람이란 서로의 말을 듣고
서로 이해하고 서로 사랑하도록 만들어졌으며
그 아이들은 자라서 아버지가 되는 법이고
불도 없고 집도 없는 아이들이라면
인간과 자연과 그들의 나라를 다시 건설하리니
모든 사람들의 나라
모든 시대의 나라를

엘뤼아르 「죽음 사랑 인생」 부분[4]

엘뤼아르는 이 자유와 사랑의 이름으로 "밤의 경이로움 위에 / 일상의 흰 빵 위에" "반짝이는 모든 것 위에 / 여러 빛깔의 종이 위에 / 구체적인 진실 위에 / 나는 너의 이름을 쓴다"「자유」[5] '인생은 언제나 보잘 것 없는 것이 되어버리더라도'「사랑의 힘에 대하여」 자유와 사랑의 힘은 인간을 숭고하고, 강력하게 만들며, 인간의 길은 다시 펼쳐진다. 들판에서 공장으로, 논밭에서 거리로, 숲에서 집으로, 사랑의 힘은 밀려온다. 이는 김수영이 「사랑의 변주곡」에서 '도야지 우리 같은 삶', '슬픔 가득한 가시밭' 같은 삶으로 벅찬 사랑의 기운이 흐르는 것처럼 인간에 대한 깊은 신뢰와 긍정은 시간과 공간을 초월하여 모든 시대의 부모와 아이들을, 모든 나라의 사람들을 하나로 묶는다. 이는 브르통이 「열애」에서 상상했듯이 '사랑을 통해 폭력과 전쟁 등 오욕에 처해 있는 유럽이 과거와 단절하고, 풍부한 미래의 가능성'을 향해 나갈 수 있다는 시적 비전과 동질적인 것이기도 하다.

초현실주의자들은 인간이 공통의 언어인 사랑을 통해 새롭게 연대하고, 긍정하며, 공존의 미래를 기획할 수 있으리라 상상했다. 그들은 사랑을 통해 죽음과 갈등을 넘어서는 미래의 비전을 보여준다. 이처럼 브르통과 엘뤼아르 등이 추구한, 인간의 욕망과 사랑에 기초한, 대립과 갈등을 넘어서는, 인류와 사랑, 미래 세대와 희망의 상상력은 1960년대 김수영의 참여시론으로 그리고 작품의

---

4   위의 책, 80쪽.
5   위의 책, 36~40쪽.

상상력으로 우리 앞에 펼쳐져 있다.

    욕망이여 입을 열어라 그 속에서
    사랑을 발견하겠다 도시都市의 끝에
    사그라져 가는 라디오의 재갈거리는 소리가
    사랑처럼 들리고 그 소리가 지워지는
    강이 흐르고 그 강 건너에 사랑하는
    암흑이 있고 삼三월을 바라보는 마른 나무들이
    사랑의 봉오리를 준비하고 그 봉오리의
    속삭임이 안개처럼 이는 저쪽에 쪽빛
    산이

    사랑의 기차가 지나갈 때마다 우리들의
    슬픔처럼 자라나고 도야지 우리의 밥찌끼
    같은 서울의 등불을 무시한다
    이제 가시밭, 덩쿨장미의 기나긴 가시가지
    까지도 사랑이다

    왜 이렇게 벅차게 사랑의 숲은 밀려닥치느냐
    사랑의 음식이 사랑이라는 것을 알 때까지

    난로 위에 끓어오르는 주전자의 물이 아슬

아슬하게 넘지 않는 것처럼 사랑의 절도節度는

열렬하다

간단間斷도 사랑

이 방에서 저 방으로 할머니가 계신 방에서

심부름하는 놈이 있는 방까지 죽음 같은

암흑 속을 고양이의 반짝거리는 푸른 눈망울처럼

사랑이 이어져가는 밤을 안다

그리고 이 사랑을 만드는 기술을 안다

눈을 떴다 감는 기술 ─ 불란서혁명의 기술

최근 우리들이 4四·19一九에서 배운 기술

그러나 이제 우리들은 소리내어 외치지 않는다

복사씨와 살구씨와 곳감씨의 아름다운 단단함이여

고요함과 사랑이 이루어놓은 폭풍暴風의 간악한

신념信念이여

봄베이도 뉴욕도 서울도 마찬가지다

신념信念보다도 더 큰

내가 묻혀 사는 사랑의 위대한 도시에 비하면

너는 개미이냐

아들아 너에게 광신狂信을 가르치기 위한 것이 아니다

사랑을 알 때까지 자라라

인류人類의 종언의 날에

너의 술을 다 마시고 난 날에

미대륙美大陸에서 석유石油가 고갈되는 날에

그렇게 먼 날까지 가기 전에 너의 가슴에

새겨둘 말을 너는 도시都市의 피로疲勞에서

배울 거다

이 단단한 고요함을 배울 거다

복사씨가 사랑으로 만들어진 것이 아닌가 하고

의심할 거다!

복사씨와 살구씨가

한번은 이렇게

사랑에 미쳐 날뛸 날이 올 거다!

그리고 그것은 아버지 같은 잘못된 시간의

그릇된 명상瞑想이 아닐 거다

「사랑의 변주곡」 전문

김수영은 욕망과 피로, 슬픔과 속삭임이 교차하는 삶의 현장, 도시에서 사랑을 발견하고, 사랑을 실천하고, 사랑의 말을 배울 것을 다짐한다. 그에게 사랑은 과거와 미래, 어둠과 빛의 대립을 융합하고 통합하는 상상력이며「반시론」, 1968, 그 안에서 타자를 발견하는 자유의 이행이고, 새로운 역사를 만드는 생성의 힘이다.「로터리의 꽃의 노이로제─시인과 현실」, 1967.7 김수영은 불완전한 혁명 앞에서 시가 창조할 완전한 혁명을 상상했다. 그 세계는 「사랑의 변주곡」에서 노래한 것처럼 피로하고 슬픈 삶에 대한 공감과 연대를 통해, 인간성에 대한 긍정과 미래에 대한 비전을 잃지 않는 것이다. 2021년 여전히 보이지 않는 적, 바이러스와 싸우는 인류를 향해 김수영의 시는, 공소한 신념 대신 사랑을 실천하는 인간의 위대함과 숭고함, 그리고 공존의 미래에 대한 신뢰를 다시 깨닫게 한다.

황동규
우주적 삶과 생명의 리듬

1. 경계境界 __ 어둠이나 빛에 대해선 말하지 않는다

황동규 시인은 1958년 등단 이후 최근까지 열정적으로 시작품을 창작해왔고, 시집과 산문집 등 20여 권의 작품집을 출간했다. 특히 지난 2009년 발간한 『겨울 밤 0시 5분』 이후 『사는 기쁨』2013, 『연옥의 봄』2016[1] 등은 은퇴한 이후의 삶에 대한 성찰과 모색이 본격적으로 개진되었고, 새로운 삶에 대한 적극적인 사유가 한 개인의 삶을 넘어 인간과 자연, 그리고 생명에 대한 인식과 상상에까지 이르고 있음을 보여주었다.

특히 시집 『겨울 밤 0시 5분』에는 은퇴와 노년이라는 '시간'에 대한 인식이 함축되어 있는데, 시인은 자신이 맞이한 그 시간을 겨울 밤 '0시 5분'으로 표기한다. 이제 막차를 기다린다는, 겨울밤의 절박한 현실은 하루가 끝나는 밤 12시가 아니라, 하루가 시작되는

---

1   이 글에서는 황동규 시인의 『버클리풍의 사랑노래』(문학과지성사, 2000), 『겨울 밤 0시 5분』(현대문학사, 2009), 『사는 기쁨』(문학과지성사, 2013), 『연옥의 봄』(문학과지성사, 2016) 등 네 권의 시집을 함께 읽었다. 본문에서는 시집의 출간 연도만 표기했다.

0시로 표기되고, 나아가 이미 그 시간에 들어선 0시 '5분'으로 상상된다. 이처럼 '겨울-밤-어둠-마지막'으로 비유되는 시·공간은 '0시 5분'의 상상력과 만나 마지막과 시작, 혹은 죽음과 삶의 사이, 아직은 '경계'에 놓인 존재성을 강조한다. 이는 최근 '연옥'의 상징으로도 연계되어 이승과 천국의 '사이'에 서 있는 존재로서의 시인을 상상하게 한다. 때문에 시인은 "무언가 간절히 기다리고 있는 사람 곁에서 / 어둠이나 빛에 대해선 말하지 않는다!"「겨울 밤 0시 5분」라면서 어둠만도, 혹은 빛만도 아닌 어둠과 빛 그 경계를 사는 노년의 삶에 관해 사유한다.

어둠과 빛이 만나는 경계적인 상황에 대한 시인의 인식은 환한 저녁, 밝은 낙엽 등의 이미지로 확장되어 나타난다. 인간은 모두 시간을 사는 존재이기에 늙어 가고 감각이 둔해진다. 인생이 갖는 이런 시간성은 환하게 빛나던 햇빛이 점차로 사라져 가는 빛의 소멸로 상상되기도 하는데, 때문에 햇빛이 찬란히 빛나는 한낮의 시간은 청춘의 시절로 상징된다. 그러나 청춘도, 노년도 빛을 의식하면서 시간을 산다. 황동규 시인은 노년을 비추는 그 햇빛의 밝음과 환함을 인식하면서 늙어가는 생의 감각을 일깨우고 나아가 이를 시와 언어에 적극적으로 맞아들인다. 그래서 일까, 최근 세 권의 시집을 지나오면서 계절은 가을, 겨울에서 봄으로 움직이고 어둠은 햇빛이나 별빛으로 변주된다. 그리하여 환한 빛의 감각과 음악적 요소들 ─ 소리, 리듬, 박자 등 ─ 은 함께 유한한 생을 위로하고 무감각해지는 일상과 언어에 떨림을 가능케 한다.

음악이 황동규 시인에게 시만큼이나 중요한 요소인 것은 잘 알려져 왔는데, 최근에 그는 적극적으로 음악을 시 안으로 수용하고 있다. 그는 "그간 소홀했던 옛 음악이나 몰아 들으며 / 결리는 허리엔 파스 붙이고 / 수박씨처럼 붉은 외로움 속에 박혀 살"「사는 기쁨」, 2013면서 남은 삶을 달래보자고 스스로 위로하기도 한다. 많은 작품들에서 음악과 함께 하는 그의 삶과 언어는 평화롭고 행복하게 읽히는데, 음악은 시의 언어와 상상력의 배면에서 자연스럽게 흐르면서 작품의 주제의식을 강조하고, 의미를 풍성하게 하고 있다. 시인도 고백하듯 '하루라도 음악을 듣지 않으면 불안할 정도'였다고 하니 그에게 음악은 시와 함께 삶의 근간이라고 할 수 있으며, 시의 형식이나 리듬, 주제 등에 일정한 영향을 주었을 것이다.「불타는 음악」[2] 특히 그는 모차르트를 포함하여 베토벤, 슈베르트, 브람스 모두 만년에 최상의 작품을 남긴 작곡가라고 강조하며「지음(知音)의 세계」[3], 그들의 마지막 작품들에 주목하는데, '끝머리의 화려한 종지부 없이 끝날 줄 모르게 끝나는' 베토벤의 피아노 소나타 30번 마지막 악장을 들으며 시인 역시 노년을 '그렇게 살다 가고 싶다'라고 소망한다.「봄날에 베토벤 후기 피아노 소나타를 들으며」, 2000 이는 화려한 미사여구를 뺀, 간결하고 명징한 삶과 언어를 만들고 싶은 시인의 꿈을 함축한다.

---

2   황동규,「불타는 음악」,『삶의 향기 몇 점 황동규 산문집』, 휴먼앤북스, 2008, 143~153쪽.
3   황동규,「지음(知音)의 세계」,『젖은 손으로 돌아보라』, 문학동네, 2001, 224~226쪽.

이제 이 글은 최근 신작시들 역시 이전 세 작품집에서 보이는 시의식과 맞닿아 있음에 주목하면서 황동규 시인의 시세계가 어떻게 변주되어 흐르는지 살펴보려 한다.

2. 현존 __ 이 저녁엔 굳이 남아 있을 거다

어둠과 빛 그 사이에 서 있는 경계적인 삶에 대한 시인의식은 떨어지는 낙엽, 그리고 잎사귀를 떨군 나무 등 쇠락한 존재와 환하고 밝은 햇빛을 함께 놓는 대조적 상황을 선택한다. 그는 "그래, 젊음 뒤로 늙음이 오지 않고 / 밝은 낙엽들이 왔다"「밝은 낙엽」, 2009라면서 젊음과 늙음 사이에 '밝은 낙엽', 즉 '밝음푸른잎-젊음'과 '어둠낙엽-노년'의 시간을 병치시키며 사이-경계의 틈을 만들어 낸다. 무겁고 어두웠던 시간을 지나 불현듯 마주한 '환한 저녁', 그는 "다 내려놓고 가자, 다짐하며 살았지만 / 이 저녁엔 굳이 이곳에 남아 있을 거다"라고「이 환한 저녁」, 2016 힘주어 말한다. 사그라져 가는 햇빛이 머무는 저녁시간이 바로 시인의 현존이 놓인 자리이다. 시인은 그 빛나는 시간을 사는 저물어 가는 존재들을 시의 텍스트로 불러온다.

이 환장하게 환한 가을 날 화왕산 억새들은
환한 중에도 환한 소리로 서걱대고 있으리.
온몸으로 서걱대다 저도 모르게

속까지 다 꺼내놓고
다 같이 귀 가늘게 멀어 서걱대고 있으리.

걷다보면 낮달이 계속 뒤따라오고
마른 개울 언저리에
허투루 핀 꽃 없고
새소리 하나도 묻어 있지 않은 바람소리
누군가 억새 속에서 환하게 웃는다.

내려가다 처음 만나는 집에 들러
물 한 잔 청해 달게 마시고 한 번 달게 웃고
금세 바투 몰려드는 무적霧笛 같은 어스름 속
무서리 깔리는 산길을
마른 바위에 물 구르듯 내려가리.

「이 환장하게 환한 가을날」 전문(2013)

　화려한 꽃도 아니고 푸른 잎사귀도 아닌 늦가을 누런 억새가 가
을 햇빛과 바람 속에서 서걱거리며 서 있다. 빛 아래 놓인 사물과
풍경들을 즐겨 그렸던 인상주의자들은 햇빛 아래서 존재들이 자
신의 진정성을 내비친다고 생각했다. 위의 시에서도 가을의 햇빛
을 받으며 억새는 자신의 속까지 다 꺼내놓는다고 시인은 상상한
다. 그리고 가늘고 긴 그들의 모습에 시인 자신을 겹쳐 놓으면서

'다같이' 귀 가늘게 멀어 자신의 몸 부딪히는 소리를 듣지 못하기에, 끊임없이 부딪히고 부딪히면서 그 소리로, 그 언어로 자신의 존재감을 드러내는 것이라 이야기한다. 시의 후반부로 가면서 햇빛은 사라지고, 낮달이 비추다가 주위가 어스름으로 변한다. 시간의 흐름 속에서 억새 혹은 시인은 '서걱대며' '마른' 존재에서 물방울로 전환된다. '이 환장하게 환한 가을날' 햇빛 아래서 노년의 시인이 꿈꾼 것은 무엇일까. 마르고 가는 억새 같은 현재의 삶을 넘어 물 흐르듯이 선율이 흐르듯이 삶을 평화롭게 흘러가는 것은 아니었을까.

식구들 깰까봐 동파凍破막이 수돗물처럼 가늘게 틀어 논
쇼스타코비치의 첼로 협주곡
소리들이 간간이 꼬리를 사린다. 가는귀먹고 있구나,
잡소리들이 떠나면 아슬아슬 정淨해질 소리들!

햇빛 잘 받으라고 아내가 창가에 놓은 채송화 화분에선
꽃들이 하나같이 가는 목 길게 뽑아 유리창에 달라붙어
베이지색으로 말갛게 탈골되었다. 말갛게,
가슴 철렁할 정도로 말갛게.

「초겨울 아침」 부분(2009)

햇빛 아래 놓인 노년의 시간은 풍성하게 꽃피우는 시간이기보다는 오히려 꽃과 잎을 비우고, 가볍고 홀가분하게 존재를 만들어 가는 시간이다. 협주곡에서 울리는 맑은 소리를 제대로 들을 수 없는, 가는귀를 먹은 시인의 상황은 가늘게 울리는 음악 소리만큼이나 아슬아슬하다. 이런 시인의 상황은 2연에서 가을빛에 누렇게 말라 버린 채송화로 옮겨간다. 그리고 시인은 가늘고 말라붙어, 탈골되어 속까지 내비친 채송화에서 투명하고 말간 또 다른 채송화를 만난다. 아마도 햇빛은 존재가 가진 내면을 투명하게 비추어 주었으리라. 자신이 가진 잎을 떨어뜨리고, 마르고 건조하게 탈골되어 가는 존재. 이는 수식과 장식을 벗어버린 순수한 내면성과 정신성을 비유적으로 보여준다. 다음의 두 작품 역시 햇빛 속에서 새롭게 거듭나는 존재들의 변화를 한 장면으로 보여준다.

　　섬인 것 빼고는 달리 무엇이 아닌
　　섬들이 살고 있는 곳으로
　　벗을 것을 다 벗은 나무 몇이
　　역광 속에 서 있을 뿐
　　모래톱마저 벗겨진 섬들
　　그 담백함이 몸을 홀가분하게 하는 곳으로

　　사람인 것 빼고는 달리 무엇이 아닌
　　사람들이 사는
　　시간을 잡아당겨보려는

기다림 같은 것도 없는 곳

소리내지 않고 마음 주고받고,

안주면 말고,

소리가 벗겨진 소리들이 사는 곳으로

가고 있다.

「서방정토」 전문(2013)

하늘과 땅이 황당하게 투명해진 이 가을날,

머리 위의 빨간 단풍잎들을

이파리 생김생김 하나하나 역광으로 살리면서

쏟아질 듯 쏟아질 듯 쏟아지지 않는

환한 빛 덩이,

바람결에 산들대며 감기조차 환하게 만드는

밝음마저 벗겨진 밝음!

「사자산獅子山 일지」 부분(2013)

　가을 저녁 잔광이, 역광이 되어 존재들을 비치는 광경이 펼쳐져 있다. 「서방정토」에서 나무는 잎을 다 떨구어, 벗을 것을 다 벗은 상태로 가볍고 홀가분하게 서 있으며 「사자산獅子山 일지」에서는 푸른 나뭇잎들이 빨간 단풍잎으로 바뀌어 쏟아질 듯 흔들리고 있다. 이때 '역광'은 이들의 존재감을 극대화한다. 즉 사그라져 가는 역광의 빛 속에서 탈골된 나무의 실루엣은 도드라지고, '잎 하나하나 역광으로 살려진' 빨간 단풍은 최후까지 빛을 발한다. 시인은 이런 순간의 존재들에게서 '소리가 벗겨진 소리', '밝음마저 벗겨진 밝음'을 발견하는데, 궁극적으로 이들의 삶이 '서방정토'와 '적멸보궁'으로 향하고 있음을 상상한다. 겨울로 가는 나무나 단풍으로 빛나던 잎사귀, 그들이 꿈꾸는 만년의 삶이란, 자신이 가진 것을 벗어놓고 또 벗어놓은 것마저 다시 벗는 성찰의 과정을 통해 도달하는, 가장 맑고 투명한 존재되기는 아니었을까. 그리하여 그 '무얼 더 타거나 덜 수 없는' 경지에서 우리는 순수하고 맑은 내 안의 존재를 다시 만나게 되는 것은 아닐까.

낙엽 흩날릴 때 드러나기 시작한 지장사地藏寺 단청들도
허리 하얗게 칠하고 모여 수군대는 자작나무들도
깊어진다, 무얼 더 타고 덜 수 없는 허공의 빛으로!
깊어지고 깊어지다 아예
캄캄히 감각의 지평 밑으로 떨어지진 않을까?
그럴까? 오늘처럼 손가락 오그라들게 추운 날
그 흔턴 참새 하나 까치 하나 눈에 띄지 않는 날
허공 골짜기를 걷는다.
맞은편 허공에서 소년 하나 걸어 나온다.
낯익은 얼굴, 언뜻 인사 받으려고 보니
표정만 닮았다. 순간 기회 놓쳤지만
이런데서 모르는 사람과 인사 나누면 어떠리!

소년이 지나간 하늘에

날개 활짝 편 솔개 하나 넌지시 떠올라

저녁 햇빛에 몸을 한번 환히 적셨다가

천천히 허공 속으로 사라진다.

어둠도 빛도 아닌 여기가 어디지?

능선 위로 뾰족하게 별이 하나 돋는다.

「허공의 색」 부분(2013)

시인은 손가락이 오그라들 정도로 추운 겨울 산책길에서 인간보다 먼저 '한없이 한없이 자신의 속을 비우며 깊어가는' 나무들을 만난다. 그리고 무얼 더 타거나 덜어낼 것이 없는 시인 역시 깊고 깊어진 자신의 내면에서 걸어 나온 소년과 만난다. 낯익은 얼굴, 표정이 닮은 소년은, 저녁 햇빛을 받은 솔개로 그리고 능선 위로 떠오른 별로 전환된다. 가장 순수하고 투명한 존재로서 빛의 결정체인 별은, 많은 작품에서 시인의 내면과 인간의 삶이 응축된 상징물로 등장한다.「그믐밤」,「양평에 가서」, 2016 시인은 겨울밤 0시 5분의 지점에서 별빛을 보며 어두운 종점을 향해 가고 있었고, 휘황한 도시 불빛에 별이 보이지 않아도 글썽이는 눈으로 밤하늘을 올려다보았다. 그에게 별빛은 어둠과 빛 모두에 관한 상상을 가장 극명하게 보여주는 존재인 것이다.

철새도 날지 않고 눈도 내리지 않는 겨울밤도
별들이 빛나면 견딜 만합니다.
강원도라면 물론 좋지만
서울도 근교만 벗어나면 괜찮지요.

보름달 둥싯 뜬 가을밤 철새들이
조금씩 다른 알파(∧) 대형 만들며 나르는 광경은
우주의 그림이지만,
겨울밤하늘
초거성이 돼 사라진다는 오리온별자리의 붉은 별과
나일강 범람 미리 알렸다는 시리우스별
그리고 북쪽 하늘의 붙박이 북극별,
이들이 만드는 거대한 세모꼴도 볼만합니다.

달은 있어도 좋고 없어도 그만입니다.
오리온 붉은 별이 이미 폭파되어 빛만 남아
지구의 현재로 오고 있는 과거의 별이라 해도 좋습니다.
우주가 변하지 않는다면
인간이 변하는 꿈을 어떻게 꿉니까?
세모꼴 주변의 잊었던 별자리 하나를 찾던 중
못 보던 철새 한 무리가 나타나
알파 대형 엉성하게 그리며 날아갑니다.

다음 봄이 출몰하기 시작했군요.

「겨울밤 편지」 전문

　어둠과 빛을 머금은 환한 저녁 시간, 순수한 내면의 빛-본연과 대면하고자 했던 시인의 상상력은 별빛이 되어 우주로 확장된다. 그는 햇빛이 떠난 자리, 별을 바라보며 추운 겨울-밤을 견딜 수 있다고 한다. 무엇이 견디게 하는 힘일까. 시인은 2연에서 가을 밤하늘을 날아가는 철새들의 대형과 별자리들을 우주의 그림이라 명명한다. 일정한 모양과 위치를 바꾸면서 인간에게 말을 건네는 우주. 그 의미를 읽고 꿈을 꾸는 인간. 이 순간 인간은 우주적 삶 안으로 들어간다. 겨울에서 봄으로 가는 변화를 예고하는 우주의 말을 해독하면서 인간 역시 미래의 꿈을 꾼다. 황동규 시인의 이러한 사유와 상상 속에서 우리는 인간과 우주, 자연과 생명에 관한 새로운 인식을 감지하게 된다.

3. 생명 __ 조그맣고 예리한 아픔 되살려 갖고 갈거다

　시인은 노년의 삶에 깊이 들어갈수록 몸과 정신의 감각과 느낌이 둔화되어 가는 것을 느낀다. "가만, 현관 앞 나무들은 잔뼈들까지 모두 드러낸 채 / 추위를, 추위보다 더한 무감각을 견디고 있다 / 앞으로 나는 무엇을 더 *떨구거나 드러내야* / 점차 더 무감각해지는 삶의 표정을 견뎌낼 수 있을까?"「나의 동사(動詞)들」, 2016라는 시인의 질문은 순수한 내면을 통해 명징한 감각을 얻고자 노력해왔던 시인의 노력을 단적으로 보여준다.

생애 거지반을

삶의 밑바닥이 미친 듯 기우뚱대기도 하는

항해사로 살던 자의 몸이 편해졌습니다.

그래도 미칠 일은 남아 있군요.

— 바다를 떠나 어디로 갔는데요?

만리장성, 아잔타석굴, 데스밸리,

그리고 한겨울 오후 명예교수 휴게실.

— 바닥이 편해졌는데 왜 미친다고 하나요?

바람이 데스밸리 모래 언덕들을

사흘이 멀다 하고 딴 데로 옮겨 심어도

겨울날 오후 명예교수 휴게실 소파에 혼자 앉아

햇빛 쨍한 창에 눈발이 마른기침처럼 날리는 걸 봐도

다들 미치게 제자리군요.

「은퇴」 전문

그러나 '살아 있다는 표지, 삶을 두근거리게 하는 호기심'「시인의 말」, 2016을 가능케 하는 일상은 부재한다. 조용한 겨울 오후, 명예교

수 휴게실 소파, 시인이 자리한 물리적 환경은 흔들리지 않고 편안하다. 그러나 이런 정태적인 현실 때문에 시인의 마음은 심화心火로 기우뚱거리며, 열정적으로 움직인다. 거대한 데스밸리의 모래언덕이 바람에 날려 이리 저리 움직이고, 어느 날 찬란한 꽃동산이 되어 나타나는「꽃피는 사막」, 2016 역동적인 상상이나 쨍쨍한 햇빛 속으로 마른 눈발이 날리는 낯선 풍경은 이제, 늘 반복되던 제 자리의 삶을 바꾸지 못한다. 시인은 이처럼 삶이 주는 다양한 표정을 경험하지 못하는 이유는 바로 생이 무감각해졌기 때문이라 생각하는데, 특히 아픔에 반응하는 감각의 둔화를 경계한다. 하여 그는 "머리 아플 때 진통제를 삼키면 / 잠시 후 신경에 얇은 막이 덮이고 / 통증이 무뎌지고 / 마음의 자전自轉이 늦어진다. / 모차르트는 그저 모차르트 / 만나는 사람은 그저 만나는 사람 / 긴한 감각들이 전정剪定당한다. / 어쩌지 산책길에 달려드는 벌들이 / 공손해진다"라면서, 이런 순간이 "어둡고 더 어두운" 존재의 시간이라고 고백한다.「어둡고 더 어두운」, 2013

시인에게 아픔을 느낀다는 것은 육체적으로나 정신적으로 살아 있음의 증거이고 언어가 탄생하는 자리이므로 "아픔이 없는 삶은 빈 그릇이다"「네가 없는 삶」, 2013라고 그는 힘주어 말한다. 그리고 벌레가 문 아픔을 의식하고, 그것을 다독이며 살아가는 느낌과 상상력을 신선처럼 '사는 기쁨'이라 명명하면서「사는 기쁨」, 2013 세상 밖으로 나갈 때도 '그 조그맣고 예리했던 아픔을 되살려가겠다'고 다짐한다.「연옥의 봄 4」, 2016 이런 시인의 생각은 무감각을 앓고 있는 자신의 아픔을 넘어, 인간과 세상의 아픔에 대한 처절한 깨달음을 가져온다. 하여 그의 상상력은 아픔을 가진 생명, 그 모든 존재들로 확장된다.

오랜만에 산책길 바꿔 언덕에 오르다 만난
도끼질에 밑동만 남은 어린 소나무,
주위에 아직 덜 마른 솔방울들이 널려 있다.
생전에 솔방울을 몇 번 떨궈 봤니?
허전한 곳 슬쩍 지나치듯 눈 돌처 가려는데
눈이 말을 듣질 않는다.
도끼 맞고 송진 내뿜으며 험하게 세상 뜬 나무의 아픔
솔방울들은 기억할까?
넘어지는 나무에서 떨어져 구르다 풀 속에 누우면서
아픔과의 연줄은 끊었다고 생각진 않았니?
그러나 오늘 같은 날 혼자 우두커니 딴 생각에 잠겨 있을 때
나무 넘어트리던 도끼질 소리 문득 되살아나
아픔보다 더 격한 감정에 휩싸인 적은 없니?
솔방울 하나 집어 들고 던질 곳을 찾다 만다.

「솔방울은 기억할까?」 전문

시인은 오랜만의 산책길에서 밑동만 남은 어린 소나무와 이와 함께 떨어져 나간 덜 마른 솔방울을 만난다. 잘려 나간 어린 생명

들을 허전한 마음으로 바라보며 슬쩍 지나치려 했지만, 그들의 아픔에 자꾸 눈이 가고, 마음이 쓰인다. 하여 그는 어린 솔방울들이 나무가 잘려나갈 때의 아픔을 기억하지 않길, 그리고 생명이 훼손당하던 폭력의 순간을 격하게 생각해내지 않길 바란다. 때문에 그는 시의 마지막 행에서 그들을 아픔의 기억으로부터 멀리 떨어뜨려 놓고 싶어했는지도 모른다. 그러나 그것 역시 인간의 생각이고, 솔방울은 그 자신만의 생각과 느낌을 갖고 있으리라 시인은 깨닫는다.

아프다는 것은 목숨을 가진, 살아 있음을 증거한다. 이런 점에서 어린 소나무와 솔방울의 아픔을 묻고 있는 위의 작품은 우리가 지녀온 생명에 대한 관념을 성찰하게 한다. 시인은 「아픔의 맛」 2013에서 늦장마에 쿵 쓰러진 나무의 삶을 기억하면서 "나무에게도 추억이 있다고 생각 못했던 생각이여 / 나무의 새 삶이 그냥 지워졌다고 생각진 말자. / 상처에 생살 돋을 때 / 상처에 아린 살들 촘촘히 짚어가며 하나씩 꿰매다 확 터지곤 하던 / 저 아픔의 환한 맛, / 이 지구에 생명이, 생명이 묻어 있는 한 / 지워지겠는가?"라고 생명의 평등성을 분명히 밝히면서, 지구에 살아가는 모든 생명들이 겪는 아픔과 상처, 그리고 회복을 꿈꾼다.

이처럼 아픔과 생명에 대한 깨달음을 통해 시인은 자연이라는 생명을 만나고, 아픔을 드러내는 그들의 언어에 귀를 기울인다.

아무리 곱게 봐주려 해도 식상한 말 계속 내뱉는

내가 싫어지면 혼자 언덕에 올라간다.

현충원 담장 밖 봄 언덕,

나무와 꽃들은 말이 없어도 심심치 않다.

그들의 말없음 속을 걷다 보면

생각을 말로 그럴 듯하게 꾸미는 일, 싱거워진다.

착각인가, 좀 아는 꽃나무 하나가 모처럼 말문을 연다.

'꽃 하나 뜯길 땐

욕을 내뱉었어요.

꽃가지 채 꺾일 땐

침묵을 배웠지요.'

그때 몸 덜덜 떨지는 않았니? 눈으로 묻자

대답 대신 웃는다.

자세한 건 모르나 말 아끼고 용서하며 사는 일엔

그가 나보다 한 수 위라는 생각이 든다.

침묵 앞을 천천히 지나가기만 해도

뵈지 않던 삶의 자리가

저녁 전철 속 좌석처럼 슬며시 챙겨지지 않는가.

「침묵의 앞을 지나가기만 해도」 전문

자기만의 길이와 폭과 분위기를 가지고 살면서 풀엔겐들

왜 저만의 슬픔과 기쁨이 따로 없으랴.

마주 앉아 찻잔 비울 때까지

속으로 삭이고 삭여야 할 생각 왜 없으랴.

삭이고 일어설 때 사방에 썰물 빠지는 적막, 속의 황홀!

「낯선 외로움」 부분(2009)

시인은 자기만의 빛깔과 크기로 살아가는 나무와 풀, 꽃들에게
도 저들만의 슬픔과 기쁨, 아픔이 있으리라 생각한다. 그들은 꽃이
뜯기는 아픔과 모욕, 그리고 꽃가지 전체가 꺾이는 폭력 앞에서 침
묵이라는 언어를 배운다. 아픔을 내면으로 삭이고 삭인 침묵이라
는 언어 앞에서 시인은 아픔을 그럴듯하게 꾸며놓은 언어가 식상
하고 싱겁다고 생각한다. 말이 없다는 것, 침묵한다는 것이 아픔도
꿈도 없다는 것을 의미하는 것이 아니라 이해하고, 용서하는 또 다
른 언어임을 시인은 깨닫는다. 이런 침묵의 가치를 인식하는 순간,
삶은 마치 저녁 전철 속에서 나의 아픔을 이해받고 위로받은 것처
럼 훈훈하고 든든하다.

4. 선율 __ 이 세상에 이보다 더 절묘한 떨림 어디 있으랴

음악에 관한 시인의 관심은 자연이나 우주에서 음악적 특성을
발견하거나 자연의 풍경을 음악적으로 재구성하는 것으로도 드러
난다. 특히 자연의 생명성과 음악의 풍성함이 병치되면서 시인의
의식과 감각을 일깨우는 주요 동력이 되고 있음에 주목할 수 있다.

42   시간의 아르페지오

불꽃심과 불꽃이 아직 한 몸인 저 막 당겨진 불길들!

불 위에서 날개 접은 채

내가 어떻게 날아다녔지? 회상에 잠긴 나비와

불 한가운데 몸을 박고 떠는 벌,

장미, 나비, 벌 다 넘쳐흐르는 삶의 박拍을 타고 있다.

「몰기교沒技巧」 부분(2013)

사그라들 듯 피어나고 사그라들 듯 피어나

숨 고르며 춤추는 피아노의 불꽃에

날벌레들이 꼬여들까 아슬아슬하다.

날벌레야 날벌레야 가슴이 곧 몸통인 너희들 가슴이

내 가슴보다 바흐의 가슴에 더 가까웁겠지.

너희들 몸통에 곧 댕겨질 저릿저릿 불꽃에

내 발가락 끝이 벌써 자릿자릿,

죽고 사는 일보다 감각 잃는 게 더 못 견디겠는 저녁이다.

「앤절라 휴잇의 파르티타」 부분(2016)

늦봄 아침 뻐꾸기의 노래를 들으며 산책하던 시인의 눈에 띈 장미, 나비, 벌. 뜨겁고 환한 이들의 만남을 시인은 두근대며 바라본다. 그들의 불꽃과 같은 생명감과 떨림 속에서 시인은 자연의 삶이 가진 자연스러운 박拍과 리듬을 느낀다. 이는 어떤 인위적인 기교나 꾸밈에서 나오는 것이 아니라 생명 그 자체에서 발현된다. 이런 인식은 다음 작품 「앤절라 휴잇의 파르티타」에서도 드러나는데, 시인은 바흐의 곡 파르티타 피아노 곡의 선율에서 춤추는 불꽃을 상상하고, 역시 온몸으로 불꽃처럼 날아다닐 날벌레를 상상한다. 그리고 그들이 느낄 '자릿자릿'한 몸의 감각이 자신에게는 발끝에서 자릿자릿하다고 이야기한다. 뿐만 아니라 그는 때로 노래에 끌린 듯 차 안으로 날아든 꽃잎 두엇이 얼굴을 스치자 온몸과 마음이 저릿저릿하고, 새파란 봄 물결을 바라보면서도 저릿저릿한 출렁임을 느낀다.「나폴리민요」, 2016 장미, 꽃잎, 벌, 나비, 날벌레, 봄 물결 등은 자연의 생명을 사는 존재들로 이들이 움직이고, 숨쉬고, 피어나고, 출렁이는 일은 거대한 자연의 리듬이기도 한데, 인간 역시 자연 생명의 일부로 생명의 리듬과 박자를 몸 안에 내장하고 있기 때문에 자연스럽게 저릿저릿 떨릴 수 있는 것이다.

자연이 살아가는 순리 안에는 생명과 죽음이 반복적으로 실현되어 우주적 순환을 만들고, 생명의 리듬을 만들어 낸다. 아래 작품은 이런 진실을 아름답게 보여준다.

네가 손 털고 떠난 이곳,

내장까지 화끈하게 달궈줄 꽃들 다투듯 피어

마음을 한데 머물지 못하게 하기엔 아직 이르지만

우리 몸에 익은 리듬으로 봄비가 내리고 있다.

우산 쓰고 오랜 만에 흙이 녹고 있는 변두리 길을 걷는다.

우리 같이 흙냄새 맡으면 걸은 길

섬세한 빗소리 속에 생각이 조금씩 밝아진다.

옆에서 누군가 우산 쓰고 신발에 흙 묻히며

같이 걷고 있는 기척,

감각에 돋는 소름, 치수구나!

어디부터 다시 함께 걸었지?

가만, 간 지 얼마 안되는 저세상 소식 같은 거 꺼내지 않아도 된다.

너가고 얼마동안 나는 생각이 아팠다.

그저 말없이 같이 빗속을 걷자.

봄 길에 막 들어서는 이 세상의 정다운 웅성웅성 속에

둘이 함께 들어 있는 것만으로 그저 흡족타.

「봄비－치수에게」 부분(2016)

생명이 분주히 움직이는 봄날, 봄비가 대지를 깨우고 있다. 일정한 간격으로 대지를 두드리는 빗소리는 봄의 생명을 노래하는 자연 그 자체의 순수한 곡이다. 특히 그 곡은 인간의 '몸에 익은 리듬'으로 봄길을 적시고 있는데, 시인은 빗소리와 걸음 소리가 만드는 하모니 속에서 갑자기 저세상으로 건너간 친구의 기척을 느낀다. 보고 싶었던 친구와 할 말은 많았지만 그는 '인간'의 아픔을 이야기하기보다 침묵 속에서 '자연'의 말을 듣자고 한다. 봄의 생명이 웅성웅성거리는 정다운 이 시·공간을 함께 누리자고 말이다.

이처럼 자연과 인간이 가진 생의 리듬, 그리고 음악 그 자체의 순수함에 주목하는 시인은 종종 시의 내용과 주제, 혹은 형식에도 음악적 요소를 변용한다. 예를 들어 「외딴섬 − 다도해를 제대로 보여준 박태일 시인에게 론도rondo 풍으로」2009나 「바가텔Bagatelle」2016 등의 작품에서는 시의 형식과 주제에 적극적으로 론도와 바가텔 형식을 차용하고 있다.

끊어진 줄을 끌며 타박타박
흑염소가 혼자 돌길을 내려왔다.
작은 배 하나 간신히 댔다 뗄 수 있는 부두,
지금은 비어 있고
바다는 잔잔하고
하늘엔 파도 구름 몰리고 있다.
바다와 하늘이 서로 자리를 바꾸었는가?

「외딴섬 − 다도해를 제대로 보여준
박태일 시인에게 론도rondo 풍으로」부분(2009)

「외딴섬」에서는 "끊어진 줄을 끌며 타박타박 / 흑염소가 혼자 돌길을 내려왔다. / 작은 배 하나 간신히 댔다 뗄 수 있는 부두"라는 세 행이 형식과 내용이 유사하게 3번 반복되면서 마지막 반복 부분에서 "염소와 인간이 서로 몸을 바꾸"는 장면으로 끝을 맺는다. 음악적 층위에서 론도 형식은 일종의 병렬형식으로 자주 반복되는 주요 주제부와 그 사이의 삽입부로 이루어진 곡 형식을 말한다. 다도해라는 비슷비슷 무수히 많은 섬에 대한 시인의 느낌은 병렬과 반복이라는 론도 형식과 어울리기도 한다. 특히 단출한 시 형식의 반복을 통해 외딴섬의 적막감은 강조되고 홀로 있는 염소와 작은 배를 바라보던 화자-인간이 장면 속에 들어가 바뀜으로써 외따로 떨어져 있는 인간의 외로움이 배가된다.

'바가텔Bagatelle' 역시 소곡이나 소품형식의 피아노곡을 의미하는데, 작고 가벼운 작품을 말하기도 한다. 황동규 시인은 어둠 속에서 혼자 불빛을 비추고 있는 등대를 통해 "나무 몇만 사는 조그만 섬도 길 잃은 배도 없는 / 수평선마저 없는 바다를" 의식한다. 그리고 자신의 마음에 모여 있던 생각들까지 그 없음 속으로 함께 사라져버렸다고 느낀다. 그리고 비워진 존재의 가벼움은 '순간 가슴 한 끝이 짜릿'한 느낌으로 다가온다. 이 순간을 그는 「바가텔Bag-atelle」이라는 이름으로 시화詩化한다. 모든 존재들이 없음으로 채워진 시·공간의 경험을 통해 인간의 실존적 무게마저 가벼워지는 순간. 시인은 이 때를 짧고 인상적인 작품으로 재현한다. 어쩌면 음악이란 "인간이 인간임을 잠시 그만둬도 좋은 그런 주문呪文 같은 것"「미소-2015년 4월 7일, 낙양 용무석굴에서, 王家新시인에게」, 2016이기에 욕망이나 생각 등이 무화되는 순간의 짜릿하고 떨리는, 전율을 선물하는지도 모른다.

이마저 뭘 더 안다는 자랑일까?

세상에 나와

일흔아홉 해를 날려 보내고도 두 달 치가 더 날아간 지금,

그런 걸 자랑하던 때가 다 있었나? 있었다면,

아 뜨거! 봄비 속을 정신없이 달린 젊은 나무 같던 때,

그때의 내가 부럽긴 부럽다.

이즘처럼

아는 것 모르는 것 다 합쳐도 별 감동거리 없는 초여름 저녁

늦게까지 혼자 집에 남아 옛 음악이나 틀고 있을 때

폴 루이스가 치는 베토벤의 마지막 소나타 끝머리에

지상에 잠시 걸리는 무지개처럼 건반에 올려져

마시던 녹차 색깔까지 아슬아슬 떨게 하는 트릴 한 토막,

창밖의 별들까지 떨고 있다.

이 세상에 이보다 더 절묘한 떨림 어디 있으랴.

이 트릴, 혹시 별빛 가득 찬 천국의 한 토막은 아닐까?

별 하나가 광채를 띠고 떨며 내려온다.

그래, 소나타도 트릴도 떨음도 끝난다.

허지만 끝남, 끝남이 있어서

천국의 한 토막이 아니겠는가?

「베토벤의 마지막 소나타 트릴」 전문

시인은 「폴 루이스의 슈베르트를 들으며」2016에서 죽음을 예감하는 슈베르트의 고뇌가 매끈한 트릴으로 연주되고 있음을 이야기한 적이 있는데, 위의 작품에서도 역시 폴 루이스가 연주하는 베토벤의 트릴이 등장한다. 일반적으로 트릴Trill은 2도 차이 나는 음

사이를 빠르게 연속적으로 반복하는 꾸밈음을 말한다. 시인이 말하는 베토벤의 마지막 피아노 소나타는 베토벤 말년의 지독한 고통과 고난 속에서 탄생한 곡으로 알려져 있다. 그런데 어찌하여 그 음색과 선율은 녹차의 물방울을 흔들 만큼 정교하고, 아슬아슬하며, 절묘할까. 반복되는 트릴의 선율은 베토벤의 고통과 아픔을 맑게 정화시키는 듯하다. 시인은 별 감동할 거리가 없고, 무감각한 일상의 한 가운데서 베토벤의 소나타 트릴의 떨림을 전한다. 그 감동 안에서 가을날 명예교수의 휴게실에서 늘 '제자리'라 미칠 것 같던 시인의 삶이 떨리고, 천상의 별빛이 떨며 지상으로 내려오는 꿈과 같은 상상이 펼쳐진다. 음악과 우주와 인간이 하나가 되어 무지개 같은 환희를 경험하는 순간이다.

겨울밤 별자리를 읽으며 인간의 꿈을 상상하고 우주적 삶 안으로 들어갔던 시인. 그는 지상에 울리는 피아노의 선율을 통해서도 지상의 경계를 넘어 천상의 삶을 경험한다. 음악이 선사하는 감동과 떨림을 통해 시인은 저물어가는 생의 약동을 느끼고 무감각한 일상을 조율한다. 이는 자연과 우주, 그리고 인간의 생명이 거느리는 생의 리듬이 음악과 맞닿아 있기 때문이다. 우주적 삶과 생명을 노래하는 황동규 시인. 그의 멜로디를 통해 독자 역시 삶을 절묘하게 전율시킬 생명의 리듬과 우주적 삶의 한 토막을 누릴 수 있을 것이다.

허영자

간절하고 정직한, 투명의 정신

1. 투명에 이르는 시간과 언어

간명하고 절제된 언어, 그리고 명징한 감각을 통해 서정의 세계를 탐구해왔던 허영자 시인은, 최근 삶과 세계, 그리고 언어의 '투명'을 추구하는 '투명에 대하여' 연작 시편들을 발표하고 있다. 이 작품들은 반세기가 넘는 시인의 시력詩歷의 힘과 깊이 위에서 순수와 정직, 슬픔과 간절함의 언어를 감각적으로 재현하면서 '투명'의 정신적인 가치를 성찰한다.

투명透明이란 사전적으로는 물의 속까지 환히 보이는 만큼의 맑은 상태이거나 어떤 물체가 빛을 잘 통과시키는 것을 의미한다. 투명이 가진 이런 속성은 연작 시편들에서 푸른빛과 연동되면서 물과 유리, 빛 등의 감각적 이미지로 변주된다.

'투명 연작 시편'의 첫 번째 작품인 「투명에 대하여 1 — 숨어있는 투명」에서 시인은 '투명'을 다양한 존재로 호명하는데, 그 각각의 이미지를 통해 순수와 슬픔이라는 정신적이고 도덕적인 가치에 이르고 있다.

때로는

풀잎에 맺히는 새벽이슬

때로는

잎새에서 굴러떨어지는 물방울

외로이

몇 억 광년을 날아온 저 별빛

초록에서 진초록, 진초록에서 유록

그 사이의 시간

히말라야 상상봉의

만년설에 숨어 있는 메아리

검은색이 결단코

물들이지 못하는 순수

비손이하는 마음의

간절하고 정직한 슬픔.

「투명에 대하여 1 – 숨어있는 투명」 전문

작품에서 '투명'은 이슬에서, 물방울로, 다시 별빛에서 초록에서 유록의 시간으로, 그리고 메아리로 전환된다. 이슬방울이나 별빛, 초록색 등은 시각적으로 투명성을 환기시키는데, 이들은 다시 초록에서 유록으로 가는 '시간'으로 비유되었다가 청각적 이미지인 메아리가 된다. 의미적으로는 흰색, 초록색 등의 이미지가 '투명'이 가진 순수와 순결, 생명성을 환기함으로써 검은색의 불순함을 대조적으로 강조한다. 그런데 시의 언어들을 다시 읽어보면 시인이 투명성에 이르는 무한한 시간성을 강조하고 있음을 알게 된다. 이슬이 보낸 차가운 밤, 별빛이 날아온 외로운 몇억 광년의 시간, 메아리가 머물렀던 차가운 만년설 등은 바로 '투명'에 이르는 과정의 험난함과 외로움을 일깨운다. 부제인 '숨어있는 투명'이 환기하듯 이 투명을 찾는 일, 즉 순수와 순결, 정직에 이르기 위해서는 노력과 인내의 과정이 필요함을 의미한다. 그리고 그렇게 도달한 투명은 절대 순수의 세계이다. 시인은 투명 연작에서 비손처럼 간절하고 정직하게 투명에 이르기 위한 마음을 노래한다. 그 언어는 별빛처럼, 메아리처럼 우리의 삶을 감싼다.

2. 이슬에 얼비치는 맑은 아침

허영자 시인은 왜 투명에 이르려는 것일까.

실치를 보고 있으면
부끄러워진다

등뼈도 내장도
마알갛게 드러낸 그 투명 앞에
왠지 부끄러워진다

싸고 싸고 또 싸서
꼭꼭 숨긴 비밀이,
비밀의 등뼈와 내장이
낯 뜨거워진다

참으로 사람의 마음이
실같이 가느다란
저 실치의 투명함만도 못한 것인가

실치를 보고 있으면
자꾸 혼자 부끄러워진다.

「투명에 대하여 2 - 실치」 전문

시인은 몸속을 훤히 내비치는 실치의 투명함 앞에서 부끄러움
을 느낀다. 이는 자신의 삶이 남에게 보여주고 싶지 않은 비밀로

싸여있다는 자각 때문이다. 이처럼 실같이 가느다랗고 작은 실치 앞에서 자신의 가식과 허위를 깨닫는 시인의 상황은, 우리 스스로 가 투명한 마음을 가진, 즉 순수한 존재성을 가졌을 때, 편견 없이 타인의 마음과 본 모습을 읽을 수 있다는 진실을 말해준다. 즉 투명을 가리거나 억압하는, 의식의 장막을 거둘 때 인간은 정직한 삶, 그리고 함께 하는 삶에 도달할 수 있다는 의미이다.

아래 작품에서 시인은 뱀이 남겨 놓은 껍질을 보면서 투명에 이른 실존적인 전환의 과정을 보여준다.

나뭇가지에
뱀 허물이 걸려 있다

햇빛 받아
아리아리 비단결이다

맹독猛毒도 빠져나갈 때는
저리 투명한 껍질을 남기는가.

「투명에 대하여 9─비단 허물」 전문

시인의 눈에는, 첫 연에서 뱀의 껍질이 '허물'로 보였다. 그런데 햇빛 아래 드러난 그 허물은 투명하게 빛나는 비단이었다. 이런 인식의 전환은 껍질과 허물이 그 안에 갖고 있던 것들, 즉 자신의 삶을 맹독猛毒으로 만들었던 것을 비워내었고 이를 통해 투명하고 순수한 존재에 이르렀음을 의미한다. 컴컴하고 어두운, 독성을 가진 내면으로부터 존재는 맑고 투명한 몸과 정신에 이름으로써 자신에 대한 진정한 인식은 물론 타자와의 진정한 소통 역시 가능해진다. 이처럼 투명에 도달하기 위해 존재의 투명성을 방해하는 베일이나 껍질을 벗어야 한다는 상상은 기존의 자기 자신과의 단절이나 분리라는 상상과 연결된다. 즉 뱀이, 독이 쌓인 자신의 몸과 분리한 것처럼 인간 역시 자신의 마음과 정신에 쌓인 독이라는 껍질의 삶으로부터 탈피, 탈출하려는 노력을 통해 전혀 다른 존재에 이를 수 있다는 의미이다.

유리창을 닦으니
세상이 환하다

안경을 고쳐쓰니
세상이 환하다

마음을 고쳐먹으니
세상이 환하다

너와 나
선 자리를 바꿔보니

세상이 환하다.

「투명에 대하여 4 – 환하다」 전문

　　루소는 그의 『고백록』에서 인간에게 투명성이 사라지면서 낙원
이 사라졌다고 개탄했다. 왜냐하면 낙원이란 전적으로 상호 투명
함을 바탕으로 한 신뢰의 공간이었는데, 세상이 베일에 싸이게 되
어 더이상 투명하지도 환하지도 않았기 때문이다. 이런 의미에서
'투명'은 존재 개인의 내면의 문제로부터 '너와 나'라는 세상과 현
실을 향해 그 가치를 확장하게 된다. 위의 시 「투명에 대하여 4 –
환하다」에서 시인은 세상이 빛나고, 너와 내가 함께 살아가기 위
해서 기존에 갖고 있던 생각들을 '닦고, 고쳐 쓰고, 고쳐 먹고, 바꾸
는' 노력이 필요하다고 이야기한다.

　　아래의 시는 바로 그런 변화의 한 모습을 집달팽이를 통해 상상
하고 성찰한다.

　　궁궐이다

　　누추한 집이지만
　　마음 편안하니

　　때로는 돌자갈길이고
　　때로는 꽃길이고

풀밭을 기어가는

집달팽이 한 마리

이슬에 얼비치는

아침이 맑다.

「투명에 대하여 11 - 집달팽이」 전문

　현실적으로 궁궐 같은 집을 소유하는 것이 일상적인 삶을 사는
우리들의 욕망이다. 그러나 위의 시에서는 작고 누추한 집을 궁궐
로 느끼면서 살아가는 마음의 넉넉함과 정신적인 가치를 지향한
다. 이런 편안한 마음을 가졌을 때 우리는 맑은 아침의 투명한 이
슬을 만날 수 있기 때문이다. 그러나 누추함을 극복하는 마음은 쉽
게 얻을 수 없으므로, "누우른 / 욕심으로 채워진 나는" "투명한 공
기로 채워져 / 하늘로 오르"는 풍선과 달리 "땅만 보고 산다".「투명에
대하여 31 - 풍선」 즉 싸고 싸인 비밀의 껍질과 검은 욕망의 무게가 우리
의 삶을 지상에 묶어 두기 때문이다.

3. 차가우면서도 따뜻한 정신

인간이 투명하고 순수한 존재에 이르기 위해서는 자신이 가진 것을 내려놓아야 하고, 일체의 외피를 벗어야 한다는 이런 진실은 역설적으로 인간이 늘 자신의 욕망 때문에 분투하는 존재임을 말해준다. 욕망慾望은 늘 열과 에너지를 동반한다. 때문에 과잉된 욕망은 우리를 소진시키거나 혹은 파괴시키기도 한다. 허영자 시인은 욕망 그 자체를 부정하기보다는 그 욕망 위에 선 존재의 순수한 집약에 주목한다. 즉 욕망이 내포한 열의 세계를 거친 후 서늘함을 통해서 존재는 투명한 상태에 이를 수 있음을 이야기한다. "꽃처럼 뜨겁던 욕망! // 그 불꽃이 가신" 맑고 깨끗한 가을물 같은「투명에 대하여 8-시선(視線)」 존재성을 우리는 얻을 수 있다는 의미이다. 몸의 열기가 식었을 때 만나게 되는 정신의 서늘함, 그것은 어쩌면 오롯이 정신에만 집중할 수 있는, 찬란한 정신성의 획득이기도 하다. 그러나 타오르던 불꽃이 서늘한 물이 되기까지는 역시 존재가 변화하기 위한 인내의 시간이 필요하다. 열로 타오르던 별이 우리에게 서늘한 빛으로 오기까지 몇억 광년이 걸리는 것처럼 말이다.

네 몸에서는
푸른
비취빛 내음이 난다

차가우면서도

따뜻한

고혹蠱惑의 살결

청자여

네 앞에 서면

항시

투명해지는 나의 관능官能.

「투명에 대하여 10 – 청자靑瓷」 전문

시인은 '청자靑瓷'에서 열熱과 냉冷을 거친, 차가우면서도 따뜻한 투명의 존재론을 읽는다. 청자는 몸과 살, 관능을 감싸는 열과 불에 온전히 자신을 맡기는 시간을 우선 살아내야 한다. 그러나 이것만으로 그는 투명하고 은은한 존재의 빛과 내음을 발할 수 없다. 열기를 서늘한 빛으로 그리고 냄새로 바꾸는 오랜 시간이 필요하다. 이런 과정을 거쳐 그는 차가우면서도 따뜻한 존재로 탄생한다. 서늘한 그의 존재의 심연에는 붉은 불꽃이 존재한다. 그가 불꽃에서 탄생했기 때문이다. 그러므로 시인은 완전히 불꽃을 상쇄하는 것이 아니라 인간의 욕망과 열이 서늘한 정신과 함께 공존할 때 투명에 이른다는 점을 강조한다. 불꽃과 서늘함의 극과 극, 모순된 존재들의 공존, 이런 상황을 치열하게 조율하는 고도高度의 정신성

역시 투명이 거하는 자리이다.

시인은 「투명에 대하여 3 ─ 투명한 내음」에서 옥색 빛, 비취색, 하양, 블루blue라는 말들이 모두 투명한 내음을 환기하는, 약藥 같은 말이라 좋다고 이야기한다. 즉 이런 색이나 내음은 감각적으로 인간을 위로하는 것을 넘어, 이들이 환기하는 가치나 이념이 인간을 치유하는 도덕적 기능을 발휘한다는 의미이다.

옥색!
이런 말이 참 좋다

하양!
이런 말이 참 좋다

블루blue!
이런 서양말도 나쁘지 않다

모두가
투명한 내음이 나니까.

옥색 치마, 옥색 비녀
하얀 고무신

그리고
블루 스카이|blue sky

이런 말들은
약藥같은 말

모두가
투명한 내음이 나니까.

「투명에 대하여 3 – 투명한 내음」 전문

투명한 내음이란 어떤 것일까 궁금해진다. '내음'은 사전적으로 그냥 냄새가 아니라 인간에게 '향기롭다'는 느낌을 주는 어떤 기운을 의미하는 시어이다. 그러므로 투명한 내음이란, 순수하고 슬프고 향기로운 기운을 가진 약 같은 시-언어의 함의일 것이다. 허영자 시인은 세상의 아픔을 치유하는, 비손의 언어를 시인들에게서 읽는다. 이런 상상의 세계는 그간 과잉된 수사를 지양하고, 간명하게 절제된 언어와 이미지를 통해 서정시의 본질을 추구해온 허영자 시인이 '투명에 대하여' 연작들을 통해 도달하려는 시의 궁극이며 가치이다.

김초혜

자연과 생명을 꿈꾸는 꽃의 여정

1. 사랑-생명-고요의 꽃

1964년 『현대문학』을 통해 등단한 김초혜 시인은 1980년대 『사랑굿』1~3 연작을 통해 한국시문학의 역사에 '사랑'의 주제를 깊이 각인시켰다. 시인은 사랑이 관념이나 추상이 아니라 살아있는 생명이며, 억압을 뚫고 오르는 인간 내면의 힘이라는 사실을 강조함으로써, 인간 '개인'의 감정인 사랑이 사회의 억압과 불의에 저항하는 '거대한' 동력이 될 수 있음을 당대 역사의 주체들이 분명히 깨닫게 해주었다. 또한 같은 시기 출간한 『어머니』1988에서는 우리 모두의 '어머니'라는 상징을 통해 인간의 사랑이 신적인 층위에서의 우주와 생명의 근원으로까지 확장, 고양될 수 있음을 보여주었다. 인간의 존엄과 가치가 훼손되고 존재의 위기감으로 힘들고 고달플 수밖에 없었던 1980년대, 김초혜 시인은 역사적이면서도 보편적인 사랑의 힘을 상상함으로써 독자들의 삶을 위로하고 지지했던 것이다.

이후 2000년대 들어 출간한 『고요에 기대어』2006와 『사람이 그리워서』2008에서도 '사랑'은 삶의 조건과 한계를 넘어서는 동력「사랑」, 『고요에 기대어』으로, 혹은 고통을 참는 내면의 힘「사랑」, 「사람이 그리워서」 등으로 의미화되었는데, 이즈음의 작품들에서 시인은 사랑의 '주체'인, 인간 내면에 좀더 깊숙이 천착해 들어간다. 그리하여 삶의 진정성에 도달하기 위한 인간적 고민과 분투, 그리고 깨달음의 세계가 고요한 성찰의 언어와 간명한 이미지를 통해 드러난다.

이런 의미에서 이 글에서[1] 중점적으로 다룰 시집 『멀고 먼 길』은, 사랑을 중심에 두고, 인간 삶의 가치와 본질을 적극적으로 묻고 탐구해 온 김초혜 시인의 60년에 이르는 시쓰기의 역사와 맞닿아 있다. 그리하여 "가지 않을 길인데 / 가야 하는 길일 때 // 그때 길은 시작되리"「길의 노래」, 『사람이 그리워서』라는 엄정하고도 비장한 시인의 목소리는, 진정한 시와 삶이란, '멀고 먼 길'을 걸어 겨우 도달할 수 있는 궁극의 가치임을 힘주어 말한다. 특히 '길'의 이미지와 함께 등장하는 '꽃'에 주목할 수 있는데, 인간 존재의 유한성에 대한 인식과 노년의 삶에 대한 성찰이, '길'과 '꽃'이라는 인간과 자연의 상징으로 확장·인식하는 새로운 시적 성취를 보여준다.

꽃은 일반적으로 자연의 근원적인 순수 생명을 상징하면서 한편으론 사람들이 인생에서 이루려는 목적을 비유하기도 한다. 김초혜 시인의 작품에서도 '꽃'은 인간의 삶을 비유하고, 자연의 생명성을 가시화시키며, 아름다운 가치를 상징하는 제제로 자주 등

---

1   이 글에서 함께 읽은 시집은 『어머니』(해냄, 2013), 『고요에 기대어』(문학동네, 2006), 『사람이 그리워서』(시학, 2008) 등이다. 『어머니』(1988)는 2013년에 재간행된 것을 읽었다. 본문에서는 시집이름만 표기했다.

장해왔고 의미화되었다. 『멀고 먼 길』에서도 꽃은 이와 같은 의미들을 아우르면서, 인간이 삶의 길에서 추구해야 하는 진정한 가치-사랑, 생명, 고요가 복합적으로 집약된 상징적 존재로 나타난다. 특히 시인은 꽃을 통해 자연과 생명을 지향하는 삶과 언어를 그리고 있는데, 이처럼 시를 통해 또 하나의 자연을 생각하는 시인의식의 근저에는, 시의 궁극적인 목표 역시 인간의 삶이 자연 생명의 일부임을 깨닫게 하는 것이라는 생태적 사유가 놓여 있다.

2. 생명의 원형, 사랑과 '천심天心'

김초혜 시인은 '사랑굿' 연작시를 통해 진정한 사랑에 대한 깨달음과 노력, 그리고 이를 통한 인간의 내면 성숙과 삶의 확장 등을 시화한 바 있다. 이처럼 인간의 삶에 기여하는 사랑의 힘은 '어머니' 연작들을 통해 '하늘과 땅의 영원한 근원'으로「어머니 32」, 『어머니』 신성하고 위대하게 각인되었다. 『멀고 먼 길』에 게재된 「모성」 역시 어머니의 사랑과 희생을 바라보는 시인의식의 일단을 보여준다.

어머니는
자식의 바늘에
만 번을 찔려도
찔린 줄도 모른다

아버지는

한 번만 찔려도

숨겨 둔

바늘쌈을 찾는다

「모성」 전문

시인은 어머니와 아버지로 상징화되는 세계, 혹은 그 본성을 이야기한다. 어머니는 자식에 대한 무한한 사랑과 허여, 그리고 희생의 세계로 상징화된다. 자식에 대한 사랑은 그로 인한 고통까지도 모두 포용하는 정신이요, 원리를 의미한다. 그런데 아버지로 대표되는 세상은 원칙과 규칙이 존재하는 곳이다. 한 번만 찔려도 바늘쌈을 찾는다는 구절은, 어떤 용서나 이해가 이루어지지 않는 금기와 처벌의 공간이다. 실제 우리의 현실적인 삶은 권력과 규율이라는, 상징적인 아버지가 지배하는 공간에서 이루어진다. 이때 모성의 원리는 '어머니'라는 개별 존재를 넘어 인간에 대한 배려와 존중, 화해의 정신을 강조한다. 즉 인생의 무게를 겪으면서도 자식 앞에서 늘 가볍게 져 주는 어머니의 존재성은「어머니 6」, 『어머니』 오히려 인생의 무게를 경험하는 모든 인간 존재의 삶을 가볍게 만들어 주는 삶의 동력이기도 한 것이다.

이처럼 김초혜 시인은 가장 이상화되고 본질적인 사랑의 원형을 어머니와 어린 아이들에게서 발견하는데 그러기에 그들을 바라보는 시인의 시선 역시 순수하고 경건하다.

꽃이 아가에게

말을 거는지

아가는

꽃밭에만 가자 한다

아가는 꽃과

마음이 맞는지

꽃밭에 가면

울다가도 웃는다

「천심」 전문

꽃과 생명, 웃음과 에너지 등을 머금은 존재인 아가, 오로지 봄
만 오게 하는 아가, 잎이 피고 자라고 꽃이 피어나듯 어여쁘게 자
라는 어린 아이들「손자를 위하여」, 『사람이 그리워서』. 그들이 자연을 사랑하
는 마음은 순수하고 아름답다. 세상의 때가 묻지 않은 아이의 마음
은 투명하기에 아름다운 자연물과 친구가 될 수 있다. 시인은 아가
들이 가진 동심童心이 바로 하늘의 마음, 즉 '천심'이라 한다. 순수
하고 맑은 마음, 여기에는 자연에 대한 인간의 이기심이나 욕심이
설 자리가 없다. 하늘과 우주의 순리대로 살아가는 꽃과 순수하고
투명한 마음을 가진 존재인 아가, 이들에겐 모두 천심이 내재해 있
다. 하늘의 마음을 가진 존재인 그들은 현실적으로는 참으로 작고
여린 존재들이다. 이들에게서 천심을 읽는다는 것은 그들에 대한
무한한 존중과 경의를 의미한다. 시인은 천심을 통해 순수한 인간

과 사랑의 원형을 보여주는 한편 그 존재들의 정신적, 도덕적 위상이 어른보다, 나아가 인간보다 높다는 점을 강조한다.

현실 속에서 추구되어 온 '인간'을 중심에 둔 가치와 행위들. 시인은 이런 삶의 틀과 기준에 관해 고민하고, 새로운 대안적 삶에 관해 상상한다. 모성적 가치와 사랑을 바탕으로 하는, 용서와 배려를 통해 서로를 격려할 수 있는 사회, 이기심과 탐욕을 버린, 순수한 우의를 바탕으로 소통할 수 있는 공동체. 이처럼 투명한 내면의식, 그리고 일상의 삶을 응시하며 조율하는 고요의 에너지, 이들을 통해 도달하려는 시인의 언어는 속세의 인간적 가치, 그 너머에 있는 하늘같은, 자연 같은 시詩의 세계인 것이다.

3. 꽃, 자연으로 들어가는 길

꽃은 자연의 존재물 중에서도 나무나 열매와는 달리, 피고 지는 과정이 가시화되기 때문에 이들이 시간을 사는 존재임이 보다 분명하게 드러난다. 따라서 개화를 향해 가는 꽃의 여정과 인간이 인생의 정상을 향해가는「마음」길은 겹쳐지기 때문에 유한한 생을 살면서 이상적 삶을 향해 분투하는 인간의 삶과 꽃의 생은 닮아 있다. 꽃이 자기 힘을 다해 만개한 후, 서서히 꽃잎을 떨구고 지는 과정은 우리의 인생 역시 화려한 절정의 시간으로부터 내려와야 함을 말해준다. 삶이란 꽃에서 잎으로, 잎에서 낙엽으로, 바람으로,

땅으로「노년의 시간」변해가는 그 과정 전체를 포괄한다는 진실 말이다. 뿐만 아니라 꽃이 진다는 것을 통해 우리는 소멸이라는 현상을 목도하고 생의 이별을 감지한다. "먼저 핀 꽃도 / 나중 핀 꽃도 / 모두 지는 꽃이라"「편지」, 『사람이 그리워서』는 자연적 순리를 배우면서 시간이 정해진, 인간의 여정도 이해하게 되는 것이다.

한편 일반적으로 길은 우리가 살아가는 시·공간적인 의미도 있지만 나아가 이런 과정을 통해 도달해야 하는 궁극적인 경지나 가치를 의미하기도 한다. 따라서 인간 삶의 길을, 꽃 피우기에 비유하는 시인의 상상력에서 꽃이 상징하는 순수와 아름다움의 세계에 대한 지향을 읽을 수 있다. 꽃피우는 삶은 우리 삶이 가야하는 '길道'이며 그 가치道는 생명이요 자연이라고 시인은 말한다. 이런 의미에서 시집의 표제시인 「멀고 먼 길」에는 그런 가치를 향해 가는 인간의 노력과 어려움이 투영되어 있다.

오 하느님
나이는 먹었어도
늙은 아이에 불과합니다
햇살은 발끝에 기울었는데
내 몸이나 구하자 하고
굽은 마음 어쩌지 못해
얼굴을 숨기기도 합니다
몸 안에 가득 들여놓은 꽃은

붉은 조화 나부랭이였습니다

어찌

고요를 보았다 하겠습니까

「멀고 먼 길」 전문

　　시인은 삶의 여정을 길로 비유하고 이 과정에서 의미 있게 만들
어지는 삶의 순간들을 꽃으로 형상화한다. 꽃이 발아發芽에서 개화
開花까지의 시간을 열심히 피어 오듯이 인간의 삶 역시 꽃처럼 가
장 아름다운 존재로 피어나야 한다. 그러나 시인이 상상하는 아름
다운 꽃은 화려하거나 주목받는 인생의 한 시절을 의미하는 것은
아니다. 시인이 추구하는 삶의 꽃은 순수한 내면의 꽃으로 의미화
된다. 작품에도 드러나듯이 고요의 꽃은 '내 몸을 구하는' 이기심
이나 '굽은 마음'으로는 피울 수 없는 존재이므로 이런 마음으로부
터 진심으로 벗어나야 한다. 꽃 같은 삶을 향해, 삶의 길을 걸어간
다는 것은 순수하고 아름다운 내면을 발견하는 것, 진정한 나 자신
을 만나게 되는 것인데, 이는 내 안의 자연과 생명을 의식하는 존
재론적 전환을 의미하는 것이기도 하다.

　　한편 일반적으로 꽃이 아름다운 삶에의 욕망을 가장 효과적으로
상징하는 비유물이라는 점에서 삶과 시詩에 대한 시인의 심미적 태
도를 느낄 수 있다. 삶을 꽃에 비유하는 것은 거칠고 속악한 세상에
서 인간 삶의 가치를 아름답고 순연한 것으로 정초하려는 시의식과
관련되고, 이는 늘 과잉된 수사를 지양하고, 간명과 단정의 미학을

김초혜 69

통해 시 순수 본연의 아름다움을 표현해온 시인의 시세계와도 관련된 것으로 이해할 수 있다. 그런데 이번 시집에서 시인의 생각은 도덕적 가치善가 심미적 가치美를 고양시킨다는 철학으로까지 확장된다. 즉 거짓 욕망이나 시기심 등과 단절하는, 삶의 도덕성 회복이 삶의 심미성을 높인다는 점을 강조한다. 때문에 시인이 그리는 꽃의 내면에는 순수성, 선함, 천진함 등의 선의지가 가득 차 있으며, 이 존재들은 자주 속악한 세상과 대비되는 인물이거나「열아홉살 소년」 어린 아이들「천심」,「답장」,「재면에게」,「생일날」로 나타난다. 이들이 가장 순수한 생명과 자연의 아름다움을 구현한 존재들이기 때문이다.

그러므로 일상을 사는 우리들은 잃어버린 그 가치를 회복해야만이 꽃을 만나고 생명 우주와 자연 안에 위치한 자신을 자각할 수 있으며 나아가 진정한 자유에 이르게 된다.「고독」에서 시인은 자연의 일부로 살아가는 인간의 삶을 이야기 하고 있다.

나는 죽고
너는 살고

너는 죽고
나는 살고

그래도 꽃이 핀다

「고독」 전문

나와 너의 살고 죽음이 일치하지 않는다는 사실은 인간 고독의 근원을 보여준다. 이는 '너를 잊었다 하며 너를 찾아 떠나는 나'와 '나를 찾아 떠나는 너'「산수유」의 삶이 어긋나고 불일치하여 생기는 고립과 비애의 시의식과도 상통하는 것이다. 그러나 시인은 '그래도 꽃이 핀다'라는 선언적인 구절을 통해 고독과 소외에 놓인 존재들을 자연 안으로 불러들인다. '그래도 꽃이 핀다'는 '그래도 꽃이 진다'라는 의미를 함축하고 있다. 사람이 살고 죽는 일, 꽃이 피고 지는 일은 자연이 살아가는 순리이다. 자연의 생명 안에서 보면 인간의 죽고 삶, 고독과 공존은 서로 연결되어 있다. 모든 꽃은 피어나고 사라질 것이며, 그대가 먼저 피운 꽃의 소멸을 나는 의식할 것이고, 내가 오늘 피운 꽃의 떨어짐을 내일의 그대가 또 배웅할 것이다.「편지」, 『사람이 그리워서』 이처럼 커다란 자연의 생명 안에서 우리의 삶과 죽음은 모두 하나로 연결되어 있다. 때문에 우주라는 큰 생명의 시간의 관점에서 보면 봄과 겨울, 살고 죽는 시간의 분절은 무의미한 것인지도 모른다.「생명」, 『사람이 그리워서』 이제 인간은 이러한 자연의 순리를 이해하면서 자신의 존재가 자연으로 확장됨을 느끼고 고독을 극복한다.

시인은 꽃에 관한 상상력을 통해 인간의 삶이 생과 사를 넘어 자연과 생명 존재로 거듭나기를 소망한다. 이런 사유를 통해서 생명을 허비하는「잡동사니」 현실 삶의 비생명성을 극복하는 진정한 삶의 길을 찾고 싶어서이다.

꽃 피고 꽃 질 때

무슨 생각 하시나요

캄캄한

어둠 속에서

세상에 끌려 다녀도

꽃 한 송이 만나면

그게 길이네요

그 길이 끊겨

세상 밖으로 밀려날 때까지

꿈속에 묻어둔

꿈이나 꾸지요

「꿈」 전문

    자연의 꽃이 피고 지는 것처럼, 인생의 '꽃빛은 환하다가' 저물어지기도 한다. 이러한 과정의 반복 속에서 삶은 황혼의 시간을 맞이하게 되는 것이다. 그렇다면 꽃이 피고, 지는 것에 일희일비─喜─悲하지 않는 것이 삶의 중요한 덕목일 수 있을 것이다. 이런 의미에서 '무슨 생각을 하느냐'는 시인의 질문은 '어떻게 살 것인가'라는 질문을 함축하고 있다. 시인은 '이 일만 하고', '이 일만 끝내고'「일생동안」라면서 아등바등 어둠 속에 살기보다는 진정한 꽃 한송이를 인생에 들이는 일이 중요한 것이 아닌가라고 묻는다. 인생이란 현실 세상의 이치대로 우리를 끌고 다니거나 밀쳐내기도 하는 덧없는 것이지만「인생길」, 그러기에 오히려 진정한 '가치-꽃'을 찾으러 가는 길이, '가야 하는 길'「길의 노래」, 『사람이 그리워서』이어야 한다는 인식은 값 지게 다가온다.

최근 김초혜 시인은 노년을 향해 가는 삶에 대한 인식, 즉 저물어 가는 황혼의 시간을 어떻게 이해할 것인가를 탐구하면서 인간 삶의 여정에 관한 사유를 개진시켜 왔다. 이런 시의식의 근저에도 꽃과 자연의 순리에 대한 인식이 중요하게 자리잡고 있음을 알 수 있다.

정상에 오르자
더 오를 데 없어
내려오는 길
올라가는 이
무척이나 부러우이

「마음」 전문

잎이 떨어진
산수유꽃나무 앞에서

속절도 없이

그대 있음직한 곳

가늠하며

설레인다

「그리움」 전문

「마음」에서 '정상'이란 시인이 힘껏 올라가고 싶었던 어떤 경지를 의미할 것이다. 그런데 이제 노년을 위한 정상은 존재하지 않는다는 사실이 '올라가다와 내려오다'의 대비를 통해 강조된다. 이런 사실을 잘 알고 있지만 그럼에도 시인은 정상을 향해 올라갔던 순간들의 열정과 에너지가 무척이나 부럽다고 고백한다. 마찬가지로「그리움」역시 산수유 꽃잎이 이미 져버린 것을 알면서도, 그대라는 꽃이 피어있을 곳을 상상하며 설레임을 느끼는 주인공이 등장한다. 부러움과 설레임은 자연스러운 인간적 감정이지만 한편으로 이로 인한 결핍과 부재에 집착하면 인간은 외롭고 고통스럽다.

의지하지 않고

무시하게 하소서

마음으로 오든

몸으로 오든

다른 방법이 없습니다

언제고 일어날 일이

일어난 것이라고

무시하게 하소서

마침내

나 자신까지도

무시하게 하소서

「무시하게 하소서」 전문

이에 시인은 이런 욕망 앞에서 초연하기를 간곡하게 소망하는데, 그 '방법'은 인간 역시 자연의 일부라는 인식, 그러므로 자연의 순리를 수용하는 것이다. '인간의 몸과 마음에 닥칠, 언제고 일어날 일'이란 육체나 정신의 고통이나 아픔 등일 것인데, 이는 목숨을 가진 존재들이 다 겪어야 하는 일이며, 특히 병과 싸우면서 인간은 한계를 절실하게, 겸허하게 깨닫게 된다. 물론 이 "불가해한 / 신의 섭리를 / 받아들이"「고요에 기대어」, 『고요에 기대어』는 일은 무척이나 어려운 일이기 때문에 시인은 '무시하게 하소서'라는 구절을 반복적으로 강조한다. 특히 '나 자신까지도 무시하게 해 달라'는 시인의 바람은 '인간'인 '나' 자신의 욕망을 지우고, 자연의 질서 안으로 들어가고픈 소망을 보여준다. 즉 과학적 발전에 의해 자연을 지배하면서 인간은 자신이 자연 '밖'에 있다고 생각한다. 그러나 진정 자유로운 존재로 거듭나기 위해서는 특별한 나 자신을 지워 자연 '안'에 함께 공존해야 한다고 시인은 상상하는 것이다.

이런 의미에서 「편지」라는 작품은 '자연'이라고 하는 시·공간時·空間의 변화 속에 놓인 인간의 삶을 이해하고, 새로운 인식으로 전환해가는 과정을 진지하고 솔직하게 그린 작품이다.

꽃빛이 너무도 환해
어둠이 무색했던 4월도 가고
강이 나직나직 맑아드는 걸 보니
가을인가 보오
일만 생각의 회한이
강물에 울렁이오
지금 몸 일궈내
꽃을 피울 수는 없어도
참고 견딤은 전보다 수월해져
엔간한 일에는 성을 내지 않는다오
부끄러운 일 멀리하고
만족해야 하는 생활을 습관하다 보니
육체에 갇혔던 마음도
숨을 틔우는 것 같소
여보게, 세월을 묶을 수는 없으니
더는 미루지 말고
햇빛 비치는 동안 우리 만납시다

「편지」 전문

시 전체적으로 볼 때, 시의 전반부에서는, 흘러가는 세월 속에서 나이를 먹어가는 현실이, 후반부에서는 이러한 현실을 새롭게 인식하고자 하는 노력이 드러나 있다. 시인은 '여보게'라는 작품 속의 수신자이자 청자에게 자신의 생각을 말하는데, 이런 전언은 시 작품 밖에 있는 현실의 독자에게까지도 전달된다. 시인은 '너무도 환'하게 꽃피던 젊은 날과 대비되는, '나직나직' 늙어가는 생을 강물에 비유하여 이야기한다. 청춘의 시절이, 꽃빛이 상승하여 확산되는 봄날이라면, 세월을 흘러온 지금은 나직나직 낮게, 강의 깊은 내부를 향해 흐르는 맑은 강물이다. 이 강물은 시인의 내면세계로 옮겨와 내밀한 정신의 세계로 전환된다. 즉 시인은 시간 속에서 소진되고 풍화되어가는 나이든 몸과 육체가 더 이상 꽃으로 피어 외화 될 수는 없지만 참고 견디며 성을 내지 않는, 내부의 견고한 존재성을 갖게 되었다고 말한다. 이처럼 시간의 흐름과 세월의 주름을 인정하고 사소한 것에도 만족하는 변화는, 삶에 대한 긍정이며 나아가 자신과 함께 흘러온 시간의 힘에 대한 적극적인 인식이다. 따라서 이런 인식의 전환 속에서 시인은 밖으로 드러난 육체가 아니라 보이지 않는 마음을 통해 새로운 꽃을 피울 수 있다는 생각을 얻는다. 그리하여 이제 시인의 언어도 '보이는' 육체-꽃의 언어를 넘어 보이지 않는 '숨'의 언어, '내면-꽃'의 언어, 자연의 언어를 찾아간다는 것이다

4. 자연, 고요한 생명의 중심

고요 속에서 아침이 오고
고요 속에서 밤에 든다
나를 잊는 일
한 가지만
마음에 두지 않는다면
고요 밖에 있는
고요에 도달할 수 있는데

「나에게」 전문

'고요'라는 시어에 집중하고 있는 위의 작품은 고요에 이르려는 시인의식이 간명한 표현과 풍부한 사유를 기반으로 진술되어 있다. 고요 속에 아침과 밤이 온다는 것은 고요 안에서 삶의 시간이 흐르고 삶의 공간이 마련된다는 의미로 읽힌다. 이런 의미에서 보면 시인이 생각하는 '고요'는 정중동靜中動 혹은 동중정動中靜적인 존재이다. 예를 들어 "아, 이제 보니 / 고요함 속에서 // 꽃이 피고/꽃이 지는구나"「연꽃 노을」, 『사람이 그리워서』라는 깨달음 역시 고요가 갖는 역동성과 이원성을 보여준다. 이렇게 보면 고요란 시인에게 아침과 밤, 삶과 죽음, 밝음과 어둠, 움직임과 정지 등 모순적이고 양가적인 존재들을 관통하는 세계의 핵심이며 나아가 이원적인 그것을 응시하고 집중하며 조율하는 시인 의식의 '중심中心' 같은 것으로 이해할 수 있다. 시인은 이러한 '고요'를 내면에 얻고 싶지만 그러나 그것은 분명 쉬운 일이 아니다. 그는 아침과 밤이 비유하는 일상의 삶을 그러한 고요의 마음으로 맞이하고, 보낸다고 생각하지만, 여전히 그의 내면은 완전한 고요에 이르지 못했다. 왜냐하면 '나를 잊는 일'이 남아 있기 때문이다. 어쩌면 완전한 고요란, 무아無我 즉 자신을 의식할 수 없는 그런 경지, 혹은 나와 세계와의 간극이 없는 세계를 의미하는 지도 모른다. 시인은 나를 잊어야 한다는 그 마음 자체에 대해서 마음 쓰지 말아야, 즉 '나'에 대한 의식이 투명해야 고요와 평정에 도달한다고 생각한다. 그러므로 여기서 다시 문제가 되는 것은 내가 잊어야 하는 나란 누구인가, 혹은 어떤 나인가라는 사실이다. 이런 질문에 대해 아래의 시는 세상을 살아가는 모든 '나'들이 잊고 싶은 나, 그리고 그가 살고자 하는 나의 삶의 일단을 보여준다.

버리고
버려서
버릴 것 없이
다 놓은 줄 알았는데
문득
손에 잡히는
가득한 주머니

「삶」전문

버리고, 버려서, 버릴 것이 없으리라는 생각에 이르는 과정은 시간을 요한다. '버리다'의 반복적 사용은 시적 자아에게 버린다는 행위가 의식적으로 지속되어 온 행위임을 강조한다. 가득하게 들어찬 무수한 욕망들. 버려야 할 욕망들에 아무리 활시위를 당겨도 그들은 내 삶으로 진정 들어오지 못한다. 잘못된 삶과 꿈은 하늘과 땅이 어긋나듯 삐걱거린다. 그러므로 욕망의 대상, 즉 삶을 소모시키거나 소진시키는 과녁이 아니라 풍요롭고, 평화로운 새로운 삶의 길이 필요하다. 이는 추구하는 희망의 "과녁을 바꾸니 / 시들은 가슴에 / 싹이 돋습니다"「욕망」라는 시인의 생각과도 맞닿아 있다. 아래의 작품「길」을 읽어본다.

억새꽃 희게 핀
가을 저물녘
주인은 나그네 속에 있고
나그네는 주인 속에 있다

길다 해도 지닐 수 있는 것
이 순간뿐

그대는 그대를 잊을 것이고
나그네도 나그네를 잊을 것이니

「길」 전문

시인은 가을 저물녘 억새꽃 핀 나그네의 길 위에 서 있다. 작품 속에서 억새꽃과 가을, 저물녘 등의 시어가 길 위에 있는 나그네의 여정이 끝나가고 있음을 암시한다. 나그네는 이제 머무르는 것일까. 시인은 떠남과 머묾에 대한 인간의 보편적 욕망과 복합적 심리를 나그네와 주인을 오버랩시키면서 효과적으로 보여준다. 인간의 삶은 외부의 길로 나아가기도 하고, 머물면서 자신의 내면의 길을 탐구하기도 한다. 이 두 욕망 사이에서 인간의 삶은 만들어지기에 그 둘은 한 길을 향해 가는 두 개의 길인지도 모른다. 작품 속에서 늘 한자리에 머물러 온 주인은 나그네를 동경하지만 오랜 시간을 걸어온 나그네는 여행을 끝내려 한다. 나그네가 떠남의 욕망을 접고 이제 자신의 긴 여행을 마치는 순간 그는 새로운 존재로 전환된다. 즉 그는 "만 리를 걸어오며 / 버거웠던 짐 / 꽃 진 자리 찾아 / 내려놓으니 / 사방에 / 고요가 쏟아진다"「길에서」는 사실을 깨닫는데, 자신을 잊고 전혀 새로운 자신과 만나는 그 순간, 풍요한 '고요가 쏟아진다'.

김초혜 시인은 시집 『고요에 기대어』에서 내면의 고요를 통해 고단하고 지친 인간의 허망한 삶의 시·공간이 새롭게 인식될 수 있음을 이야기한 바 있는데, 이후 이런 생각은 『사람이 그리워서』에서 고요의 가치가 꽃으로 비유되어 나타나기도 했다. 『멀고 먼 길』에서는 꽃과 고요가 긴밀히 연결되면서 번잡한 외부의 삶을 성찰하는 내면의 고요와 그 경지에서 피어나는 진정한 내면-생명-자연의 꽃으로 확장된다. 따라서 이제 길 위의 나그네는 봄바람과 여

름의 햇빛, '몸살의 뜨거움에 신열을 앓'으며 꽃피우던 시간을, 빛
나는 추억으로 돌리고 꽃이 진 자리에서 고요의 시간에 닻을 내린
다. 그러면 지나온 시간의 얼굴들이 지워지고 마음의 끈도 놓아져
「시간을 위하여」, 『고요에 기대어』 스스로를 잊고 전혀 새로운 존재로 거듭 나
게 된다. '신발이 닳도록' 꽃을 피우려 길을 찾아다녔던 나그네가
자신의 삶을 옭아맸던 시간과 공간의 한계를 떠나「고요에 기대어」, 『고요
에 기대어』 '고요'를 청해 들임으로써「봄날은 가고」 내면의 성숙을 얻고 새
로운 존재로 탄생하는 순간이다.

　　시인은 고요에 이른 존재를 「고요가 고요에게」에서 아름답게
상상한다. 이 시에서 꽃은 자연과 생명의 삶을 일깨우면서 진정한
고요에 이른 인간의 내면을 심미적으로 상징화한다.

　　　사위가 텅 비었으나

　　　그 속에 가득 찬 것 있으니

　　　무엇이 부럽다 하겠소

　　　큰 것 중에

　　　가장 크고

　　　작은 것 중에

　　　가장 작은

　　　평생을 구해도 못 구할

　　　이 탐스런 꽃

「고요가 고요에게」 전문

위의 작품은 고요에 도달한 내면의 충만함이 탐스러운 꽃으로 풍요롭게 피어났음을 보여준다. 즉 텅 비었지만 가득 찼고, 가장 작지만 가장 큰 것이기도 하다는 이 역설은 고요에 이른 인간 내면을 상징한다. 끊임없이 자신의 삶을 성찰하고 욕망을 비움으로써만 피울 수 있는 꽃. 그 꽃을 향해 '탐스럽다'는 시인의 진술은 고요에 이른 인간 내면의 심미적 가치를 창조한다. 이처럼 자신이 고수해 왔던 자아를 잊고 비워냄으로써 새로운 존재로 거듭나고, 이에 충만한 내면의 꽃이 피어난다는 상상은, 우리에게 인간이 가야 할 길, 추구할 내면의 가치道가 자연 생명의 세계와 맞닿아 있음을 알려준다. 시인은 인간이 가야할 길은 욕망을 덜어내고 자연과 생명을 우리 생 안에 불러들여 내면의 고요-꽃을 피우는 길임을 분명히 이야기하는 것이다.

5. 행복, 지금 여기 생명을 노래하는 시詩

자연의 순리에 대한 긍정과 순수와 생명을 지향하는 내면의 가치를 얻음으로써 우리는 "아침이면 / 뜨던 해를 / 저녁이면 / 늘상 지던 해를 / 두려워"「가는 세월」하거나 불안해하지 않고 지금 이 시간의 소중함을 생각하게 된다. 그리고 생명이 약동하는 나의 현존이 놓인 오늘 여기의 삶에 내 자신을 고요히 집중시킨다. 빛과 바람과 꽃과 함께.

햇빛이 비치고

바람에 졸음이 실려 오고

냉이 꽃이 넘치게 피어나는

이 순간

거기에 내가 있습니다

「행복」 전문

시인은 지금의 순간이 '좋은 것'임을 알지 못하는「불행」무지나 미
련함이 우리 삶의 행복을 과거나 미래로 끊임없이 유예시킨다고
생각한다. 때문에 시인은 온 몸의 감각과 마음을 열고 자연과 함께
하는 짧은 순간을 의식하며 행복이라 말한다. 그리고 인생의 '멀
고 먼 길' 위에서 시를 읽는 모든 그대들에게, "이 걸음 다할 때까
지 / 이가 흔들리고 머리카락이 바래지고 / 기억이 사그락거"「그대
에게」릴 때까지 지금 여기 생명을 노래할 것을 약속한다. 그 자연의
노래 속에서 생명의 약동을 느끼는 순간, 우리는 비정한 현실 속에
서 훼손되고 상처받은 생을 넘어 순수한 생명으로서의 자존감을
회복할 수 있을 것이다.

햇빛이 비치고, 바람이 불며, 냉이 꽃이 넘치는 순간, 깨닫는 생
명감과 내면 깊숙한 고요. 이제, 탐스러운 꽃과 함께 할 시인과 우
리 모두를 상상한다.

정희성

시인 존재론의 탐구와 그리움의 시학

1. 아름다운 시를 찾아가는 질문들

1987년 겨울 눈보라 속에서 정희성 시인은 "나의 눈에는 아름다움이 온전히 / 아름다움으로 보이지가 않는다 / 박종철 군의 죽음이 보도된 신문을 펼쳐 들며 / 이 참담한 시대에 / 시를 쓴다는 것이 무엇일까를 생각한다"「눈보라 속에서」, 『한 그리움이 다른 그리움에게』, 1991 그리고 폭력과 죽음의 시대에 시를 쓴다는 것은 무엇인지, 시의 존재와 시인의 책임은 무엇인지 고통스럽게 질문한다. 시인이 첫 시집 『답청踏靑』1974을 출간했던 1970년대부터 1980년대까지 많은 시인들에게 위와 같은 질문은 늘 언어와 삶의 근거가 되어왔다. '휘몰아치는 역사의 눈보라 속'에서 시인들은 자신의 삶을 치열하게 성찰하면서 언어를 예각화해야만 했다. 시인들의 이와 같은 열정과 노력 속에서 1980년대는 진정 '빛나는' 시詩의 시대로 자리매김 될 수 있었고 정희성 시인 역시 1970년대와 1980년대 이후 한국사회의 삶과 문화, 그리고 역사를 증거 하는 많은 작품들을 통해 시문학사의 중심에 우뚝 서 있다.

1970년대와 80년대 권력의 터널을 지나온 시의 언어는 1990년대 이후 소비 자본주의 일상과 미세한 문화 권력의 억압과 대면해야 했다. 거대담론의 붕괴와 이념을 상실한 문화 주체들은 자신들의 삶의 향방을 다시 물으며 90년대 급변하는 사회문화적인 장 안에서 자신의 자리를 새롭게 정위시켜야 했다. 이제 시인들은 '세상에 입가진 자 저마다 떠들어 대'지만, '저항마저 가진 자들에게 빼앗겨버린 달라진 세상'「세상은 달라졌다」, 문화의 소비 시대에 다양한 문화 장르와 경쟁하는 시의 위기를 절감해야 했다. 이런 맥락에서 80년대와 90년대를 거친 정희성 시인의 세 번째 시집의 제목이 『시詩를 찾아서』2001인 사실은 상징적인 의미를 갖고 있다. 주로 1990년대의 삶을 언어화하고 있는 이 시집은 두 번째 시집과의 시간차가 시인의 시적 모색 기간을 의미하는 한편, 시인 스스로도 '어린애 같은 마음으로' 되돌아가서 '말하는 법을 새로 배워야겠다'「말」라는 소망을 밝히고 있기 때문이다. 정희성 시인은 『시를 찾아서』에서 1990년대 이후 변화한 한국의 사회문화적 삶 앞에서 시는 무엇이고, 시인은 어떤 존재인가라는 본질적인 질문을 다시 시작한다.

말이 곧 절이라는 뜻일까
말씀으로 절을 짓는다는 뜻일까
지금까지 시를 써오면서 시가 무엇인지
시로써 무엇을 이룰지

깊이 생각해볼 틈도 없이

헤매어 여기까지 왔다

경기도 양주군 회암사엔

절 없이 절터만 남아 있고

강원도 어성전 명주사에는

절은 있어도 시는 보이지 않았다

한여름 뜨락에 발돋움한 상사화

꽃대궁만 있고 잎은 보이지 않았다

한줄기에 나서도

잎이 꽃을 만나지 못한다는 상사화

아마도 시는 닿을 수 없는 그리움인 게라고

보고 싶어도 볼 수 없는 마음인 게라고

끝없이 저잣거리 걷고 있을 우바이

그 고운 사람을 생각했다

「시를 찾아서」 전문

위의 작품에서 정희성 시인의 전 시세계를 관통하는 시에 관한
사유와 지향점을 읽을 수 있다. 시의 화자는 시詩를 파자破字하여 언
言과 시寺로 나눈 후, 언어와 종교적·절대적 진리의 관계는 무엇일
까 생각한다. 진리나 본질은 가시적으로 드러날 수 있는 것은 아
니지만, 언어를 통해 우리는 그것의 의미를 이해하려 한다. 종교의
수행자들이 '보이지 않고, 만나지 못하는' 진리를 향해 끝없이 고

행하듯이 시인 역시 '닿을 수 없는' 시의 세계에 이르고자 한다. 끝없이 그 세계로 향하고, 그 세계를 바라고 있는 이런 상황을 정희성 시인은 '그리움'이라는 말로 표현한다. 나와 언어, 언어와 세계, 세계와 나 사이의 거리 속에서 그리움은 발생한다. 그리움은 간절히 바라는 것의 부재不在와 결핍이기도 하지만 한편으론 그것을 향하는 마음의 에너지이기도 하기에 시인의 삶과 시의 원동력으로 자리매김 된다.

삶과 세상의 진실과 진리를 찾아가는 시, 그러나 닿을 수 없는 그 가치들, 그럼에도 그리움을 간직한 채, 끊임없이 인간 삶의 저 잣거리를 걷고 또 걸어야 하는 시인의 운명. 이런 주제의식은 실상 1970년대 초기시부터 최근의 작품에 이르기까지 정희성 시인의 시세계의 근저에 자리잡고 있다. 그는 늘 시는 무엇인가라는 근본적인 질문 위에서 이상적인, 아름다운 세계를 꿈꾸어 왔으며, 그 세계의 불가능성으로 인한 결핍과 그리움의 정서가 작품의 중심이 되어왔다. 그러므로 시기별로 미세한 차이를 보이지만, 정희성 시인의 전체시를 움직이는 동인은 큰 틀에서 시와 시인의 존재론 탐구와 그리움의 시학이라 할 수 있다. 이 글은 이와 같은 주제의식으로, 최근의 시작품들과 함께 시인의 웅숭깊은 40여 년 시력詩歷의 세계를 이해해보고자 한다.[1]

---

1   이 글을 쓰면서 읽은 정희성 시인의 작품집은 다음과 같다. 『답청』(책만드는 집, 2004), 『저문 강에 삽을 씻고』(창작과비평사, 1978), 『한 그리움이 다른 그리움에게』(창작과비평사, 1991), 『시를 찾아서』(창작과비평사, 2001), 『돌아다보면 문득』(창비, 2008) 『그리운 나무』(창비, 2013) 등이다. 첫 시집 『답청』

2. 그리움, 삶과 언어의 근원

1980년대 한국 사회의 현실을 시화하고 있는 시집 『한 그리움이 다른 그리움에게』1991에서 정희성 시인은 정의와 민주주의가 실현되는 사회를 꿈꾼다. 이런 실제적인 꿈과 현실과의 간격, 도달할 수 없는 이상과 이념에 대한 갈망 속에서 그리움이 싹튼다. "그리움은 이다지도 / 시퍼렇게 멍든 풀잎으로 / 너와 나의 가슴 속에 수런대"「우리들의 그리움은」면서 추운 길목과 외로운 세상을 넘어 '새로운 세상을 바로 보는 시'를 향해 있다.「이것은 시가 아니다」 이런 의미에서 이 시대 '그리움'에는 너와 나, 우리 공동체의 윤리와 감각이 내재해 있다.

어느날 당신과 내가

날과 씨로 만나

하나의 꿈을 엮을 수만 있다면

우리들의 꿈이 만나

한 폭의 비단이 된다면

나는 기다리리, 추운 길목에서

오랜 침묵과 외로움 끝에

한 슬픔이 다른 슬픔에게 손을 주고

(1974)은 2014년 재간행된 것을 읽었다. 이 글에서 인용시의 출처는 연도 표시로 대체한다.

한 그리움이 다른 그리움의

그윽한 눈을 들여다 볼 때

여느 겨울인들

우리들의 사랑을 춥게 하리

외롭고 긴 기다림 끝에

어느날 당신과 내가 만나

하나의 꿈을 엮을 수만 있다면

「한 그리움이 다른 그리움에게」 전문(1991)

슬픔, 침묵, 외로움, 기다림, 겨울, 추위 등의 시어들은 시적 화자가 놓인 불우한 상황을 강조하면서 꿈을 향하는 그리움의 간절함을 보여준다. "~할 수 있다면"이라는 종결어미가 꿈의 실현이 쉽지 않을 것을 느끼게 하지만 한편으로 화자는 "기다리리"라는 표현을 통해 꿈을 이루려는 의지를 드러낸다. 고통스런 현실을 넘어 너와 나, 우리의 희망과 꿈이 새로운 세상의 밑거름이 된다는 작품의 주제의식은 1980년대 암울한 삶과 사회구성원의 염원을 상징적으로 시화한다. 이처럼 정희성 시인이 1980년대 공동체가 겪는, 현대理想 사회에 대한 향수와 슬픔을 '그리움'이라는 가장 본질적인 서정의 감성으로 시화하고 있다는 점은 주목할 필요가 있다. '그리움'이라는 정서는 서정시에서 본질적이고도 전통적인 것이며 시적 자아에게 그가 꿈꾸는 대상과의 결핍은 늘 그리움의 정서로 표출되어 왔기 때문이다. 그러므로 이런 보편적인 정서에 기반하여

1980년대 불우한 역사 공동체의 그리움을 드러낸 시집이 『한 그리움이 다른 그리움에게』라 할 수 있다.

한편 새로운 시를 찾아가는 각오 속에서 그는 망한 세상과 잊은 세월을 향해 새로운 사랑, 새로운 그리움을 시작했다고 고백한다.

이제 내 시에 쓰인

봄이니 겨울이니 하는 말로

시대 상황을 연상치 마라

내 이미 세월을 잊은 지 오래

세상은 망해가는데

나는 사랑을 시작했네

저 산에도 봄이 오려는지

아아, 수런대는 소리

「봄소식」 전문(2001)

봄과 겨울의 의미를 시대 상황으로만 한정 짓지 말라는 시인의 주문은 시 작품의 의미를 이념이나 역사에 가두지 말라는 뜻으로 읽힌다. 이는 독자에 대한 요청이기도 하지만 한편으로는 새로운 언어를 찾아가려는 시인 자신의 의지를 표명한 것이기도 하다. 시인에게 봄은 정치나 역사의 의미를 넘어 생명이 수런대는, 또 다른 사랑의 언어로 들린다. 이는 그가 잊었던 자연의 소리, 우주의 소리, 생명의 소리인지 모른다. 그는 첫 시집 『답청』에서 이렇게 노래한 바 있다.

> 인간의 말을 이해할 수 없을 때
> 나는 숲을 찾는다
> 숲에 가서
> 나무와 풀잎의 말을 듣는다

「숲속에 서서」 **부분**(1974)

왜 시인은 인간의 말을 이해하지 못하는가. 이는 인간의 언어 자체가 권력, 이념, 허위의식 등으로부터 자유로운, 본질적으로 투명할 수 있는 존재가 아니기 때문이다. 그러므로 언어의 순수성은 단일한 이념이나 의도 속에서 오염되거나 경직된 의미 안에 갇힐 수 있다. 이에 시인은 인간의 말을 제대로 이해하기 위해서는 자연 본성의 목소리를 들어야 한다고 이야기한다. 이런 생각이 '시를 찾아서' 새로운 언어를 향해 가는 시인의 각오 속에서 복원되면서 진정한 시를 찾는 일과 그리움의 정서를 단단하게 밀착시키는데, 최근 출간한 『그리운 나무』2013에서 그리움의 정서는 시인이 지향하는 이념이나 역사를 넘어 시와 시인 존재론의 근거로서 삶과 세계, 우주와 생명의 관계를 사유하는 기본 관점으로 확장된다.

> 나무는 그리워하는 나무에게로 갈 수 없어
> 애틋한 그 마음 가지로 벋어

멀리서 사모하는 나무를 가리키는 기라

사랑하는 나무에게로 갈 수 없어

나무는 저리도 속절없이 꽃이 피고

벌 나비 불러 그 맘 대신 전하는 기라

아, 나무는 그리운 나무가 있어 바람이 불고

바람 불어 그 향기 실어 날려 보내는 기라

「그리운 나무」 전문(2013)

김소월은 「산유화」에서 저멀리 혼자 꽃피는 꽃나무와 그 꽃나무를 좋아하는 산새를 통해 존재들의 고독과 고립의식을 비극적으로 보여준다. 그런데 정희성 시인은 「그리운 나무」에서 동일한 삶의 조건 속에서 각각의 고독한 존재들이 서로를 그리워하면서, 그 마음을 드러내고자 가지를 벋고, 꽃을 피우고, 향기를 날린다는 상상을 보여준다. 즉 시인은 삶의 근거 자체가 나의 고독에 있는 것이 아니라 너를 향한 그리움이라는 것을 보여준다. 그러므로 사랑하는 대상이 없으면 삶의 다채로운 무늬도, 풍부한 색깔도 없다. 달리 말하면 나를 표현하는 꽃, 향기 등의 언어를 가질 수 없다는 의미이다. 그러므로 시인에게도 역시 사모하는, 사랑하는, 그리운 존재가 없다면 언어도 시도 있을 수 없다.

이처럼 정희성 시인은 그리움이라는 정서를 슬픔이나 부재의 감정보다는 삶을 움직이는 에너지틱한 정서적 힘으로 전환시킨다.

꿈에라도 그대를 생각하는 날 아침이면 기운이 넘쳐난다 기운이 넘

쳐 바위라도 뚫을 것 같다 그런 날은 위험한 짐승 같은 내가 무서워 바

위 근처에 안 간다

「바위를 밀쳐내다」 전문

꿈에 만나는 그대는, 내가 항상 그리워하는 존재일 것이다. 그대

는 부재하지만 그를 생각하는 것만으로도 내겐 무한한 기운이 생

겨난다. 시인은 이런 '나'를 위험한 짐승이라고 비유함으로써 그리

움과 사랑의 순수함과 원초성을 강조하는 한편, 그리운 그대를 사

랑에 굶주린 어린 짐승인 내가 달릴 초원으로도 상상한다. 끊임없

이 사랑하고 그리워해도 여전히 그립다는 시인은 본질적으로 사

랑이나 그리움의 정서에는 유목민처럼 정주定住를 거부하는 속성

이 있음을 이야기한다.「유목민」, 2013 이는 그리움을 생래적으로 간직

한 시인의 존재론이기도 하다.

그대에게 가닿고 싶네

그리움 없이는 시도 없으니

시인아, 더는 말고 한평생

그리움에게나 가 살아라

「시인」 전문(2013)

3. 역설과 긍정의 상상력

정희성 시인은 한평생을 그리움 속에서 살아가는 존재가 시인이라고 한다. 이런 점에서 그가 시집 『시를 찾아서』의 첫 번째 작품으로 「타지마할」을 배치하고 있음의 의미를 생각해 볼 필요가 있다.

무굴제국 황제 샤쟈한이
이십년 넘는 세월 바쳐
사랑하는 이를 위해 지은
황홀한 무덤 — 타지마할

아름다운 이여
나는 가난하여 시의 작은 집을 짓네

내 마음
한켜 한켜
쌓아올린
타지마할

「타지마할」 전문(2001)

작품에서도 읽을 수 있듯이 '타지마할'은 샤쟈한 왕이 죽은 뭄타즈 왕비를 위해 지은 무덤이다. 황홀한 무덤은 아름답지만 그 무덤의 주인, 그리움의 대상은 도저히 만날 수 없는, 영원한 부재의 존재이다. 이런 점에서 타지마할은 현존하는 부재를 위해 온전히 바쳐진 언어인데, 여기서 시와 시인의 원형을 만나게 된다. 보이지 않고 만져질 수 없는 상사화의 세계, 말言로 절寺을 짓는 시詩의 경지, 그리고 이를 그리워하는 시인의 운명……. 이런 의미에서 시인에게 그리움의 대상이 죽음과 소멸로까지 확장되었다는 사실은 의미있게 다가온다. 어둠과 침묵의 세계는 시인의 호명呼名에 의해 여기의 언어로 다시 황홀하게 아름답게 살아온다. 상실과 죽음 속에서 새로운 언어를 찾겠다는 역설적 시의식은 정희성 시인에게 새로운 언어에 대한 탐구가 얼마나 절실했는가 시사하는데, 이후 시집 『돌아보면 문득』의 세계에서 이런 역설적 상상력이 풍부하게 드러난다.

> 빛 안에 어둠이 있었네
> 불을 끄자
> 어둠이 그 모습을 드러냈네
> 집은 조용했고
> 바람이 불었으며
> 세상 밖에 나앉아
> 나는 쓸쓸했네

「어둠속에서」 전문(2008)

위의 작품은 익숙한 관념들에 대한 새로운 인식을 요구한다. 어둠과 빛은 대립적인 각각의 존재들로 인식되어 왔다. 그런데 시인은 어둠과 빛은 하나이며, 그 둘이 공존함으로써 각각의 존재가 가시화된다는 사실을 이야기한다. 항상 밝은 실내를 익숙하게 생각하는 우리는 집이 어두워지면 오히려 세상 밖에 나앉은 것 같은 경험을 한다. 어두운 공간에 놓인 상황이, 집 안이더라도 따뜻함과 평온함이 사라진 느낌을 주기 때문이다. 이런 의미에서 보면 우리의 삶이 얼마나 밝은 빛 중심으로 영위되고 있는지 알 수 있다. 빛 안에 어둠이 들어 있다는 이런 생각은 「해골」에서 캄캄한 눈구멍 속에서 별처럼 빛났던 눈을 기억하는 장면, 즉 어둠 속의 빛에 대한 상상과도 겹친다.「해골」, 2008 어둠과 죽음 속에서 빛을 발견하고, 빛 속에서 다시 어둠과 침묵을 상상하는 이런 역설적 인식은, 가시적인 세계에서 부재하는 존재들을 일깨우고, 우리가 잊은 것, 잃은 것을 환기시킴으로써 삶에 관한 보다 풍부하고 깊이 있는 통찰을 가능케 한다.

11월은 모두 다 사라진 것은 아닌 달*
빛 고운 사랑의 추억이 남아 있네
그대와 함께한 빛났던 순간
지금은 어디에 머물렀을까
어느덧 혼자 있을 준비를 하는
시간은 저만치 우두커니 서 있네

그대와 함께한 빛났던 순간

가슴에 아련히 되살아나는

11월은 모두 다 사라진 것은 아닌 달

빛 고운 사랑의 추억이 나부끼네

* 아메리카 원주민 아라파호족은 11월을 '모두 다 사라진 것은 아닌 달'이라 부른다.

「11월은 모두 다 사라진 것은 아닌 달」 전문(2008)

존재에게 소멸과 죽음을 인식한다는 것은 가장 외롭고 힘든 일이다. 11월 역시 우리에게 그러하다. 스스로를 비워내면서 지상에서 사라질 준비를 하는 시간 11월. 그러나 시인은 여전히 지나온 시간들의 빛나는 추억이 있는 한, 삶은 사라지는 것이 아니라고 한다. 그대와 함께 했던 수많은 시간들은 그냥 흘러간 것이 아니라 우리 삶의 깊이와 찬란함을 만들었기 때문이다. 그런 순간과 추억은 11월의 상실을 경험하는 우리의 존재를 충만한 빛으로 다시 물들인다. 이런 깨달음의 상황은 문득 찾아온다. 감꽃 진 자리에서 어느날 '돌아다보면 문득' 깊어진 사랑과 함께 새로운 존재인 감이 환하게 빛나듯이「그날도 요로코롬 왔으면」, 2008 말이다.

바람에 쏠리는 나뭇잎을 보며

오래도록 생각에 잠기네

빛 고운 이 낙엽 나라

가을은 얼마나 깊은가

아름다운 이 세상 보았으니

그대 향한 이 마음과

좋은 시 한편 쓰는 일 말고

무엇이 나에게 더 남아 있겠는가

「가을 엽서」 전문(2013)

정희성 시인은 바람에 쓸리며 소멸을 예감하는 나뭇잎들을 바라보며 오랜 생각에 잠긴다. 그러면서 그는 떨어지는 나뭇잎들이 가을을 곱고, 아름답고 깊은 존재로 만들어주고 있음을 깨닫는다. 가을의 찬바람에 쓸리며 존재의 사라짐을 예견하는 11월의 나뭇잎. 그런데 시인은 나뭇잎에서 낙엽으로의 변화가 단지 소멸이 아니라 아름다운 깊이를 획득하는 일임을 이야기한다. 이런 의미에서 시인에게 '깊다'는 것은 시간을 사는 것이고, 역설의 힘을 믿는 것이며 오늘보다 아름다운 삶을 향해간다는 긍정의 힘이기도 하다. 이런 시의식은 정희성 시인의 작품이 가진 큰 덕목이다.

이런 관점에서 초기시 「저문 강에 삽을 씻고」를 읽어본다.

흐르는 것이 물뿐이랴

우리가 저와 같아서

강변에 나가 삽을 씻으며

거기 슬픔도 퍼다 버린다

일이 끝나 저물어

스스로 깊어가는 강을 보며

쭈그려 앉아 담배나 피우고

나는 돌아갈 뿐이다

삽자리에 맡긴 한 생애가

이렇게 저물고, 저물어서

샛강바닥 썩은 물에

달이 뜨는구나

우리가 저와 같아서

흐르는 물에 삽을 씻고

먹을 것 없는 사람들의 마을로

다시 어두워 돌아가야 한다

「저문 강에 삽을 씻고」 전문(1978)

　　노동하는 삶의 지난한 일상을 그린 이 작품에서 주목할 구절은
'스스로 깊어간다'이다. 우리의 생애는 그냥 저물거나 흘러가 버리
는 것이 아니라 슬픔 속에서 쇠락을 겪으면서도 멈추지 않고 흐른
다. 이런 현실은 "같은 자리를 지키고 있으려면 계속 달릴 수밖에
없다"는 시인의 막막한 고백과 맞닿아 있다.「시인의 말」, 2008 우리는 계
속 달리고 달림으로써 오직 지금의 삶의 자리를 지킬 수 있기 때문
이다. 이는 김수영이 「달나라의 장난」에서 진술하듯 스스로 도는
설움에도 돌기를 멈출 수 없는 것처럼, 우리들의 생애는 흐르고 흐
르면서 삶의 깊이를 갖게 된다. '깊이'란 고통의 시간을 사는 것이

고, 내면에 쌓인 슬픔을, 힘으로 전환시키는 것이다. 삶의 진실은 그냥 흐르는 것이 아니라 존재론적 깊이와 성숙을 이룬다는 의미이다. 이런 깊이를 우리는 '스스로' 얻는다. 이런 인식이야말로 삶에 대한 긍정적 인식이며 인간에 대한 신뢰를 바탕으로 한 사유이다. 이런 관점은 초기 시「답청」에서도 읽을 수 있다.

풀을 밟아라
들녘엔 매 맞은 풀
맞을수록 시퍼런
봄이 온다
봄이 와도 우리가 이룰 수 없어
봄은 스스로 풀밭을 이루었다
이 나라의 어두운 아희들아
풀을 밟아라
밟으면 밟을수록 푸른
풀을 밟아라

「답청踏靑」 전문(1974)

위의 작품에서 봄은 올 수 없는 상황이기에 '스스로' 풀밭을 이룬다. 스스로의 힘으로 삶을 영위하는 존재들의 가치와 힘에 주목했던 정희성 시인의 시선이, 역사와 현실의 주체로 살아가는 '이 나라의 어두운 아희들'의 스스로의 삶에 주목할 수 있었을 것이다. 이런 생각은 최근작 「백제행」에서도 읽을 수 있는데, "이 고통은 그러나 우리에게 낯선 것이 아니다 / 이 고통이 오랜 세월 부소산을 부소산으로 온전히 서있게 하고 / 이 설움이 백마강을 백마강으로 면면히 흐르게 했을 것이다"라는, 나라 잃은 백성들의 고통과 설움의 힘에 대한 긍정과 믿음이 오늘의 역사를 만들었음을 강조한다.

4. 희망의 별을 노래하는 언어

시간의 흐름과 긍정의 힘 속에서 스스로의 깊이를 찾아가는 시, 시인은 어떤 시를 상상하는가.

아리고 쓰린 상처

소금에 절여두고

슬픔 몰래

곰삭은 젓갈 같은

시나 한수 지었으면

짭짤하고 쌉싸름한

황석어나 멸치 젓갈

노여움 몰래

가시도 삭아내린

시나 한수 지었으면

「곰삭은 젓갈 같은」 전문(2013)

　시인은 『시를 찾아서』에 실린 「시인의 말」 「시를 찾아나서며」에서 분노와 증오가 시정詩情과 언어를 움직여 왔었음을 반성하면서 새로운 시를 찾아나갈 것을 다짐했다. 그 언어를 향한 닿을지 모르는 갈망 속에서 그리움의 언어 역시 힘을 얻어왔다. 위의 작품은 구체적으로 그가 지향하는 시의 세계가 상상되고 있다. 분노, 상처, 슬픔, 노여움, 가시 등 이런 것들이 시간을 살면서 깊이를 갖게 되고, 전혀 다른 존재가 되는 역설 속에서 곰삭은 젓갈 같은 시, 그리고 시인이 탄생한다. 그러나 시인이 바라는 희망의 언어-별은 쉽게 찾아오지 않는다. "그 별은 아무에게나 보이는 것은 아니다 / 그 별은 어둠속에서 조용히 / 자기를 들여다볼 줄 아는 사람의 눈에나 모습을 드러"「희망」, 2008내기 때문이다. 자기를 들여다보라는 말은, 시인 자신에게 내면적 성찰을 요구하는 것이기도 하고 우리 모두가 가야할 삶의 방향일 수도 있다. 그러면 그리운 별을 내 삶에 들이기 위해 우리는 어떻게 살아야 하는가.

　　자세를 낮추시라
　　이 숲의 주인은 인간이 아니다
　　여기는 풀꽃들의 보금자리
　　그대 만약 이 신성한 숲에서

어린 처자처럼 숨어 있는

족두리풀의 수줍은 꽃술을 보려거든

풀잎보다 더 낮게

허리를 굽히시라

「두문동」 전문(2013)

진정 그리운 대상에 가까이 가기 위해서는 기존의 관념이나 권위, 식견 등을 버리고 자신의 존재를 낮추고 굽혀야 한다. '욕망으로 가득 찬 육신과 영혼의 무게를 덜어낸'「밝은 낙엽」, 2013 겸허한 태도 속에서만 신성하고 어린 생명의 존재들은 우리에게 수줍게 자신을 드러내기 때문이다. 그러므로 이 세상의 주인은 인간이 아니라는 인식의 전환은 시와 언어와 상상력의 변화까지도 요구한다. 시인은 경직된 관념이나 과잉된 수사를 접고 순수한 눈으로 대상을 바라봐야 한다. 이러한 때만이 우주의 한 별은 시인에게 '꼬미'라는 언어로 다가온다. 우리의 우주에, 시인의 우주에 희망의 별, 새로운 영토가 하나 더 탄생했다.

2015년 9월 4일 오전 10시 37분

쉬잇 조용히!

지금은 우주가 형성되는 시간

꼬미*가 첫울음을 울었다

이로써 나의 우주에는

작은 별 하나가 더 생겨난 것이다

* 꼬미 : 나의 첫 손주 태명

「작은 **별**」 전문

별은 정희성 시인의 그리움이 집결된 존재이자 비유물로, 시인이 '아득히 멀리 두고 온 존재'「우리들은 꽃인가」이므로 늘 바라고, 기원하는 대상이다. '이 풍진 세상'에서 오랜 동안 희망의 별을 노래해온 시인은 우리가 잃어버린, 잊은, 보이지 않는 아름다움과 평화와 희망, 그리고 생명을 그리워하며 끊임없이 노래할 것이다. 정희성 시인은 기꺼이 자신의 언어가 만드는 새로운 시간을 독자에게 선물한다.「선물」, 2013 그 그리움의 노래와 멜로디에 우리는 두근대며 가슴을 열고 귀를 기울인다……

이것은 가슴을 여는 소리
설레는 내 마음 들었느냐
오직 너만을 그리워하는
골 깊은 이 가슴 보았느냐

「나의 아코디언」 전문(2013)

오규원

인간에서 언어로, 그리고 자연에 이르는 길

1. 시적 인식의 갱신과 언어 탐구

오규원 시의 경향은 '날이미지의 시학'으로 평가되어 왔는데 1990년대 초부터 탐구가 시작된, '현상'과 '날이미지'에 관한 그의 시적 사유와 방법론은 독자적인 경지를 이루었다. 이런 사실은 시적 인식과 방법론에 대한 가장 첨예한 자의식을 개진시켜온 시인 오규원의 문학사적 위상을 다시 확인시켜준다. 많은 평자들은 오규원이 세계와의 대응 속에서 언어와 시에 대한 사유와 그 구체적인 시작詩作 방법론을 생산하고 있음에 동의한다. 초기시에서 보여주던 사물의 의인화에서부터 패러디와 아이러니, 환유적 언술을 거쳐 날이미지의 시학에 이르기까지의 다양한 시적 언술은 그의 세계관의 변모와 시적 인식의 갱신과 밀접한 관련을 갖고 있다. 이 글은 오규원에 관한 기존의 평가들을 수용하면서, 오규원이 구현하는 시시詩史의 주요 테마를 현실과의 길항 관계 속에서 탄생되는 언어 탐구를 통한 시적 인식과 방법론의 갱신으로 상정하고 그 궤적을 살펴보려 한다.[10]

1) 이상^{理想}으로서의 순수와 추상

『분명한 사건』과『순례』를 중심으로 하는 초기 시세계는 언어의 절대성과 순수성의 추구로 요약할 수 있다. 모더니즘 시의 관점에서 60년대는 언어실험과 내면탐구를 주축으로 하는, 순수시의 시기로 구분할 수 있다. 이때를 '순수시'를 천착하는 시기로 볼 수 있는 근저에는 허무주의와 자유의식이 놓여 있다. 즉 60년대 전반기 4·19세대 혹은 한글세대의 욕망과 좌절의 정치적 의미가 희석화되는 자리에서 허무주의와 순수가 탄생했기 때문이다. 오규원에게 있어서는 4·19세대의 경험이 자신의 주체의식을 검증하는 계기이자 시인으로서는 모더니즘의 자기반성적 내면의식의 탐구를 지향하게 되는 전기였다. 그에게 내면 탐구는 시를 통한 순수한 언어와 의식의 탐구로 드러난다.

II. 환상의 땅

고요한 환상의
출장소

---

1   이 글은 순차적으로『분명한 사건』(한림출판사, 1971),『순례』(민음사, 1973),『왕자가 아닌 한 아이에게』(문학과지성사, 1978),『이땅에 씌어지는 서정시』(문학과지성사, 1981),『가끔은 주목받는 생이고 싶다』(문학과지성사, 1987),『사랑의 감옥』(문학과지성사, 1991),『길, 골목, 호텔, 강물 소리』(문학과지성사, 1995),『토마토는 붉다 아니 달콤하다』(문학과지성사, 1999) 등을 논의 대상으로 삼았다.

뜰, 뜰의

달콤한 구석에서

언어들이 쉬고 있다

추상의 나뭇가지에

살고 있는

언어들 중의

몇몇은

위험한 나뭇가지 사이를

날아다니다

떨어져 죽고.

나의

고장난 수도꼭지에서도

뚜욱 뚜욱

언어들이 죽는다.

건강한 언어의

아이들은

어미의 둥지에서

알을 까고,

고요한 환상의

출장소

뜰에

새가 되어

내려와 쉰다.

의식의

고장난 수도꼭지에서

쉰다.

「몇 개의 현상」 부분

시인은 인간의 순수정신의 창조물로 사물의 본질을 간직한 언어를 꿈꾸고 있다. 그러나 일상적인 현실 속에서 언어는 순수할 수 없다. 타락한 현실에 의해 언어는 훼손되고 오염된다. 따라서 이런 순수한 언어가 존재하는 곳은 현실이 아니라 '환상의 출장소出張所'이다. 환상 속에서만이 언어는 순수할 수 있기 때문이다. 이때 그 '추상抽象'의 세계는 '달콤'한 안식의 공간이지만 현실은 순수한 세계와는 대립적인 '위험'한 세계이다. 이런 점에서 순수한 언어란 그의 관념이 만들어낸 추상화된 세계 속에서만 가능한 것이 된다.

추상과 순수 세계의 핵심은 모든 현실적 관념 체계와 시·공간의 폐기이며, 현실적 인간 개념으로부터의 해방이다. 따라서 추상은 일체의 현실적인 연관으로부터 해방된 순수한 관념의 정신세계이므로 일상 언어로부터의 괴리는 필연적이다. 현실과는 다른 절대적 이상理想의 세계는 현실에 오염되지 않은 순수의 언어로부터 만들어질 수 있기 때문이다. 이런 맥락에서 오규원이 추구하고 있는 순수와 추상의 세계 역시 현실이라는 구체적인 세계와 절연된 세계이다. 때문에 그의 시에 등장하는 주체들은 인간이 아니라 주로 의인화된 사물들이며, 은유의 기법은 의미의 동일화를 지향하는 것이 아니라 비동일화를 통해 추상의 효과를 만들어 내고 있다. 이런 순수와 추상의 세계는 언어 그 자체를 투명하게 드러내려 했으며, 그런 언어 자체에 대한 믿음을 보여주려 노력하고 있다는 점에서는 의의가 있으나, 삶과 현실이 표백됨으로써 또 하나의 관념을 생산하고 있었다.

시인의 이런 문제의식은 "나의 말이 지금 이 순간까지 한번도 확실하게 나의 형체를 드러내지 못했고 미래까지 이 순간이 반복된다 하더라도" "꽃을, 꿈을, 한국을, 인간을 하나의 명사로 믿을 때, 꽃도 꿈도 한국도, 물론 인간인 그대도 행복하다. 행복하기를 바라는 사람은 믿으라"「별장 3편」는 진술에서 절망적으로 드러난다. 언어가 갖고 있는 근본적인 한계 때문에 괴로운 시인은 행복하기 위해서는 그냥 믿으라고 한다. 언어가 구체적인 꽃과 한국과 인간의 삶을 표백시키지 않고, 혹은 훼손시키지 않고 드러내줄 것이라는 믿음이 불가능한 상황에서 믿음의 강조는 역설적으로 절망의식의 심화를 보여준다.

2) 물신 사회와 아이러니

초기 시세계가 현실을 표백시킨 상태에서 언어의 순수성과 절대적인 이상의 세계를 추구하려던 시기였다면『왕자가 아닌 한 아이에게』와『이땅에 씌어지는 서정시』를 중심으로 하는 이 시기는 구체적으로 무엇이 언어의 순수성을 훼손시키는가라는 문제의식을 중심으로 시인의 관념에 구체적인 내용이 들어서기 시작하는 때이다. 시인은 인간의 내면과 언어가 물신 사회 안에서 무력화되고 불순해질 수밖에 없으며, 일상적인 고정관념과 이데올로기로부터 자유롭지 못함을 인식함으로써 세계와 부딪히는 언어의 문제에 천착하는 한편, 그렇다면 이런 시대에 시는 무엇인가라는 고민을 아이러니의 어법으로 드러낸다.

　詩에는 무슨 근사한 얘기가 있다고 믿는
낡은 사람들이
아직도 살고 있다. 詩에는
아무것도 없다
조금도 근사하지 않은
우리의 生밖에.

믿고 싶어 못 버리는 사람들의
무슨 근사한 이야기의 환상밖에는.
우리의 어리석음이 우리의 의지와 이상 속에서 자라며 흔들리듯
그대의 사랑도 믿음도 나의 사기도 사기의 확실함도
확실한 그만큼 확실하지 않고
근사한 풀밭에는 잡초가 자란다.

확실하지 않음이나 사랑하는 게 어떤가.

시詩에는 아무것도 없다. 시詩에는

남아 있는 우리의 생生밖에.

남아 있는 우리의 생生은 우리와 늘 만난다

조금도 근사하지 않게.

믿고 싶지 않겠지만

조금도 근사하지 않게.

「용산에서」전문

시인은 시가 속악한 사회에 순수한 이상 세계의 비전을 보여줄 수 있을 것이라는, 정통적인 시의 덕목을 믿는 사람들이 아직도 있음을 알고 있다. 그러나 정작 시인들이 제시하는 그 세계는 현실적 의미로 볼 때 전혀 근사하지 않은, 아무것도 될 수 없는 세계라고 반어적으로 이야기한다. 어쩌면 멋진 신세계로 근사하게 굴러가는 현대 사회에서 그런 생각은 그저 '낡은' 환상일지도 모른다. 시인의 이런 생각은 "시는 추상적的이니 구상적的은 오해 마라. 시인은 병신이니 안 병신은 오해 마라. 지금 한국은 산문이다. 정치도 산문 사회도 산문 시인도 산문이다. 산문적이기 위한 전쟁시대" 「시인들」에서 보다 구체적으로 진술된다. 현실 속에서 시의 무용함과 패배의 인정은 역으로 이 시대의 삶이 시인과 시의 덕목을 훼손시키고 있는 타락한 세계라는 사실을 강조한다. 그러므로 불온한 현실로 나온 이 시대의 순수시는 음흉하게 불순해진다.「이 시대의 순수시」

오규원은 시의 언어를 훼손시키고 시를 패배시키는 강력한 힘이 물신화된 사회구조 속에서 나온다고 생각한다. 그의 「사랑의 기교」 연작이나 「콩밭에 콩심기」 등은 기교와 본질의 가치가 전도된 우리 사회의 모습을 풍자하고 있다. 그는 이런 전도된 현실을 주로 표면적인 의미와 이면의 의미가 전도된 아이러니 기법으로 시화한다.

인간관계마저 물신화된, 진정성이 사라진 사회에서는 언어 역시 왜곡되고 조정된다. 이때 사람들은 그 사회가 무의식적으로 강요하는 허위의식에 따라 행동하고 자신을 정상화시켜 나간다. 이런 현상을 오규원은 놓치지 않고 "정말이다 우리는 아직도 패배敗北를 승리로 굳게 읽는 방법을 / 믿음이라 부른다 왜 패배敗北를 / 패배敗北로 읽으면 안 되는지"「우리 시대의 純粹詩」라고 묻는다. 그는 우리가 알고 있는 진리나 믿음이란 것도 결국 그 시대의 허위의식에 의해 조작되어진 것이라고 생각하며, 그런 말들에 깃든 관념을 벗기려 하는 것이다. 그러나 패배를 승리로 믿음으로써 위로받는 사람들이 사는 사회에서는 그들의 고정관념을 벗기는 일이란 어렵고도 힘든 일이다. 왜냐하면 그런 허위의식은 억압의 형태가 아니라 유쾌한 유행가의 형태로도 우리 삶에 스며들기 때문이다.

우리에게 안개는 그 자체가 길이었다. 벽과 안개에 미친 우리들. 안개는 손과 손을 잡고 가는 우리들을 잡은 손만 남기고 모두 지워버렸다. 얼굴이 없는 손과 손의 행렬. 외로운 우리는 '안개' 또는 '겨울'이라는 유행가流行歌를 만들어 때없이 불렀다. 유행가流行歌는 부르는 대로 안개가 되어 돌아왔다. 얼굴을 볼 수 없으므로 우리는 되돌아 가버린 사람들도 옆에 있으리라 믿었다. 아는 것은 안개뿐. 돌아가 버린 사람들의 자리는 다시 깨어나지 않았다. 다시 깨어나지 않도록 겨울은 백치白痴의 이불을 두껍게 내리 깔았다. 겨울은 갈수록 하얗게 눈으로 덮이기 시작했다.

「70년대의 유행가流行歌」 부분

'안개'와 '겨울'이라는 불투명하고 불안한 현실, 그것이 '우리'가 살아나가는 길이라는 사실을 대중들에게 인식시키기 위해서는 고도로 조작된 '유행가流行歌'가 필요하다. 이 때문에 '우리'는 아무런 비판 없이 삶의 조건들을 허락한다. 더군다나 삶의 진정성을 찾기 위한 의식은 '깨어나지 않도록' '백치白痴'의 눈으로 두껍게 덮여 있다. 이런 현실 속에서 순수한 언어와 의식은 왜곡되고 마비된다.

고도로 발달된 대중매체가 지배하는 현대 사회에서 순수한 의식과 언어란 사실상 불가능하다. 따라서 이런 사회 속에서 타락하고, 불순해질 수밖에 없는 것이 언어의 숙명이라면 시의 언어 역시 정통적인 시의 덕목을 행사할 수 없을 것이다. 이것이 물신사회에 대응하는 시의 운명이다. 이를 깨달은 오규원의 다음 행보는 우선 시가 가진 고정관념에서부터 벗어나는 것과 이런 맥락에서 타락한 언어로 타락한 사회에 맞서 보겠다는 패러디시를 모색하는 것이었다.

3) 자본주의적 일상과 패러디

『가끔은 주목받는 생이고 싶다』의 세계는 시의 고정관념을 파기함으로써 시와 언어의 새로운 국면을 보여주고 있다는 것이다. 시에 일상의 언어와 경험을 끌어들이는 것으로 드러나는데, 그 일상의 언어는 구체적으로 자본주의적 삶의 현장에서부터 광고에 이르기까지 다채롭다. 대중매체의 언어를 이용한 패러디 시를 통해 그는 현대시사에서 패러디의 방법적 전략과 인식을 가장 깊이 있게 보여준다.

저기 저 담벽, 저 라일락, 저기 저 별, 그리고 저기 저 우리 집 개의 똥 하나, 그래 모두 이리 와 내 언어 속에 서라. 담벽은 내 언어의 담벽이 되고, 라일락은 내 언어의 꽃이 되고, 별은 반짝이고, 개똥은 내 언어의 뜰에서 굴러라. 내가 내 언어에게 자유를 주었으니 너희들도 자유롭게 서고, 앉고, 반짝이고, 굴러라. 그래 봄이다.

봄은 자유다. 자 봐라, 꽃피고 싶은 놈 꽃피고, 잎 달고 싶은 놈 잎 달고, 반짝이고 싶은 놈은 반짝이고, 아지랑이고 싶은 놈은 아지랑이가 되었다. 봄이 자유가 아니라면 꽃피는 지옥이라고 하자. 그래 봄은 지옥이다. 이름이 지옥이라고 해서 필 꽃이 안 피고, 반짝일 게 안 반짝이던가. 내 말이 옳으면 자, 자유다 마음대로 뛰어라.

「봄」 전문

시인은 자신의 언어에게 자유를 준다고 진술한다. 그 자유의 내용은 사물들이 시인의 의식이나 관념을 거치지 않고 그대로 시가 되는 것이다. 시인이 부여하는 관념이나 명명행위란 사실상 살아 있는 현실 자체를 구속할 수 없다고 시인은 생각한다. 이런 문제의식은 김춘수의 「꽃」을 패러디하고 있는 「「꽃」의 패러디」에도 잘 나타나 있다. 그는 봄을 자유, 혹은 꽃피는 지옥, 지옥 등으로 비유한다. 즉 봄을 어떻게 명명하건 봄의 본질은 꽃피고 반짝이는 것이기 때문이다. 이런 인식은 "버스를 타려고 뛰는 저 남자의 / 엉덩이를 / 시라고 하면 안 되나 / 나는 내가 무거워 배운 / 작시법을 버리고 / 버스 정거장에서 견딘다 // (…중략…) 배반을 모르는 시가 / 있다면 말해보라 / 의미하는 모든 것은 / 배반을 안다 시대의 / 시가 배반을 알 때까지"「버스 정거장에서」이나 "사물이, 모든 사물이 그냥 / 한편의 시詩이듯 / 사람이, 사람들이 또한 / 모두 시詩구나 / 시詩가 그릇이라면 모든 / 사물도 그릇이며 / 시詩가 밥이라면 모든 존재 또한 지상의 밥이니"「詩人 久甫氏의 一日 (4) -다방에서」에서도 드러난다.

이처럼 시의 언어에 관한 고정관념에서 벗어나 시적 영역을 확장시키려는 오규원의 기획은 대중매체의 언어를 시에 옮겨 놓는 방법으로 이어진다. 대중매체가 지배하는 시대의 언어는 도구화되거나 조작된 언어일 가능성이 많다. 오규원은 아예 도구화된 언어 그 자체를 시어로 옮겨놓음으로써 역설적으로 그런 언어를 생산하는 사회에 대응하려 한다. 이를 통해 시인은 전통적인 시 형식

자체에 대한 고정관념을 파기하면서 사회비판력을 확보한다.

　　1. '양쪽 모서리를

　　함께 눌러주세요'

　　나는 극좌와 극우의

　　양쪽 모서리를

　　함께 꾸욱 누른다

　　2. 따르는 곳

　　　　⇩

　　극좌와 극우의 흰

　　고름이 쭈르르 쏟아진다

「빙그레 우유 200ml 패키지」 부분

　　시인은 일상적으로 먹는 우유의 안내서를 정치적인 문안으로 해석함으로써 우리의 현실이 상품처럼 결코 '빙그레' 웃을 수만은 없는 곳임을 시사한다. 자본주의 사회에서 상품광고의 언어는 도구화된 언어이다. 시인은 이 도구화된 언어를 시어로 옮기면서, 이를 이데올로기의 대립으로 재해석한다. 상품 안내서를 읽어 내려가는 독자의 무의식에 충격을 가하며 현실을 깨닫게 만드는, 이런 종류의 패러디시를 통해 그는 기존의 시형식과 시어가 내포하는 고정관념과 권위를 전복시키는 자유로운 시정신을 보여주고 있다.

4) 살아있는 현실과 환유적 언술

『사랑의 감옥』으로 대표되는 이 시기는 『가끔은 주목받는 生이고 싶다』에서 보여주었던 자본주의 사회에 대한 비판과 패러디의 경향이 계속되는 한편 시의 의미를 풍요롭게 하기 위한 시적 인식과 언술 전환의 단초가 마련되는 시기이기도 하다.

오규원은 이 시기를 거치면서 다양한 현실은 하나의 개념으로 해석할 수 없다는 인식을 통해 자신의 시세계를 지지해왔던 언어 원리인 은유의 원리를 반성하고 환유적인 언술을 시도함으로써 새로운 시적 인식의 지평을 보여준다.

개울가에서 한 여자가 피묻은
자식의 옷을 헹구고 있다 물살에
더운 바람이 겹겹 낀다 옷을
다 헹구고 난 여자가
이번에는 두 손으로 물을 가르며
달의 물때를 벗긴다
몸을 씻긴다
집으로 돌아온 여자는 그 손으로
돼지 죽을 쑤고 장독 뚜껑을

연다 손가락을 쪽쪽 빨며 장맛을 보고

이불 밑으로 들어가서는

사내의 그것을 만진다 그 손은

그렇다 — 언어이리라

위의 시는 한 관념인 언어를 인식대상으로 삼는다. 손의 행위를 축으로 한 여자의 욕망과 손의 움직임을 함께 보여주고 있다는 점에서 그것은 인접성 환유의 언어체계를 보여주고 있다. 여자의 '손'은 하나의 의미에 귀속되지 않고 일상적인 영역에서부터 초월적인 영역에까지 그 의미를 확장시켜 나간다. 이때 손—언어란 인간의 욕망이 끊임없이 자리를 바꾸고 옮겨가는 기호일 뿐이다. 인간의 욕망은 생生이 존재하는 한 지속적이며, 욕망의 기호인 언어 또한 마찬가지다.「세헤라쟈드의 말」 언어는 하나의 관념에 머무르지 않고 흘러가는 다양한 삶의 의미를 보여준다. 이 시는 현실 역시 '살아 있는' 언어와 의미라는 시인의 의식을 대변해 주고 있다.

이런 맥락에서 『사랑의 감옥』에는 「사랑의 감옥」을 포함하여 「길목」, 「당신의 몸」, 「저 여자」 등 서민들의 다양한 삶의 모습이 시화되어 있음을 알 수 있다. 시인에게 다양한 삶들과의 만남은 현실이 내포하는 또 다른 의미에 주목하게 만들었다. 관념화되지 않은 현실의 의미를 읽어내기 위해서는 현실이 갖고 있는 다양한 측면을 고려해야 하는데, 이때 시인이 주목하게 된 진실은 경화된 삶을 풍요롭게, 또 살아있게 만드는 힘이 '사랑'이라는 것이었다.

　　　　뱃속의 아이야 너를 뱃속에 넣고

　　　　난장의 리어카에 붙어서서 엄마는

　　　　털옷을 고르고 있단다 털옷도 사랑만큼

　　　　다르단다 바깥 세상은 곧 겨울이란다

　　　　엄마는 털옷을 하나씩 골라

　　　　손으로 뺨을 문질러보면서 그것 하나로

　　　　추운 세상 안으로 따뜻하게

　　　　세상하나 감추려 한단다 뱃속의 아이야

　　　　아직도 엄마는 옷을 골라잡지 못하고

　　　　얼굴에는 땀이 배어 나오고 있단다 털옷으로

　　　　어찌 이 추운 세상을 다 막고

　　　　가릴 수 있겠느냐 있다고 엄마가

　　　　믿겠느냐 그러나 엄마는

　　　　털옷 안의 털옷 안의 집으로

　　　　오 그래 그 구멍 숭숭한 사랑의 감옥으로

　　　　너를 데리고 가려 한단다 그렇게 한동안

　　　　견뎌야 하는 곳에 엄마가 산단다

　　　　언젠가는 털옷조차 벗어야 한다는 사실을

　　　　뱃속의 아이야 너도 태어나서 알게 되고

　　　　이 세상의 부드러운 바람이나 햇볕 하나로 너도

울며 세상의 것을 사랑하게 되리라 되리라만

「사랑의 감옥」 전문

"좁은 난장의 길을 오가며 한시간씩이나 / 곳곳을 기웃거리"「저
여자」며 엄마는 뱃속의 아기에게 말한다. 이 세상은 추위와 고통을
견뎌야 하는 감옥이라고. 정해진 길 위에서 사회적 규범들과 자신
과의 약속을 지키며 살아가는 우리의 현실은 감시자가 없는 감옥
의 생활과 다름없다. 그러나 그 힘듦을 감싸안을 수 있는 부드러움
과 따뜻함, 그리고 사랑이 있으므로 이 감옥은 우리에게 긍정성을
갖는다고 시인은 이야기한다. 그 이유는 바로 길 위의 삶이란 한
가지로 명명될 수 없는 여러 양상을 갖고 있으므로 쉽게 낙담하거
나 쉽게 비관할 필요가 없다는 것이다. 인간의 삶은 길의 풍경처럼
다양하고 변화 많은 것이기 때문이기도 하다.

『사랑의 감옥』에서 사물과 현상을 바라보는 시인의 눈은 따뜻
하고 부드럽게 느껴진다. 이는 시인의 시적 인식과 세계관의 변화
와 무관하지 않으리라 생각한다. 세계와 시의 대립을 주축으로 은
유적 원리에 의해 하나의 관념을 생산해내던 — 이는 오규원 시가
확보했던 사회 비판력과도 관련된다 — 시적 방법론으로부터 살
아 있는 현실 그 자체의 의미를 보여주려는 그의 시도는 현실 그
자체의 다양한 의미 — 긍적적이든, 부정적이든 — 를 환유적 언술
을 통해 드러내려는 것으로 나타난다. 이는 해방의 이미지를 통해

삶에 대한 긍정적인 인식을 얻으려는 시인의 생각이기도 하다.[2]

2. 현존하는 의미와 '날이미지'의 시학

오규원은 『길, 골목, 호텔, 강물 소리』의 「자서」에서, "모든 존재는 현상으로 자신을 말한다". 따라서 "존재를 말하는 현상, 인간이 정(定)한 관념으로 이미 굳은 것이 아니라, 정(定)하지 않은, 살아 있는 의미인 '날(生] 이미지'와 그 언어의 축을 찾아서" 시를 쓰겠다고 하였다. 이는 현상의 고정된 의미가 아니라 현상 그 자체를 될 수 있으면 그대로 보여주어 현상을 그 자체로 받아들이도록 하자는 것이다. 시인은 그것이 진실에 가까이 갈 수 있는 길이라고 생각한다. 이런 관점에서 『길, 골목, 호텔 그리고 강물 소리』와 『토마토는 붉다 아니 달콤하다』에 이어지는 시세계는 주로 자신이 선언하고 있는 '날이미지 시학'의 시들이 구체화되고 심화되면서 언어의 투명함과 자율성이 강화되고 있다.

시집의 제목에서도 느낄 수 있듯이 '길, 골목, 호텔, 강물소리'는 공간적인 인접성이 상상될 뿐 그 어떤 관념도 암시하지 않는다. 마찬가지로 '토마토는 붉다, 아니 달콤하다'라는 진술은 끝없이 자신의 판단을 의심하고 유예시키는 주체의 목소리를 환기시킨다.

---

2   오규원, 「말, 삶, 글」, 『문학정신』, 1991.3.

강이 허리가 꺾이는 곳에서는 산이

뒤로 물러섰다 그래도 산의

머리는 하늘과 닿고 산이

물러선 자리는 텅 비고 절벽이 생겨

곳곳의 물이 거기 모여

반짝였다 산을 따라가지 못한

절벽은 그러나 자주 몸을 헐며

서서 물을 받는다 팍팍한 그 붉은 황토에

동그랗게 숨구멍을 뚫고 물총새가

절벽과 함께 몸을 두고

새끼를 기른다 그래서 절벽에 붙어

강을 굽어보는 물총새가

긴 부리로 가볍게 해를 들고

있을 때도 있다 절벽 끝에 사는

키 작은 망개나무와 싸리나무가 하늘의

별과 달을 들어올릴 때도 있다

「물과 길 4」 전문

위의 시를 자세히 살펴보면 시가 아니라 그림 혹은 사진을 읽고
있다는 착각에 빠지게 된다. 시는 인접해 있는 사물들이 이루는 하
나의 공간을 우리에게 보여준다. 시인이 한자리에서 주위의 풍경
을 보는 것이라면 그 풍경이 갖는 입체성 때문에 별과 새는 따로

놓이게 되어 새가 별을 든다는 진술은 가능하지 않을 것이다. 그러나 그림 속에는 멀리 있는 산이나 높이 떠 있는 별이나 달이 가까이 있는 사물들과 함께 하나의 평면에 같이 놓여 있다. 따라서 '강이 허리가 꺾이는 곳에서' 산이 뒤로 물러서 있다거나 '물총새의 긴부리'가 해를 받친다라는 진술이 가능한 것이다. 이처럼 그림에 나타난 현상과 현상을 그림처럼 보여주는 것은 다르다. 그림에서는 자연스러운 하나의 풍경이 시적 진술로는 놀랍고도 새로운 의미를 준다. 즉 작은 새가 해를 들어 올리고 나무들이 하늘의 별을 들어 올린다는 언어-표현은 평면 위에 놓인 그림과는 다른 효과를 만들어낸다.

시인은 자신의 눈에 보이는 대상들을 인간중심적인 시각으로 서열화시키지 않는다. 그의 시에서는 다양한 자연물들이 함께 공존한다. 이를 위해 그는 자신의 눈 앞에 펼쳐진 풍경 그대로를 생생하게 날이미지로 보여주려 한다. 그러나 날이미지가 그 자체로 사물의 본질을 드러내는가는 또 다른 문제이다. 언어가 사물의 본질을 투명하게 그대로 드러낼 수 있다는 것은 불가능하기 때문이다. 오규원의 날이미지와 현상의 시학 역시 인식 주체의 주관성을 거쳐서 만들어진 것이므로 장면을 구성하고 진술해 나가는 것 역시 시적 주체의 몫이다. 그러나 중요한 사실은 그 풍경의 시들이 기존의 관습적 시각으로부터 벗어난, 새로운 시의 문법을 만들어내고 있다는 점이다.

밤새 눈이 온 뒤 어제는 지워지고 쌓인 흰눈만 남은 날입니다

쌓인 눈을 위에 얹고 물물物物이 허공의 깊이를

물물物物의 높이로 바꾸고

나뭇가지에서는 쌓인 눈이 눈으로 아직까지 그곳에 있는 날입니다.

뒤뜰에 붙은 언덕의 덤불 밑에는 오목눈이와 멧새와 지빠귀와

그리고 콩새가 서로 다른 방향으로 먹이를 찾고

새들이 먹이를 삼킬 때마다

덤불 밖의 하늘이 꼬리 쪽으로 자주 기우는 날입니다

직박구리 한 쌍이 마른 칡덩굴이 감고 있는 산수유에 앉아

노란 꽃이 진 자리에 생긴 붉은 열매를 챙기고

열매가 사라진 자리에는 허공이 다시 그 자리를 메우고 있는 날입니다

그러나 콩새 한 마리가 급히 솟구치더니

하늘에 엉기고 있는 덩굴을 빠져나와 동쪽으로 가서는

몸을 그곳의 하늘에다 깨끗이 지우는 날입니다

「물물과 높이」 전문

『토마토는 붉다 아니 달콤하다』에 수록된 시들은 위의 시처럼
대부분이 자연을 주조로 하고 있다. 이는 그의 삶의 근거지가 자연
공간이기 때문이기도 하겠지만 한편으론 자연의 현존이 인간의 해
석 이전이기 때문이다. 때문에 살아 있는 의미를 보여주려는 시인
의 의도는 자연의 풍경을 자연의 어울림 그 자체로 드러내려 한다.
위의 시는 앞서 인용된 「물과 길 4」에 비해 물물들의 현존성이 더

욱 강조되고 있다. 즉 앞의 시에서는 '있어 왔던' 하나의 풍경이 그려지고 있는데, 예를 들어 반짝인다가 아니라 '반짝였다'든지 '자주'라는 부사어의 사용, 또 '새끼를 기른다'라는 행위가 갖는 시간성, 그리고 '있을 때도 있다', '들어 올릴 때도 있다'라는 진술 등은 지속적인 시간의 흐름을 느끼게 한다. 반면에 위의 시는 지금 '벌어지고' 있는 풍경이라는 느낌을 강하게 환기시킨다. 이 시는 하나의 풍경 안에 다섯 개의 풍경이 공존하는 상황을 그리고 있다. 연 구분은 없지만 '~날 입니다'라는 종결형이 다섯 번 반복되면서 각각의 상황이 진술되고 있는데, 또 다른 풍경이 덧보태질 수 있도록 시의 구조는 개방적이다. 이때 어떤 한 상황이 '~날 입니다'라는 같은 구문에 종속됨으로써 각기 다른 풍경의 동시성과 현존성을 최대한 살리고 있다. 시적 자아는 시적 상황에 개입을 자제하면서 풍경들 그 자체만으로 시가 살아나게 만들고 있다. '~이다'가 아니라 '~입니다'라는 표현 역시 대상에 대한 시적 자아의 거리를 만들어내면서 단지 한 풍경의 전달자일 뿐이라는 인상을 자아낸다.

시인은 눈이 쌓여 있는 풍경을 물물들이 높이를 갖게 된 것으로 표현한다. 단순히 쌓인다가 아니라 눈이 쌓임으로써 한 존재가 높이를 갖게 된다는 것이다. 사실 인간의 눈으로 보면 눈이 쌓이는 것이지만 물물들의 입장에서 보면 높이를 갖게 된 것으로 생각해볼 수 있다. '물물物物'의 한자 표현이 훨씬 더 그 현존을 시각적으로 도드라지게 한다. 이런 의미에서 보자면 시인은 가능한 인간의 시점, 즉 자연을 바라보는 자신의 관념을 배제하고 풍경 그 자체의 의식과 상상에 투철하려고 하는 것으로 보인다. 그는 인간이지만 가능한 자연의 일부로, 자연의 현상과 본성에 충실하려 한다. 그는 인간과 자연의 경계에서 시를 쓰는 것이다.

오규원은 세잔느의 풍경화를 보면서 그가 자연의 풍경을 그리는 것은 바로 자연의 한 부분을 시도하는 것, 즉 존재 그 자체를 시도하는 것이라고 한다.[12] 자연의 한 풍경에서 관념을 지워내고 그 존재 자체로 있게 하려는 시인의 시작詩作 역시 살아 있는 풍경을 만들어내려는 시도라고 하겠다.

3. 새로운 인식의 지평 __ 자연의 발견

오규원의 시세계는 세계와 언어에 관해 끊임없이 사유하고 탐구하면서 언어의 본질과 한계에 대해 깊이 있게 천착해 온 과정을 보여준다. 이는 구체적으로 세계와의 대응 속에서 시적 인식과 시적 방법론을 끊임없이 갱신하는 작업으로 드러났는데, 관념과 추상의 순수시, 아이러니와 패러디, 현상과 날이미지의 시론과 시가 바로 그 구체적인 결과물들이다. 이처럼 언어와 시형식의 탐구는 정통적인 서정시의 문법을 넘어 다양하고 새로운 서정시의 운명을 개척하는 것으로 드러났는데, 자본주의 사회와 대응하는 패러

---

3   오규원, 「풍경의 의식」, 『가슴이 붉은 딱새』, 문학동네, 1996.

디 시학이나 언어의 투명함을 추구하는 날이미지의 시학 등이 그들이다. 특히 날이미지의 시학은 인간 중심적인 시각과 관념으로부터 현상과 언어를 해방함으로써 자연에 대한 새로운 시학에 이를 수 있었다.

자연을 대상으로 하는 오규원의 시는 새로운 자연시와 생명시의 가능성을 보여준다. 그의 자연시는 생태학적 상상력으로서 당위적인 생명을 강조한다기보다는 스스로 존재하는 자연을 표현하고 있다. 모든 존재와 사물 하나하나가 도道이고, 진리眞理라는 뜻頭頭是道 物物全眞의 제목을 가진, 마지막 시집 『두두』문학과 지성사, 2008를 통해 그는 자연 안에서, 자연과 함께 하는 삶, 인간이 중심이 아니라 삼라만상이 주인이라는 깨달음을 따뜻하고 천진한, 그리고 평등한 시선으로 그림으로써 자연시의 새로운 지평을 보여주었다.

이상에서와 같이 오규원 시인이 탐구해 왔던 시적 인식과 방법론은 세계를 사유하는, 새로운 인식의 구조를 제시해왔다. 이광호와의 대담 「언어 탐구의 궤적」에서 오규원은 "세계에 새로운 구조를 부여하는 자만이 예술가이다"라는 메를로 퐁티의 말을 인용했다. 이런 엄정한 물음 앞에서 오규원은 시인이며, 예술가라는 사실을 다시 떠올린다.

고정희

시로 쓰는 여성의 이야기

1. 서정의 확장과 여성시학

고정희 시인은 1983년 시집 『이 시대의 아벨』에 역사를 소재로 한 시 「현대사 연구 1」을 게재했고 1986년 『눈물꽃』에는 「현대사 연구 1」을 포함하여 「현대사 연구 14」까지 현대사 연구 연작을 발표했다. 『눈물꽃』에서 '문화적 위기와 지성의 뿌리에 관한 문제의식을 갖게 되었다'는 고정희 시인의 관심은 한 사회 문화가 가진 뿌리, 즉 역사에 대한 관심으로 자연스럽게 옮아간 것으로 이해할 수 있다. 이후 1987년 『지리산의 봄』에는 '여성사 연구'라는 부제가 붙은 연작 시 6편이 발표되었고, 1990년 『여성해방출사표』에는 '이야기 여성사'라는 부제가 붙은 7편의 서사적 장시가 게재되었다. 여성주의적 관점에서 보면 1980년대 초반에서 1980년대 후반으로 갈수록 역사 전반에 대한 비판의식으로부터 '여성' 역사의 범주로 구체화되고 있음을 알 수 있다.

'역사'에 대한 고정희의 시작詩作은 문학이나 역사의 측면에서 주목할 만한 작업이라 할 수 있다. 우선 1980년대라는 정치 역사적 현실을 생각할 때 당대 정치 현실에 대한 비판을 함축하는 시 창작은 폭력적인 정권을 향한 도전의 의미를 지녔다. 특히 여성사에 대한 관심은 선구적이라 할 수 있는데, 1980년대 한국 역사학계의 여성사 연구의 수준은 거의 초보였으며, 1990년대 중반에 가서야 비로소 영향력을 발휘하기 시작했기 때문이다. 이런 상황을 고려할 때 여성의 역사에 대한 고정희의 시적 탐구는 문학과 역사에서 여성을 부각시킨 중요한 작업이라 할 수 있다.

여성사는 여성의 시점으로 다시 쓰고, 기존 역사학의 학문적 범주와 이론에 의문을 제기한다는 점에서 새로운 역사학이며 실천적 역사학으로서 1980년대 이후 포스트모더니즘 시대의 탈근대서사, 즉 거대 담론으로서의 역사 서술에 대한 대안 양식과 맥락을 같이한다. 근대 역사의 총체성 개념을 비판하는 포스트모더니즘은 거대 이론의 폭력을 비판함으로써, 총체성을 추동해 온 가부장권력에 대한 비판과 만날 수 있었다. 따라서 페미니즘은 여성을 본질적으로 보이지 않게 하는, 보이는 데도 보이지 않는 것으로 거짓말하는 가부장적, 식민적, 총체적 담론의 횡포와 그에 대한 투쟁의 흔적을 기록하는 소서사를 통해 과학적 지식과 역사발전의 대서사가 기도해 온 총체성과 그 권력 효과에 대항할 수 있었다.

고정희가 시를 통해 여성의 역사를 재구성하려 했다는 점에서 역사로서의 의미와 의의를 밝힐 필요가 있는 것이지만, 그 역사가 서사 장르가 아니라 서정 장르를 통해 재구성되고 있음은 흥미로운 사실이다. 즉 '시'로 쓰는 '역사'라는 측면에서 문학의 장르적 특성을 고려하면서 역사의 시화詩化에 주목할 필요가 있다. 원래 서정 장르는 내면을 고백하는 장르이다. 이런 점에서 고정희의 역사 시는 주관적인 정서를 압축적으로 토로하는 내면의 서정을 역사-서사로 확장하여 새로운 시 양식, 일종의 이야기시-서술시 양식을 보여주고 있다. 서정시에 서사적 요소를 수용함으로써 서정시 장르의 쇄신, 확대 혹은 현실에 대한 응전력을 확보하는 것으로 이해할 수 있을 것이다. 또한 역사라는 사실事實의 기록이 아니라 '시詩'라는 창조적 언어로 기술되는 역사를 통해 독자가 얻는 것은 무엇인지 생각해볼 필요가 있다.

역사 관련 시편에 대한 연구는 그간 고정희 시에 관한 전체적인 평가 속에서 부분적으로 이루어져 왔는데, 고정희 시에서 역사 시편이 차지하는 의미나 여성문학과 역사에서 여성사 시가 갖는 의의를 생각할 때 이 시편들은 형식적 특성이나 미학, 그리고 그 실천적 의미 등이 독자적으로 연구될 필요가 있다. 이 글에서는 고정희의 '이야기 여성사' 연작을 중심으로 미학적 특성 및 여성주의적 문제의식을 논해보고자 한다.

2. 여성의 경험과 역사를 언어화하기

정통적인 역사 서술은 남성과 남성의 언어를 중심으로 기록되어 왔다. 여성들은 역사에서 선택적 기억의 희생자로 다만 흔적으로서의 역사로 남아 있다. 이런 의미에서 역사와 언어에서 소외된 여성들이 자신의 역사를 기술한다는 것은 어떤 언어로 기술할 것인가의 문제 역시 고려하게 만든다. 그러나 본질적으로 여성적인 것은 없다. 다만 남성 지배 사회에서 여성 자신들이 어떻게 억압받고 있는가에 대한 자의식에 기초하여 여성들의 언어에 주목할 수 있을 것이고, 고정희의 작품에서도 역시 여성의 경험과 연관된 여성의 문체-구술, 이야기, 서간체 등에 관심을 둘 수 있을 것이다.

고정희는 여성 역사 쓰기라는 새로운 주제를 시화詩化하기 위해 우선적으로 기존 언어에 대한 성찰을 수행한다. 역사 비판에 관한 첫 번째 작품이 현재 언어의 부정不淨과 오염을 문제시하는 작품이었음은 생각해볼 만하다. 폭력과 억압으로 점철된 역사에 아첨하는 언어는, 그 언어가 존재하는 역사의 부패 속에서 탄생한다. 그러므로 새로운 역사를 상상하는 것은 바로 새로운 언어를 상상하는 일에 다름 아니다.

어여쁜 말들을 고르고 나서도 저는
같은 생각을 했습니다
모나고 미운 말
건방지게 개성이 강한 말
누구에게나 익숙치 못한 말
서릿발 서린 말들이란 죄다
자르고 자르고 자르다보니

남은 건 다름아닌

미끄럼 타기 쉬운 말

찬양하기 좋은 말

포장하기 편한 말뿐이었습니다

썩기로 작정한 뜻뿐이었습니다

그러므로 말에도

몹쓸 괴질이 숨을 수 있다면

그것은 통과된 말들이 모인 글밭일 것입니다

〈이것을 깨닫는 데 서른 다섯 해가 걸렸다니 원〉

「현대사 연구 1-아름다움에 대하여」 부분

그동안 부패한 역사를 용인해 온 언어는 문제적 현실을 미끄러 트리고, 부패를 찬양하고, 그럴듯하게 포장하는 썩은 말이었음을 깨닫는 시인은 이제 모나거나, 건방지거나, 서릿발 서린 말들의 글 밭을 만들어야 함을 강조한다. 따라서 "시문詩文이란 본디 선하기 때문에 / 추한 속세를 논해서는 안 되고 / 민중 같은 말 따윈 말려 태워버려야 하고 / 아예 뿌리꺼정 뽑아버려야 하고 / 참된 예술이 란 어디까지나 / 우주나 영원이나 사랑이 근본이니 / 속세의 잡사 에서 발을 떼야 한다"는 허위의식에 저항한다.「현대사 연구 10-경건주의 시 인에게 쓰는 편지」 고정희 시인에게 "아름다운 창조나 자유로운 상상이 란 / 천한 이름 찾아내어 귀한 이름 만들고 / 죽은 맥 짚어내어 피 를 통하게 하고 / 세계의 고통에 입맞추는 힘"으로 인식된다. 이는 바로 천한 이름으로 살아온 '여성'을 포함한 민중의 존재를 역사에 복원하고 그들의 고통과 함께한다는 의식에서 비롯된다. 그러므로 이런 의식의 각성에는 '우주', '영원', '사랑' 등의 공중누각 같은 추상어가 아니라 살아 숨쉬는 언어에 대한 추구가 놓여 있어야 한다.

> 사람은 모름지기 근본을 따르고
>
> 무릇 만인평등이 삼라의 뜻이거늘
>
> 그러나 아직 낙관은 이르외다
>
> 무릎을 칠 만한 여남해방세상 시가
>
> 조선에는 아직 없는 듯싶사외다
>
> 천지의 정기를 얻은 것이 해방된 여자요
>
> 해방된 몸을 다스리는 것이 해방의 마음이며
>
> 해방된 마음이 밖으로 퍼져 나오는 것이 해방의 말이요
>
> 해방의 말이 가장 알차고 맑게 영근 것
>
> 그것이 바로 시이거늘
>
> 그런 해방의 시가 조선에는 아직 없습니다
>
> 「황진이가 이옥봉에게 – 이야기 여성사 1」 부분

만인평등을 꿈꾸는 시인은 남녀를 여남으로 명명하여 불평등한 현실을 뒤집고, 인간의 평등과 자유를 구현할 수 있는 언어를 '시詩'로 인식하면서, 이 땅 조선에서 해방시를 만들어야 함을 강조한다. 이런 의미에서 『여성해방 출사표』는 해방된 여성 언어가 시로

구체화된 것으로 이해할 수 있다. 즉 여성의 삶과 역사를 노래하는 시편들은 해방과 평등에 관한 새로운 역사의 출현이며 이런 의미에서 『여성해방 출사표』는 여성해방을 향한 새로운 언어-형식 실험의 장場이라고 할 수 있다.

3. 중심 언어의 전복과 여성'들'의 목소리

역사란 과거-현재-미래가 대화한다는 점에서 항상 서로 다른 시·공간이 교차하고 다양한 언어들이 혼종하는 텍스트라 할 수 있다. 역사 텍스트가 갖는 이런 특성은 고정희의 시에서 강조되어 나타나 텍스트의 다성성이나 상호 텍스트성을 통해 사실史實을 재구성하고, 재해석하여 새로운 읽기가 가능케 한다.

① 황진이의 사랑법은 이러합니다
　사랑이 명월의 문전에서 원하되,

　② 명월이 만공산하니
　　흐르는 벽계수가 쉬어갈까 하노라

명월이 원을 받아 답하되,

③ 흐르는 벽계수에 명월이 잠길손가

　머무는 바다에 명월이 잠기도다

이리하여 그리움이

푸른 물결 이룰 때

물굽이에 명월이 내려앉아 속삭이되,

④ 청산리 벽계수야 수이감을 자랑마라

　일도창해하면 돌아오기 어려우니

　명월이 만공산하니 쉬어 간들 어떠리

이렇듯

흐름과 머묾이 마주치는 그곳에

나의 계약결혼이 있었습니다.

「황진이가 이옥봉에게－이야기 여성사 1」 부분

　위의 작품은 황진이의 진보적 사랑법이 계약 결혼의 선택으로 이어졌음을 드러내는 구조로 짜여 있다. 인용 시의 마지막 부분에서 황진이가 자신의 목소리로 '나의 계약 결혼이 있었다'는 진술을 강조하기 위해 앞 부분부터 그가 사랑을 선택하게 되는 과정을 다양한 텍스트와 목소리를 교차시키면서 보여준다. 자세히 읽어보면 ① 에서 ④ 에 이르는 목소리의 주인공은 물론 그들의 욕망 역시 모

두 다르다는 것을 알 수 있다. ① 에는 시적 화자, ② 에는 벽계수 ③,
④ 에는 명월이의 목소리가 등장한다. 이는 이야기가 흘러가는 서사
과정을 반영하는 한편, 인물의 목소리가 극적 특성을 만들기도 한다.
작품이 갖는 이런 구조적 특성을 통해 황진이의 시조 ④ 가 창작되
는 과정에 대한 이해, 그리고 황진이와 '사랑'이라고 일컬어지는 남
성과의 관계, 그리고 그 관계의 성격에 대하여 새로운 이해가 가능
해진다. 이런 텍스트의 특성은 다음의 작품에서도 읽을 수 있다.

덧없고 덧없는 일이어라
권력의 돌계단에 희생된 여자들
사랑의 숨결로 창과 칼 막았건만
나라의 영웅들은 싸움으로 망하네
기러기 되어 세상을 등지려 하나
만남과 이별의 자취가 날 부르네

서시가 부르는 이 노래 속에서 나는 한 나라 흥망의 제물로 바쳐진
모든 여인들의 통곡을 듣사외다. (…중략…) 조선이라 해서 이와 다를
바 있는지요 원나라에 바쳐진 고려 여자들, 왜정 치하에 바쳐진 정신대
여자들, 외세 자본주의에 바쳐진 기생관광 여자들이 한반도 지사주의
축대가 아닌지요 권력노예 출세노예 산업노예 시퍼렇게 살아있으니
이 어찌 나라 재앙 원흉이 아니리까

「이옥봉이 황진이에게 - 이야기 여성사 2」 부분

위의 작품에서는 화자인 조선 이옥봉의 목소리로 월나라 서시의 노래가 인용되고 있는데, 이옥봉은 이 노래와 조선, 고려, 현대 여성들의 애환을 겹쳐 놓는다. '나'라고 인용될 때 그 인물은 '이옥봉'인데, 어느새 이 목소리는 현재 시인의 목소리와 겹쳐져 역사의 시·공간을 교차하고 있다. 이는 시·공간이 바뀌어도 여성 삶의 질곡은 같은 무게로 계속 덧씌워지고 지속되고 있음을 보여준다. 때문에 시인은 "20년 동안 무심히 까발려진 한강에서 / 사내들은 모래에 삽질을 하고 / 사대문 안에서는 / 허울 좋은 보도들이 / 시골 풍년장치와 놀아나는 시월, / 어인 일인가 / 조선국 충렬왕조에 공출나갔던 / 고려 여자들이 돌아오"는 환영을 본다.「현대사 연구 14 – 가을 하늘에 푸르게 푸르게 흘러가는 조선 여자들이여」

한편 텍스트의 교차는 다음과 같은 방식으로도 진행된다. 즉 일종의 패러디로, 텍스트의 겹침, 상호 텍스트성을 통해 원 텍스트의 이데올로기를 비판, 해체하는 패러디의 효과를 인식할 수 있도록 하는 것이다.

이제 해동 조선의 딸들이 일어섰도다
위로는 반만년 부엌데기 어머니의 한에 서린 대업을 이어받고
아래로는 작금 한반도 삼천오백만 어진 따님 염원에 불을 당겨
칠천만 겨레의 영존이 좌우되는
남녀평등 평화 민주세상 이룩함을
여자 해방 투쟁의 좌표로 삼으며

여자가 주인되는 정치 평등 살림평등 경제평등을 바탕으로

분단 분열 없는 민족 공동체 회복을

공생 공존의 지표로 손꼽는다

「허난설헌이 해동의 딸들에게 – 이야기 여성사 4」 부분

위의 작품은 가부장제–남성–민족 중심의 언어로 쓰인 '국민교육헌장'을 원 텍스트로 하여 그 위에 여성의 언어를 덧씌우고 있다. 이에 독자들은 패러디 텍스트가 남성 중심의 민족과 역사의 언어로 쓰인 '국민교육헌장'을 문제 삼고 있음을 인식하게 된다. 시인은 반쪽만의 공동체를 진정 남녀 공존의 공동체로 만들기 위해서는 여성을 주인으로 인식하는 남녀평등의 민주세상을 이룩해야 함을 강조한다. 여성들은 이런 세상을 얻기 위한 출사표를, 남성이 만들어 온 이데올로기와 그 언어를 전복하는 방식으로 제출한다.

4. 이야기의 전달과 서사 전략

'현대사 연구', '여성사 연구', '이야기 여성사' 등의 시편들은 모두 그것이 시史인 한, 일정한 에피소드, 이야기, 사실 등을 전제한다. 따라서 시편들은 자연스럽게 서사적 특성을 갖는다. 이야기 여성사에서는 특히 여성의 삶이 본격적으로 서술되는데, 이런 특성은 서정시에서 서사적 특성에 대한 논의를 촉발시킨다. 일반적으

로 서사성을 도입한 서정시에서는 묘사의 측면은 약화되고 서술의 측면이 강조되는 경우가 많다.

서정시에서 서사성의 도입은 리얼리즘 시의 전통이 되어 왔다. 주관적인 정서를 압축적으로 토로하는 서정시 양식만으로는 현실의 문제를 표현하기 힘들기 때문에 시문학사에서 1920년대 단편 서사시를 비롯하여 서사성의 문제는 항상 현실을 담보하려는 서정시의 장르적 확장을 의미했다. 고정희 시의 경우도 민중 및 여성의 억압적 현실에 대한 형상화는 내면의 서정만으로는 가능하지 않았을 것이다. 따라서 시에서 이야기를 도입하여 인간의 행위나 생생한 삶의 모습을 드러내고 인간적 의미나 감정을 표현했다. 이야기 시는 삶의 장면들을 리얼하게 반영함으로써 서사적 흥미와 함께 삶에 대한 관심을 불러일으킨다. 특히 이야기는 이야기하는 사람의 경험이 시간의 지연 없이 직접 전달된다는 생각 때문에 이야기의 진실성이 쉽게 전달된다. 고정희의 시는 역사가 가진 이야기, 시인이 선택하는 여성 삶의 이야기를 효과적으로 드러내기 위한 다양한 서사전략을 전개한다.

1) 서간체를 통한 정서적 연대감의 획득

시 작품 안의 화자와 청자의 존재는 그들이 특정한 존재가 아니더라도 문학 자체가 서간문적 성격과 관련되고 있음을 보여준다. 서간문의 특성은 무엇보다 수신자를 상정하고 있으며, 그에게 전달될 메시지가 중요하게 다루어진다는 점이다. 그러므로 이러한 서간문의 특성이 여성의 역사를 노래하는 시에 사용되고 있다는 점은 작가의 전략과 연관하여 읽어야 할 것이다.

　서간문은 원래 교환을 목적으로 쓰이지만 '이야기 여성사' 연작에서 서간문 형식은 언술적인 장치로 사용되고 있다. 이야기 여성사 1~4까지는 '발신자가 수신자에게'라는 구조가 보이며, 이 중 이야기 여성사 1의 경우에는 소제목들에 봄~겨울까지의 네 계절의 편지임이 밝혀지고 있다. 수신인을 지칭하는, '이자매'이옥봉, '경번당 허자매'허난설헌 등이라고 직접 부르든가. 이옥봉이 황진이의 편지를 염두에 두고 '옥서'라고 표현하는 것, 또 사임당이 자신의 편지 쓰기를 '꾸밈없는 속이야기 봉하다'라고 비유하는 것 등을 보면 1~4까지의 작품이 서간문의 형식을 전제하고 있음을 알 수 있다. 이야기시에서는 메시지가 독자에게 감응력있게 전달되게 하기 위해 사적인 편지글체의 메시지 전달 방법이 효과적이며 특히 소설이 아닌 시에서 복잡한 이야기의 구조를 선택할 수 없으므로 단순한 서사구조를 포용할 수 있는 서간체 화법이 적절한 것이라 할 수 있다. 특히 전통적으로 여성의 글쓰기에서 서간체는 사적인 글로 여성의 글이 갖는 사적 특성을 잘 보여주는 형식으로 여성 상호 간의 의사소통에 주요한 역할을 하는 것으로 논의되어 왔다는 점에서 여성의 내면 경험과 정서를 드러내는 주요한 방식이라 할 수 있다. 실제적으로 고정희 시인은 편지를 통해 자신의 생각을 지인들과 자주 교환했다고 한다. 이런 점에서 고정희의 서간체는 시인의 현실적인 삶과도 깊숙이 연관되어 채택된 형식적 특성으로 보인다. 서간체 화법은 시 안의 화자가 진술하는 상황을 중심으로 정서적 유대감이 강조될 수 있다.

> 아아 그리고 오늘날
> 생존권 투쟁에 피뿌리는 딸들이여
> 민족민주 투쟁에 울연한 딸들이여
> 무엇을 더 망설이며 주저하리
> 다 함께 일어나 가자
> 남자들의 뒷닦이는 이제 끝났도다
> 우리가 시작하였고 그대가 완성할
> 해방 세상의 때가 임박하였도다
> 우리의 길은 오직 하나
> 여자 해방 투쟁 드높은 신명으로
> 언님들의 어진 땅 어진 하늘 되살려 옴이니
>
> **「허난설헌이 해동의 딸들에게―이야기 여성사 4」 부분**

특히 작품 안에서 화자가 시의 이야기를 듣는 수신자에게 '우리'임을 강조하며, 청유형의 문장을 사용하고 있다는 사실은 편지의 내용을 통해 수신자의 생각이나 행동의 변화까지도 촉구하고 있는 것으로 읽히게 한다. 위의 작품에서는 수신자를 '해동의 딸들'이라는 복수로 상정하고 있다. 이때 해동의 딸들은 텍스트 안에 존재하는 과거 고려, 조선의 여성으로부터 현재 매판자본주의를 살아가는 여성뿐만 아니라 텍스트 밖, 현실의 독자까지 확장된다. 즉 시의 이야기를 전달하는 방식으로서 서간체 화법은 시안의 청자 수신자뿐만 아니라 광범위하게 작품 밖의 청자, 즉 독자를 상정할 수 있다는 점에서 독자의 참여를 유도하고, 화자가 수신자를 상대로 대화하고 있다는 점에서 그 시간성은 늘 현재성을 띤다. 시 작품의 내용은 과거이더라도 그것이 발화되는 순간의 시간성은 현재이므로 시가 담고 있는 이야기에 대한 독자의 감응을 높일 수 있다.

2) 장면 제시와 독자 참여 유도

소설의 표현 방식은 단적으로 말하기와 보여주기라고 할 수 있는데, 일반적으로 시에서는 장황하게 사건이나 상황을 묘사하여 보여주기보다는 화자가 자신의 정서를 잘 드러내 주는 상황을 요약적으로 이야기하는 방식으로 서사가 실현된다. 고정희 시 역시 서간체의 화법을 사용하고 있음은 화자가 그 자체로 독립적인 사건을 기술한다기보다는 화자의 정서와 의식을 잘 드러내 줄 수 있는 단편적인 이야기들을 전달하고자 하는 목적과 연관되어 있다. 그럼에도 또 흥미로운 것은 화자의 생각을 유보한 채 하나의 장면이나 대화하는 상황을 제시하여 독자의 참여를 유도하고, 그 사건의 의미를 묻고 있는 경우도 있다.

---여자란 결혼한 여자와
결혼 안한 여자가 있을 뿐이다?

가을이 끝나가는 어느 날이었습니다
제삼세계 여자인권과 정의-평화 문제를 논하는 자리에
독신녀 두어 명이 끼여 있었습니다
공식회의가 끝나기가 무섭게
회의를 이끌던 어느 정실부인께서, 돌연
한 독신녀에게 화살을 돌렸습니다

이봐요, 결혼은 저엉말 안 할 꺼예요?
내 당신을 사랑해서 하는 말인데,

(…중략…)

싸잡아 궁지에 몰린 듯한 한 독신녀가
진담 반 농담 반 말을 받았습니다

「여자가 하나되는 세상을 위하여 – 이야기 여성사 6」 부분

고정희는 가부장제 안에서의 정실부인이라는 위상이 오히려 또
다른 여성 억압의 단초가 되고 있음에 주목하고 있는데, 위의 작품
에서는 독신녀와 그를 걱정하는 정실부인들의 대화를 통해 결혼
에 대한 맹목적인 지지와 또 결혼을 통해 여성이 성숙한다는 편견
이 갖는 문제점을 보여주고 있다. 한 장면을 그대로 보여주는 이런

진술 방식은 이 상황이 인위적이라는 흔적을 지우고 화자가 그림을 그리듯이 사건을 제시함으로써 독자가 자력으로 스토리를 발견하고 이야기의 공간에 능동적으로 참여하여 그 의미를 깨닫게 해준다는 점에서 능동적인 독자, 주체적인 읽기를 가능하게 한다. 시인은 비일비재하게 일어나는 이런 상황의 한 장면을 그대로 옮겨놓음으로써 독자들이 그 상황에 직접 참여하면서 여성에 대한 그런 인식이 얼마나 문제적이고 또 넌센스한 것인지 직접 깨닫도록 유도하고 있다.

3) 여성 주인공의 개성과 역사성

『여성해방출사표』에 실린 '이야기 여성사'에서 역사 앞에 수식어 '이야기'라는 표현은 역사에서 무게감을 빼고 쉽게 역사에 다가가게 한다. 그리고 그 이야기를 '전달하는' 화자 혹은 주체의 존재를 떠올리게 한다. 전통적으로 이야기의 세계는 실제 세계와 마찬가지로 인물들이 살아가는 시·공간 속에서 구현되므로 이야기에서 인물은 빼놓고 생각할 수가 없다. 이야기 여성사 1~4장까지는 역사를 살다간 특정한 여성 인물들이 등장하는데, 이들은 역사적 측면에서 보면 실제 인물이지만 한편으론 텍스트를 이끌어 가는, 일정한 역할을 맡은 주인공, 화자이기도 하다. 서정시에서는 시인이 자신과 구별되는 제3의 인물을 내세우기도 한다. 이런 작품에 '배역시'라는 개념을 사용하기도 하는데, 이 같은 시 형식은 시인이 창조한 개성으로 하여금 시의 내용을 진술하도록 만든다는 점에서 시적 진술의 다양화에 기여한다. 배역시가 갖는 이런 특성은 고정희 시의 주인공들이 수행하는 역할에 대한 논의의 단서를 제공한다. 황진이, 이옥봉, 신사임당, 허난설헌, 남자현, 구자명 등 실제의 혹은 가상의 인물들은 고정희의 역사 시편들에 등장하여 시인 대신, 가상의 목소리로 자신의 이야기를 전달한다. 시인의 내면의 고백, 즉 '나'의 직접 발화가 아니라 특정한 인물 설정을 통해, 그것도 역사적 인물의 입을 통해 여성 삶에 관한 진술이 이루어진다는 것은 작품의 내용에 관한 객관성을 확보하는 계기가 된다. 즉 배역시에 등장하는 인물은 특정한 개인의 모습으로 나타나지만 그 속에는 그와 비슷한 처지에 있는 수많은 사람들의 체험이 농축되어 있으며 그들의 목소리를 대변한다. 개별 여성 인물의 형상화를 통해 여성 공동체의 형상을 완성하는 것으로 이해할 수 있다.

그러나 고정희는 여성 인물의 비범함과 영웅화에만 집중하지 않았다. 오히려 그들의 고민을 보여줌으로써 진정성을 획득하고 있다. 예를 들어 허난설헌은 자신의 뛰어난 문학적 재능과 현모양처적 삶이 충돌하는 지점에서 문학적 재능으로 현실의 고뇌를 극복하고자 하는 시도를 보인다. 고정희는 인물을 통해 한 여성으로서 혹은 한 인간으로서 겪는 갈등과 고통의 생생함을 보여줌으로써 그들 삶의 개성과 역사성을 동시에 확보한다. 이처럼 여성의 삶과 역사를 이야기하는 시는 역사와 문학, 서사와 서정의 경계 부분에서 새로운 창조적 힘을 발휘하고 있다.

혹자는 난설헌을

하늘이 낸 시인

하늘이 낸 천재

하늘이 낸 절세가인이라 하지만

아니외다 아니외다 아니외다

곤륜산맥 황하에 넋을 눕힌들

이승의 규방 아자문에 자지러진

삼한삼원의 서슬 아직

청초 우거진 골에 푸르렀으니

하늘은 내게

천기를 다스리는 재능만 주시고

시대를 주시지 않았더이다

하늘은 내게

사랑에 대한 갈망만 주시고

인연을 주시지 않았더이다

하늘은 내게

산고의 쓰라림만 주시고

모성의 열매를 주시지 않았더이다

「허난설헌이 해동의 딸들에게—이야기 여성사 4」 부분

허난설헌의 목소리를 통해 그의 삶에 관해 진술하는 위의 작품에서 독자는 '나'라고 하는 주인공의 내면의 목소리를 듣는다. 하늘이 낸 시인, 하늘이 낸 천재, 하늘이 낸 절세가인이라는 세상의 평가 이면에 놓인 허난설헌의 고통과 고독의 목소리는 절규하듯 울린다. '않았더이다'라고 반복되는 결핍의 상황은 허난설헌의 삶이 갖는 무게, 그리고 고통의 진정성에 읽는 이를 참여시킨다. 서정시가 가진 내면의 울림과 깊이는 허난설헌이라는 시적 자아의 목소리를 통해 독자에게 전달된다. 그러면서 한편으론 시의 언어로 진술된 그 삶이 개인에 국한되는 것이 아니라 이야기 역사를 통해 여성-인간 삶의 역사적 국면으로 확장 인식되는 순간 독자는 시와 역사의 경계에서 깊이와 넓이를 가진 시의 언어와 마주하게 된다.

5. 미래 역사의 창조적 주체, 여성

여성사가 여성의 관점을 통해 기존 역사 서술이 지향해온 가치에 의문을 제기하고 새로운 역사 서술을 시도한다는 것은 곧 새로운 미래 가치, 대안 가치를 만드는 일이기도 하다. 따라서 여성사에서는 여성이 그간 침묵하고 억압받아왔던 수난사에 대한 증거도 중요하지만, 나아가 역사 속에서 선택적으로 삭제된 주체 여성으로서의 가능성을 기술하는 것 역시 중요하다. 이런 성찰 속에서 여성이 중심이 되는 혹은 여성적 가치가 중심이 되는 미래역사의 비전을 제시할 수 있을 것이다. 고정희 시인은 여성 억압사에 대한 규명뿐만 아니라 그런 삶의 질곡을 딛고 올라선 여성의 힘에 주목하고 있다.

대저 하늘 아래 사람은 남녀가 일반이라
우리는 조선의 여자로 태어나
학문과 나라일에 종사치 못하고
다만 방직과 가사에 골몰하여
사람의 의무를 알지 못하옵더니
근자에 들리는 소문에 의하면
국채 일천삼백만 원에 나라의 흥망이 달려 있다 하오니
대범 이천만 중 여자가 일천만이요
여자 일천만 중 반지 있는 이가 오백만이라
반지 한 쌍에 이 원씩 셈하여
부인 수중에 일천만 원 들어 있다 할 것이외다
기우는 나라의 빚을 갚고 보면
풍전등화 같은 국권회복 물론이요
여권의 재앙 말끔히 거둬내고
우리 여자의 힘 세상에 전파하여
남녀동등권을 찾을 것이니
대한의 여성들이여,
반만년 기다려온 이 자유의 행진에

삼종지덕의 가락지 벗어던져

새로운 세상의 징검다리 괴시라

「반지뽑기부인회 취지문 - 여성사 연구 2」 전문

위의 작품은 1907년 국채보상운동의 일환으로 진행된 여성들의 반지 헌납에 관한 실화를 바탕으로 하고 있다. 고정희는 이 역사적 사실을 통해 당대 여성들의 진보적 사유를 밝히고자 한다. 공적인 분야에서 배제되어 가정에만 활동을 국한당해 온 여성의 현실, 국권회복에 남성과 똑같은 권리와 책임이 있다는 의식, 반지가 가부장제라는 구습을 상징한다는 점에서 이를 뺀다는 행위는 여권을 획득하는 정치적 행위가 될 수도 있음을 이야기한다. 이런 취지문의 전제에는 여성의 억압적 현실이 놓여 있는 것이지만 이 보다 더 주목하게 되는 것은 20세기 초 여성들의 선진적인 의식과 주체로서의 자각이다. 고정희의 시를 통해 역사 속에 묻혀 온 그녀들의 목소리가 복원된다. 이외에도 고정희는 '남자현'이라고 하는 평범한 여성이 대한여자독립원이 되는 과정을 시로 쓰기도 한다.「남자현의 무명지 - 여성사 연구 3」 이처럼 고정희는 역사 속에 묻힌 여성의 삶에 주목하는데, 이는 가부장제 문화 아래서 자신의 능력을 제대로 펼치지 못한 수많은 여성 주체들에 대한 애도와 흠모를 의미한다.

딸들이여

그대들이 취해야 할 세 사람

여자 제갈공명이 평등 세상 다림줄 놓기 위하여

동아시아로 파송되었사외다

여자 율곡이 평등 정치 주춧돌 세우기 위하여

동아시아로 파송되었사외다

여자 관음보살이 생명의 강 일으키기 위하여

동아시아로 파송되었사외다

보통 여자들로 태어난 그들을

어디서 어떻게 찾을지는

그대들의 몫이어야 할 것이외다

이에 오등의 나아갈 바를 밝혀

조선여자 해방투쟁을 위한 출사표를 적어두는 바입니다

「허난설헌이 해동의 딸들에게 ― 이야기 여성사 4」 부분

이런 의미에서 위의 작품에 등장하는 여자 제갈공명, 여자 율곡,
여자 관음보살은 가부장제가 아니었으면 충분히 자신의 이름으로
세상을 이끌어갈 수 있었던 여성 인물들이 역사 속에 있었음을 의
미하고 이런 역사에 대한 자각이 여성 해방의 전제임을 강조하고
있다. 고정희는 여성을 남성지식인의 이름으로 소환하면서, 남성
이 지식과 권력을 독식하는 시대 속에서 배제된 여성의 존재가 있
었을 것이라는 문제의식을 보여준다. 따라서 시에서 율곡 등은 단

지 남성지식인의 대표명사일 뿐이다. 고정희가 갖는 이러한 문제의식은, 버지니아 울프가 셰익스피어와 재능과 외모가 닮았음에도 작가로 성장할 수 없었던 사회, 역사적 상황을 비판하면서 여성작가 주디스의 불행을 논했던 인식과 맞닿아 있다. 여성들이 살아온 그 역사를 시인은 "우리 할머니와 어머니가 걸어갔고 / 우리 이모와 고모가 걸어갔고 / 오늘은 우리가 걸어가는 이 길, / 내일은 우리 딸들이 가야 할 이 길"로 인식하면서 새로운 주체로서의 여성을 꿈꾼다.「여자가 하나 되는 세상을 위하여－이야기 여성사 6」부분

　　이를 위하여 미래 역사가 추구해야 하는 주요한 가치로 '여성-어머니'를 설정한다.

　　　여자 속에 든 어머니가 매를 맞는다

　　　여자 속에 든 아버지가 매를 맞는다

　　　여자 속에 든 형제자매지간이 매를 맞고 쓰러진다

　　　여자 속에 든 할머니가 매맞고 쓰러지고 피를 흘린다

　　　여자 속에 든 하느님이 매맞고 쓰러지고 피를 흘리며 비수를 꽂는다

　　　여자 속에 든 한 나라의 뿌리가

　　　매맞고 피흘리고 비수를 꽂으며 윽하고 죽는다

　　　　　　　　　　　　　　　　　　「매맞는 하느님－여성사 연구 4」부분

　　고정희는 위의 시에서 여성 억압의 역사가 곧 인간의 삶과 문화에 대한 억압의 역사임을 점진적으로 보여준다. 즉 여성에 대한 폭

력과 여성의 죽음은 삶의 가치와 원리로 비유되는 '하느님'의 죽음을 의미하는 것으로 상상한다. 이때 고정희 시인이 하나님이 아니라 하느님이라고 표기하고 있음에 유의할 필요가 있다. 고정희의 시에 기독교적 상상력이 많이 쓰이지만, 그는 기독교적 의미의 하나님이 아니라 삶을 주재하는 절대적 가치나 원리, 힘으로서의 하느님을 상정한다. 이런 의미에서 여성-어머니-하느님이 미래의 대안 가치로 설정된다.

> 아아 그리운 어머니
> 내게 최초로 혈육의 비밀을 알게 하시고
> 작별하는 뒷모습의 쓰라림을 알게 하신 어머니는
> 그러나 내 마음이 식었을 때 찾아와 주시는
> 모닥불이요 내 가슴 속에 숨어 있는
> 노여움의 칼날
> 반역의 칼날을 뽑아
> 푸른 융단을 빚으시는 손입니다
>
> 「하늘에 계신 우리 어머니-이야기 여성사 7」 부분

고정희가 상상하는 여성-어머니는 인간에게 열정을 일깨우는 모닥불이기도 하고, 노여움과 반역이라는 예리한 칼날을 어느새 부드럽고, 푸른 평화의 융단으로 만드는 마술적인 존재이기도 하다. 그 어머니들은 일곱 달 된 아기를 돌보며, 간밤에는 시어머니

약시중을 들고, 새벽녘 만취해서 돌아온 남편을 위해 잠을 헌납하면서도 일터로 나가는 우리 동네 구자명씨 같은 여성들이다. 그들 여성의 힘은 자본주의적 일상이 우리에게 가하는 죽음 같은 잠을 향하여 거부의 화살을 당기고 있다.「우리 동네 구자명씨─여성사 연구 5」 이처럼 어머니에게 부여되는 특성들은 가부장제가 어머니에게 덧씌워온 모성 신화와 맞닿아 있는 지점들이 있을 것이며, 또 남성적 가치와 대비되는 여성적 가치에 대한 편향 역시 지적할 수 있을 것이다. 그러나 1980년대 여성주의와 여성시의 현실을 생각할 때 이런 특성은 자연스러워 보인다. 또한 여성주의적 관점에서 배제되어온 여성적 가치와 문화를 탐구한다는 측면에서 여성적 원리에 집중하는 것 역시 고려되어야 할 것이다. 그러나 궁극적인 것은 이런 포용과 희생의 가치가 여성에게 환원되는 것은 아니라는 점이며, 해방세상을 살아가기 위해 추구해야 할 모든 인간의 삶의 원리와 가치라는 사실이다.

이상에서와 같이 고정희의 역사 시편들은 역사와 문학의 경계에서 남성 중심의 역사에 대한 비판을 수행하고, 여성─어머니의 가치에 대한 지향을 통해 미래 역사에 대한 창조적 전망과 상상을 보여준다. 이런 점에서 고정희의 역사 시에 드러난 역사와 언어에 대한 실천적 감각과 열정은 여성사가 부재하고, 또 기득권 중심의 역사─언어 서술이 주를 이루던 1980년대를 넘어 21세기 현재와 미래에도 여전히 문학이 추구해야 할 해방과 창조라는 상상력의 토대가 되고 있다.

이우걸

현대시조의 서정과 격조

이우걸 시인은 1973년 『현대시학』 등단 이후 근 반세기 동안 한국 사회의 역사와 현실을 성찰하고, 변화하는 시문학의 지형 안에서 올곧게 시조의 미학을 탐구해 왔다. 특히 최근에도 공동 시조집 『네 사람의 노래』2012를 비롯하여, 『주민등록증』2013, 『이우걸 시조 전집』2013과 단시조를 모은 『아직도 거기 있다』2015를 출간하는 등 열정적인 시작 활동을 보인 바 있다. 간명하고 절제된 표현과 그 안에 잠재된 풍성한 내면의식을 탐구해온 이우걸 시인은 전통과 현대의 서정과 언어, 형식을 통합한 현대 시조의 새로운 격조미학을 창안해왔다는 점에서 한국 현대시조문학의 산 역사이자 주체라 할 수 있다. 이 글에서는 등단초기작부터 최근의 작품을 중심으로[1] 이우

---

1   이 글에서는 이우걸 시인의 기발간된 시집(『지금은 누군가 와서』(1977), 『빈 배에 앉아』(1981), 『저녁 이미지』(1988), 『사전을 뒤적이며』(1996), 『맹인』 (2003), 『나를 운반해온 시간의 발자국이여』(2009), 『주민등록증』(2013))을 모은 『이우걸 시조전집』(태학사, 2013)과 단시조를 모은 『아직도 거기 있다』 (서정시학, 2015), 그리고 『계간 정형시학』(2018 봄호)에 발표한 신작시와 산문 「나의 시조·나의 시론」을 함께 읽고, 작품을 인용했다. 인용시의 출처는 해당 작품이 발표된 시집 및 잡지의 출간 연도를 제목 뒤에 기입하는 것으로 대체했다.

걸 시인의 시세계를 움직여온 주요 시의식과 미학의 일단을 살펴보고자 한다.

1. 서정의 본질과 내면 탐구

이우걸 시인의 작품들을 일람해보면 그가 서정에 관한 본질적인 탐구와 시인으로서의 자의식 등에 관한 고민의 토대 위에서 현대시조의 방향성을 탐구해왔음을 알 수 있다. 그리고 시인의 이러한 성찰의 근저에서 시란 본질적으로 주체 혹은 시적 자아의 표현이며, 이때 시인의 절실한 자기 확인의 욕망이나 자아성찰 등이 내면의식의 핵심이라는 근대 서정시의 원리를 만나게 된다. 일반적으로 전통에서 근대로의 변화 속에서 시가詩歌 장르는 다수 앞에서 향유되는 노래로부터 문자 텍스트를 중심으로 개인 독자와 만나는 장르로 변화하였다. 이런 상황 속에서 일반 서정시가 자유로운 운율을 기반으로 독자의 내면과 작가의 주관이 만나는 양식으로 전환되었다면, 시조의 경우 율격은 유지하되, 독자와 호흡하는 내면적 사유와 깊이를 담보하는 방식으로 진화해 왔다. 이런 변화는 현대시조 역시 시적 주체의 시선으로 세상과 사물의 고유성을 발견하고, 그 응시의 힘으로 시인의 내면까지 성찰하고자 했음을 의미한다. 문학사에서 장르와 양식이 시대·문화적 삶과 깊은 관련이 있는 존재라 할 때, 전통 양식인 시조를 통해 현대적 삶을 살아가는 시인의 내면의식과 언어의 본질이 사유되어 왔음은 현대시조의 미래 가치를 탐구하는 데도 중요한 근거가 된다.

이처럼 시적 주체의 고유한 내면의식과 세계의 관계를 만들어 나가는 서정의 원리에 대한 탐구를 이우걸 시인의 초기작품들에서 읽어볼 수 있다.

> 내가 지금 그의 찻잔을 조용히 바라보면
> 세계는 갑자기 투쟁의 눈을 버리고
> 설경의 나무들처럼 달빛으로 몸을 덮는다.

> 하나의 우주, 하나의 따스함
> 우리는 지금 먼 데서 한 없이 날아와서
> 이토록 순수한 잔을 눈부시게 가꾸고 있다.

> 그가 지금 나의 찻잔을 조용히 바라보면
> 세계는 갑자기 투쟁의 눈을 버리고
> 설경의 나무들처럼 달빛으로 몸을 덮는다.

「세계는 갑자기」 전문 (1977)

이 작품은 전집의 맨 앞에 실린 첫 작품이다. 시 세계를 여는 일종의 서시序詩 역할을 하는 작품으로 읽을 수 있었는데, 흥미롭게도 시인은 시적 주체와 세계의 관계 속에서 새로운 언어가 만들어지는 과정에 주목하고 있다. 첫째 수에는 나와 그-세계가 등장하는데, 나의 응시에 의해 나와 세계, 사물과의 융합이 일어나는 과정이 상상된다. 즉 시적 자아인 나는 그의 찻잔을 바라본다. 찻잔에는 물이 들어가 있을 것이며, 그 물은 작은 흔들림에도 엎질러질 수 있을 것이다. 찻물이 들은 찻잔은 세계의 본질을 파악해야 하는 아슬아슬한 순간을 비유한다. 즉 내가 고요히, 집중하여 세계의 의미를 이해하려 하지 않는다면 그 세계는 훼손되어 버린다는 의미이다. 주체의 조용한 응시에 의해 세계는 주체와 객체 간의 갈등과 투쟁 없이, 주체의 사유 안으로 들어와 융합된다. 이 순간을 시인은 눈이 쌓인 배경 속에 서 있는 나무를 달빛이 감싸 안는 것으로 묘사한다. 순수한 새로운 영토가 열어진 순간이 하얀 눈이 쌓인 설경으로 상징화되고, 그 융합의 과정이 부드러운 달빛으로 완성된다. 둘째 수에서는 이런 과정을 통해 만들어진 새로운 언어의 세계를 '하나의 우주'라고 표현한다. 먼 데서 날아온, 전혀 다른 이질적인 존재였던 나와 그-세계가 새로운 존재로 거듭났음을 말한다.

더욱이 주목할 것은 셋째 수에서 '나'와 '그-세계'의 위치가 '그'와 '나-세계'로 전도되고 있음이다. 즉 세계를 바라보는 시선이 나에 한정되지 않고 그의 시선에 의해서 나라는 세계 역시 응시된다. 이는 나라는 주체의 의해서만 세계의 의미가 정해지는 것이 아니라 나라는 주체 역시 객체에 의해 본질과 의미가 규정됨으로써 세계와 나의 소통을 강조하게 된다. 이런 효과를 위해 이 작품은 중간의 둘째 수를 중심으로 수미상관 구조를 만들고, 둘째 수에서 이야기하는 하나의 우주와 따스한 세계의 획득이 첫째 수와 셋째 수의 내용과 각기 연결되도록 한다. 이를 통해 주체와 객체 사이의 투쟁을 버린 시적 순간이 탄생한다.

이처럼 이 작품은 새로운 우주, 새로운 영토가 생기는 순간을 상징적으로 보여줄 뿐만 아니라 이우걸 시인이 세상과 언어를 바라보는 시의식의 근간을 이루고 있다. 세상의 의미를 치열하게 사유하고, 내면화하면서도 그것을 자신의 사유 안에서 종속시키지 않기 위해 세상의 말을 끊임없이 들어야 하는 것, 내가 세상을 보는 것뿐만 아니라, 세상이 나를 보는 것을 의식함으로써 자아 중심의 생각을 극복하는 것을 말이다. 어쩌면 이를 통해 새로운 우주이자 시의 언어는 나와 그들 모두에게 따스한 시·공간으로 다가올 수 있을 것이다.

시인은 이러한 시의식을 토대로 꾸준한 창작을 해왔는데, 다음의 두 작품 「비·2」와 「눈雪」을 통해 시인이 추구한 내면과 세계의 혼융일체가 화해롭게 상상되고 있음을 느낄 수 있다.

연잎 같은 두 귀가
밤 빗소리를 듣고 있다
빗방울은 지금 화해의 손길이다
오래된 신경통처럼
불면을 부추기지만.

철없는 가을이 서둘러 저질러놓은

저 질펀한 선홍을 한 잎 한 잎 닦아내며

내리고 내리고 있다

밖에서

또 안에서.

「비·2」 전문 (2009)

위의 작품에서는 시적 자아와 빗소리의 상호 작용 속에서 새로운 언어의 세계가 열려지고 있음을 느낄 수 있다. 시적 자아는 빗소리를 듣고 있다. 빗방울은 시적 자아의 내면에 들어오려 화해를 요청한다. 그러나 빗소리는 처음에 시인의 마음에 파란을 일으키는데, 이는 시에서 불면을 부추긴다고 진술되어 있다. 그럼 시인의 내면과 빗소리는 상호융합하지 못한 것일까. 둘째 수에서 불면의 빗소리가, 질펀한 선홍을 닦아내는 빗물로 전환됨으로써, 즉 마음의 핏빛 고통을 정화시켜주는 물의 상징을 획득함으로써 두 존재의 상호 스밈과 융합은 완성된다. 해서 시인이 둘째 수 3행에서 '내리고 내리고 있다'고 반복한 이유는 아래 두 행에 서술한 밖과 안이라는 시어와 각각 연결되는 것은 물론, 그 두 공간이 융합된 새로운 우주이자 시·공간 속에서 내리는 비를 강조한다.

내 주소로 배달되는 익명의 연문戀文처럼

눈은 내리네 순간의 아름다움

내려서 눈은 쌓이네 내 쓸쓸한 귓밥 근처에.

아득한 거리나마 가 닿아 보고 싶은
간곡한 음성들 은은히 숨어 있는
절절한 백지 한 장이 어둠을 덮는 이 밤.

「눈 름」 전문 (1981)

위의 작품 역시 시적 주체와 세계가 만난, 시적 순간의 아름다움을 보여준다. 세상에 내리는 눈을 바라보는 시인, 조용히 내리는 눈의 간곡한 음성은 시인의 언어로 전환되어 아득한 거리까지 닿고자 하는 소망을 함축한다. 그 소망이 적힌 글이 바로 하얀 눈으로 된 詩, 절절한 백지로 비유되면서 현실의 어둠을 덮는 연문戀文으로 태어난다.

이처럼 세계를 응시하고, 새롭게 해석하는 시인의 언어는 중요하게 인식되는데, 시인에게 조용히 '바라본다'는 것은 눈으로 본다는 것을 넘어 세상의 이면에 있는 진실을 꿰뚫어 '바로 본다'것을 의미하며, 나아가 이에 근거해 새로운 언어를 창작해야 한다는 시적 태도를 함의한다.

눈 뜬 우리는

또 얼마나 맹인인가

이우걸 161

보고도 만지고도

읽지 못한 세상을

빈 하늘 뜬구름인양

하염없이 바라본다.

「맹인」 부분 (2003)

무릇 시란 정신의 핏빛 요철이므로
장님도 더듬으면 읽을 수 있어야 하리
집 나간 영혼을 부르는
성소의 권능으로.

「시」 부분 (2009)

본다는 행위는 인식을 의미하는데, 보고도 만지고도 세상을 읽
지 못한다는 시인의 생각은 제대로 세상의 본질을 이해하지 못한
다는 것을 강조한다. 그는 「세계는 갑자기」에서 세계와 자아의 상
호작용, 즉 시적 순간을 통해 새로운 우주가 탄생하길 소망했다.
그러나 "얽힌 말의 실타래 같은 / 이미지의 굴레 같은" 작품을 통
해서는 허방 같은 세계를 만들 수밖에 없다. 「시」, 2009 따라서 그는

세상과 만나 그것을 읽는 시인의 정신과 '마음이 길을 잃지' 않도록 함으로써, 우주를 창조할 만한 신적인 힘을 가진 언어를 만들 것을 스스로에게 엄정하게 요청한다.

이처럼 진정한 시의 언어를 찾아가는 시인의 노력은 자연스럽게 시인으로서의 삶에 대한 성찰과 맞닿아 있기 때문에 그는 자신의 시를 향해, '자신을 운반해온 시간의 발자국'이고 '가파른 생의 기록'「흉터」, 2009이며 '지상에서 나의 기거를 증명해온 기록'「주민등록증」, 2013이라고 부른다. 그리고 그와 함께 '스스로 울음 울면서 한 시대를 통과해왔다고 고백한다.'「만년필」, 2013 이런 의미에서 이우걸 시인에게 시는 숨 가쁘게 달려온 자신의 생의 궤적이고, 상처와 흉터의 흔적이며, 시대의 기록인 것이다. 앞으로 미래의 '새로운 행로 역시 그 시의 기록에서 출발한다'. 그러기에 '서투른 보행으로 걸려 넘어졌지만, 때 묻지 않았던 그 순수의 마음을 그리워하며' 시인은

아직도 못 다 새긴 자화상이 있어서

잦아가는 육신에 기름을 붓고

밤마다 나를 태워서

더듬더듬 너를 그린다.

「시작詩作」 전문 (2013)

불자가 세상을 구하라는 부처의 진리를 위해 자신의 몸을 소신공양燒身供養하듯이 우주적 언어를 찾아가는 시인의 소명은, 성소의 권능을 얻는 숭고한 의식으로 비유된다. '더듬더듬' 익숙지 않지만 그는 언어를 찾아가는 그 수행修行의 길 위에 있다.

2. 동시대적 삶과 감성의 표현

이우걸 시인은 문학사적으로 견고한 형식과 연륜을 가진 시조를 통해서, 오늘의 급변하는 현실과 일상을 비판적으로 시화하고, 나아가 동시대적인 감성과 정서를 담아내고자 노력해왔다. 앞에서 언급했듯 시인은 세계와 나의 따스한 소통을 시의식의 근저에 깔고 있는데, 현실과 일상의 문제를 예리하게 포착하는 그의 언어는, 한편으론 오늘 우리 삶의 인정과 온기의 부재를 일깨운다.

오늘도 불안은 우리들의 주식主食이다
눈치껏 숨기고 편안한 척 앉아보지만
잘 차린 식탁 앞에서 수저들은 말이 없다

싱긋 웃으며 아내가 농을 걸어도
때 놓친 유머란 식상한 조미료일 뿐
바빠요 눈으로 외치며 식구들은 종종거린다

다 가고 남은 식탁이 섬처럼 외롭다

냉장고에 밀어 넣은 먹다 남은 반찬들마저

후일담 한 마디 못한 채 따로 따로 갇혀있다

「아침식탁」 전문 (2018)

위의 작품에서는 아침식탁의 풍경을 불안하게 바라보는 시인의 의식이 느껴진다. 왜일까. 이는 식구들이 바쁜 생활에 쫓겨 가족 안에서의 편안함과 유머를 잃어버렸기 때문이다. 세 수로 이루어진 연시조인 위의 작품에서 시인은 각 수의 1장과 2장을 통해 종장의 주제의식을 강조하고 있다. 즉 첫째 수에서는 눈치껏 편안한 척 앉아보지만, '수저들은 말이 없다', 둘째 수에서는 유머를 걸어도 '바쁜 식구들은 종종거린다'라는 상황적 대비 속에서 소통의 소외를 겪는 가족 구성원들의 불안이 느껴진다. 셋째 수에는 이런 상황이 잘 차려진, 풍성한 식탁에 남겨진 반찬이 그 식탁을 향유하지 못한 식구로 비유되어 '따로 갇혀 있다'고 진술된다.

이처럼 시인을 포함하여 오늘을 살아가는 대다수의 소시민들에게 일상이란 소통이 단절된, 지루한 일상의 공간이거나「변기2」, 2018, 아이들의 학업 때문에 힘든 살림에도 전셋집을 옮겨야 하고「부록」, 2009, 꿈속에서도 곗돈을 챙겨「새벽 2시의 시」, 1996 철강과 시멘트로 만들어진 열세 평짜리 좁은 아파트를 마련하여야 하는「아파트 – 어느 여고생의 노래」, 1988 팍팍하고 부조리한 것이다. 시인은 이처럼 억압적 일

이우걸　165

상을 살아가는 우리들의 구체적 삶에 주목하는 한편, 이와 같은 문제적인 일상을 만들어내는 근본적인 원인, 즉 질주의 욕망에 사로잡힌「드라이브」, 2009 우리 사회의 구조적인 문제에 주목한다.

이우걸 시인의 전 작품들을 읽어보면 사회적 소외를 겪고 있는 사람들의 이야기가 자주 등장하는데, 특히 2003년도에 출간한 시집『맹인』에는「가계부」,「서서 우는 비」,「열쇠」,「석간」,「통화」,「실업」,「발에게」등 경제적 위기와 실직에 관한 작품들이 다수 실려 있다. 이는 시인이 산문「나의 시조·나의 시론」2018에서 말했듯, 1990년대 후반 구제금융IMF의 위기 속에서 실행된 대량실업과 퇴직에 따른 노동자들의 불우한 현실과 절망에 시인이 예민하게 대응했기 때문이라 생각한다.

참으로 유한한 생의 터널에서
열쇠를 떨어뜨렸다 중년 가장인 그는
겨울이 난간에 서서 잔설을 뿌릴 시각에.

집을 나올 때도
열쇠를 잊곤 했다
돌아와 문 앞에서 서서 그는 가끔 생각했다
어쩌면 영영 열쇠를
잃을지도 모른다는.

열쇠를 떨어뜨렸다 중년 가장인 그는

단정한 칼라의 빈틈없는 일과를 위해

지금은 그가 찾아가

열어야 할 방이 없다.

「열쇠」 전문 (2003)

위의 작품은 실직을 당한 가장의 삶을 '열쇠를 잃어버렸다'는 상황으로 비유하고 있다. 작품 안에서 열쇠는 닫힌 곳을 여는 장치를 넘어, 주인공의 생이 다음 단계로 나가기 위해 필요한 존재로 그려진다. 그러나 중년의 그는 겨울-노년으로 접어드는데, 안정적인 생을 보장해줄 열쇠를 떨어뜨렸다. 그것을 다시 찾고 싶어 이력서를 들고 생업을 찾아다니지만, '길은 짧아졌고 제출할 서류는 없다'「실업」, 2003 허공 속에서 정처 없이, 뿌리 없이 내리는 비를 맞으며 실직의 운명을 넘어설 수 없는 자신을 의식할 뿐이다.「산인역」, 2003 그리고 십여 년이 흘렀지만, 그는 여전히 힘든 노동과 무겁고, 어두운 생의 그늘로 허덕이고「종점」, 2009 삶을 소진시키는 '폭우는 계속되고 인력시장은 한산하다'. 시인은 이런 현실을 살아가는 '서럽고 지친 얼굴'에 주목하면서 "돈은 그저 돈이지만 때로는 목숨이다"라고 힘주어 말한다. 왜냐하면 그 얼굴들이 현실에서 '말없이 돌아서 버리는'「인교에서」, 2015 비극적인 일들이 우리 주위에서 일상적으로 일어나고 있기 때문이다.

한 여인이 떠났습니다, 월요일 자정 무렵
아들, 딸은 멀리 있었고 아무도 몰랐습니다
가끔은 들렀다지만
온기라곤 없었습니다.

식은 다리미처럼 차게 굳어 있었습니다
그 다리밀 데우기 위해 펴져있었던 코일들이
전원을 찾아 헤매다
지쳐 눈을 감았습니다.

한때는 뜨거운 다리미로 살았겠지요
웃음도 체온도 나눠주던 얼굴이지만
전원을 잃어버리자 그만 눈을 감았습니다.

「다리미」 전문 (2013)

시인은 위의 작품에서 웃음과 체온을 나눠주던 이웃의 얼굴이 추위 속에서 홀로 죽음을 맞이했음을 이야기한다. 온기가 없는 방과 몸을 데우기 위해 사용되었던 다리미, 그러나 끝내 차가운 다리미처럼 굳어버린 삶. 이 작품은 가족과 단절되고, 경제적으로도 소외된 노인의 고독사에 주목하면서, 이런 이들의 삶을 보호할 사회적 안전망의 부재는 물론 그의 죽음을 아무도 몰랐던 우리들 이웃의 비정함을 문제 삼고 있다.

3. 기억과 서사를 통한 역사의 복원

이우걸 시인에게 역사, 전통, 고전 등은 삶과 언어를 움직이는 중요한 동력이 되어 왔다. 그는 파란 많은 한국 현대사를 통과하면서, 이 시·공간을 자신의 몸과 감각으로 체감하려 했고, 또 역사와 현실에 대한 의식을 언어로 승화하면서 창작을 진행해왔다. 그런데 한편 눈여겨볼 특징은 이우걸 시인이 오늘의 역사를 만들어 온 작은 주체들의 힘에 주목하고 있다는 점이다. 부조리한 현실과 일상을 시화하면서도 그 시·공간을 살아가는 구체적인 사람들 — 실직자, 가장, 주부, 여고생, 노인 등의 삶을 전했던 시인은, 역사를 텍스트로 가져올 때도 거대한 서사를 넘어 구체적 개인의 서사를 통해 역사를 복원한다.

1
빈 배에 앉아 바다를 바라보니
달빛은 탄피처럼 어둠 속에 박히는데
누군가 머언 곳에서
안타까운 손을 흔든다.

제 가진 전신으로 한 하늘을 건져 내려고
제 가진 전신으로 한 바다를 건져 내려고
등대는 떨리는 손을 허공에 걸어 놓았다.

2

외로운 사람들이 파도를 지키는 동안

바다는 많은 울음을 그 가슴에 묻었지만

시대는 표정도 없이 그들을 비켜갔다.

「빈 배에 앉아」 전문 (1981)

작품의 첫째 수에서는 어두운 허공 속에서 전신의 힘으로 하늘과 바다를 지키는 등대가 등장하고, 둘째 수에서는 등대가 파도와 바다를 지켰던 외로운 사람들로 전환된다. 이들이 고통과 슬픔 속에서 의연히 거친 파도와 싸우며 하늘과 바다를 지키고, 빈 배의 생을 지지해온 힘이었다. 그러나 시대와 역사는 이들의 존재를 지웠다. 여기서 '그들을 비켜간 시대'란 중심의 역사, 주류의 시대를 말하는 것이리라. 시인은 이처럼 주변에 위치해 있던 이들의 삶을 기억하고 여기로 살아오게 한다. 그들은 거대한 역사 쓰기에 묻혀온 소외된 역사의 주체로, 아름다운 세상을 위해 피 흘렸던 작은 '나사'의 생을 살았던 존재이기도 하다.「나사·2 —삼풍백화점」, 1996 그러나 시인은 "병든 자본의 가지 끝에 앉아서 / 마지막 조립을 위해 피 흘리던 손"의 주체들, 즉 '무너진 계단 밑에서 잠이 든 너', '으깨진 사체 속에서도 일어서는 너'의 고통과 생명력에 주목한다. 그리고 이들의 수고가 오늘의 역사를 움직인 힘이었음을 강조하면서 그들을 시의 텍스트로 호명한다.

폭력의 정치들이 거리를 누빌 때도
그는 말이 없었다 창 밖의 풍경에 관해
시간이 그런 인내를 그에게 가르쳤다.

다만 의자 위에
잠이 든 손님을 보며
그는 생각했다 잊고 있던 그의 생을
때로는 상처에 의해
가꾸어지는 영혼을.

거울 속으로 사라지는 푸른 날의 기억들
김 씨의 손끝은 이제 조금씩 떨리지만
그 어떤 가면 앞에서도
의연히 가위를 든다.

「청산이발소」 전문(1996)

이 비누를 마지막 쓰고 김 씨는 오늘 죽었다
헐벗은 노동의 하늘을 보살피던
영혼의 거울과 같은
조그마한 비누 하나.

도시는 원인모를 후두염에 걸려 있고

김 씨가 쫓기며 걷던 자산동 언덕길 위엔

쓰다 둔 그 비누만 한

달이 하나 떠 있다.

「비누」 전문(1988)

　　위에 인용한 두 작품 「청산이발소」와 「비누」를 통해 우리는 폭력적 정치와 비인간적 노동의 시대를 만난다. 시인은 이처럼 고통스런 시대를 맨몸으로 겪어 온 역사의 소외된 주체들을 강조하고자 이발사이자 노동자의 이름을 '김 씨'로 호명한다. 즉 김 씨는 이 시대를 살아간 장삼이사張三李四를 대표하는 주인공이며, 이 인물을 통해 유신과 군부의 시대 벌어졌던 정치 폭력과 열악한 노동 현실의 편재성이 효과적으로 전해진다. 그리고 결국 고통스런 현실 속에서 그 김 씨들은 작은 비누조각으로 대우받고 상처받았지만, 의연하게 자신의 생을 살아갔음을 보여준다.

　　튜브도 구명조끼도

　　바란 적 없었건만

　　건너야 할 강물은 먼 산에 닿아 있었다

　　비바람 머리에 이고

갈대처럼 늙어간 여자

「고모」전문 (2015)

　굴곡 많았던 한국의 근·현대사에서 정치적 폭력과 열악한 노동
의 현실뿐만 아니라 가부장적인 이데올로기 속에서 여성들의 삶
은 이중적인 수탈을 겪을 수밖에 없었는데, 시인은 시대가 바뀌어
도 여전히 전통적 가치 속에 갇혀 생을 소진하는 여성들에게도 관
심을 기울인다. 위의 작품에서 '고모'가 건너야 할 강이란 가부장
제가 그녀에게 부과한 책임 같은 것이었을 텐데 그 어떤 도움도 없
이 그 여성은 먼 산에 닿아 있는 그 강을 건너야 한다. 시인은 이러
한 보수적 이데올로기로 인해 남편이 죽고 자신의 목숨을 외아들
에게 기대어, 청춘을 가문에 바친, 한 많은 여성들의 삶에도 주목
한다.「버들리·1」, 2003 점진적으로 이런 여성들이 직면한 문제적 현실
은 줄어들고 있지만, 오늘의 역사를 만든 그 근저에는 이렇게 자신
의 전 존재를 희생하고, 인내해온 여성들의 노고가 분명 존재한다.
그러므로 시인은 역사를 이끌어 온 힘은 몇몇의 위정자나 영웅이
아니라 바로 이름 없이 살다간 김 씨, 고모, 고실댁 같은 인물들임
을 우리에게 이야기한다. 그들이야말로 혹독한 역사의 시간 앞에
서도 타협하거나 좌절하지 않은 생명 주체들이었기 때문이다.

　쳐라, 가혹한 매여 무지개가 보일 때까지

나는 꼿꼿이 서서 너를 증언하리라

무수한 고통을 건너

피어나는 접시꽃 하나.

「팽이」 전문 (1988)

하여 시인은 그들을 대신하여 강력하게 말한다. '가혹한 고통이여 나에게로 와라, 나는 그 시간을 넘어 생명의 꽃을 피우겠다'고 말이다. 세상을 살아가는 존재들만큼의 다양한 색과 향기를 가진 그 꽃들의 힘으로 오늘의 우리는 무지갯빛 희망을 여전히 꿈꾼다. 시인은 이처럼 한 사람 한 사람 개개인의 힘이 모여 역사를 바꾸는 혁명적 힘이 탄생했음을 강조하는데, 「프라하 공항」에서 이런 상상력을 만날 수 있다.

응접실엔 두 개의 잔이 있다고 하자
그 잔에 벨벳 빛깔의 액체가 담겨있고
주인은 인사도 없이 건배를 청해온다면?

프라하 공항은 그런 표정이었다
낮은 하늘과 내리는 눈,비 뿐

혁명도 늦게 온 봄도 눈치 챌 수 없었다

천문시계, 카를교, 체스키 크롬로프,

불 속으로 걸어갔던 후스의 종교개혁

담담한 프라하 공항은

먼저 말하지 않았다

「프라하 공항」 전문 (2018)

　위의 작품에는 체코 프라하의 역사를 환기하는, 천문시계, 카를
교, 체스키 크롬로프 등의 풍물과 교회의 부패에 맞선 1432년 후
스의 종교개혁, '프라하의 봄'이라 일컬어지는 1968년 민주자유화
운동, 벨벳혁명velvet revolution으로 불리는 1989년 공산정권 붕괴를
불러온 시민 무혈혁명 등이 등장한다. 시인은 프라하 공항에 도착
하여 프라하의 지난 역사를 떠올리는데, 이는 우선 첫째 수에서 주
인으로 비유된 체코 혹은 역사의 주인이 한국 시인인 내게 건배를
해온다는 상상으로 연계된다. 왜 주인은 내게 건배를 제안했을까.
첫째 수에 등장한 '벨벳'은 시민들이 주체가 된, 피를 흘리지 않았
다는 의미에서 'velvet'조용한, 평화로운이라는 수식어가 붙은 시민혁명
이다. 그런데 시인은 여기서 그 혁명을 축하하는 붉은 포도주를 상
상한다. 그럼으로써 혁명을 성공으로 이끈 시민들의 고통을 재현
하고, 나아가 피를 환기함으로써 혁명의 열정과 생명성을 강조한
다. 이러한 상상력은 역사 속에서 '인간의 자유의지'에 관한 시인

의 통찰이 작품에 뚜렷하게 투영되고 있는 것으로 이해할 수 있다. 그는 물론 "세계는 언제나 미세한 혁명뿐이다 / 굉음처럼 펄럭이는 군중의 깃발 뒤에도 / 차디찬 모반을 심는 / 안 보이는 손이 있"「치과에서」, 2009다는 통찰 역시 갖고 있다. 그러나 이러한 위장偶裝의 현실을 넘어 '어둠을 찌르는 일검—劍의 생명력'「잎」, 1996이 인간에게 존재하므로 우리는 '겨울에 역사의 피를 옮길 수 있다'고 힘주어 말한다.

한편 시인은 이 작품에서 프라하의 역사를 의식하면서 2016년 한국 사회의 시민혁명의 기억과 만난다. 그러기에 프라하가 손님인 자신에게 축하의 건배를 제안한다는 상상이 가능했을지도 모른다. 이처럼 급변했던 프라하의 역사와 삶을 담은 벨벳 빛깔의 잔, 그리고 혁명, 불, 종교개혁 등의 이미지는 강렬하고 많은 이야기를 담고 있다. 그러나 프라하 공항은 글로벌하게 균질화된 공간일 뿐, 프라하의 아픔이나 상처, 그리고 영광과 명예도 이야기하지 않는다는 점에서 대조적이다. 이우걸 시인은 역사적 상상력을 통해 프라하를 이해하고 나아가 이 지점에서 오늘 우리 한국의 시민혁명이라는 역사적 삶에 대한 확장적 이해 역시 보여준다. 역사적 풍물이나 유적, 유물 등은 그 스스로 역사를 말하지 않는다. 시인의 언어가 역사를 기억하고, 상상을 통해 오늘 여기의 시·공간의 살아있는 언어로 불러냄으로써 역사는 비로소 복원된다.

4. 희망을 꿈꾸는 위무慰撫의 시학

이우걸 시인은 「내 전집을 읽으며」에서 시인의 길과 시쓰기의 방향을 고민하는 시의식을 드러내고 있다.

아직도 나를 대변할 어울리는 작품이 없다
이것은 겸손도 과장도 아니다
애초에 가지고 싶은 내 얼굴이 없었던 걸까

아무리 변명해 봐도 쓸쓸한 저녁이다
갈 곳을 못 정한 채 온종일 서 있다가
이제사 가야 할 주소를 확인하고 있는 것처럼

신호등은 간단없이 눈망울을 굴리지만
나는 그저 멍한 자세로 앞을 보고 있을 뿐이다
지나온 많은 길들이 밤비에 젖고 있다

「내 전집을 읽으며」 전문 (2018)

평생 써 온 작품들을 앞에 놓고, 자신을 대변할 작품이 없다는 시인의 진술에서 우리는 분명, 정해진 세계나 의미에 머물지 않고 새로운 언어나 세계를 향해 나아가야 하는 시인의 운명 같은 것을 느낀다. 시인의 언어가 갈 길은 애초에 정해진 길도, 주소도, 얼굴도 아니었으므로 시인은 외롭고 쓸쓸한 존재인지 모른다. 아래의 시조 「장사익」에서 이런 시인의 운명과 역할이 극적으로 드러나 있다.

어둠을 퍼내기 위해 태어나는 악기도 있다
그 악기의 일생이란 늘 울음의 나날이지만
우리는 그 울음 때문에
밝아지는
세상을 본다

「장사익」 전문(2018)

'장사익'은 알려져 있듯이 소리꾼이자 가수로, 절규하듯 토하는 그의 소리는 듣는 이의 마음을 움직인다. 위의 작품에서 '소리'로 노래하는 가수는 '언어'로 노래하는 시인의 존재와 겹쳐진다. 뿐만 아니라 이 존재들은 다시 '악기'로 비유되는데, 세상을 향한 '진심의 소리'를 내기 위해 정해진 틀 안에 자신을 맞추고, 몸을 조이고, 비틀어야 하는 고통을 상상하게 한다. 이 순간에서 마치 견고한 형식을 가진 시조가 절차탁마하여 자신의 형식미를 최고로 발휘했을 때, 아름다운 노래로 탄생하는 것을 상상하게 된다. 그리고 이때 그들이 울리는 소리와 언어가 세상의 어둠을 걷고 새로운 희망을 꿈꿀 수 있게 한다. 시인은 이런 주제의식을 강조하고자 어둠과 밝음을 대조시키고 종장의 세 구를 3행으로 나누어 배치하는 시형을 선택하고 있다. 시인의 내면이 세상의 어둠을 응시하고, 이를 자신의 언어로 퍼 올리는 수고를 통해 그 어둠은 새로운 빛의 언어로 진화한다.

이우걸 시인은 인간의 고통을 외면하는 곳에 문학의 감동은 있을 수 없다고 말한다. 그러므로 시가 현실과 역사의 가파른 생 위에 놓인 사람들의 상처와 어둠을 위로해주고, 새로운 꿈과 희망이 담긴, '별빛의 일획'으로 탄생하길 소망한다.「희망」, 1996 이는 인간 삶에 관한 진실한 울음과 따뜻한 정감을 바탕으로 한 위무의 언어를 의미한다. 이를 통해서만 독자들은 '가파른 생을 향해 자신을 저어 나갈'「배─반구대 암각화」, 2018 꿈과 희망을 시조를 통해 얻을 수 있기 때문이다.

길은 빙폭인 영 벼랑 위에 걸려 있다

너는 지금 이 협곡을 운명처럼 받아들였다

이월의 칼바람들이

쇳소리로 울고 있다

「길」 전문 (2015)

이제 시인은 '빙폭인 양 벼랑 위에 걸려 있는 길' 위에 서서 추위와 칼바람과 맞서야 하는 자신의 현존으로부터 울음과 같은 시를 길어 올린다. 그 길 위에서 '그 길이 헤쳐 갈 내일의 시가 상상되어 왔고'「길」, 1988 오늘과 미래의 언어가 탄생할 것이다. 현대시조를 통해 찾아가는 그 길이 이우걸 시인이 수락한 시인의 길이요, 운명이기 때문이다.

김준오
문학사의 지평과 서정의 시대성

1. 한국시의 모더니티와 1990년대 시의 현장

　한국시문학사에서 1990년대는 소련의 붕괴와 문민정부의 등장, 거대담론의 해체와 포스트모던 문화의 부상, 영상 미디어 중심의 대중문화 발달 하에서 시의 위기 담론이 꾸준히 제기되었던 시기였다. 그러나 시의 위기의식은 1970년~80년대 역사 정치적 상황 하에서 시에 요구되었던 혹은 시가 선도했던 문학 자체에 대한 재인식이 필요한 시점이라는 문제의식이었지 시쓰기 자체가 저조했던 것을 의미하는 것은 아니었다. 1990년대는 그 어느 시기보다 다양하고, 풍요로운 시 장르가 탄생, 발전한 시대였기 때문이다. 메타, 패러디, 해체 등의 개념을 중심으로 한 포스트모더니즘 시학은 말할 것도 없고, 이념의 해체에 따른 일상시의 부상, 여성 시인의 대거 등장과 페미니즘 시학, 그리고 정신주의 시학을 필두로 하는 전통 서정의 복귀까지 모두 1990년대 시단의 변화를 이끈 주요한 동력이었다. 이런 문학사적 맥락에서 90년대 문학 생산 현장의 급격한 변화와 그에 대응하는 한국시의 특성과 방향을 적극적으로 묻고, 성찰한 비평가 김준오의 글쓰기는 당대 비평 현장의 역사를 분명히 보여주는 중요한 문학사적 자산이다.[1]

김준오는 『도시시와 해체시』문학과비평사, 1992, 『현대시의 환유성과 메타성』살림, 1997 등의 비평집을 통해 1980년대 후반에서 1990년대 중반에 이르는 시기 시문학의 현장에 대한 반성적 성찰과 전망을 적극적으로 논의했다. 이 책들은 큰 틀에서 포스트모더니즘 문화논리하에서 현대시의 패러디 문제를 비롯하여 도시시, 해체시, 메타시, 일상시, 표층시 등의 장르적 특성과 시대적 의의를 탐구한 비평들을 모은 것이다. 그런데 같은 시기 쓰였지만, 포스트모더니즘과 결을 달리하는, 정신주의를 중심으로 한 서정시의 주류화 문제라거나 자연시와 생명의식을 주제로 하는 평문들이 유고집으로 출간된 『현대시의 방법론과 모더니티』2009에 포스트모더니즘 비평론과 함께 게재되어 있어 90년대 시단에 대한 김준오의 시각을 좀 더 총체적으로 이해하게 한다. 뿐만 아니라 이 비평집에 실린 「한국현대시의 모더니티 문제」에서 그는 시문학의 변화와 그 의미를 평가하는 기준으로 현대시의 '모더니티'를 제시하는데, 시의 현장을 사유하고 비평하는 거시적인 개념이라는 점에서 주목할 필요가 있다.

---

1   이 글에서 주요하게 다룬 김준오의 비평은 유고집으로 출간된 『현대시의 방법론과 모더니티』(새미, 2009)에 실린 평문들이다. 이외 『현대시사상』(고려원, 1990 가을)에 실린 「도시시와 포스트모더니즘」을 함께 읽었다. 본문에서는 단행본 제목 명시 없이 평문 제목만 기입하기로 한다.

모더니티란 반드시 서구적인 것만을 뜻할 수는 없다. 우리의 모더니티를 상정할 수 있는 것이다. 다시 말하면 모더니티가 자생적일 수 있는 것이다. 모더니티란 근본적으로 변화에 대한 인식이다. 변화란 과거와 다른 어떤 요소의 발생을 의미한다. 이 변화가 서구적 요소에서 올 수도 있지만 우리 고유의 실험에서 올 수도 있다. 그리고 모더니티의 기준은 적절성relevance이지 시대time가 아니다. 개화기 이후 오늘에 이르기까지 현대시는 많은 변모를 거듭해왔으며 이 변모의 징후들 가운데 어떤 것들을 모더니티로 포착할 수 있을 것이다. 이런 관점에서 현대시의 모더니티를 음미해야 할 것이다.

「한국현대시의 모더니티 문제」 부분

시문학의 현장은 항상 변화한다. 이런 변화의 의미나 의의는 무엇일까. 이를 살피기 위해 김준오는 '모더니티'라는 개념을 제시하면서, 문학 변화의 적절성을 따져보고, 그것을 문학사와의 관련 속에서 함께 보고자 한다. 위의 글에서 모더니티는 변화에 대한 인식으로, 그 이전과는 '다른 어떤 요소의 발생'을 의미한다고 한다. 그런데 이 다른 요소의 발생은 서구적 요소에서 올 수도 있지만 우리 고유의 실험에서 올 수도 있다고 정리한다. 그러면서 한국 시문학사가 현대시의 전개를 늘 전통지향성과 모더니티라는 두 틀로 인식해 왔는데, 이때 모더니티의 경우, 서구적 요소에 국한하여 평가해 왔음을 비판적으로 논의한다. 그러면서 시의 "모더니티란 반드시 문예사조로서의 모더니즘의 전유물이 아니며 반드시 외래적 요소에 의해 형성되는 것이 아니다"라고 주장한다. 그렇다면 그 '다른 요소의 발생'이 갖는 모더니티는 어떻게 평가할 것인가. 이에 대해 그는 그 판단 기준이 '시대time'가 아니라 '적절성relevance'이라고 답한다. 적절성 혹은 관련성 등으로 번역할 수 있는 'relevance'라는 용어는 스피어즈Monroe K. Spears의 *Dionysus and the City : Modernism in Twentieth Century Poetry*에서 가져온 것으로, 스피어즈는 일반적으로 모던modern[2]을 지난 과거past와 대립되는 것으로 인식하는 것에 대하여, '모던modern'은 구식이거나 시대에 뒤떨어진 것으로 느껴지지 않는 한, 새롭거나 아주 최근의 것일 필요는 없다고 한다. 새로이 나타난 시적 변화는 과거와 대립된 동시대적contemporary인 것에서 반드시 나타나는 것은 아니므로[3] 최신이냐 아니냐를 따지는, 시간성의 문제가 현대적인 것을 판단하는 데 필수적인 것은 아니라는 것이다. 그러면서 '모던한 것들의 본질은 역사적 관점에서 탐구'할 수 있을 것이고, 모던한 특성들이 놓인 배경과 기원, 또 모더니즘의 정의 등을 고려하면서 판단할 수 있다고 이야기한다.[4]

오늘날 시의 변화가 항상 가속되고 있는 것이 우리가 실감할 수 있

---

2   이 부분에서 스피어즈는 모더니티(modernity)가 아니라 모던(modern)이라는 용어를 쓰고 있다. '현대적인, 현대적인 특성이 있는' 정도의 의미로 이해할 수 있다.

3   Monroe K. Spears, *Dionysus and the City : Modernism in Twentieth Century Poetry*, Oxford University Press, 1970, pp.4~5.

4   위의 책, p.34.

는 하나의 법칙이다. 변화는 역사의 본질이며 또한 우리의 기대치다. 실상 현대시의 변화란 주로 새로운 구조와 표현방법들의 신속한 변화에서 비롯한다. 그러나 시의 구조와 방법은 시의 세계가 되는 사회, 역사적 상황과 이에 대한 시인의 의식과 태도 그리고 시가 독자에게 수용되는 전달 방식과 연관되어 있다.

「해체주의와 현대시의 전개」 부분

1990년대 한국 현대시의 전개를 전망하는 데 있어 유의해야 할 금기사항은 규범성의 설정이다. 왜냐하면 규범성의 설정은 현대시의 영역을 한정하고 도식화하기 때문이다. 따라서 현대시를 '역사화'하는 폭넓은 관점이 요청되는 것이다. 예술의 역사화는 현대시의 구조와 형식을 구속하지 않고 해방시키며 역사적 변화에 맡겨 놓는다. 문학의 절대적 가치는 더 이상 존재하지 않으며 모든 것을 상대적이게 한다. 이것은 현대시의 전개를 예측 불허의 미궁 속에 놓는 것이 아니라 다양화에 기여한다.

「해체주의와 현대시의 전개」 부분

김준오 역시 오늘의 현대시 현장, 다양한 시문학의 모더니티를 판단하는 기준으로 문학사와의 대화, 작품의 생산 조건과 환경, 언어와 매체 변화 등 공시적, 통시적으로 폭넓은 관련성을 제시한다. 인용문 첫 번째 글에서 '시의 구조와 방법은 시의 세계가 되는 사회, 역사적 상황'에 대한 시인의 의식과 태도에서 비롯된다고 설명하면서 사회, 역사적 상황의 변화와 현대시의 미학을 연결시킨다. 그리고 문학 현장에서 이러한 변화의 의미를 따지기 위해서는 '역사화'의 관점이 필요하다고 한다. 즉 비평가는 규범적이거나 이데올로기적인 비평이 아니라 다양한 변화 안에 놓인 시를 적절하게 평가하는 비평의 언어를 창조해야 하는 것이다. 이처럼 역사적 관점에서 시학의 변화를 성찰하는 방법론은 큰 틀에서 그가 문학사와 시 장르 연구에서 견지해왔던 서정 장르와 시대와의 연관성이라는 문제의식과 맞닿아 있는 것으로 보인다.

김준오에게 '변화는 문학 평가의 법칙'이자 기준이며, 역사의 본질이자 기대치이다. 변화를 이해함으로써 우리는 과거를 해석하고, 미래에 대한 기대와 전망을 가질 수 있기 때문이다. 그러므로 항상 오늘의 시를 반성하면서 전망을 제시하는 김준오의 비평 작업은 필연적으로 역사적 지평에서 시 텍스트와 만나 시가 구현하고 있는 서정의 시대성을 문제 삼게 된다.

서정의 질은 공시적으로 시적 개성이라는 의의를 띠고 있듯이 통시적으로 시대적 특징의 한 반영으로서 역사적 국면을 지닌다. 그래서 시의 서정에 시대성의 혐의를 두는 일는 자연스러운 현상이다. 이 경우 어떤 종류의 서정이 시대적 의의로 해석될 만큼 지배적인가의 발견이 무엇보다 중요하다. 그렇다면 최근 시에서 지배적인 서정이 있는가, 있다면 어떤 종류의 서정인가

「비가적 어조와 시적 모호성」 부분

위의 글에서 그는 90년대 시의 변화가 갖는 의미를 시대성, 혹은 시대적 의의라고 표현한다. 공시적으로는 당대 다른 서정시들과 '다른' 개성, 통시적으로는 '역사적' 국면의 반영을 통해 통합적으로 서정의 시대성이 읽혀진다. 이때 그 서정시의 경향은 당대의 지배적 서정으로 한국시의 현대성, 즉 모더니티를 성취했다고 평가할 수 있을 것이다. 이처럼 통시적, 공시적 맥락 속에서 현대시 현장의 변화를 읽는 것, 이것이 바로 그의 비평적 감각이요, 지향점이라 할 수 있다.

2. 문학사의 탐구와 세상 읽기

1) 문학사와 대화하는 비평의 언어

김준오는 1990년대 부상한 해체의 징후들에 대해서 "전통 서정양식이 여지없이 파괴되는 해체되는 현상은 '지금 여기'의 시에만 국한되지 않는다. 왜냐하면 이런 해체의 충격은 30년대 이상 시에서 우리는 이미 경험했기 때문"「해체주의와 현대시」이라고 주장한다. 즉 "1930년대 이상 시는 당대 시에 대한 선입관과 편견을 정면으로 위배한 최초의 전위시"이고 "마찬가지 전통 시장르를 파괴한 1980년대 초 황지우, 박남철의 해체시 역시 우리의 선입관을 근본적으로 뒤흔들어 놓은 전위시였「포스트모더니즘 이후 우리시의 전망」으므로 시대가 다를 뿐 이들의 미학적 시도는 모두 현대시의 모더니티를 획득한다.

이처럼 김준오의 비평은 '지금-여기' 비평의 현장을 문학사적 관점에서 조명하고 그 역사와 대화하면서 오늘 서정의 시대적 의의를 분석 평가한다. 이러한 통시적 고찰의 비평 방식은 거의 모든 비평문을 관통한다.

> 일상 구어체를 시어로 정착시킨 것은 김수영의 공로라고 볼 수 있다. 그러나 50년대 전영경을 비롯하여 70년대 일부 민중시와 황지우, 박남철의 작품, 그리고 80년대 신인들의 작품은 언어의 수준을 밑바닥까지 끌어내려 온갖 욕설과 야유로 신랄한 풍자의 효과를 발휘하고 있다. 시어의 이런 비속한 경향은 시대의 특징인 충격 요법을 반영한 것이고 시어의 확산으로 필연성과 당위성을 띨 수 있을지 모르나, 지나친 유희적 태도와 더불어 현대시의 결함으로써 비난을 면할 수 없다.
>
> 「해체주의와 현대시」 부분

> 1980년대 초 해체시뿐만 아니라 1970년대 후반 이성복, 민용태의 일부 실험시들까지 거슬러 올라가 포스트모더니즘의 시로 수렴시키는 것은 당대의 사회역사적 조건의 산물로서(예컨대 서구와는 달리 해체시가 억압체제에서 발생했다는 사실) 우리의 자생적 포스트모더니즘을 정립하려는 의도를 함축하고 있다. 이것은 결코 단순한 가설이 아니다.
>
> 「포스트모더니즘 이후 우리시의 전망」 부분

언급했듯 김준오는 현대시의 현장을 보는 생산적인 방법은, 변화를 역사적 문맥에서 보는 것으로 이해한다. 예를 들어 1990년대 포스트모더니즘의 한국적 수용의 특성과 창작의 의의를 따지기 위해서 우리 문학사의 계보 속에서 모던한 움직임들을 찾을 필요가 있다는 것이다. 그는 90년대 해체시의 기원에 일상 구어체를 시어로 정착시킨 김수영과 풍자와 아이러니로 현실비판의 시를 쓰던 50년대 전영경, 70년대 민중시와 80년대 황지우, 박남철 등을 소환하고 1970년대 이성복과 민용태의 일부 실험시들도 포스트모더니즘 시학으로 수렴시킨다. 이런 비교 속에서 80년대 해체시가 정치적인 억압 체제하에서 탄생했고, 이들 시어의 비속한 경향이 80년대 언어 표현의 충격 요법을 반영한 것이라는 새로운 이해가 가능해진다. 이처럼 김준오는 오늘의 한국시를 이해하기 위해 한국시의 역사를 검토하고 각 시대의 지배적 서정, 혹은 서정의 특질이 갖는 차이를 탐구한다. 이런 비평 방법의 근저에는 한국시문학사에 대한 비평가의 성실한 연구, 외국 문학이론에 대한 해박한 지식과 탐구가 놓여 있음은 말할 필요도 없을 것이다.

이런 관점에서 그는 포스트모더니즘에서 부상한 주체의 분열증과 불연속성을 1930년대 이상이 보여준 모더니즘의 분열과 비교 설명한다. 모더니즘의 주체는 자아의 순수성을 확보하거나, 상실된 질서와 총체성을 확보하려는 갈망을 함축하고 있다면, 포스트모더니즘은 분열, 부조리, 무질서한 세계를 있는 그대로 수용하고 상실된 질서와 총체성을 포기하고 현실의 재현 가능성 역시 믿지 않는다는 것이다. 그러므로 1990년대 문학 주체가 보이는 분열증은 1930년대와 다르다고 평가한다.「도시시와 포스트모더니즘」 한국시문학사에서 포스트-모던한 징후들을 포착하고, 이를 문학사적 맥락에서 접근하는 김준오의 비평은 "이것은 결코 단순한 가설이 아니다"라고 힘주어 주장하듯이 우리의 사회문화사적 맥락과 조건에서 탄생한 자생적 포스트모더니즘 혹은 한국시의 모더니티를 정립하려는 강력한 의제를 담고 있다.

2) 세상을 읽는 삶의 비평

김준오는 1990년대 시문학의 현장에서 포스트모더니즘의 미학이, 혹은 그러한 상상력 등이 왜 나타났는가라는 질문에 답하기 위해 글쓰기의 조건이자 시의 생산 환경인 사회, 역사적 상황 등을 폭넓게 탐구한다. 그런데 흥미로운 것은 이처럼 특정한 미학이나 텍스트의 발생을 가능케 한 시대의 조건, 상황 등을 포함한 시대의 "문화논리가 현대시의 새로운 경향들을 진단하는 데뿐만 아니라 '세상읽기'에도 유효한 관점"「포스트모더니즘 이후 우리시의 전망」이 된다는 그의 견해이다. 김준오는 비평이 작품에 대한 읽기를 넘어 그 작품과 독자가 살아가는 세상에 대한 읽기이기도 하다는 것이다.

예를 들어 아래와 같은 질문은 시에 대한 질문이자 세상에 대한 해석을 담고 있다.

매우 평범하고 기본적인 질문이어서 오히려 엉뚱하게 보일지 몰라도 1990년대 시에 대해서 시쓰기의 동기는(또는 출발점) 무엇일까 하는 의문의 충동을 가끔 느낀다. 물론 낯익은 재래식의 대답은 시적 영감일 것이다. (⋯중략⋯) 물론 동기 없는 시쓰기란 있을 수도 없고, 시인과 시에 대한 일종의 모독이다. 그럼에도 불구하고 최근의 시에 대해 시쓰기의 동기를 문제로 제기하는 분명한 근거가 있다. 이른바 해체시와 같은 별난 실험성도 보이지 않고 정치적, 사회역사적 무거운 제재를 다룬 시들이 현저히 줄어든 것이 최근시의 일반적 경향이기 때문이다. (⋯중략⋯) 그래서 최근 시에서 받은 인상을 잠정적으로 보수주의, 일상주의 또는 허무주의 등으로 명명해 본다.

「1990년대시의 보수주의와 허무주의」 부분

1990년대 시에 대한 다수의 평문에서 김준오는 '보수주의'라는 단어를 자주 사용한다. 이는 90년대 사회문화적 경향 혹은 시대성, 즉 당시 세상에 대한 김준오 나름의 평가가 들어간 비평적 용어일 것이다. 인용문에서도 언급하고 있듯이 기존의 서정을 넘어서는 시의 미학적 실험이나 정치적 성향을 다루지 않는 일상주의 시작품들에 대해 김준오는 이들 작품들이 깊이를 결여한 것, 즉 보드리야르 식의 관점에서 보면 미학적이지도 정치적이지도 않은, '투명한 허무주의'에 이르는 것은 문제적 양상이라고 비판한다. 그렇다면 이런 서정이 나타나는 근저에서 김준오가 본 것은 무엇일까.

메타언어 시대, 가상현실이 창출되는 시대는 이제 예감이 아니라 우리의 실감이다. 이것은 1990년대적 특징으로 부각되는 가장 문제적 양상이다. 메타언어란 실체와 언어기호와의 근본적이고 철저한 괴리현상이다. 사회철학적 관점에 의하면 실체로부터 해방된 언어기호는 부유하면서 가상의 실체를 만들어 낸다. 언어기호는 이제 그 본래의 지시적 기능을 잃은 대신 스스로가 실체가 된다. 실제로는 존재하는 않는 사물이나 사건들이 존재하는 것처럼 꾸며진 가상의 현실은 실제의 현실을 비현실적인 것으로 추방하고 그 자리를 차지한다. 이 경우 진실은 아무것도 존재하지 않는다는 사실의 숨김이다. 이것이 보드리야르가 비관적으로 현대문화를 읽은 핵심이다.

「현대시의 사색적 반응과 보수주의」 부분

프레드릭 제임슨은 후기자본주의 문화논리로 포스트모더니즘을 설명하면서, 소비문화와 광고가 일상을 지배하는 포스트모던 사회문화적 현실 속에서 일상의 주체는 시뮬라르크의 시·공간 속에서 부유하고, 언어와 작품은 깊이를 상실하고 표피성만 남는다고 이야기한다.[5] 김준오 역시 의미에 집착하지 않는 현상주의와 삶의 파편들을 편집한 우연성의 환유원리는 불확실성을 특성으로 하는 포스트모던 문화의 필연적 산물이며, 이념의 붕괴에서 온 허무주의의 영향이라고 정의한다.「포스트모더니즘 이후 우리시의 전망」 그러면서 사회문화적으로 과거지향을 보이는 시대나 인문주의적 품위와 고뇌를 상실한 시대에 보수주의, 허무주의의 시가 등장한다고 진단한다.「현대시의 사색적 반응과 보수주의」 이처럼 깊이 없는, 표피적인 일상

시의 등장 그 이면에 정치역사적으로는 탈이념적이고 보수적인, 그리고 사회문화적으로는 소비문화와 광고가 지배하는 부유하는 이미지, 어떤 진실도 존재하지 않는 현실 속에 놓인, 1990년대 한국의 삶이 있는 것이다. 김준오는 비평을 통해 이런 세상을 읽게 하면서 이런 사회문화적 상황 속에서 이데올로기적 함의들이 숨어버린,「작은 서사 혹은 주변화」 허무주의적인 보수주의 시학이 부상한 것은 분명히 문제적이라고 비판한다.

1990년대 지배적 서정을 통해 그 세상을 읽었던 김준오. 그는 IMF 한파로 저물어가는 1990년대 말의 우울한 표정 역시 시에서 읽는다. IMF 시대의 문학적 특성을 성급하게 규정할 수는 없겠다고 조심스럽게 전제한 그의 비평에서, 회귀본능의 향수시학을 통해 과거의 시간으로 돌아가려는 암울한 현대시의 밑그림, 그 시대를 살아내고 있는 1990년대 말 한국 사회의 표정을 만난다.「죄의식과 향수시학」

3. 1990년대 한국시의 동력 __ 포스트모더니즘과 서정주의

김준오는 1990년대 중·후반 시의 본질과 방향성에 대해 의견이 엇갈렸던 시단의 이슈를 다룬 비평「새로운 시의 지평을 열기

---

5   프레드릭 제임슨, 임경규 역, 『포스트모더니즘, 혹은 후기자본주의 문화논리』, 문학과지성사, 2022, 51~66쪽.

위한 논쟁」에서 '시란 시적인 것이어야 한다'최동호는 주장과 '시적인 것은 없고 시도 없다'이승훈라는 입장이 가진 쟁점을 소개하고, 이 논쟁이 가진 시단적 의의를 설명한다. 그리고 이들의 논쟁이 한국 현대시문학사의 주요 갈등이 되어왔던 전통주의와 모더니즘, 전통성과 모더니티의 대립이라고 지적한다. 말하자면 시적인 것을 추구하는 계열은 전통 서정에 근거한 것이고, 시적인 것을 부정하는 경향은 기존의 서정과 언어에 회의를 표하는 포스트모더니즘과 분명히 닿아 있는 것이라는 점에서 그러하다. 전통의 서정을 주장하는 입장에서는 시의 위기라는 것이 결국 시를 쓰는 시인의 의식과 정신에서 비롯되는 것이므로, 시인 내면의 '진정성'과 '건강성'의 필요를 주장했다. 이에 대해 김준오는 이런 덕목은 '시인의 삶의 태도와 세계관의 문제로 비화되는 불씨'라는 표현으로 이런 제언이 시의 미래를 위해 효과적이지 않다고 비판한다. 시학적으로 보면 새로운 시의 미학을 내세우는 논리를 비판하기에는 이러한 삶의 가치를 제시하는 제안은 논점에 있어 문제가 있다라는 것인데, 타당한 지적이다. 이처럼 작품의 생산자로서의 작가, 혹은 주체의 문제에 대해서 이승훈은 '부르조아적 시쓰기의 불가능성'으로 대답했는데, 이에 대해 김준오는 근대적-부르주아적 주체에 대한 비판은 이미 포스트모더니즘 시학의 철학으로 주체는 텍스트의 시간 속에서만 존재하기 때문에 이승훈의 주장은 '난데없는' 것이라고 비판한다. 텍스트보다 우위에 있는 선험적이고 초월적인 자아이거나 텍스트 밖의 경험적 자아의 지우기는 타당하지만,

부르주아 주체의 소멸은 동어반복이라는 것이 비판의 핵심이다.

이 비평문은 1990년대 중반을 넘어가는 한국 시단의 두 방향에 대한 김준오 나름대로의 정리와 평가라는 의의가 있는 글이다. 타협할 수 없는 견해를 확인하게 된 논쟁이지만 각각의 진영의 반성이라는 의미가 있고, 무엇보다 시쓰기의 기반이 변화한다는 것, 이런 변화가 시의 위기나 소멸이 아니라 시의 존재방식에 대한 고민이 필요한 지점이라는 사실을 비평은 보여준다. 깊이와 내면을 잃어버린 1990년대라는 시대에 대응한, '전통주의' 계열의 통합의 서정, 그리고 해체와 분열을 수용하는 서정시의 새로운 문법이 사회에 대한 비판적 역할을 한다는 '모더니즘'. 이들에 대한 김준오의 비평을 구체적으로 살펴보고자 한다.

1) 탈중심주의와 포스트모더니즘

김준오는 포스트모더니즘 시학의 중심으로 '탈중심주의'에 주목하면서 1990년대 한국시에 대한 진단과 전망을 내린다.

중요한 것은 해체시를 정점으로 한 전위적 현대시 운동이 결코 당대의 지배적인 생산양식이 될 수 없는 점이다. 이와 꼭같이 우리의 현대시도 모더니즘과 리얼리즘의 이원적 구조로 더 이상 단순화될 수는 없다는 인식을 포스트모더니즘은 제공하고 있는 것이다. 어느 문맥도 특권화될 수 없는 탈중심주의는 현단계 가장 확실한 현대시의 진단이자 전망이다.

「포스트모더니즘 이후 우리시의 전망」 부분

김준오는 위의 비평문이 포스트모더니즘과 관련한 1990년대 이후의 현대시에 대한 반성과 그 지향점을 모색한 글이라고 밝히고 있다. 그는 포스트모더니즘의 탈중심주의가 당대 시단과 문학사에 대한 이분법적 관점을 넘어서게 한다는 점을 분명히 강조한다. 즉 정치와 이념 등의 중심을 해체하고, 삶과 예술의 경계선을 붕괴하는 방식으로 세계에 '개입'하는 포스트모더니즘 시쓰기는 이미 '모더니즘과 리얼리즘'이라는 각각의 중심적 사유를 넘어섰다는 것이 김준오의 생각이다.

뿐만 아니라 90년대 시의 현장 역시 탈중심적 변화가 일어나는데, 기존 관념의 해체나 다원주의적 인식을 반영한 장르 혼합 현상, 고급예술과 대중예술의 경계선 붕괴, 지시대상을 반영하는 것이 아니라 언어가 자신을 의식하는 자기 반영성, 의미를 소거한 현상주의 등을 구체화한 텍스트시, 메타시, 표층시, 패러디시 등 폭넓은 의미에서 실험성을 가진 해체시가 등장했다. 그리고 "이 밖에 가부장제의 성 모순에 도전하는 페미니즘 시, 자아분열을 표상하는, 파편화된 언어의 목록시들, 제목이 텍스트화한 실험시(그래서 제목이 차츰 길어지고 있다) 등도 포스트모더니즘의 수용 이후 모색된 현대시의 다양한 가능성들"이었다. 이처럼 탈중심과 탈분화에 따른 다원화와 다양화를 향해 역동적으로 움직인 것이 바로 90년대 현대시 현장이었다. 그러므로 이런 시단의 변화를 모더니즘이다, 리얼리즘이다 등 기존의 이분법적 시각으로 보는 것이야말로 김준오가 지적했던 금기사항, '규범성의 설정'에 다름 아닌 것이다.

변화를 변화 자체의 역사적 맥락에서 이해하는 것, 이것이야말로 김준오가 주장한 한국시의 모더니티를 정확하게 인식하는 것이기 때문이다.

김준오는 패러디 시쓰기의 시대적, 문학적 의의에 대해서도 주목한다. 그는 포스트모더니즘의 모방은, 독특한 작가의 스타일을 모방하던 모더니즘의 패러디와 다르기 때문에 '혼성모방pastiche'이라고 해야 한다는 프레드릭 제임슨의 견해[6]가 아니라, 원전에 대해 '비평적 거리를 가진 반복'이라는 린다 허천의 입장에 서있다. 이는 원전 혹은 원전이 놓인 문맥에 대한 풍자적 기능에 주목하기 때문인데, 이는 한국의 패러디시를 '향수적 복귀'가 아니라 작가의 의도가 실린, '비판적 재방문'으로 읽는 김준오 비평의 방향이기도 하다. 그리고 김준오는 패러디가 가져온 문학과 현실, 작가와 작품 간의 관계 변화에 주목하는데, 문학이 현실이 아니라 예술을 반영하는 패러디 전략에 의해 현대시가 자의식적이고, 자기비판적인 성격을 인식하게 되었다는 사실, 또 작가 역시 단일한 의미를 생산하는 전통적인 작가의 역할을 넘어 기호 해독자와 기호 부여자라는 이중의 역할을 맡게 되었다는 것 등을 의미 있는 변화로 지목한다.

자기반영성의 미학에 기반 한 메타시에 대해서도 김준오는 "시와 시인을 반성하고 통찰하는 이런 메타시들의 자기반영성은 궁극적으로 삶에 대한 반성과 통찰을 효과적으로 드러내기 위한 전

---

6   프레드릭 제임슨, 앞의 책, 64쪽.

략"이라고 진술한다. 이런 판단은 주체의 내면이 사라진 포스트모더니즘 문학에서, 메타시를 통해 새로운 서정시의 가능성을 보았기에 가능했던 것 같다. 그러기에 김준오는 '많은 시인들이 의도적으로 메타시 창작에 참여하여 현대시의 뚜렷한 전망'을 만들었다고 평가할 수 있었을 것이다.

2) 전통 서정의 현대적 의의

김준오는 '전통시는 현대시문학사에서 중요한 한 계열체로 문학사의 각 시기마다 변주되었던 중요한 사실'인데 '그럼에도 불구하고 현장 비평에서 전통시가 흔하게 간과되고 있음은 매우 유감'이라고 힘주어 말한다.「작은 서사 혹은 주변화」 현대시 현장에서 전통시의 올바른 위상에 대해 강조하는 김준오의 비평은 전통과 모던의 동력에 의해 전개되어 온 현대시 모더니티에 대한 탐구와 맞물려 있다.

1990년대 시단에서 전통시의 부상은 서정시의 시단 복귀, 즉 신서정의 출현과 밀접하고, 그 시적 대상으로 자연에 대한 주목, 그리고 정신주의 시의 등장이 주목할 만한 현상이었다.「생명예찬과 서정시의 주류화」 김준오는 90년대 시의 현장에서 전통시로서 모더니티를 획득한 주요 서정시로 정신주의에 주목하는데,「서정양식과 정신주의 시」에서 1920년대 만해시, 30년대 정지용의「백록담」, 선비정신의 이육사의 작품, 인간 존엄을 노래한 1950년대 서정주의「무등을 보며」, 도시 문명의 비인간화를 그린 김광섭의「성북동 비둘기」등을 정신주의 시의 전범으로 위치시킨다. 그리고 이런 문학사의 계보 위에서 김달진의 서정시가 재평가되면서 1990년대 정신주의가 현대시의 중요한 몫을 하고 있다고 평가한다.

또한 같은 글에서 정신주의가 현대시에 제기하는 문제의식을 세 가지 측면에서 정리한다. 첫째는 정신주의 시가 동일성을 근간으로 하는 서정 장르의 본질을 담고 있다는 것이다. 문학사적으로 1970년대 이후 풍자와 아이러니 중심의 현실 비판 경향이나 서정 장르의 본질을 해체하는 포스트모더니즘이 주류가 되어왔던 시단에서 전통 서정을 추구하는 정신주의가 자아와 세계의 융합을 통해 포용과 긍정의 정신을 회복했다는 것이다. 둘째, 정신주의는 현대시의 선시화禪詩化로 집약된다고 한다. 즉 정신주의 시는 선사상과 노장사상의 탐구함으로써 전통시의 맥을 잇는다는 것이다. 이 부분의 설명에서 김준오는 정신주의 시가 노장철학과 선사상에 기반 한 '비움'의 세계와 주체의 무욕의 경지를 노래함으로써 서구의 이분법적 사고를 지양한다고 평가했다. 그런데 서구 근대 세계관에 대한 비판이라는 관점에서 보면, 노장의 무위無爲나 선禪의 공空 사상 등은 탈중심주의와 주체의 소멸을 강조하는 탈근대-포스트모던의 논리와도 연결되는 부분이 있다. 셋째, 김준오는 정신주의가 가진 심미적 차원에서의 신비주의적 속성이 "사회역사적 상황을 희석화시키는, 가장 말썽부른 측면"이라고 지적한다. 서정주의 시들의 관념성이 지닌 보수성, 그리고 리얼리즘과의 대립을 염두에 둔 비판이다.

한편 서정시의 시단 복귀로 인한 시적 대상으로서 자연이 부상하는 현상에 대해 "자연은 서정과 명상의 영원한 원천이지만 자연의 소재 선택이 시대적 특성으로서 의미망에 들어오기 위해 새로운 서정이나 인식, 새로운 자연관에 근거해야 한다는 일종의 강요사항에 현대시는 외면할 수 없다"고 역설한다. 그러면서 1990년대 젊은 시인들에 나타나는 문명이나 세속의 비판을 매개로 한 자연은 주객일치라는 전통적 자연관에서 벗어난 현대적 변용이라고 긍정적으로 평가한다.「현대시의 사색적 반응과 보수주의」 21세기 오늘의 입장에서 보면 문명의 타자로서 자연이 현대시에 등장하는 지점을 김준오가 주목한 것이라 할 수 있는데, "자연시에 대하여 객체중심이냐 그렇잖으면 주체중심이냐 하는 것은 원론적 물음이다. 가능한 한, 인간적 의미 부여를 억제한 객체중심의 자연시도 간과"할 수 없다는 주장도 역시 자연 생명과 공존하는 생태적 인식을 담고 있다. 90년대 시단의 서정주의 회복이 갖는 적극적 의미를 개진했던 김준오는 특히 비애의 서정을 환기하는 비가적 어조에 주목한다.「비가적 어조와 시적 모호성」 그는 비가悲歌가 우리 문학사에서 익숙한 전통 서정양식이라고 진술하면서 90년대 비애의 서정은 시대성의 표상으로 시적 진정성을 갖고 있다고 평가한다. 세속적 경박성과 유희적 어조로 점철된 90년대 시에 대한 반성의 양상으로서, 부드럽고 진지한 비가적 어조의 부활에서 특히 주목하는 것은 "명상과 반성에 본질적인 시 형태"로 "누구나 체험하고 또 체험 가능한 삶의 보편성"을 작품들이 담고 있다는 사실이다. 김준오는 비가적 어조의 서정시를 90년대 시단의 주요한 서정이자 가능성으로 적극

지지한다. 이런 태도는 인간의 내면의식과 리얼리티를 표현하면서 공감 가능한 보편성의 특성을 담고 있는 전통 비가적 양식의 서정시에 대한 김준오의 애정에서 비롯된 것으로 보인다.

4. 인간적 가치의 발견과 공감의 비평

현대문학의 비평이론을 논의한 평문 「형식주의와 의식비평」은 실증주의, 형식주의, 의식비평의 문학사적 출현과 그 특성을 밝히고 있는 글이지만, 한편으론 작품을 어떻게 읽을 것인가, 어떻게 비평할 것인가에 대한 비평가 김준오의 생각을 읽을 수 있는 흥미로운 글이기도 하다. 작품을 작품 밖의 사실에 예속시킨 실증주의, 이에 반하여 작품 안의 분석에 주력하고자 했으나, 작품의 내부에 이르지 못하고 오히려 표피를 분석한 형식주의 등에 대해 비판적 논지를 펼친 김준오는 의식비평이 "진정한 의미에 있어서 문학의 내부를 정립하고 문학의 인간적 가치를 수립했다"고 그 비평적 의의를 주장한다. 인간 의식에 주목한 의식비평은 실존적 비평, 존재론적 비평으로 불리기도 했는데, 여기서 문학의 내부는 곧 작가의 의식이자 심층이고 그것에 다가가는 작업이 바로 문학의 인간적 가치에 이르는 것으로 이해할 수 있다. 이처럼 인간의 의식에 주목하는 문학 비평은 김준오가 일찍이 번역한 한스 마이어호프의 『문학과 시간 현상학』1979, 그리고 『시론』에서 동일성의 시론을 다루면서 고찰했던 기억의 현상학과도 맞닿아 있는 사유이다.

  의식비평은 형식주의처럼 미적 사실을 작품의 인간적 내용으로부
터 고립시키지 않는다. 물론 의식 비평은 작품의 인간적 가치에 주력
하지만 결코 미적 가치를 배제하지 않는다. 그것은 텍스트 속에 육화
된 작가의 지각의식 행위 또는 체험의 패턴을 발견하고 이러한 지각 패턴이
텍스트의 형식적 패턴과 어떻게 조정되는가를 이해하려 한다. (…중
략…) 의식비평에서는 작자의 의식행위를 천착하기 위해서는 텍스트
속에 구체화된 작자의 경험을 재창조하려는 공감적 접근을 발전시켜
야 한다.

「형식주의와 의식비평」 부분

  김준오는 작가의 "의식은 형식을 통하지 않고는 아니 드러날 수
없는 장이 문학"이라는 전제하에 비평가는 작가의 내면의식이 텍
스트의 형식적 패턴과 어떻게 관련되는가를 이해해야 하고 언어
와 형식을 통해 구현된 작가의 내면과 만나야 한다고 주장한다. 평
문의 제목인 '형식주의와 의식비평'에서도 드러나듯이 현대시 비
평에서 작품의 인간적 가치를 중시하는 의식비평을 중심에 두면
서 그 의식이 구성되고 드러나는 언어 형식에 대한 탐구가 반드시
필요하다는 점을 강조한 것이다. 김준오는 작품에서 궁극적으로
탐구해야 하는 것이 인간적 가치이고, 그 가치가 표현된 미적 형식
을 창조적으로 밝히는 것이 비평이라는 의식비평의 핵심에 공감

한다. 이런 관점에 서면 작가의 의식과 비평가의 내면이 만나는 순간이 그에게는 '자아와 세계, 나와 타자, 작가와 독자 등이 공감을 통해 재창조' 되는 순간, 비평의 시간이라 할 것이다.

전통과 모더니티가 역동적으로 움직이던 1990년대 한국시의 현장, 문학사와 대화하고 세상의 표정을 읽으며 문학의 인간적 가치와 서정의 시대성을 견지했던 김준오의 비평. 그의 창조적 언어와 사유에서 21세기 오늘의 우리는 공감의 상상력과 비평의 윤리를 읽게 된다.

도정일

역사 · 인간 · 공생을 향한 실천비평

    도정일 선생은 문학 비평가이자, 문학을 넘어 다양한 실천적 활동을 하고 있는 문화운동가이며, 인문적 가치와 사회적 실천에 주력한 인문학자이기도 하다. 그는 인문학을 중심에 놓고 문학과 시대에 관한 많은 비평과 대안을 모색하는 글을 발표해왔고 책 읽기 운동, 기적의 도서관 사업, 대학 교양교육기관 설립 등 이론을 현실의 장으로 옮기는 실천적인 활동 역시 꾸준히 전개해왔다. 특히 1990년대 이후 문학의 위기, 인문학의 위기에 맞서는 문학의 역할, 비평의 목적 등을 되새기는 도정일 선생의 글은 한국 사회의 변화에 대응하는 문학적 실천의 한 방향을 분명히 제시해 왔다. 최근에 출간된 비평집 『시대로부터, 시대에 맞서서, 시대를 위하여』,[1] 『만인의 인문학—삶의 예술로서의 인문학』 두 권의 저서는 그간 시대성과 인간의 가치를 중심으로 문학과 비평을 탐구해 온 비평가의 사유가, 비평의 당대적 소통을 강조하고, 삶의 예술, 예술의

---

[1] 이 글에서 인용한 평문들은 『시대로부터, 시대에 맞서서, 시대를 위하여』(문학동네, 2021), 『만인의 인문학—삶의 예술로서의 인문학』(사무사책방, 2021), 『쓸잘데없이 고귀한 것들의 목록』(문학동네, 2014)에서 가져왔다.

삶에 주목하는 '삶의 시학'으로 집약되고 있다는 점에서 일관된 문제의식을 읽을 수 있었다. 이 글에서는 도정일 비평가가 천착해 온 이러한 문제의식의 궤적을 최근 출간한 두 저서와 2014년에 출간한 『쓰잘데없이 고귀한 것들의 목록』과 함께 살펴보고자 한다.

1. 문학성의 탐구와 비평의 역사성

도정일 비평가는 1990년대 이후 문학의 위기를 진단하며 비평의 향방을 모색하는 「비평의 위기와 비평의 활력」에서 작가들에게 나와 사회, 역사 등을 관련 짓는 구체적이고 진지한 질문을 담은 문학을 요청하면서 비평 역시 문학 작품이 독자 대중의 삶과 가치의 문제에 연결되어 있으면서 새로운 삶의 조건들의 변화나 문학 장르와 형식의 변화 등을 의식하고 있는지를 비판-비평적으로 판단해야 한다고 주장했다. 말하자면 시대의 변화를 읽지 못한다면 문학도, 비평도 위기를 맞을 수밖에 없다는 의미이다. 따라서 비평담론과 독자의 관심 사이에 거리가 있을 때, 비평의 사회적 소통력은 상실된다. 비평의 위기는 문학의 위기에서만 오는 것이 아니라 비평담론 자체의 사회적 소외로부터 비롯된다는 논지인데, 이런 맥락에서 그는 당대의 문학과 문학이 놓인 시대적 상황을 해석하는 비평담론의 틀로서 그간 학계에서 수용 선택해온 '이론들'에 대한 비판적 재고를 진행한다.

타인의 사유, 담론, 표현에 대한 메타 언술로서의 비평이 일차적으로 추구하는 것은 '극단과 과잉에 대한 견제'이다. 이론은 성격상 어떤 혹은 가설 혹은 주장을 그 극단적 지점까지 밀고 나가야 한다는 요청을 외면할 수 없을 때가 많다. 극단을 추구함으로써 이론은 종종 새로운 발견에 도달하거나 '보이지 않던 것을 보게'한다. (…중략…) 지난 수십 년간 사회과학과 인문학 분야에서 국내외 학계에 부단한 충격과 자극을 가해온 것은 '이론', 혹은 '이론들'이다. 구조주의, 마르크스주의, 정신분석담론, 기호학, 수용미학, 페미니즘, 해체론, 탈구조주의, 포스트모더니즘, 탈식민주의, 신역사주의, 수용이론─이것들은 구조주의가 등장한 1960년대 이래 화려한 '이론의 한 시대'를 열었던 다양한 이론들의 이름이다. 지금 그 이론의 시대는 막을 내리고 있다. 이론의 쇠퇴를 발생시킨 가장 큰 요인은 이론의 '난센스화'이다.

「비판적 이성의 귀환」 부분

비평 담론의 생산에서 이론의 선택은 보이지 않던 것을 보이게 하거나 문제를 보다 선명히 해준다는 장점이 있기 때문에 타인의 사유나 표현, 혹은 사회의 지배적 담론 등을 분석, 평가하는 효과적인 방법론이 되기도 한다. 그러나 1990년대 이후 한국 학계의 이론 수용은, 오히려 살아 있는 작품 혹은 현실을 추상화시키고, 이론을 관철하기 위한 극단적인 주장과 과잉된 해석을 생산하는 맹목적인 신뢰와 난센스의 국면에 봉착했다고 그는 생각한다. 즉 한국의 사회와 문학을 해석, 비평해온 '화려한 이론들'이 비이성, 불합리, 우연성을 강조하는 탈근대적 사유에 경도되어 1990년대 이후 우리 사회가 직면한 현실의 문제를 이성 혹은 이성 중심주의의 폐해와 자기기만으로만 문제시하게 됨으로써 비판적 이성과 역사적 사유의 정당성 역시 말소시켜버렸다는 것이다. 그는 비평이 일차적으로 추구하는 것은 극단과 과잉에 대한 견제이며, 맹목에 대한 분별이라고 전제한 후, 비판적 이성을 회복해야만이 비평은 시장질서의 지배가 야기시키는 비이성의 과잉을 견제하고, 이론의 극단주의를 경계할 수 있을 것이라고 말한다.

문학 비평에서 이론의 과잉은 종종 작품이 가진 풍요로운 상상력과 언어의 실상에 대해 '눈을 감고 보지 않기로 하는 맹목의 방법론'으로 작동하며 때로는 특정한 이론에 의해 규정된 문학–문학성의 개념은 그 문학과 시대의 생생한 현실을 배제시키는 경우가 있다. 그는 이런 문학사적 사례를 신비평과 러시아 형식주의 이론을 들어 설명한다.

전통적 문학론으로서의 시학의 이해관계에서 볼 때 문학적 고유성의 안정적 규정 가능성을 탐색하는 일은 문학을 대상으로 논의하고 탐구하는 이론의 기본적 요청이며 이 부분에서의 탐구결과가 문학이론 자체의 가능성 여부를 결정한다. 문학성의 안정화 가능성이 부정될 때 적어도 형식 시학적 의미의 문학이론은 성립하지 않는다. (…중략…) 시학적 이론과 달리 비평의 과제는 대상 안정성이 아니라 이론이 안정시키고자하는 혹은 이론에 의해 안정된 대상의 지위를 심문하고 이론이 생산한 지식을 문제화하는 것이다. 비평의 관점에서 문학은 안정적 존재가 아니며 지식으로서의 문학성이라는 것도 문학 대상에 대한 안 정적 지식이 아니다.

「시대로부터, 시대에 맞서서, 시대를 위하여
－'문학성' 문제와 이 시대의 문학」 부분

'문학을 문학이게 하는 특징적이고 변별적인 성질'을 의미하는 '문학성'은 문학작품을 평가하고, 그 가치를 따질 때 주요하게 사용되는 개념이다. 그렇다면 그 특징적이고 변별적인 성질이란 무엇일까. 신비평과 러시아 형식주의를 통해 이들은 은유, 반어, 역설 등 문학 언어와 일상 언어의 구분을 통해 문학과 문학 아닌 것, 즉 문학성을 탐구해왔다. 이러한 노력들은 문학을 학문의 대상으로 논의하고 탐구하는 작업이며, 이는 문학이론의 안정적 체계화와 교육에 기여해 왔다. 도정일 비평가는 러시아 형식주의나 신비평이 문학성의 탐구를 통해 문학평가를 탈역사화시켰음을 비판적으로 논의한다. 그들이 내세운 문학성의 경우 그 검열과 배제의 대상이 '역사'였음를 지적하고 비평의 도구로서 문학성을 재구성할 때는 문학의 역사적 성격, 정치적 입장, 예술적 가치에 대한 고려가 있어야 함을 강조한다. 구체적으로 문학성이란 첫째, 문학의 본질에 대한 규정이 아니라 문학의 역사적 성격에 대한 인식이며 둘째, 한 시대의 문학이 당대 인간의 삶과 열망을 조건 짓고 지배하는 역사적 세력들과 맺는 관계와 그 성격, 그리고 당대 수용자의 비판적, 비평적 판단 내용을 포함하는 것이다. 이는 비평이 개인적 실천이고 동시에 사회적, 공적 실천이라는 집단적 성격을 갖고 있기 때문이다.「비평은 무슨 일을 하는가」셋째, 문학성은 문학이 실현하려는 예술적 가치에 대한 경건성의 개념인데, 문학이 지켜야 하는 가치는 시장가치가 지배하는 현 시대에 물건 아닌 인간을 지켜내려는 예술적 가치이자 문제라는 의미이다. 물론 그는 문학 언어의 특수성과 예술성이 인간의 상상력을 확장시키고 창조의 순간을 보여준다는 사실에 적극 공감한다. "시의 언어는 비유, 상징, 알레고리, 반어, 역설, 모순형용 등등의 방법으로 창조력을 키우고 상상력을 확대하고 의미의 비옥한 잉여가치들을 생산한다. 눈에 보이는 것을 보이는 것 이상의 세계로 확장시켜 의미의 풍요화를 달성하는 것이 은유, 상징, 알레고리, 반어, 역설 같은 언어적 발견의 기술들이다"라고 말이다. 그러나 유념할 것은 "상상력이 '의미의 풍요로운 확장'이라면, 그 확장의 기술은 문학만을 위한 것이 아니"라고 명확하게 이야기한다. 그것은 인간의 필수 장비이자, 인간의 삶을 말하는 방법론인 것이다.「"신도 들키는 때가 있으니"」

도정일 비평가에게 문학성이란 본질적이고, 존재론적인 것이 아니라, 역사적 구성물이며, 이데올로기적 성격의 것이다. 따라서 문학성은 역사를 괄호에 넣었을 때 발현되는 것이 아니라 역사와 생생하게 마주했을 때 문학의 독자적 가치는 살아난다. 그의 이런 인식의 토대에는 인문적 가치와 인문정신이 자리 잡고 있다. 그는 문학비평은 인문학의 일부이므로 인문학으로서의 실천성이 바로 비평의 목적이요, 역할이므로 '몰가치 자유시장주의와 혼을 잃어버린 과학지상주의가 삶을 지배하고 있는 시대'를 문제 삼아야 함을 강조한다.「비평은 무슨 일을 하는가」 이처럼 비평이 당대의 시대적 현실에 대응하면서 문학의 향방을 고민하는 것, 이것이 바로 그가 생각하는 '시대로부터 시대에 맞서서 시대를 위하여' 쓰여지고 수용되는 문학이요 비평이다.

2. 인문적 가치와 비평의 과제

도정일 선생의 많은 비평문들은 삶의 본질에 관한 인문적 질문들과 방향에 대한 모색으로 가득 차 있다. 인간은 무엇이고, 인간으로 존재한다는 것은 어떤 것인가. 나는 어떤 생각을 하며 살고 있으며 살아야 하며, 나의 존재의 의미는 무엇인가 등의 질문들은 개인의 삶에서 그리고 그가 속한 사회와 역사 안에서 이루어진다. 인간은 이런 질문을 하면서 자신이 인간으로 살기 위해서 역사와 사회에 대한 책임이 필요함을 깨닫기도 한다.

(최인훈 소설의) 화자가 절절하게 추구하고 있는 문제는 뜻밖에도 '역사를 용서할 방법의 모색'이라는 것이다. 역사의 폭력에 희생되고 역사의 난폭한 선고 때문에 긴 유-맹流氓의 삶을 살아온 화자가 그 역사를 향해 던지는 질문은 '역사여 너의 폭력은 정당했는가?'이면서 동시

에 '정당하지 않다면 내 고통의 의미는 무엇인가'이다. 역설적으로 화자는 자기가 역사를 관용할 방법을 찾지 못하는 한 자신의 오랜 고통을 의미있게 할 방법 또한 없다는 것을 알고 있다. (…중략…) 그는 역사를 심문하면서도 개인들의 운명에 가해진 역사의 폭력이 정당한 것이었기를 희구한다.

「시대로부터, 시대에 맞서서, 시대를 위하여
－'문학성' 문제와 이 시대의 문학」 부분

프리모 레비는 제2차 세계대전 때 유대인 절멸수용소에서 살아남아 후일 증언문학의 큰 작가가 된 사람이다. (…중략…) 수용소에서 살아남기 위해 그는 대학 때 읽은 단테의 『신곡』과 호메로스의 서사시 『오디세이아』에 나오는 구절들－'나는 짐승으로 살기 위해 태어나지 않았다'같은 대목들을 끊임없이 암기한다.

「프리모 레비의 기억 투쟁」 부분

오류의 역사를 성찰하고 그 역사의 반복을 경계하는 것이 바로 '역사에 대한 인간의 책임'이다. 이 책임을 방기하지 않는 것이 '인문학'이고 인문학의 '정신'이다. (…중략…) 역사에 대한 인간의 책임이란 달리 말하면 '인간에 대한 인간의 책임'이다. 바로 이 책임을 환기시키는 것이 인문학의 기본 정신이다.

「고노담화, 역사교육, 인문학」 부분

위에 인용한 세 비평문은 역사의 폭력을 주제로 하여 역사적 존재로서의 인간, 그리고 어떻게 살아야 할 것인가에 대한 문제의식을 담고 있다. 저자는 최인훈의 소설 『화두』가 역사의 폭력에 희생된 주인공이 자신의 현존을 받아들이기 위해서는 오히려 역사가 행한 폭력이 정당한 것이었음을 희구하는 딜레마 속에 놓여 있다고 이야기한다. 여기서 우리는 역사적 폭력이 선명함에도 자신의 오랜 고통을 의미 있게 하기 위해 역사의 정당성을 사유하는 주인공 질문의 타당성을 물을 수 있을 것이다. 이런 질문에 대해 도정일 비평가는 "문학이 포착하는 인간의 진실은 더 많은 경우 진/위 판단보다는 인간 그 자체를 이해하기 위한 진솔한 경험의 확장에 있"다고 대답한다.「행복의 왕 크로이소스 이야기—반전, 아이러니, 역설」 존재론적 딜레마에 놓인 인간의 경험을 보여주는 이유는 역사의 폭력에 노출되었던 개인의 삶이 '희생자'라는 개념만으로는 충분히 설명되기 힘들다는 점을 말해준다. 비인간적인 역사의 폭력은 인간-프리모 레비를 짐승으로 인식시켰기에, 레비는 자신이 인간임을 되뇌었을 것이다. 『화두』의 주인공이 보여주는 딜레마는 그 역사의 폭력이 여전히 현재 진행형임을 시사한다. 이처럼 역사적 폭력과 굴욕적 처우하에서 왜곡, 분열되었던 인간에게 역사 자체는 그 어느 것도 대답할 수 없기 때문에 우리들은 책임의식을 가져야 한다. 이것이 바로 인간과 삶의 가치를 성찰하는 인문학의 정신이며, 이런 상황을 문제 삼아야 하는 비평의 과제이다.

한편 도정일 비평가는 인문학이 대응해야 하는 이 사회를 시장

전체주의가 지배한다는 문제의식하에, 윤리와 도덕, 가치 등을 상실한 시장의 원리, 자본의 논리를 뚫고 나갈 인문학의 전통적 가치는 물론 현 상황의 변화를 인식하는 틀로서 인문학 혹은 인문교육의 변화 역시 거듭 강조한다. 그리고 이런 맥락에서 그는 "우리가 문학비평과 관계해서 오랫동안 잊어버리고 있는 것은 문학 비평이 인문학의 일부라는 사실이다. 비평이 인문학의 일부라면 인문학의 사회적 실천에 봉사하는 것이 비평의 목적이 아닐 것인가"라면서 비평의 공적 가치와 사회적 실천성을 강조한다.「비평은 무슨 일을 하는가」 이런 맥락에서 「지금 문학은 무엇을 할 수 있는가」에 주목할 수 있다. 이 글은 현재 한국 사회문화의 장에서 문학의 위상, 즉 문학의 가치와 품위가 격하되었음에도 문학의 힘과 생명력, 역할은 있다는 저자의 강력한 믿음을 보여주는 글이다. 그러면 그 힘은 어디서 생성되는가, 저자는 이 힘이 역설적으로 시대와의 불편한 관계 속에서 나온다고 주장한다. 이런 역설적 진실을 강조하기 위해 그는 비평문의 주요 부분에서 시인 W.H 오든이 1946년 6월 하버드대학 졸업식에서 낭송했던 축시 관련 일화를 길게 소개한다. 제2차 세계대전 이후 실용지식을 중심으로 대학 교육이 재편되면서 자유로운 정신의 추구라는 대학의 최고목적이 사라진 캠퍼스에서 오든은 '시-문학'를 통해 당대의 교육과 사회 현실을 비평하였던 것이다. 이러한 비판은 '시적 진술-문학이 근대사회의 합리주의 문법에 맞설 수 있는 파괴적이고 역설적이며 반어적인 괴력'을 갖고 있다는 믿음,「망각의 오디세우스」 나아가 시대적 주류를 역류하는 문학-

비평의 가능성에 대한 믿음에서 비롯된 것이었다. 도정일은 오든의 축시, 그리고 그의 시 읽기가 의도했던, 현실 사회에 대한 비평적 성찰이 문학-비평의 공적 가치와 사회적 실천성을 상징적으로 보여주고 있음을 강조한다.

3. 공생의 윤리와 실천적 비평

『만인의 인문학』에서 눈여겨 볼 것은 문학 읽기의 창조성과 향유 주체의 확장, 그리고 삶의 예술로서의 '만인의 시학' 개념이다. 이런 인식은 시대와의 소통을 적극적으로 모색해 온 그의 문학 비평이 공생의 실천적 영역으로 적극적으로 확장하고 있음을 보여준다. 그는 문학의 풍요성이 독자의 읽기에 의해 덧붙여지고 만들어진다고 하면서 지속적인 창조적 읽기를 강조하고「나는 시를 어떻게 읽는가」 나아가 문학이 '문학하는' 사람들과 문학 '좋아하는' 사람들만의 것이 아니라 만인의 것이라고 주장한다.「사람은 누구나 작가」 그는 문학이 그려내는 인간 삶의 복잡성에 대한 이해가 차이에 대한 존중을 가져오고, 인간에 대한 이해를 확장하기 때문에 만인에게 읽히고, 향유되어야 한다고 이야기한다. 계급, 성차, 인종, 민족, 국가, 지역 등 수많은 인간 분할의 도구들이 허다한 시대적 상황에 대한 인식 위에서 문학은, 그리고 비평은 차이에 대한 이해, 관용과 환대의 가치와 그 중요성을 일깨운다는 비평가의 주장은 인문정신의 가치 위에 서 있다. 특히 최근 비평집에서 다루고 있는, 전지구적 생태 환경의 위기, 과학기술의 발전과 인간의 욕망, 현대생물학과 인류 진화 등에 대한 문제의식은 인문적 가치가 존중받는 공생 사회로 나가기 위한 필수적인 성찰이기도 하다.

도정일 선생의 이런 문제의식은 오래전부터 생각해온 '공생'의 개념과 맞닿아 있다. 그는 2014년 출간한 『별들 사이에 길을 놓다』의 한 장의 제목을 '공생의 도구, 책'이라고 명명하면서 책을 읽는다는 것, 책을 읽도록 하는 것이 이 사회의 공생의 도구이자 그 가치임을 보여준 바 있다. 단적으로 어린이 도서관 사업, 책읽기 운동 등은 함께 살아가는 사회, 공동체의 감각, 또 공감의 능력 등을 만드는데 많은 기여를 하고 있다. 그는 "나도 살고 너도 살기 위해서는 공생의 도구와 수단이 필요하다. 이반 일리치가 생각한 공생의 도구는 세 가지 — 도서관, 자전거, 시詩다"라고 한다.「공생의 도구」 시는 어떻게 '만인-공생'의 도구가 될 수 있을까. 이에 대해 도정일 선생은 『만인의 시학』을 통해 대답한다. 만인의 시학 눈으로 인간을 보고 삶을 말한다는 것은 삶이 가진 예술적, 시적 차원을 중히 여기는 일이고 이러할 때 인간은 가장 인간다워진다. 그러므로 여전히 문학과 비평은 시대와, 인간과, 삶에 대한 인문학적 질문과 치열하게 대면해야 한다고 말이다.

제2부

문학사의 지평과
생성의 시학

예술의 최고 목적은, 이 모든 반복들이 — 본성상의 차이와 리듬상의 차이, 각각의 전치와 위장, 발산과 탈중심화 등을 동반하면서 — 동시적으로 유희하도록 만들고, 이 반복들을 서로의 안으로는 물론 하나에서 다른 하나로 맞아들어가도록 끼워 넣는 데 있을 것이며, 각각의 경우마다 그 '효과'가 변하는 어떤 가상들 안에서 이 모든 반복들을 봉인하는 데 있을 것이다. ⋯⋯ 천 갈래로 길이 나 있는 모든 다양체들에 대해 단 하나의 똑같은 목소리가 있다. 모든 물방울들에 대해 단 하나의 똑같은 바다가 있고, 모든 존재자들에 대해 존재의 단일한 아우성이 있다. 하지만 이를 위해 먼저 각각의 존재자와 각각의 물방울은 각각의 길에서 과잉의 상태에 도달했어야 했고, 다시 말해서 자신의 변동하는 정점 위를 맴돌면서 자신을 전치, 위장, 복귀하는 바로 그 차이에 도달했어야 했다.

질 들뢰즈, 『차이와 반복』에서

공감共感의 시학과 서정의 윤리

1. 공동체 감성의 회복과 창조적 서정

수전 손택Susan Sontag은 『타인의 고통』에서 타인의 불행이 미디어의 이미지를 통해 순간적으로 소비되고 있음을 문제적으로 논의하면서 특히 그 책의 결론에서 타인의 삶에 대한 '공감'의 어려움, 나아가 불가능성을 강조한다. 1986년 아프카니스탄에서 소련 정찰군의 죽음을 담은 사진을 통해 반전反戰을 강조했던 사진 작가 제프 월의 작품 〈죽은 군대는 말한다〉1992가 담은 망자들의 죽음에 대해 수전 손택은 "우리 모두는 이해하지 못한다. 우리는 알아듣지 못한다. 정말이지 우리는 그들이 무슨 일을 겪었는지 상상조차 할 수 없다"라고 공감의 불가능성을 직설적으로 강조한다. 수전 손택은 왜 이토록 타인의 고통의 이해 가능성에 대해 비관적인 것일까. 이는 타인에 대한 배려, 공감, 이해 등의 이슈가 선정적으로만 소비되고 있을 뿐 실제 영향력 있는 어떤 실천으로 이어지지 못하기 때문이다.

최근 한국의 사회문화에서도 '공감共感'이라는 용어나 함의는 가장 적극적으로 생산, 소비되고 있는데, 이는 현재 우리의 삶 역시도 공동체의 적극적인 감정의 공유가 필요함을 의미하는 한편 실제 공감의 연대가 잘 이루어지지 못하는 현실을 시사한다. 특히 2014년 4월 세월호 사건은 공감의 필요성과 의미를 사회문화적으로 적극적으로 개진시켰는데, 문학계에서도 권력의 폭력성과 무관심에 대한 분노, 그리고 어린 죽음들에 대한 슬픔의 정서를 공유하는 작품들을 통해 같은 고통을 경험하는 독자들과 만났다. 문인들은 문학 작품을 통해 사회적 문제에 대한 자신의 공감을 표명했고, 공동체의 일원으로서의 연대감을 드러냈다. 공동 시집 『우리 모두가 세월호였다』실천문학사, 2014에서 시인들은 타인의 슬픔에 대한 공유와 책임의식이 진정 나의 행복을 가능케 하는 조건임을 이야기했다. 이는 한국 사회에 필요한 것은 공동체의 감각, 즉 '공감'을 회복하는 일로 "지금 우리에게 필요한 것은 세계관이 아니라 세계감世界感이다. 세계와 나를 온전히 느끼는 감성의 회복이 긴급한 과제다. 우리는 하나의 관점이기 전에 무수한 감점感點이다"라는 이문재 「시인의 말」『지금 여기가 맨 앞』, 문학동네, 2014과도 상통한다. 이념이나 논리가 아니라 '함께 존재한다'는 감성과 공감의 회복, 이것이 문학이, 예술이 할 수 있는 일인 것이다. 이런 점에서 문학과 예술은 공리적 규범의 틀을 넘어 공감의 소통으로 공론장을 형성할 힘이 있다고 하버마스는 주장한다. 그는 문학과 예술이 매개하는 공론장을 예술 공론장으로 분류한다. 예술적 소통이 매개하는 공공 영역, 예술 공론장은 공리의 규범을 따르기보다는 공감의 윤리에

입각해서 상호작용하는 소통 기제이다. 하버마스는 규범이나 정책이라는 공론보다는 대중의 감성에 기초한 공감이 사회구성원의 행복과 소통에 기여한다고 말한다. 타인의 고통을 나의 고통으로 받아 안는 마음은 공리적인 규범이 아니라 공감의 소통이고 이것은 인간의 삶에 대한 포용과 공감에 기초해 있기 때문이다.

공감은 영어로 sympathy 또는 compassion 등으로 쓰이는데, 이 때 sym, com 등의 접두사는 '함께'의 의미를 갖는다. 즉 공감은 타자와의 관계 속에서 발생하는 것으로, 그들과 감정이나 느낌을 함께 공유하는 것을 의미한다. 공감의 함의가 나를 넘어 타자로 확장된다는 점에서 이 용어의 근저에는 원론적으로 주체-타자와의 관계가 중요하게 부각된다. 이런 점에서 공감은 나 아닌 다른 존재와 감성적 공유를 전제하는 주관적 윤리의 문제로 인식되기도 한다. 이처럼 공감이라는 개념이 타자와의 관련 속에서 이해된다는 점에서, 개인에게 도덕적 감정을 일으키는 원리 혹은 힘으로 인식되며 나아가 한 사회나 문화의 도덕성과도 관련된다.

그렇다면 문학에서, 특히 서정시에서 공감의 문제는 어떻게 접근할 수 있을까. 우선 미학적으로 공감과 관련하여 서구 낭만주의에서의 상상력에 대한 설명을 참조할 수 있다. 낭만주의에서 공감의 능력은 미학의 중요한 토대로 인식되었는데, 공감은 시인의 느낌과 상상력을 연결시킴으로써 창조성의 모태가 되었다. 낭만주의는 상상력과 창조력을 가진 인간의 내면, 특히 시인의 능력을 중시했으며 감성적 인식을 토대로 사물과 대상에 대한 상상적 인식을 중요시했다. 사상적인 측면에서도 낭만주의는 타인에 대한 이해와 공감을 역시 중요시하였고, 이는 도덕성의 바탕이 되었다. 왜냐하면 상상력이 없이는 자기의 의식이나 감정의 한계를 벗어나기 어렵기 때문이다. 그래서 루소는 상상력이 없이는 자기애를 벗어날 수 없다고 했으며, 흄은 공감은 인간의 본성 안에 있는 아주 강력한 원리이며 도덕을 판단하는 근거라고 주장했다. 이런 측면에서 낭만주의는 타자, 특히 사회적 약자에 대한 공감과 동포애를 강조할 수 있었다.

타자에 대한 이해는 상상을 통해 가능하다. 공감은 유사한 상황에서 타자-대상이 무엇을 느끼게 될지 상상하는 데서 가능하기 때문이다. 이런 의미에서 타자의 삶을 상상하고 감정을 공유하려는 공감이 환기하는 윤리성과 정통적인 의미에서 서정시의 미학은 그 뿌리를 같이 한다. 시인, 혹은 시적 주체는 자신이 마주한 대상-세계 등의 본질로 들어가 그 존재성을 밝히고, 또 이를 통해 시인 자신의 내면을 환기함으로써 주체와 대상의 공감의 세계를 창조하고, 독자 역시 공감을 통해 작품의 아름다운 내면에 도달한다. 이런 맥락에서 서정시에서 공감의 문제는 주체와 대상, 그리고 작품과 독자의 층위에서 모두 논의될 수 있을 것이다.

언급했듯 공감은 시인의 상상력의 작용과 긴밀히 관련되어 있다. 상상력을 통해서 '나'는 나를 넘어 시적 대상에 대해 느끼고 생각하고 발화하는 창조적 주체로 거듭난다. 이런 점에서 시인은 자신의 내면에 갇힌 자폐적 언어가 아니라 대상과 사물, 세계와 공감하는 언어를 생산한다. 사물이나 세상에 스며들어 상상력을 통해 그들과 소통하고 공감하는 언어를 창조하는 시인의 작업. 이것은 독자들을 낯선 타자-대상을 경험하는, 미학적 선택뿐만 아니라 그들을 어떻게 받아들일 것인가라는 윤리적 물음 앞에도 서게 만든다. 이제 이 글은 최근에 발표된 작품들을 중심으로 서정시와 공감의 문제를, 정통적인 시학의 원리에 주목하면서 윤리적 함의를 생각해보려 한다.

2. 세상과 소통하는 연금술의 언어

세상과 소통하는 시의 표정은 어떤 것일까. 시인은 세상을 어떻게 내 안에 가져오는 것일까. 시인들은 세상과 공감하기 위하여 사물과 대상에 대한 예리한 관찰과 내면화의 작업을 수행한다. 이런 과정을 통해 시인은 대상 앞에 선 '나'를 독자에게 이해시키고 대상의 의미를 풍요롭게 한다. 공감의 미감을 느낄 수 있는 작품에서 우선 읽을 수 있었던 사실은 시인들이 주위의 사물들과 내가 살아가는 세상에 대한 애정과 관심, 그리고 그들에 대한 느낌과 생각을 집중적으로 시화하고 있다는 점이다. 나의 내면을 위해 대상이 존재하는 것이 아니라, 세상에 반응하는 나의 내면을 위한 언어가 선택된다. 이런 점에서 그의 언어는 자폐적 내면이 아니라 세상을 향해 있다. 사물의 존재성을 잘 드러낼 수 있는 언어를 찾는 시인들의 성실하고도 치열한 의식과 노력을 읽을 수 있었다.

신달자 시인의 작품 「울컥」은 세상을 향한 시인 내면의 움직임을 외부세계와 내면을 대비적으로 잘 표현하고 있다. 시인은 주위에 있는 사물들에 관한 집중과 관찰, 그리고 사유와 통찰을 통해 그의 말과 느낌을 전하고 독자도 공유하도록 한다.

저렇게 고요한가
바람 잠시 멈추고 세상의 물들은 다 얼어버렸다.
나뭇잎 하나 얼음 속에 반쯤 끼워져 정지되고
세상을 흔들어야 할 신문지 한쪽도 허리까지 얼음 속에 갇혀버렸다
갈길이 먼 돌멩이 하나 물 건너다 발목이 잡혀
보기에는 모두 한가롭게 고요하다

멈춰선 것들의 속내까지 흔들림없는
고요

철렁 가슴 내려앉는 것들이

몇 걸음 밖에 즐비하게 무표정으로 싸늘하다.

신달자 「울컥」 전문(『문학의 오늘』 봄호, 2014)

시인은 추운 겨울, 얼어붙은 세상 가운데에서 정지된 사물들의

고요함에 집중한다. 추위에 얼고, 정지되고, 갇히고, 잡히고, 멈춰선 사물들과 세상. 시인은 이들의 고요가 일깨우는 무표정과 싸늘함에 '철렁 가슴이 내려앉는다'. 그는 정지된 사물에서 세상 끝의 풍경을 보았을까. 시인은 추운 겨울을 견디며 속내까지 고요한 침묵의 시간을 견디고 있는 존재들을 바라보며, 이 존재들과 대비적으로 '울컥'하는 마음의 파문을 경험한다. 외부세계는 고요하고, 시인의 내면은 아픔과 두려움으로 들끓는다. 내면과 외부의 이런 대비를 통해 세상을 바라보는 시인 내면의 역동적 움직임이 감지되는데, 마치 동사凍死한 것 같은 동사動詞 얼다, 정지하다, 갇히다, 잡히다, 멈추다 등의 사용은, 움직일 자유를 억압당한 존재의 현실을 감각적으로 형상화하고 있다. 시인은 추위 속에 놓인 바람, 물, 돌, 나뭇잎 등이 놓인 비생명적인 상황을 목숨을 가진 전 존재로 확장 이해하여 두려움에 처한 순간을 이야기한다. 이처럼 시인이 추위에 놓인 존재들의 상황에 공감할 수 있었던 것은 바로 그 존재들이 놓인 상황에 대한 면밀한 관찰과 대상에 대한 감정이입에 기초해 있다. 이런 의미에서 사물들의 생리와 본질을 관찰하고 파악하는 노력과 관점이 공감의 시 창작에 중요한 근간이 된다는 점을 새길 필요가 있다.

나뭇가지에 올라앉은 새가 몇 걸음
옆으로 옮겨 앉는 것을 보았다

나는 고개를 숙이고 내려와 쌀 두 주먹을 안쳤다 아직도 내 한 끼 식량은 쌀 두 주먹, 줄어들지를 않았다 가벼워지지를 않았다

걱정이다,

나뭇가지에서 몇 걸음 옮겨 앉은 새가 제 깃털에 부리를 박고 무언가를 찾는 걸 보았다

유홍준, 「가지를 쥔 저녁 새가
조금씩 옆걸음하여」 전문(『서정과 현실』 상반기호, 2015)

모든 순간에는 끝이 있다
저 나비도 그걸 알고 있다

비오는 날이면 늘 나비들이 어디 있는지 궁금했다

(…중략…)

무거워진 날개도 날개일 수 있는지 생각에 잠겨 있다
날개 때문에 날 수 없게 되었다
접은 날개로 깊은 사유에 들었다

나비와 나는 서로를 느끼고 있다
젖어가는 옷을 입고 나도 조금씩 무거워졌다

우리는 잘 알지 못하지만 빗속에 함께 있다

조용미, 「날개의 무게」 부분(『유심』, 2015.7)

　유홍준 시인과 조용미 시인은 각각 '새'와 '나비'의 존재론을 성찰하면서 그의 삶에 대한 이해를 나에게, 인간에게 확장시키고 있다. 유홍준 시인은 잔가지 위에서 몸을 옮기는 새를 올려다 보면서 가벼운 삶에 대해 생각한다. 물리적으로는 한끼 식량의 양을 줄이는 것이겠지만, 관념적으로 시인은 자신의 삶이 욕망이나 탐심으로 무겁지 않은가 걱정한다. 자리를 옮겨 앉아 여전히 깃털에 박힌 무게를 덜어내고자 하는 새를 바라보며, 시인은 생의 가벼움을 위해 자신 역시 비워내는 삶을 살아야겠다는 깨달음을 얻는다. 그렇다면 새가 자유롭게 하늘로 날아오르고자 몸을 비우듯, 인간 역시 이상적인 삶으로 날아오르기 위해 일상적이고 현실적인 가치로부터의 단절과 비상이 필요하다. 조용미 시인 역시 이런 문제에 관해 '나비'의 젖은 날개를 바라보면서 생각한다. '무거워진 날개도 날개일 수 있을까', '날개 때문에 날 수 없게 되었다'는 진술의 의미를 생각해 볼 필요가 있다. 나비와 새는 모두 작은 몸뚱이에서 날개가 많은 부분을 차지한다. 그 이유는 그들에게 날아오르는 것이 가장 중요한 일이기 때문이다. 그러므로 날개가 무거워졌다는 것은 자신의 존재 근거를 상실하는 일이기도 하다. 그런데 지금 나비의 날개는 젖어있으므로, 나비를 더 이상 나비이게 하지 못하는 가장 큰 이유가 되었다. 시인은 자신의 현재 역시 마치 비맞은 나비의 날개처럼 무거워지고 있다고 이야기한다. 시인은 비를 맞아 날 수 없는 나비의 삶을 사유하면서 자신의 침잠하는 삶에 관해 이야기한다. 무겁고 힘겨운 생 안에서 나비와 나는 하나가 되어 있다.

박형준 시인과 문태준 시인의 작품 역시 대상과 시적 자아가 하나가 되어 가는 과정을 그리고 있다. 그들은 자신이 응시하는 대상과의 공감을 통해 합일을 상상한다.

창 너머로 반짝이는 나무 한 그루
나는 이번엔 어미가 떠난 둥지 속 동고비 새끼와 눈이 마주친다
집에는 아무도 없고
나는 정오에 일어나
나무를 유리창처럼 바라본다
손바닥에 부리의 감각이 되살아날 것 같다
서로의 입속을 들락거리는
어미와 새끼의 부리에 깔려 있는 신경에 대해
금방 사라지고 말 것 같은 그 여린 풍경의 촉각에 대해
그러다가 새들은 부리에 슬픔이 있는 건 아닐까 골똘히 생각한다

박형준, 「나무 속 유리창」 부분(『현대문학』, 2015.5)

아무도 없는 휴일의 정오, 시인은 어미가 떠난 둥지 속의 동고비 새끼에게서 자신의 모습을 본다. 둥지가 있는 '나무를 유리창처럼

바라본다'는 진술은 저쪽을 환하게 잘 본다는 의미도 있지만 한편으론 나의 모습이 저쪽에서도 잘 보인다는 점에서 새와 '나'의 존재는 서로를 비춘다. 시인은 홀로 있는 동고비 새끼의 슬픔, 어미새를 기억하는 부리의 촉각과 그 슬픔이 자신의 손바닥에서 살아나는 것을 느낀다. 새의 슬픔을 골똘히 생각하는 것은 바로 인간의 슬픔을 생각하는 것으로 확장되어, 시인은 아무도 없는 외로움을 겪는 자신의 슬픔을 이야기한다. 그러므로 시인-인간이 슬픔을 기억하여 손으로 글을 쓰듯, 새는 떠난 어미의 따스함과 부재를 부리로 기억하며 슬피 울 것이다.

아래의 작품에서 '나'는 나무가 펼쳐진 풍경과 마주하면서 시를 상상하다가 그 풍경 속으로 들어가 풍경과 하나가 된다.

　　나목이 한 그루 이따금씩 나와 마주하고 있다

　　그이는 잘 생략된 문장처럼 있다

　　그이의 둘레에는 겨울이 차갑게 있고

　　그이의 저 뒤쪽으로는 밋밋한 능선이 있다

　　나는 온갖 일을 하느라 이리저리 왔다갔다 하며

　　한 번은 나목을 본다

　　또 한 번은 먼 능선까지를 본다

　　그나마 이때가 내겐 조용한 때이다

　　나는 이 조용한 칸에 시를 쓰고 싶다

　　그러나 오전의 시간은

언덕을 넘어 평지 쪽으로 퍼져 금세 사라진다

문태준, 「어느 겨울 오전에」 전문(『유심』, 2015.2)

시 속의 '나'는 추운 겨울 창밖에 펼쳐진 나목과 그 배경을 보고 있다. 왔다 갔다 일상의 업무를 처리하면서도 그는 나무를 생각하는데, 마치 생략된 문장처럼 그 나무는 많은 이야기를 담고 있는 것 같아, 그는 시상詩想을 떠올려보려 한다. 이따금씩 한적한 풍경을 바라보며 시를 생각하던 '나'는 나무와 겨울과 능선과 언덕……, 이 모든 존재들이 만드는 조용한 공간으로 들어간다. 번잡한 일상의 공간 속에 있던 '나'가 나무가 놓인 풍경에 빠져 조용한 때를 맞이한 것이다. 현실을 벗어난 시·공간에 놓인 나는 그 조용한 공간에 시로 존재하고 싶다.

한편 권대웅 시인의 작품은 '연금술'을 매개로 좀더 적극적으로 모든 존재들 간의 스며듦과 일체, 그리고 아름다운 탄생을 노래한다. 이때 인간의 삶과 하늘, 우주 등 인간의 안과 밖을 이루는 모든 존재들은 혼융일체가 되어 지구 위의 생명에 불을 지핀다.

누군가 허공에 불을 피우고 있다
한 움큼의 바람과 햇빛을 두드려
이생의 비밀을 열고 있다
욕망은 육체에 깃들고
영혼은 숨결에 스미는 것

사랑하는 두 사람이 꼭 껴안고 타오르고 있다

저 심장에 불을 넣은 자여

한 방울의 눈물과 머리카락을 섞어

피워낸 불이 지구를 돌린다

타닥타닥 타오르는 뜨거운 불꽃이

훅 나무 속으로 들어가

꽃과 붉은 열매를 피운다

불 속에서 아침이 오고

불의 가슴을 가진 새만이 운다

세월은 흐르는 것이 아니라 타고 있는 것

슬픔도 신열 같은 고독도 타오르는 날들

권대웅, 「연금술사」 부분(『유심』, 2015.7)

연금술이란 평범한 금속들을 모아 귀한 금속을 만드는 일이다. 별 것 아닌 존재들은 혼용되고 하나가 되는 과정을 통해 귀하고 아름다운 존재로 태어난다. 시인은 인간-자연-우주가 불꽃의 에너지로 함께 타오르면서 전 지구적 삶을 살고 있음을 노래한다. 꽃과 열매, 아침과 세월, 눈물과 고독은 한 항아리 안에서 모두 섞이고 하나가 되고 사랑하면서 태양 아래 삶을 살아간다. 이런 점에서 모든 존재들은 같은 시·공간 안에서 서로의 삶을 이해하고 공감하며 살아가도록 운명 지어졌다. 이 시의 제목이 '연금술사'이듯이 시인은 이질적이고 낯선 존재들의 삶을 이해하고, 공감하면서 각각의 존재들을 보다 높은 차원으로 고양시키는 상상력의 주체이다.

3. 세상을 응시하는 성찰과 상상력

> 햇빛에, 또 불빛에 반짝이는 수면엔, 입질같은
>
> 무슨 말이 있다. 바닥을 밟아온 발바닥엔
>
> 그 어둠을 받아 적는 깊은 가슴엔
>
> 무엇보다 슬픔엔 소리가 없고, 저
>
> 꽉 다문 입, 막막한 데를 누가
>
> 오래 응시하다 갔다. 혹은 저, 몸 비늘이 아프다.
>
> 문인수, 「길없이 걷는자 물 위에 앉는다」 전문(『미네르바』 봄호, 2015)

위의 작품에서 시인은 햇빛에 반짝이는 수면을 응시한다. 그는 고요한 수면이 입을 다물고 있는 것 같지만, 애써 입질 같은 말을 하고 있다고 생각한다. 슬픔에는 소리가 없으므로 그는 그 어둠의 말을 오래 기다려야 하는데, 그 기다림의 끝에 물의 몸이 아프다는 사실을 깨닫는다. 이는 제목에서도 드러나듯, 길 없이 걷는 존재들이 지치고 힘들면 몸이 빠질 것을 알면서도 잔잔한 수면을 자리 삼아 앉을 수도 있다는 고통스런 전언이다. 그들의 이야기는 수면 아래로 막막히 가라앉기 때문 그 말을 들으려 노력하지 않고, 그들의 처지에 대해 공감하지 않는다면 결코 길 없이 걷는 자의 아픔과 슬픔을 알 수 없다. 이 작품은 시와 문학에서 왜 공감이 필요한가를 단적으로 보여준다. 우리 주변의 사물과 이웃은 침묵으로도 말을 건넨다. 그러나 그 침묵의 말은 예민한 감성과 상상력을 소유한 시인만이 듣고 받아 적을 수 있을 것이다. 이때 침묵에 대한 공감이 가능할 것이다.

시는 세상 존재들을 내면의 눈으로 응시하고, 통찰하며 그 본질을 인간의 삶과 관련된 보편적 의미로 확장한다. 사물의 존재 그 자체의 의미에만 집중하거나 혹은 주체의 내면으로 환원되는 언어는 독자들과 공감의 가능성이 그만큼 낮아질 것이다. 그러므로 시에서 문학의 공감 가능성을 읽는 것은, 이웃을 위해 또 타자들을 위해 시가 사회·문화적으로 무엇을 할 수 있는가에 대한 반성적 질문이기도 하다.

뱀은 모르겠지, 앉아서 쉬는 기분
누워서 자는 기분

풀썩, 바닥에 주저앉는 때와 팔다리가 사라진 듯 쓰러져 바닥을 뒹구는 때

뱀은 모르겠지,

그러나 연잎 뜨고 밤별 숨은 연못에서 갑자기 개구리 울음이 멈추는 이유

뱀이 지나가듯,

순식간에 그 집 불이 꺼지는 이유

신용목, 「무서운 슬픔」 전문(『시로 여는 세상』 여름호, 2015)

공감에서 상상력이 중요한 이유는 무엇보다 공감의 대상에 대한 이해가 힘들기 때문이다. 공감이란 나와 마주한 대상에 대한 충분한 이해를 바탕으로 이루어져야 한다. 따라서 그의 입장에 서 보는 것은 공감에서 아주 중요한 덕목이다. 그런데 대부분의 '우리'는 위의 작품에서처럼 '뱀'의 입장에 서 있다. 이처럼 자신의 기득권과 감정에 충실할 때 우리는 타인들과 공감하기 힘들다. 늘 누워 있는 뱀은 앉거나 눕는, 휴식의 기분을 모를 것이고 팔다리가 사라질 것 같은 고통도 그리고 자신이 불을 끄게 만들고 울음을 멈추게 하는 위협적 대상인 것도 모를 것이다. 이것이 바로 소통하지 않는 존재들과 살아가는 개구리와 같은 존재들이 당면한 '무서운 슬픔'이다. 신용목 시인은 이런 현실이 갖는 문제성, 그리고 상황에 대한 공감의 중요성을 강조하기 위해 한 문장의 진술을 한 연으로 처리하여 그 의미를 부각시킨다. 독자들 역시 현실 삶의 권력과 그 상황 속에 놓인 개구리와 집의 처지를 생각하게 될 것이다. 이처럼

신용목 시인이 문제적 현실에 대한 비판적 시선을 바탕으로 공감을 강조하고자 한다면 김행숙 시인과 최금진 시인은 사회적으로 소외된 타자들을 작품에 소환하여 그들의 현실과 생각에 공감을 드러낸다. 시인들의 이런 작업은 소외된 존재들과 독자, 그리고 사회를 감정적 공동체로 묶는 역할을 한다.

길거리의 가난한 사람들이 지붕 위로 둥둥 떠오를 거예요. 이들은 언젠가부터 마음에 공기가 가득해진 사람들이었어요. 지붕위에서 수레를 잃은 노점상과 지갑을 잃은 취객이 대화를 나누는 중이에요. 두 사람은 허공에서 잠시 얼어붙은 허깨비 같습니다. "어디로 가야할지 도무지 발길이 떨어지지 않았습니다." "나는 집으로 가는 길을 모르겠습니다."

"형씨, 혹시 담배 가진 거 있습니까?" 추운 겨울밤 손바닥을 비벼서 불을 피울 수 있다면……

우리는 저마다 기다란 불꽃같을 거예요. 우리가 감추는 꼬리처럼 공중으로 날아가는 재를 보면 오늘이 1월 1일 같습니다. 작년 이맘때도 꼭 이랬어요. 그날도 나는 길에서 처음보는 사람에게 구걸을 했어요. 아침에 본 거울처럼 그가 나를 슬프게 건너다보고 있었어요.

김행숙, 「1월 1일」 부분(『시로 여는 세상』 여름호, 2015)

텔레비전 시사 프로에 나오고

시대를 근심하는 좌담에 초대되고

어떻게 꿈을 이룰 수 있었나요, 하고 묻는

명예에 굶주린 청년들에게 아무 말 없이 하늘 한 자락 가리키며

많이 절망했었지요, 아아, 멋들어진 문장을

사람들이 켜는 채널마다 주렁주렁 걸어 놓고

(…중략…)

프랑스 직수입 롱코트를 입고 희끗한 반백의 머리를 점잖게 들어

눈송이를 그윽한 눈으로 바라보며, 왜 인생은 이토록 고독한가

아무도 묻지 않는 질문을 입김처럼 가볍게 공중에 흘리는

그런 사람, 그런 유명한 사람이 되면 좋겠는데

초저녁부터 뭔 술이냐고, 밥이나 먹고 퍼자라는 어머니 호통에

팬티 바람으로 어슬렁어슬렁 밥상에 앉는다

아, 춥다

최금진,「실업자」부분(『서정시학』겨울호, 2014)

위의 두 작품은 최근 우리사회가 양산하는 실업자, 노점상인, 거지, 노숙자 등의 삶에 주목하고 있다. 새해 1월 1일이 되어도 새로운 삶의 목표를 세울 수 없는 가난한 사람들, 꿈을 이룰 수 없는 청년 실업자들. 두 시인은 그들의 목소리로 비전이 보이지 않는 암담한 현실, 허위의식으로 가득 찬 멋들어진 시대를 슬퍼한다. 시인들은 그들이 무엇을 걱정하는가, 그들이 무엇을 슬퍼하는가, 그들이 무엇을 비판하는가를 면밀히 살피고, 생각하고, 상상하고 판단한

다. 공감한다는 것이 타인의 감정을 알아차리고 그 감정의 내면으로 들어가 이해하는 것이라는 점에서 그들은 철저하게 길거리를 배회하는 가난한 사람들과 청년실업자의 편에 서 있다. 이에 시를 읽는 독자들 역시 시인의 공감을 수용하면서 타인에 대해 우리가 살펴야 할 것을 생각한다. 황규관 시인은 2014년 4월을 되새긴다.

> 죽을만큼 아파봤지만
> 죽지는 않았다. 죽음은
> 언제나 다른 이의 몫이었다
> 아파도 죽지 않은 죄가 깊었다
> 타락과 착취와 무능은 죽지 않고
> 꽃잎 같은 웃음이 죽었다
> 4월의 찬 바다에서
> 대신 죽었다
>
> 황규관, 「죽이지 못해서 죽었다」 부분(『서정시학』 여름호, 2015)

　공감은 일차적으로 타자의 고통과 슬픔에 먼저 반응한다. 그러면서 고통을 수반한 정의롭지 못한 힘이나 현실에 대한 분노감을 동반한다. 2014년 4월 한국 사회에 큰 충격과 슬픔을 주었던 세월호 사건은 많은 사람들에게 슬픔과 분노의 감정을 공유하도록 하였다. 위의 작품은 이 사건 앞에선 화자의 이중적 아픔을 그리고 있다. 죽음을 가져다 준 타락과 착취의 권력에 대한 분노와 꽃잎 같은 죽음을 대신해 죽지 못한 미안함과 아픔이 함께 공존한다. 이는 비극적 사건에 대한 분노와 슬픔, 아쉬움 등에 대한 시인의 반성적 공감 위에서 탄생한다.

4. 윤리적 감성과 생성의 노래

공감은 미학적으로는 상상력을 움직이는 풍요로운 시의식과 대상을 표현하는 첨예한 언어를 요구하며 윤리적으로는 타자를 향한 포용과 애정을 필요로 한다. 이런 측면에서 시인은 언어를 예각화시키고 갱신하기 위해, 그리고 시의식이 익숙하고 관습화된 가치의 세계에 갇히지 않도록 늘 노력해야 한다. 시적 대상을 바라보고 상상하고, 공감하는 주체가 모두 시인이므로 독자의 입장에서는 시인의 관점과 태도, 목소리를 통해 세상을 만나기 때문이다.

시를 통해 새로운 세상과 상상적 공감을 나눌 수 있다는 점에서 독자에게 시는 또 하나의 세계이다. 정현종 시인은 시가 또 다른 세상에 대한 비전을 간직한 창조적 존재임을 적극적으로 말한다.

1

지하철을 탈 때는 내리지 않던 눈이

내려서 올라가니 펑펑 내리고 있었다.

나는 다시 어디로 가고 싶었다.

한-없-이

2
어디로
한없이
갈 수 없을 때
노래가 나오는 것이었다.
변함없는 노래의 모태려니
(마음인 듯 몸인 듯
앉은뱅이는 노래를 타고……)

정현종, 「어디로 한 없이」 전문(『서정시학』 여름호, 2015)

  펑펑 내리는 눈은 현실과 일상을 지우고 한없이 현실 저 너머
로 우리를 이끄는 것 같다. 눈발이 날리듯, '나'는 우리는, 어디론
가 가고 싶어진다. 그러나 현실적으로 우리는 여기를 벗어나 어디
로 다시 갈 수 없으며 그러기에 그 어디서 여기와 다른 세상과 사
람들을 만날 수도 없음을 잘 알고 있다. 이런 한계를 인식하는 그
때, 현실과 꿈 사이의 간극에서 시-노래가 탄생하는데, 시는 우리
가 갈 수 없는 그 어디를 대신代身하여 존재한다. 노래는 상상을 통
해 그 어디를 대신할 가치와 언어와 감각을 들려준다. 현실에서
앉은뱅이일 수밖에 없는 우리는 노래를 타고 '한-없-이' 다른 세
계를 경험하고 상상한다. 이제 시-노래는 우리의 현실과는 다른

세계로 향하게 하는 하나의 문門이다. 이 문을 통해서 우리는 다른 세상을 경험하고, 타인의 열정과 감정, 고통과 슬픔을 함께 나눈다. 시에 대한 정현종의 사유와 간명한 언어는 독자의 삶과 공명하며, 공감을 나눈다. 이런 의미에서 공감은 창조적 생성의 시학이며, 감성의 윤리학이다.

베트남전戰을 기억하다

1964년 8월 통킹만 사건을 계기로 미국은 베트남전쟁에 본격 참전하였고, 한국은 미국의 요청에 의해 1964년 9월 비전투요원 파견에 이어 1965년, 1966년에 걸쳐 30만 명의 병력을 파병한다. 한국군의 현대화 그리고 국가 경제발전이라는 명분을 내세운 박정희의 정치적 결단이기도 했다. 그리고 1975년 미국은 베트남에 패했다. 한국은 종전과 함께 철수했고, 1992년 베트남과 공식 수교했다. 그리고 2010년 이후 한국에는 베트남 이주노동자 및 결혼이주여성이 공식 집계된 인원만 10만여 명이 살아가고 있다. 한국과 베트남은 전쟁 이후 공동의 역사와 기억을 가진 지 벌써 50여 년이 되었다.

베트남 종전 이후 한국 사회는 근대화와 경제 발전, 미국과의 안보 협력 등에 필요했던 성공적인 전쟁으로 베트남전을 기억한다. 종전 이후 정부가 지속적으로 베트남전에 대한 지배 기억을 경제 발전과 안보 강화의 담론 속에서 강화시켰으며 1992년 베트남과의 수교 이후 경제 협력의 측면에서 부정적 기억이 정치적으로 봉합되었기 때문이다. 그러므로 자연스럽게 중심 지배 담론에서 진행되는 이런 기억의 내용은 참전으로 인한 정체성의 상실, 고엽제 후유증, 혼혈 2세 등의 문제를 겪고 있는 이들의 고통이 지배적 기억의 장으로 들어오는 것을 막아 왔다.

베트남과의 수교 이후 문인들은 민간인 차원에서의 교류를 시작했는데, 특히 수교 10주년을 기념하는 2002년에는, 민족문학작가회의를 중심으로 2001년 베트남작가동맹과 베트남 하노이에서 체결한 합의문을 바탕으로 과거사의 화해, 한반도 및 세계평화에의 기여, 상호교류 등의 합의사항을 재확인했다. 이들 문인들은 한·베트남 문학교류의 날 행사에서 한·베트남 문학인 21세기 평화선언을 통해 베트남 전쟁에 대한 진정한 기억의 복원을 문학에 요청했다. 이는 베트남전에 대한 한국의 기억이 다양한 지층으로 균열되어 있기 때문이다. 특히 정치적 입장이나 경제적 이익, 패권주의 등은 베트남, 미국, 한국 등의 기억을 다른 방식으로 정향시킨다. 그런데 문제는 기억의 균열이란 결국 미래로 향하는 연대 혹은 상생의 기획 역시 파행적으로 만든다는 사실이다. 한국 작가들은 참다운 기억의 시작이란 바로 베트남 참전에 한국의 진정한 사과에서 시작한다고 지적했다. 진정한 사과에서 진정한 용서, 그리고 화해에 이른다는 생각이다.

오늘 이 자리에 모인 한국과 베트남의 문학인들은 지난 세기 두 나라 사이에 존재했던 불행했던 과거를 결코 잊지 않고 있다. 이제 와서 아름답게 만날 수 있었던 시간 속으로 되돌아갈 수는 없지만, 이제라도

다가올 시간을 아름다운 기억으로 만들도록 애쓰지 않으면 안 된다. 이에 우리 두 나라 문학인들은 참다운 기억의 복원, 참다운 기억의 연대를 위해 힘찬 발걸음을 떼어놓을 것임을 엄숙히 선언한다.[21]

이런 의미에서 2000년대 이후 베트남의 역사와 현재를 다루고 있는 작품의 근저에는 바로 지난 과거에 대한 진정한 사과와 화해, 그리고 이를 바탕으로 한 한국과 베트남, 더 나아가 동아시아의 연대를 꿈꾸려는 시인들의 소망이 놓여 있다.[2]

1. 과거 __ 식민지와 전쟁

21세기를 살아가는 한국인에게 베트남은 어떤 나라인가. 지난 베트남 전쟁은 어떻게 이해되고 있는가. 펄럭이는 만국기 안에서 웃고 있는 파월 장병들. 우리들의 아버지, 혹은 삼촌들이 커다란 바나나 나무 옆에서 찍어 보내온 흑백 사진을 흐릿하게 기억한다. 그리고 그들에게서 전해져 온 미군수품들이 한국인을 얼마나 매료시켰는지 알고 있다. 베트남전은 미국의 원조 하에 경제개발을

---

1 「한·베트남 문학인 21세기 평화선언」, 민족문학작가회의(한국)/작가동맹(베트남), 2002.10.30.

2 이 글에서는 김정환의 『하노이·서울시편』(문학동네, 2003), 이동순의 『미스 사이공』(랜덤하우스 중앙, 2005), 하종오의 『아시아계 한국인들』, 『국경없는 공장』(삶이 보이는 창, 2007)을 주요 텍스트로 삼았다.

진행하는 한국에게 더 없이 좋은 시장이었다. 그리고 1990년대 수교 이후 베트남은 우리의 경제적 협력자로 자리매김 되었다. 특별한 사과도 용서도 치유도 없었다. 한국 역시 제국의 식민지였던 나라였지만 먹고 살아야 한다는 절박감은 한국에 면죄부를 주었다.

시인들은 베트남의 역사와 상처를 직시하는 것에서 시작하여 베트남에 한 발 다가서려 한다.

이 앞마당에 놓인

대포 고사포 박격포 전투기

탱크 헬리콥터

이런 흉물들이 한때는 모두 불을 뿜던 시절 있었다

저 육중한 포크레인은

마을의 가옥들을 그대로 깔아뭉갤 때 쓰던 것이라 한다

그런데 이제는

묵묵히 박물관 마당에 놓여

제국주의의 무도한 폭력과 유린과 비인간

잔혹성을 증언하고 있다

베트남의 태양은 예나제나 뜨거웁고

바람도 설레이는데

사진 속의 죽은 자는 말이 없구나

다만 굳어있는 온몸으로 전쟁의 상흔 전해주는데

한 손에 베트콩의 머리통 들고

웃음 짓는 저 침략군

우리에겐 저런 장면이 익숙하다

오, 전쟁이여

너는 기껏해야 박물관 하나 남기려고

그렇게도 모진 불의 시간

펼쳤었구나

이동순, 「불의 시간 – 전쟁범죄전시관에서」 전문

이동순은 대학의 해외봉사단과 함께 베트남에 머물며 베트남의 역사와 문화, 삶과 사람들, 자연과 유적 등에 각인된 베트남전쟁의 상흔들과 만난다. 그리고 "무려 천년이 넘도록 / 모진 침략과 식민지에 시달렸던 / 시름 많은 베트남 역사를 / 생각"이동순,「시클로」한다. 대포, 고사포, 박격포, 전투기 등으로 베트남의 생명들을 유린하던 베트남 전쟁, 시인은 이제는 정지된 시간에 갇힌 유물들에게서 제국주의의 폭력과 잔혹성을 기억한다. 그러나 시인이 또한 주목하는 사실은 모질고 힘들었던 불의 시간을 거쳐 피눈물을 조용히 묻고 베트남의 역사—메콩강이 말없이 흘러간다이동순,「메콩강에서」는 것이다. 그리고 근대 100여 년에 걸쳐 식민지, 전쟁 등으로 고통받아온 베트남에서 시인들은 그들을 지켜온 힘과 위엄, 그리고 아름다움을 느낀다.

고통을 감싸는,

격랑도 이리

편안하지, 바다 위에 섬, 섬들 사이

바닷길은 망망하고 아름답고

망망할수록 아름답고

마침내 고단한 삶이 이토록 아름다운

정상正常의 생애를 펼쳐낸다

오, 톨레랑스tolérance

김정환, 「하롱 Bay로 : 하노이 – 서울 시편 8」 부분

　호치민을 기념하는 공원에서 "과거의 권위와 미래 전망이 / 겸손하게 만나는" 경험을 하는 시인 김정환은 그 운명적 역사의 힘과 위엄이 주는 아름다움 앞에 숙연해진다.「하롱 Bay로 : 하노이 – 서울 시편 7」 이런 깨달음은 한국인인 우리들에게 베트남에 대한 새로운 이해를 요청한다. 우리가 기억하는, 학습한 베트남은 어떤 모습인가. 식민 경험, 전쟁, 가난함, 왜소함 등이 우리와 닮아 있지만 시인은 그들에게서 우리에게는 없는 온화함이나 권위, 톨레랑스를 느낀다. 제국의 식민지로 고통받았지만 그들은 우리와는 다른 역사를 살아왔다.

　공습을 겨우 면한 역사 건물이

　망가진 기념시계보다 편안하다.

(…중략…)

100년 전쟁은 편안하다 제국주의(이 말도 벌써 소란하다)에 이긴
100년 전쟁은

사과도 사양하는

온화한 권위다.

이말도 소란하다

6 · 25와 4 · 19, 그리고 5 · 16

숫자가 요란하다

우린 왜 그리 이를 악물고 살았던가

김정환, 「공항 : 하노이－서울시편 1」 부분

　이동순의 시에서도 드러나듯 오랜 세월 제국의 폭압 밑에서 살
아온 그들은 의연하다. 망가진 건물, 부서진 역사 건물의 외양은
그들이 물질적으로 우리보다 가난하지만, 조용하고 온화하게 자
신을 지켜온 권위와 위엄을 갖춘 나라임을 시인은 생각한다. 고통
스럽고 힘들었지만 자신의 힘으로 제국 미국과의 전쟁에서 끝내
성공한 나라. 이런 사실이 시인에게 한국을 돌아보게 한다. 제국의
식민지로 전쟁과 혁명, 군사 쿠데타와 독재를 건너온 한국, 경제개
발과 가난으로부터의 해방이라는 명분으로 폭력적인 권위와 군사
정권의 소란을 견뎌야 했던 우리. 그러다 보니 인정과 온화함이 사

라져 악에 받치듯 살아온 한국인. 김정환은 고통 속에서 단련된 온화한 힘의 주체로 베트남을 생각한다.

베트남과 한국은 유럽과 일본 제국주의의 식민지였던 동아시아 국가들의 공동 운명을 보여준다. 그러므로 제국의 패권 속에서 식민지 경험과 한국전쟁을 겪은 척박한 한국인들의 삶은 베트남인들과 많이 닮아 있다.

> 손재주 많은
>
> 베트남 사람들
>
> 그 열심히 사는 모습 보노라면
>
> 전쟁이 끝나고
>
> 총알 담던 탄약통을
>
> 못과 연장 넣는 상자로 만들고
>
> 대포의 탄피는 잘라서 재떨이로 쓰시던
>
> 내 아버님 생각이 난다
>
> 이동순, 「베트남 1」 부분

이동순은 종전 후 베트남인들에게서 한국전쟁 후 아버지의 모습을 본다. 전쟁의 상처와 가난을 딛고 지금에 이른 한국 사회. 시인의 내면에는 베트남과 한국 역사의 동질성에 대한 인식이 존재한다. 이처럼 베트남과 한국이 유사한 운명과 역사를 가진 나라였음을 인식한다는 것은 한국과 베트남과의 관계를 올바로 정립하는 데 단초가 된다. 즉 과거 역사에 대한 연대적 인식에 대한 상상은 한국이 베트남에게 어떤 역사적 잘못을 저질렀는가에 대한 반성을 이끌어낼 수 있다는 의미이다.

2. 현재 __ 상처와 흔적들

2001년 한국의 작가들이 베트남을 방문하여 두 나라의 문인들이 상호 협정한 내용을 근간으로 쓰인 작품인 「회담과 서명, 그리고 : 하노이-서울 시편 16」에서 김정환은 "합의서 내용이 좀 미안하다 사과가 아니라 상호/유감 표명이었으니. 식민 지배 체험을 공유한 한국과 베트남 양국 사이에 적대행위가 있었던 점을 유감으로 생각한다 향후 가능한 양국 사이 어떠한 적대 행위에도 반대한다……"라는 합의의 내용에 대해 반성한다. 즉 분명히 한국은 베트남의 전쟁에 참여하여 그들을 살상했다. 한국은 명분 없는 전쟁의 가해자였다. 폭력적인 행위에 대해 왜 솔직하게 사과하고 용서를 구하지 못했는가 김정환은 질문하고 있다. 과거에 대한 진정한 참회와 용서는 미래를 위해 반드시 필요하다. 이는 베트남전이 야기한, 현재에도 지속되는 상처와 그 흔적들을 치유하고 해결하기 위해서도 필요한 것이다. 한국이 베트남에서 행한 일들이 단지 유감스러운 일이었다면, 그런 인식은 베트남과 한국 사이의 비극적 과거나 그 과거의 불행한 주체들을 치유하지 못하기 때문이다.

저는 죄가 많아요

왜 그리도 쉽게 정을 주었던지

거듭 말씀드리지만

그분은 저를 사랑했습니다

이름조차 모르고

한국의 사는 곳도 알지 못합니다

김씨라는 성만 기억합니다

그때 태어난 그분 아들은 이제 청년입니다

이동순, 「미스 사이공」 부분

내 이름은 딘 반 황

전쟁 중에 태어났답니다

어려서부터 길바닥 조약돌처럼

굴러다녔지요

아무도 거들떠보질 않고

적군의 자식이라 손가락질을 했어요

이동순, 「라이따이한 2」 전문

라이따이한이란 베트남 전쟁에서 한국군과 베트남여성 사이에서 태어난 2세를 말한다. 베트남전에 한국은 약 30만여 명의 군인을 파병했다. 이외 민간인들도 2만여 명 주둔했다고 하는데 이 남성들 대부분이 베트남여성들을 폭력적으로 강간하기도 했고 또 함께 생활하기도 했다. 전쟁이 끝난 후 이 여성들에 대한 국가적 혹은 개인적인 보상은 없었다. 뿐만 아니라 이 여성들이 출산한 아이들, 즉 라이따이한에 대해서도 한국은 책임지지 않았다. 위 작품에서도 드러나듯 한국인이라는 사실 이외에 어떤 것도 알지 못한 채 베트남여성은 한국남성과 사랑을 나누었고 아이를 출산했다. 그러나 이 아이들은 베트남인에게 총을 겨눈 적군이었기에 베트남 사회에서 차별과 소외를 받으며 자라야 했다. 이런 사정 때문에 아이를 데리고 한국으로 오는 여성도 있었지만 온다고 해서 아이의 아버지를 만날 수 있었던 것은 아니었다. 이처럼 한국이 베트남에서 저지른 죄는 베트남인들을 살상했다는 것뿐만이 아니라, 눈물의 세월과 고통, 그리고 가혹한 현실을 여성과 아이들에게 만들어주었다는 사실에도 있다. 한국이 베트남에 대해 책임이 있는 국가임을 명확히 한다면 여성의 문제나 라이따이한의 문제에 대한 적극적인 해결방안 역시 모색될 수 있을 것이다. 시인들은 여전히 한국 남편을 기다리는 베트남여성 그리고 아버지가 보고 싶은 라이따이한이 살아가는 베트남의 현실이동순, 「뎬망송 여관」을 보여주면서 우리에게 윤리적 결단을 요청한다.

한편 베트남이나 한국에는 여전히 고엽제의 후유증과 전쟁 참전의 상처를 안고 살아가는 사람들이 존재한다. 그러나 많은 사람들은 그들을 기억하지 못한다.

세월 흘러가도

풀 돋아나지 않는 민둥산

암과 기형아와 온몸 뒤틀리는 신경마비로

기약없이 앓고 있는 땅

그 베트남에서

무수한 양민 살상되고

생태계는 무참히 파괴되었는데

누가 보상할 것인가

누가 그들의 눈물 닦아줄 것인가

이동순, 「고엽제 6」 부분

　　미국은 베트남전이 시작된 1960년대 초부터 1971년 살포를 중
지할 때까지 비행기로 4,400만 리터의 고엽제를 베트남 주요 작전
지역에 살포하였다. 특히 당시 게릴라전을 펼치던 베트남 군의 은
신처인 숲을 고사시키기 위해 사용한 맹독성 혼합제초제인 이 화
학 물질은 뿌려지면 단 몇 시간 만에 숲을 다 태워 불모지로 만들
고 인간에게는 몇 년이 지난 후 각종 암과 신경계의 마비를 일으
킨다. 많은 사람들은 고엽제에 대해 무지했다가 문제가 생긴 후 이
물질이 치명적인 것임을 알게되었다. 그러나 보상이나 해결은 더
뎠으므로 사람들의 상처는 깊어졌다. 이동순도 이야기하고 있듯
이 인체나 생태계의 파괴에 대해 누구도 책임지려 하지 않기 때문

이다. 이런 사실은 베트남 참전병사들이 "왜 우리 인생은 / 외면과 방치 속에 녹슬어 가는가 / 피땀으로 목숨 바친 대가 / 고작 이것인가"이동순, 「전쟁후유증─베트남참전병사의 노래 8」, "청춘의 세월 / 내 누굴 위해 버렸었나 / 무얼 위해 싸웠단 말인가"이동순, 「탄식─베트남참전병사의 노래 9」 라는 자조적인 회의에 빠지게 한다. 세계의 자유민주주의를 수호한다는 명분으로 베트남전에 파병된 한국군은 베트남 민족해방군과 민간인 학살 등에 동원되는 지옥 같은 경험을 했다. 전쟁은 끝났지만, 이들의 상처는 베트남전을 기억하는 지배적인 담론의 주변에 머무를 수밖에 없었다. 때문에 21세기에 한국과 베트남 남녀는 자신들의 부모들이 무슨 전쟁을 치렀는지 제대로 알지 못한다. 그들은 "시아버지가 세계자유수호전쟁에 참여하여 / 죽기살기로 싸우다 병든 걸 / 며느리는 모르고 / 장인이 민족인민해방전쟁에 참여하여 / 죽기살기로 싸우다 병든 걸 / 사위는 모른다."하종오, 「베트남계 한국인」 한국과 베트남 모두의 기억 속에서 베트남전의 사실史實과 의미가 사라져가고 있기 때문이다.

3. 미래 __ 실천적 연대와 상상

1990년대 이후 한국사회에는 동남아시아 및 중국의 많은 사람들이 노동 및 결혼을 위해 들어와 살고 있다. 특히 베트남 결혼이주여성의 문제는 한때 "베트남 처녀와 결혼하세요"라는 문구가 여기저기 붙여질 정도로 흔한 사회적 현상이 되기도 하였다. 이동순은 베트남을 다녀온 뒤로는 이 광고의 문구가 문제적임을 느낀다.이동순,「눈물의 시간」비슷한 식민지 체험을 겪었던 한국은 이제 베트남인들의 노동력과 생산력을 착취하는 경제적 강자의 위치에 있다. 그러나 베트남은 여전히 경제적으로 약소국가이며, 전쟁 이후의 재건이 제대로 이루어지지 못한 상황이기도 하다. 이런 역사적 상황 속에서 젊은이들은 자신의 국가를 떠나왔다.

메콩강 하류 마을에서
청년들은 호치민시나
한국으로 떠나갔고
나어린 처녀들은 남았다

아무리 오랫동안
물고기를 잡아도
쌀농사를 지어도
가축을 키워도
메콩강 하류 마을에선
잘 살 수 없다는 걸
청년들은 알았다

나어린 처녀들은 강가로 나가

물살을 바라보곤 했어도

낡은 어구와 농구와

축사밖에 없는 집안 여자들과

연애하려는 청년들도 없었고

결혼하려는 청년들도 없었다

메콩강 하류 마을에서

나어린 처녀들도 호치민시나

한국으로 떠나갔고

부모들만 남았다

하종오, 「메콩강」 전문

    위의 시에서는 젊은이들이 베트남을 떠나야 했던 상황이 그려지고 있다. 아무리 열심히 일해도 잘 살 수 있다는 믿음을 가질 수 없는 삶, 청년들을 둘러싼 현실은 가난하고 낡아 있었다. 그래서 그들은 한국으로 떠났고 베트남의 마을에는 늙은 부모만 남았다. 오래 전 한국의 풍경을 보는 듯한 이 시의 내용은 가난과 배고픔에서 벗어나고픈 청년들이 기회의 땅으로 떠나가는 상황들을 보여준다. 그러나 한국인들이 아메리칸 드림을 안고 미국으로 건너가 인종적, 민족적 모멸감 속에서 힘든 시간을 보내며 생존을 영위했듯이 베트남인들 역시 비슷한 처지에 놓여 있다.

한국 좋아서

이 나라 왔습니다

하지만 한국 회사 사장은

날이 갈수록 인간 얼굴 아닙니다

(…중략…)

베트남 돌아가고 싶어요

이동순, 「베트남 노동자」 부분

베트남인들의 입장에서는 자신들과 싸웠던 나라였지만 한국이 아시아권이고 자신들과 비슷한 역사적 경험을 했던 나라이므로 심리적으로 호의를 갖는다. 그러나 실제 이들이 한국의 노동현장에서 받는 대우는 값싼 노동력의 착취 대상일 뿐이다. 한국의 노동시장에는 지속적으로 외국인 노동자의 수가 늘어나지만, 실제 이들에 대한 인권적 처우는 열악하다. 한국인들은 이들의 노동력을 아주 값싸게 착취할 뿐만 아니라 단일민족에 대한 환상에 기반한 인종주의적 편견으로 이들을 타자화한다. 그러나 지난한 가난 앞에서 돈을 벌어야 한다는 절박함에 놓인 베트남인들은 이런 상황이 의미하는 바를 알지만, 잘 버티고 살아내야 한다고 생각한다.

전쟁을 기억하지 못한다, 베트남 청년은

참전한 한국 군인을 본 적 없다

아버지가 젊었을 적에

총을 들었는지는 더욱 모른다

하지만 모두 죽이고 죽어야 할 이유가 있었다면

모두 살아남아야 하는 이유도 있었을 것이고

그 이유 두가지를

베트남 청년은 한국에 와서 한 가지로 알았다

다같이 잘 살기 위해 서로 싸웠다고 하더라도

자신들이 죽지 않기 위해 남들을 죽였다면

어느 한 편이 나쁘다

하지만 지금은 시장에서 살아남아서

돈을 모아 아버지한테 돌아가기 위해

베트남 청년은 그 점을 전혀 생각하지 않는다

오래된 전장에서 살아남아서

돈을 모아 아버지한테 돌아오기 위해

한국 군인이 그 점을 전혀 생각하지 않았듯이

조국에서 가난하면

타국에서도 가난해서

베트남 청년이 넘을 수 없는 국경은

전쟁으로 이룬 나라에 있지 않고

돈으로 이룬 나라에 있다고 믿고 싶었다

늘 배가 고팠던 베트남 청년은

하종오, 「국경」 전문

위의 화자에게 베트남 전쟁이라는 지나간 역사는 본적도 없고, 알 수도 없는 과거의 시간일 뿐이다. 이 젊은이에게 유일하고도 중요한 현실은 돈을 벌어야 한다는 사실이다. 한국이 경제화를 명분으로 전쟁에서 베트남인들을 죽였다는 사실은 도덕적으로 문제적이었음을 주인공은 깨닫지만 지금 자신에게 한국이란 돈을 벌어야 하는 곳이므로 도덕적 판단을 내리지 않는다. 그에게 이 세상에서 돈, 혹은 자본이란 가장 넘기 힘든 경계로 인식되므로 그는 어떤 가치보다 돈을 중심에 놓고 생각하는 것으로 읽을 수 있다. 그러므로 이들은 열악한 환경 속에서도 돈을 벌어 베트남의 부모에게 돌아가야 한다는 생각에 고된 삶을 참아낸다. 이런 생활은 결혼 이주여성의 경우도 마찬가지다.

4
아버지가 한국가서
집안에 보탬을 달라 해서
베트남 처자는 한국 중년에게 시집왔다
(…중략…)
시댁에 들어온 베트남 처자는
저녁에 이부자리를 조용조용 펴고 잤지만
아침이면 친정으로 돌아가
강물에 털벅털벅 헹구고 싶었다

하종오, 「코시안 리」 부분

17

한국인 남편은 모른 척했다
한국어 못한다고 나무라기만 하고
왜 베트남어 배우려 하지 않는지
아이에게 한국말 가르쳐야 하고
베트남어 가르치면 왜 안 되는지
베트남인 아내는 알 듯 모를 듯했다

하종오, 「코시안 리」 부분

많은 경우 베트남 여성들은 가난한 식구들을 위해 한국 남성과의 결혼을 선택한다. 그녀들은 자신의 처지를 알고 있기에 한국 시집의 문화에 동화되어 조용한 삶을 살려고 하지만 역시 가슴 속에는 고향에 대한 그리움이 자리 잡고 있다. 더군다나 자신의 떠나온 나라의 문화와 단절적인 생활은 그녀들을 훨씬 더 외롭게 만든다. 위의 시에서도 읽을 수 있듯이 한국인 남편은 베트남여성이 빨리 한국에 적응하고 동화되길 바란다. 이처럼 한국의 문화를 중심으로 하는 동화주의 정책은 낯선 타국에 온 여성들의 소외와 고독의 근원이 된다. 다문화라는 용어가 함의하는 바는 다양한 문화에 대한 존중이지만 실제 한국은 한국의 문화 안에서 이들이 한국 사람이 되기를 강요한다. 이런 인식의 근거에는 한국인의 혈통주의, 순혈주의, 단일민족 의식이 자리 잡고 있다.

맏아들을 베트남전쟁에서 잃어 슬펐던 노파는

막내아들이 베트남인 막내며느리 얻어서 기뻐하다가

손자 보고 나선 자꾸 한숨 쉬었는데

밤에 보면 막내아들 닮아 보이고

낮에 보면 막내며느리 닮아 보였다

하종오, 「코시안 리」 부분

　　한국 사회에 뿌리 깊은 이런 의식은 베트남이 한국인의 삶과 밀접한 국가임에도 결코 동일하지 않기에 배척되어야 하는 나라로 인식하게 만든다. 위의 작품에서 베트남은 노파의 맏아들이 희생된 곳이므로 노파의 삶에서 중요한 곳이 되었고, 그러기에 베트남 막내 며느리 역시 의미있는 존재이다. 그러나 현실적으로 여전히 노파에게 혼혈인인 손자, 즉 베트남인을 닮은 손자는 한국인의 단일민족이나 순혈주의에 대한 환상을 깨뜨린다는 점에서 문제적으로 그려진다.

머지 않아 아이가 태어날 것이다

아내가 부른 배 부둥켜안고 있으면

남편이 쳐다보고 웃었다

첫 아이 낳아도 혼혈이라는 것

둘째 아이 낳아도 혼혈이라는 것

아내는 생각하지 않았고,

개들이 농토의 주인이라고

개들이 가문의 후손이라고

사내는 생각하였다

하종오, 「코시안 리」 부분

그러나 하종오가 이야기하듯 베트남 여성들의 자손들은 한국 농토와 가문의 후손으로 한국을 이끌어갈 주체가 될 것이다. 그러므로 혼혈에 대한 편견을 넘어, 한국-베트남의 후손들이 한국인과 함께 살아갈 주체임을 인식해야 한다고 시인은 말한다. 이런 상상이 바로 비슷한 식민지의 체험과 전쟁의 기억을 가진 한국과 베트남이 해야 할 연대적 상상이다. 지난 역사에 대한 올바른 인식, 그리고 진정한 기억의 복원이 미래를 향한 실천적 상상임을 시인들은 힘주어 말하고 있다.

모던 · 도시 · 영화로 읽는 한국시

1. 모던 도시의 발전과 예술적 감수성의 혁신

도시의 탄생과 발전을 통해 현대성의 경험 양식으로서 모더니즘을 연구했던, 마샬 버먼Marshall Berman은 '견고한 모든 것은 대기 속에 녹아 버린다'라는 마르크스의 문장을 통해 새로운 세계의 창조를 위해 파괴와 창조가 역설적이고 역동적으로 이루어진, 19세기 중반 이후 현대 도시 공간의 특성을 상징적으로 비유했다. 견고했던 것들의 소멸과 신성한 존재들의 세속화, 그리고 자신과 구성원들과의 사회적 관계에 대한 인식의 변화를 극명하게 경험하는 공간으로서의 (대)도시가 탄생한 것이었다. 시인 보들레르에게도 대도시 파리가 새로운 시적 감수성과 감각의 원천으로 인식되었듯, 시인들에게 도시 공간은 역설과 모험과 매혹과 저주의 감각을 일깨우는 공간이었고, 이를 감각적인 경험으로 수용하는 모더니즘의 근거가 되었다. 새로운 도시는 시인의 감수성을 혁신하고, 새로운 미의식을 만들었으며, 새로운 시의 서정과 모더니즘을 탄생시켰다. 모더니즘 예술은 대도시의 삶을 기반으로 근대의 미적 보편성의 바탕이 되면서도 한편으론 자신의 권위에 대항하는 역할을 했다.

이처럼 현대화가 급격하게 진행되던 19세기 중반 이후 영화는 대도시와 함께 탄생했다. 영화는 대도시에 대한 집단적 상상을 가능케 하고 도시의 시간과 공간의 역사를 이해하게 한다. 즉 영화를 통해 관객들은 도시의 풍경을 무수히 많은 측면에서 상상하고 사유하게 되고 도시적 복잡성을 지각하고 이해하게 된다. 영화는 기계가 만들어내는 이미지와 기억의 장치를 통해서 눈앞에서 사라지고, 다시 탄생하는 도시의 변화를 스펙터클하게 재현하고, 그 가치와 의미 역시 생산함으로써 현대를 경험하는 새로운 미적 양식을 보여주었다.

영화는 현대적이고 도시적인 삶을 사유할 수 있는 예술로 급부상했다. 영화가 상연되는 극장은 도시와 함께 중요한 문화적 공간으로 탄생되었고, 영화 속에서 대규모의 극장, 빌딩, 공원 등은 현대적 도시의 풍경으로 완성되었다. 대도시는 그야말로 현대의 삶에 대한 암시로 가득 차 있었고 영화가 재현하는 도시의 장면 장면들은 카메라의 앵글 속에서 살아났다. 도시의 실재와 영화의 이미지는 밀접히 상호작용하는 관계를 형성해왔는데, 도시와 영화 사이의 상징적 교환을 통해 이미지가 실재가 되고 실재는 다시 이미지가 되는 상호 교섭이 이루어져왔다. 이런 의미에서 영화의 역사를 통해 도시(화)의 역사를 이해하게 된다. 이글에서는 한국 자본주의 발전과 근·현대화라는 맥락에서 도시와 영화, 그리고 시라는 세 좌표를 동시적으로 사유해보려 한다. 이는 그간 상상력과 기법 차원에서 논의되어왔던 한국시와 영화의 관련성을 사회문화사적 맥락에서 다시 읽어보는 것이기도 하다.

2. 도시 풍경의 영화적 재현과 시의 언어

20세기 초 식민도시로 발전한 경성에서도 1920년대 초부터 국산 영화가 제작되기 시작했고 이를 상영할 영화관 역시 중요한 근대 도시 공간으로 부상하였다. 1910년대 경성고등연예관을 시작으로 황금정 일대에는 일본인을 위한 대정관, 황금관 등이, 북촌의 종로 일대에는 조선인을 대상으로 하는 우미관, 단성사 등 최신 시설과 장비를 갖춘 본격적인 활동사진 상설관이 생겨 '극장 구경'을, '경성인'들이 가장 즐기는 취미이자 오락거리로 만들었다. 1930년대까지 전국의 오십 퍼센트에 이르는 극장이 몰려 있던 경성은 그야말로 영화의 도시였다. 때문에 당시 조선에서 제작된 영화에서 가장 즐겨 다룬 배경도시 역시 경성이었고, 영화를 통해 모던도시 경성의 경관 이미지들은 다양한 영화적 요소들과 어우러져 관객들에게 강렬한 스펙타클을 제공했다. 경성의 가로를 달리는 자동차, 전차, 기차 등은 속도감 있게 재현되었는데, 식민 도시 경성의 건설적이고 역동적인 이미지를 담아내고자 했다. 뿐만 아니라 백화점, 호텔, 카페, 아파트와 같은 근대 건축물 등이 영화의 배경으로 등장하면서 모던 도시 경성의 화려하고, 서구화된 모습을 드러냈다. 경성 사람들은 영화를 통해 자신들이 살고 있는 공간과 문화와 이념을 상상적으로 소비하고, 학습할 수 있었다.

한국시가 영화에 적극적으로 주목하기 시작한 때 역시 경성이 근대적인 도시의 풍경으로 영화에 등장하기 시작한 때이다. 근대적인 도시의 삶과 일상, 새로운 미의식에 예민했던 모더니스트들은 영화가 만들어내는 도시 이미지와 감각에 보다 적극적이었다. 1930년 일본 유학에서 돌아온 김기림은 근대 자본주의에 현혹된 식민지 도시에 주목하면서 「도시풍경1·2」 등 경성의 풍경을 테마로 하는 산문을 다수 발표했고, 영화에서 빌려온 시선을 통해 「시네마 풍경」, 「삼월의 시네마」 같은 작품도 창작했다. 김광균역시 도시의 풍경을 시네마적 감각으로 재현함으로써 도시적 정취와 감성의 새로움을 드러냈는데, 예를 들어 "차단-한 램프가 하나 호텔 우에 걸려 있다 / 뒷거리 조그만 시네마엔 낡은 필름이 돌아가고 / 스크린 우엔 어두운 가을비가 나려 퍼부"「환등」는 도시 풍경은 낯선 풍경이지만, 오히려 그 낯선 감각으로 인해 현실 속에서 과거에 대한 향수를 불러왔다. 말하자면 "낡은 필름 같은 눈이 나린다 / 이 길을 자꾸 가면 옛날로나 돌아갈 듯이 / 등불이 정다웁다 / 나리는 눈발이 속삭어린다 / 옛날로 가자 옛날로 가자"「장곡천정에오는눈」라고 속삭이는 시인의 목소리는 하얀 눈길을 밟고 가다보면, 그 길 끝에서 추억의 시간 속으로 빠져갈 것 같은 환상을 만들어낸다. 시인 이상 역시 요양 차 성천成川에 머물면서도 도시에 대한 그리움을 '파라마운트' 회사 상표처럼 생긴 소녀의 꿈으로 대신하고, 촌 학교 마당의 야외 상영 영화를 보면서 '도회적인 향수'를 느낀다고 수필 「산촌여정」에서 고백했다.

1930년대 제작되는 영화들은 근대화된 경성을 체계적으로 배치하여 모던함을 재현했다. 예를 들어 대표적인 대중영화 〈임자없는 나룻배〉1932에서는 가로를 누비는 자동차와 인력거, 〈청춘의 십자로〉1934에서는 경성역과 기차, 〈미몽〉1936에서는 택시 등이 백화점, 카페, 레스토랑, 극장 등과 함께 도시의 발전과 변화를 보여주는 이미지로 등장했다. 이처럼 경성의 근대화된 모습은 1940년 조선 총독부가 제작한 〈경성〉이라는 홍보 영화에도 등장했다. 이 영화는 당시 「경성 관광안내서」와 유사한 공간 배치와 스토리를 갖추었다. 그런데 총독부는 영화를 통해 경성의 근대화된 면모와 향토적인 조선의 이미지를 함께 배치함으로써 식민지 경성의 근대적 이미지는 강화하고, 낙후된 이미지를 전근대적인 것으로 인식하게 하여 근대성을 학습시키고자 했다.

한편 총독부의 영화에서 배제된 경성의 이미지가 김기림, 오장환 등의 경성 시편에서 재현되고 있음에 주목할 필요가 있다. 경성에 대한 장면 제시의 방법이나 구성은 영화 〈경성〉과 유사하지만, 그들의 시선은 경성의 또 다른 현실을 폭로하려 했음을 알 수 있다. 특히 오장환은 일찍이 「캐메라, 룸」에서 에이젠슈타인이 말한 '몽타주' 기법을 실험적으로 사용했는데, 장시 「수부首府」1936를 통해 단편적으로 파편화된 도시의 이미지를 배치하기 위해 이 기법을 적극적으로 사용했다.

"강변가로 위집한 공장촌-그리고 연돌들 / 피혁-고무-제과-방적- / 양주장-전매국 (…중략…) / 산등거리 파고올르는 토막들 / 썩은새에 굼벙떨어지는 춘여들 / 이론집에건 먼-촌-가로 부터온 여공들이 폐를 앓고 / 세멘의 쓰레기통 룬펜의 우거寓居-다리 밑 거적때기 / 노동자숙소 / 행려병자 무주시無主屍-깡통 / (…중략…) / 씩,씩, 뽑아올나간 고층건물- / 공식적으로 나열해나가는 도시의 미관 / 수부는 가장 적은 면적안에 가장 많은 건물을 갖는다." 오장환은 고층건물이 늘어선 번화한 도시의 풍경과 노동자와 행려병자가 들끓는 도시의 전혀 다른 풍경의 이미지를 결합시키는 몽타주의 기법으로 식민지 도시의 문제적 현실을 폭로한다. 일반적으로 영화 속에서 카메라에 잡히는 도시의 풍경은, 스쳐 지나가던 풍경들에 의미를 부여하고, 그 이미지를 사유하게 만든다. 모더니즘 시에 등장하는 거리의 풍경 역시 단편적인 것이지만, 파편적이고 흩어진 이미지 그 자체로 의미를 요구한다. 이런 점에서 김기림, 이상, 김광균, 오장환 등이 보여준 도시 이미지의 시각적 배치는 단순한 시적 장치 이상의 의미를 갖는다.

1930년대 이루어진 시에서의 영화 수용은 해방과 한국전쟁을 거치면서 모더니즘 동인들이었던 '신시론'과 '후반기동인'들에 계승되었다. 이들은 도시 문화와 대중 예술로서의 영화를 분명히 이해했다. '신시론'의 동인들은 「새로운 도시와 시민들의 합창」[1949]을 통해 도시와 모더니즘이 새로운 시의 미학임을 분명하고 천명하였는데, 이즈음 동인이었던 박인환은 「아메리카 영화 시론」 등의 평문을 통해 새로운 도시문명과 영화를 적극적으로 이야기했고, 시작품에서는 영화적인 이미지를 사용하여, "녹슬은 / 은행과 영화관과 전기세탁기 // 럭키 스트라이크 / VANCE 호텔 BINGO 게임. // 영사관 로비에서 / 눈부신 백화점에서 / 부활절의 카아드가 / RAINIER 맥주"「투명한 버라이어티」 등 대도시의 풍경을 카메라가 찍듯이 순차적으로 배치하고 있다. 은행, 영화관, 세탁기, 영사관, 백화점, 맥주 등 현대 도시의 물질문명의 기호가 등장하는 이 풍경들을 선택한 시인의 의도는 그 물질들로 대표되는 현대적 삶에 대한 질문을 담고 있다. 같은 '신시론' 동인이었던 김수영은 비슷한 시기 초현실주의 화가 박일영을 따라 극장 간판을 그리며 다녔고, '후반기' 동인 김규동은 모더니즘 시의 방법론으로서 영화의 현대적 매체성을 주목했으며 동인 이봉래는 영화감독으로 데뷔했다. 이런 일련의 문학사적 상황 속에서 도시, 모더니즘, 영화는 20세기 한국 현대시의 중요한 주제이자 소재로 자리매김되었다.

3. 위계화된 도시공간을 내파內破하는 시와 영화의 언어

1980년대 한국의 영화산업은 1970년대 초반 정점을 찍고 하향에 접어들기 시작했다. 기술적으로는 텔레비전의 보급 그리고 정치적으로는 군부독재의 장악으로 인한 문화적 침체가 영화산업에도 일정한 영향을 준 것이었다. 그러나 그럼에도 1980년대 초반 소극장 설립의 허가가 나면서 새로운 관람문화가 만들어지고, 도심의 풍경도 다변화되었다. 1990년대 이후에는 아파트 상가마다 비디오 대여점이 들어섬으로써 영화는 일상 문화의 중심에 선 매체가 되었다. 비디오 시청이라는 사적 관람 공간이 생겼고, 자신의 취향에 따라 반복 보기가 가능해짐으로써 영화 마니아층이 형성되기 시작했다.

이런 사회문화적 변화 속에서 자본주의적 도시의 삶과 문화에 관심을 기울였던 시인들은 도시 문화로서 영화에 주목했다. 그들은 번화한 도시 문명으로서 영화와 극장, 백화점과 쇼윈도 등뿐만 아니라 도시 개발에 의해 주변화된 공장이나 빈촌, 불모지 등을 몽타주나 시네 포엠 등의 기법을 통해 재현하고 그 풍경이 의미하는 바를 비판적으로 사유했다.

우선 '영화란 이미지-기호로 되어 있으므로 근본적으로 영화의 언어는 시의 언어'라는 파졸리니의 미학처럼, 영화의 이미지가 시 작품 안에서 새로운 미감과 의미를 만들어 내었는데, 작품 속에 다양한 대중문화 텍스트를 수용해 온 박정대 시인이나 유하 시인의 경우 영화와 시 작품 간의 상호 텍스트성을 적극적으로 시도했다. 1990년대 한국에서 크게 유행한 왕자웨이 감독의 〈중경삼림〉1994, 〈동사서독〉1994, 〈타락천사〉1995 등은 1997년에 중국으로 반환될 운명에 놓인 홍콩의 상황을 도시인들과 떠도는 무사武士들의 부유하는 이미지를 통해 효과적으로 드러냈다. 박정대는 〈동사서독〉의 분위기와 이미지를 「동사서독에 의한 변주變奏」, 「단편短篇들 2. 페루여관에서」 등에 적극 반영하여 한국 대중문화 주체들의 우울한 정서와 분위기를 효과적으로 표현했다. 유하 역시 '영화사회학'이라는 시리즈를 통해 물화되고, 세속화된 도시 문화와 폭력적 정치 문화를 알레고리적으로 비판했다.

한편 거대한 소비사회를 선도하는 광고나 영화 등을 통해 이미지가 지배하는 현실에 대해 최승호는 「세속도시의 즐거움」을 통해 일상을 지배하는 "환幻으로 배불러 오는 욕정과 / 환幻이 불러일으키는 흥분", 가짜 욕망과 이미지에 대한 비판적인 시선을 보여준다. 성윤석 역시 불확실한 미래과 치욕으로 점철된 무기력한 도시인의 일상이, 현실과 단절된 이미지를 통해 어떻게 가짜 현실이 되는가를 다루고 있는데「극장이 너무 많은 우리 동네 2」, 이는 결국 "잡힐 듯 달아나는 / 마음사막 저편의 신기루를 향하여" 끊임없이 다가가는 일상 주체들의 삶과 허위적 욕망이 죽음으로 향해 있다는 비극적 인식과 맞닿아 있다.유하, 「세운상가키드의 사랑 2」

성윤석, 유하 등이 주목하는 동네 극장과 청계천 세운상가, 이 지역들은 문화의 중심지로부터 주변화된 지역으로 도시가 개발되면서 중심과 주변으로 위계적으로 배치된 공간이다. 시인들은 "긴 주소를 가진 변두리의 / 낡은 구두가 쉴 곳 동시 상영관"을 서성이면서박형준, 「동시 상영관의 추억」 "그게 세상 끝으로 밀려난 사람들의 운명이란 걸 알았습니다 어슴프레 서 있긴 한데 도무지 얼굴은 보이지 않는 이들 말이죠 동도극장이 꼭 그랬습니다"권혁웅, 「세상의 끝」이라는 인식, 즉 도시화 개발과 근대화 정책에 따라 계속 밀려나고 밀려나 더 이상 밀려날 곳이 없는 인생들이 머무는, 마치 도시의 중심에 있는 본 상영관에서, 재상영관으로, 그리고 마지막 변두리 동시상영관으로 오게 된 필름처럼 그들의 인생 역시 공간적으로 주변화되어 가는 과정 중에 있음을 보여주었다.

시인들은 이처럼 개발에 밀려난 변두리의 삶을 살아가는 소외된 사람들의 일상에 주목하는데, 손택수는 김희진 감독의 〈범일동 블루스〉2000의 제재와 이미지를 시 「범일동 블루스」에 적극적으로 담아냈다. "방문을 담벼락으로 삼고 산다. 애 패는 소리나 코고는 소리, 지지고 볶는 싸움질 소리가 기묘한 실내악을 이루며 새어나오기도 한다. 헝겊 하나로 간신히 중요한데만 대충 가리고 있는 사람 같다"라고 묘사되는 범일동 서민들의 현실은 영화의 주인공 철이와 순이가 살아가는 범일동 골목을 그대로 재현하고 있다.

〈범일동 블루스〉에서 등장하는, 피할 수 없는 양아치의 삶은 영화 전체를 암울하게 만든다. 삶이 갖는 이런 부조리함과 우울함은 영화 장르적으로 '누아르'를 통해 보다 잘 드러나는데, 이현승 시인은 '바닥 인생'을 사는 일명 건달, 깡패 혹은 조폭의 삶을 「누아르」라는 제목으로 풍자적으로 그린다. "바닥을 벗어나면 다른 바닥이 기다릴 뿐 / 껌딱지처럼 질기게 들러붙은 것이 밑바닥이지 / 호구에는 천상 고단함이 따르고 피곤은 업종을 가리지 않네 // 떼인 돈을 받으러 다니거나 / 밤길 조심해라 딸 예쁘더라 / 언뜻 들으면 어머니 말씀 같지만 / 한번 들으면 문신처럼 새겨지는 말들도 곧잘 한다네."

필름 느와르Film Noir는 영화사에서는 홍콩 느와르에 의해 유행되었는데, 호화로운 액션과 신화적인 죽음 등은 폭력과 범죄를 판타지화했다. 장르적으로 '누아르'는 할리우드 영화에서 어두운 조명, 타락해가는 인물들, 운명적 주제, 절망의 톤 등의 색채를 갖고서 자본주의 대도시의 뒷골목에서 패배하는 인간의 내면을 묘사하면서 이를 통해 현대사회에 대한 풍자와 비판에 이르고자 했던 양식이다. 이현승 시인은 이 작품에서 양아치와 건달이란 결국 거대한 자본과 권력에 기생하는, 그리고 그 권력이 유지되기 위해 이용되는 바닥 인생임을 보여준다.

도시에서 부자와 가난한 사람들의 주거 공간은 위계적으로 분리되어 있는데, 최근 상영된 봉준호 감독의 〈기생충〉2019은 이런 공간 분리를 극명하게 보여준다. 백수로 지내는 주인공 기택의 변두리 반지하 방과 고지대에 위치한 글로벌 기업 박사장의 저택은 분명한 계층적 위계를 보여준다. 뿐만 아니라 영화의 파국 지점에서 기택의 식구들이 끊임없이 층계를 내려가면서 도망가는 장면은 그들의 운명이 하강으로 치닫고 있음 역시 강조한다. 이런 문제의식은 1950년대 박인환 시인이 "머나먼 / 운명의 도시 한 복판 / 희미한 달을 바라 / 울며 울며 일곱 개의 층계를" 올라가고자 했던 아이의 행방을 물었던 질문에 그 기원을 두고 있다.「일곱개의 층계」 비틀어진 방식으로라도 도시 서민으로 평범한 삶을 원했던 이들 앞에 놓인 것은 패배와 죽음과 이별이라는 비극적 현실이었다.

이처럼 도시 현실에 주목하는 시인들의 인식은 1980년대 이후 서울을 중심으로 하는 도시개발의 상황과 관련되어 있다. 1970년 대부터 진행해 온 도시 개발에 의해 1980년대를 지나면서 서울은 소비자본주의 심화와 대중문화의 발전에 의해 분명한 소비도시로 부상했다. 군사정권은 개발의 신화를 통해 고층빌딩이나 대규모 아파트 건설을 추진했고 도시 개발과 주택 공급이라는 정책에 의해 도심과 주변, 부촌과 빈민촌 등의 공간이 구조화되었다. 자본과 기득권, 그리고 계층을 구분하는 강남과 강북 등이 생겨난 것도 이 시기이다. 도시 주변에 개발되는 거대한 신도시의 아파트는 중산층의 판타지를 생산했다. 이처럼 도시 내부의 개발과 이에 따른 폭력적 철거는 근대화를 이유로 언제나 정당화되었다.

1980년대 이후 한국 영화와 시가 보여준 도시의 풍경 속에서 당대 삶에 관한 비판적 시선을 느낄 수 있다. 두 장르는 모두 개발과 근대화라는 이미지에 가려진 욕망의 식민성, 가난과 소외, 비인간화와 죽음 등을 문제시했다. 예를 들어 이창동 감독의 〈초록물고기〉1997나 박찬욱 감독의 〈파주〉2009는 서울 근교의 일산과 파주의 재개발의 과정에서 벌어지는 폭력조직과 주민들의 갈등, 공동체의 해체 등을 비극적으로 보여준다. 최근에 개봉된 유하 감독의 〈강남 1970〉2014 역시 1970년대 근대 도시로 이행하는 서울의 개발과정을 보여준다. 그간 〈바람부는 날이면 압구정동에 가야 한다〉1993, 〈말죽거리 잔혹사〉2003, 〈비열한 거리〉2006 등을 통해 서울의 도시 공간과 공간 주체들의 삶에 관심을 기울여 온, 시인이었던 감독 유하는 이 영화를 통해 한국의 자본주의가 어떻게 형성되었는지를 보여주고 싶었다고 했는데, 이 영화들은 그의 '영화사회학' 시리즈의 연장선상에 있다.

특히 2009년 용산 재개발을 위한 강제 철거에서 벌어진 불행한 참사는 한국 도시 개발정책의 폭력성과 야만성을 극단적으로 보여준 사건이었다. 이 폭력적 사건이 제기하는 문제의식에 영화와 한국시는 적극적으로 대답했다. 영화 〈두개의 문〉2010, 〈염력〉2012, 〈공동정범〉2012, 〈소수의견〉2018과 〈신과 함께〉2018 등이 국가폭력의 문제를 적극적으로 드러냈다. 그리고 작가들은 가장 낮은 곳의 삶을 생각하면서 이 세상 전체가 누구나 들어와 살 수 있는 공간을 희망하는 송경동과 신용목 시인의 「무허가」와 「용산의 당신에게」 등을 비롯하여 『지금 내리실 역은 용산참사역입니다』2010라는 용산참사 헌정문집을 통해 사회적 불행에 대한 연대의식을 강조했다.

4. 실천적 연대를 향해가는 도시와 광장

마샬 버먼은 현대적 삶에서 도시가 새로운 공간과 시간, 자아와 타자, 삶의 가능성과 모험 등을 선택하고, 경험하면서 자신의 변화와 세계의 변화를 가장 스펙터클하게 경험할 수 있는 주체의 실존적 공간이라고 한다. 최근 한국시에서 도시의 도심 공간은 여전히 "프런트에서 왼쪽으로 이십 미터를 가면 스타벅스 / 오른쪽으로 다시 백오십미터를 더 가면 맥도널드"이문재, 「제국호텔 – 서부전선 이상 없다」
등 다국적 기업들이 자본의 전선과 권력을 구축한 공간이자 "청진
동은 오랫동안 재개발 중이고 / 창 너머 젖은 하늘 아득한 곳의 타
워크레인"에 해직 노동자들의 삶이 불안하게 매달려곽효환, 「도심의 저녁
식사」 있고, 봉급생활자들이 파업의 장기화를 깨닫게 되는이현승, 「봉급
생활자」 자본주의 권력의 폭력적 시행 현장이다.

그러나 한편으로 최근 타자들과 관계를 맺고, 새로운 삶의 가능
성을 꿈꾸는 열려진 공간으로의 광장이 닫혀진 도시 안에 존재함
을 목도한다. 이는 분명 도시 공간을 살아가는 주체들의 변화를 반
영하는 것이기도 하다. 송경동이 「촛불연대기」에서 "미선이 효순
이 때 / 처음 촛불을 들었다 화염병도 죽창도 아닌 / 연약한 촛불로
무엇을 이룰 수 있을지 / 착하기만 한 사람들이"모였던 그 광장이,
이제는 '차벽과 공권력의 폭력'에도 민주주의를 지키는 자율적 연
대 공간으로, 세월호의 희생자를 위로하고 기억하며, '그날 이후'
어린 그들이 전하고 싶은 말을 시로진은영, 「그날 이후」 함께 낭송하고,
듣는 열린 공간으로 변화했음을 우리는 알고 있다.

영화사에서 최초의 영화는 1895년 뤼미에르가 만든 상업영화
〈라시오타역으로 들어오는 기차〉였다. 이 영화는 근대, 기계, 발전,
도시 등이 가져온 인간의 가능성과 모험을 넘어 두려움과 죽음의
이미지까지 환기시켰다.

맨 처음 보았던 것

라시오타역으로 열차가 돌진해올 때

사람들은 극장 밖으로 뛰쳐나왔다

맨 나중에 보았던 것

비명마저도 굳어 돌덩이가 되어갈 때

메두사는 방패 속에서 무엇을 보았는가

이현승, 「최초의 관객」 부분

　폭주해온 모던의 신화가 괴물이 되어버린 자신을 깨닫게 하는 이미지의 언어들. 그 이미지를 본 자가 아직 최초의 관객이라면, 시인은 우리에게 그 최후를 남겨두었을 것이다.

산문시의 변주와 미학

1. 산문시의 탄생과 현대적 의의

'산문시'는 산문과 시라는 이질적인 장르가 결합되어 있는 용어이지만, 본질적으로는 '시'에 방점이 찍혀 있음은 분명하다. 행을 구분하지 않고, 연결된 형태를 지닌다는 측면에서 산문의 성격이 부각되지만, 시 장르로서 이미지, 함축성, 내재율 등의 요소가 필수적으로 요구되기 때문이다. 말하자면 산문시는 짧고 압축되었다는 점에서는 시적 산문과 다르고 행과 연을 파괴한다는 점에서는 자유시와 다르며, 보다 명백한 운율과 소리효과, 이미저리 그리고 표현의 밀도를 갖춘 점에서는 짧은 토막의 산문과도 차이가 있다.

산문시는 정형 율격을 고수하지 않는다는 측면에서 자유시와 함께 이해되었다. 한국 근대시의 형성기에 산문시 형식은 새로운 자유시 형식에 대한 탐구와 서정 주체의 내면을 자유롭게 드러내기에 유용한 시 형식으로 인식되었다. 문학사적으로 산문시라는 용어 및 형식은 1910년 홍명희가 폴란드 시인인 네모에프스키의 「사랑」을 번역하면서 처음 소개되어, 『학지광』, 『태서문예신보』 등의 상징주의 시와 이론, 투르게네프 산문시의 번역을 통해, 그리고 창작시로 시도되기 시작했다. 잘 알려져 있듯이 김억이 1918년 「프랑스 시단」『태서문예신보』, 11호, 1918.12.14에서 "자유시는 누가 발명하였나? 랭보가 산문시 "Les illuminations"에서 발명하였다 (…중략…) 어찌하였거나 상징파 시가에 특필할 가치가 있는데, 재래의 시형과 정규를 무시하고 자유자재로 사상의 미운을 잡으려 하는 — 다시 말하면 평측이라든가 압운이라든가를 중요치 아니하고 모든 제약, 유형적 율격을 버리고 미묘한 '언어의 음악'으로 직접 시인의 내부 생명을 표현하려는 산문시다"라고 주장했듯이 산문시와 자유시는 동일한 수준으로 수용되고 이해되어, 초기 자유시 모색의 한 방향이 되었다. 1919년 주요한의 「불놀이」역시 이런 연장선에서 산문시이자 자유시로 발표되었던 작품으로 시적 자아의 정서가 기존의 정형 율격을 탈피하여 드러나고 있다는 점에서는 자유시로, 그러나 시형으로는 산문시였다는 사실 역시 주지의 사실이다.

근대문학 초창기 일본의 조선 유학생들은 러시아 및 프랑스의 산문시 체험을 통해 새로운 시 장르에 관심이 고조되었고 이러한 분위기가 자연스럽게 산문시 번역이나 창작으로 이어졌다. 위에서 인용했듯 김억은 프랑스 상징주의 시와 이론의 번역은 물론 투르게네프의 산문시 번역 등을 통해 산문시에 대한 이해를 문단에 확장시켰고, 그 자신 역시 산문시를 창작했다. 김억이 주목했던 서구 상징주의에서 산문시라는 명칭은 보들레르의 소산문시petits

poems en prose에서 시작되어 보들레르의 산문시집 『파리의 우울』1896
로 보편화되었다. 잘 알려져 있듯이 보들레르는 『파리의 우울』의
서문 격인 「아르센 우세에게」 주는 글에서 자신이 구상하는 산문
시를 '리듬도 각운도 없이 음악적이며, 혼의 서정적 약동에, 몽상
의 파동에, 의식의 소스라침에 적응할 수 있을 만큼 충분히 유연하
고 충분히 거친, 어떤 시적인 산문'이라고 설명했다. 여기서 '음악
적'이라는 말은 언어의 리듬이나 운율이 아니라 약동하고, 파동하
고 소스라치는 시적 자아의 내면의 움직임을 말하는 것이다. 이는
김억이 「프랑스 시단」에서 말한 바, 산문시란 '시인의 내부 생명의
표현'이라는 그 상태와 동질적인 것으로 이해할 수 있다. 말하자면
보들레르는 자신이 생각하는 '시적인 산문'이란 서정 주체의 약동
하는 내면을, 정형 율격보다는 거칠지만, 유연하게 드러내고자 구
상된 것이라 말하고 있는 것이다. 여기서 우리는 '산문시란 정형
율격을 고수하지 않는 자유시로, 시적 자아의 내면을 드러내는 시'
라는 보편적인, 원론적인 시 개념과 만나게 된다.

산문시 장르 탄생의 기원이나 개념, 특성 등에 대한 고찰은 산
문시에 대한 장르적 이해에 기여하지만, 정작 시인은 왜 산문시를
쓰는가, 그는 행과 연을 구별하는 자유시와는 달리 어떤 미학적 구
상을 하는가, 또 독자들은 산문시를 통해 어떤 미적 경험을 하는가
등에 대한 질문 앞에서는 충분하지 않다. 이런 맥락에서 보들레르
의 글을 다시 읽어본다. 그는 『파리의 우울』이라는 산문시집의 창
작 동기로, 알로이지우스 베르트랑의 『밤의 가스파르』라는 책을

읽었음을 소개한다. 보들레르는 그 작가가 중세의 풍경과 풍속을 '회화적인 방법'을 통해 묘사했음에 감탄하면서, 그 방법으로 자신 역시 프랑스 파리의 현대 생활을 기술記述하고자 한다는 소망을 밝힌다. 그리고 이런 창작의 의도에 적합한 시형이 시적인 산문, 즉 기존의 운율이나 리듬을 넘어, 시인의 감정과 정서의 약동이 드러나는 산문시임을 주장한다. 여기서 우리는 그의 산문시가 '현대생활의 묘사와 기록'을 의도하고 '회화적' 방법을 시적 구성의 원리로 원용하고 있음을 눈치챈다. 말하자면 그는 현대 생활을 회화적으로 기술하고, 현대적 삶에 반응하는 시인 내면의 움직임을 드러내고자 산문시라는 장르를 선택했다. 100여 년을 훌쩍 넘긴, 보들레르의 산문시 창작의 변辯에 기대어, 이 글에서는 한국 시문학사에서 경험했던 다양한 스타일의 산문시가 구현한 미학적 특성이나 전략 등을 살펴보고, 이와 함께 최근 산문시들이 갖는 개성은 무엇인지 짚어보고자 한다.

2. 시적 무드와 주제의식의 강화 __ 주도적 이미지와 반복

김억은 1915년 '산문시' 창작을 내걸고 「밤과 나」『학지광』, 5호, 1915.5를 발표했다. 이 작품은 산문시를 의식하고 창작한 첫 번째 작품이었지만 구성과 표현에서 높은 시적 성취를 거둔 작품으로 평가받고 있다.

밤이 왔다. 언제든지 같은 어두운 밤이, 원방遠方으로 왔다. 멀리 끝없는 은가루인 듯 흰눈은 넓은 빈들에 널리었다. 아침볕의 밝은 빛을 맞으려고 기다리는 듯한 나무며, 수풀은 공포와 암흑에 싸이었다. 사람들은 미소하고 약한 불과 함께 밤의 적막과 싸우기 마지아니한다. 그러나 차차, 오는 애수, 고독은 가까워 온다. 죽은듯한 몽롱한 달은 박암薄暗의 빛을 희稀하게도 남기었으며 무겁고도 가벼운 바람은 한없는 키스를 따 우며 모든 것에게, 한다. 공중으로 나아가는 낡은 오랜 님의 소리 "현실이냐? 현몽이냐? 의미 있는 생이냐? 없는 생이냐?"

사방은 다만 침묵하다. 그밖에 아무것도 없다. 이것이, 영구의 침묵! 밤의 비애와 및 밤의 운명! 죽음의 공포와 생의 공포, 아! 아이들은 어두운 밤이란 곳으로 여행온다. "살기워지는 대로 살까? 또는 더 살까?" 하는 오랜 님의 소리, 빠르게 지나간다.

고요의 소리, 무덤에서, 내 가슴에, 침묵.

김억, 「밤과 나」 전문

「밤과 나」는 세 개의 단락으로 나누어져 있다. 첫 번째 연은 밤이라는 시간의 어둠과 암흑이 빈들, 땅, 공중 등의 공간을 채우고 있음이 묘사된다. 두 번째 연은 이 시·공간을 메우는 침묵이 이야기되고, 세 번째 연에서는 앞의 두 연에서 진술되었던 어둠, 침묵, 죽음, 공포 등이 '내 가슴'으로 침투하는 과정을 보여줌으로써 산문시 안에서 각 단락이 내용상 심화되고, 진전되는 율동적 효과를 보여주고 있다. 또한 김억은 밤과 어둠이 시적 자아의 내·외부 공간에 스며드는 과정, 즉 밤이라는 시간의 공간화를 효과적으로 보여주고, 비애와 고독, 공포와 불안이라는 시적 정조와 무드를 강조하기 위해 한 행, 한 행이 분절된 시형보다는 통합적인 산문시의 형태를 선택했다고 볼 수 있다. '~다'로 끝나는 문장의 종결어미 역시 어둠에 잠긴 '고요의 소리', 침묵에 갇힌 산문시의 시형 안에서 울리는 시적 자아의 낮은 읊조림을 상상하게 한다. 김억은 투르게네프의 산문시를 번역하면서, '만년의 근심과 아직 쓰러지지 않는 청춘의 생각'이라는 애상적 정서에 주목했는데, 위의 작품에서도 역시 밤과 어둠을 통해 삶의 불안과 애상이라는 정서를 산문시라는 형식을 통해 드러내고자 했음을 알 수 있다.

이처럼 산문시에서 시적 정조가 주제의식을 강화하는 방식을 오규원과 황동규의 1970년대 작품에서 찾아볼 수 있다.

우리에게 안개는 그 자체가 길이었다. 벽과 안개에 미친 우리들 안개는 손과 손을 잡고 가는 우리들을 잡은 손만 남기고 모두 지워버렸다. 얼굴이 없는 손과 손의 행렬. 외로운 우리는 〈안개〉또는 〈겨울〉이라는 유행가流行歌를 만들어 때 없이 불렀다. 유행가流行歌는 부르는 대로 안개가 되어 돌아왔다. 얼굴을 볼 수 없으므로 우리는 되돌아가버린 사람들도 옆에 있으리라 믿었다. 아는 것은 안개뿐. 돌아가 버린 사람들의 자리는 다시 깨어나지 않았다. 다시 깨어나지 않도록 겨울은 백치白痴의 이불을 두껍게 내려 깔았다. 겨울은 갈수록 하얗게 눈으로 덮이기 시작했다.

오규원, 「70년대의 유행가流行歌」 부분

오규원 시인의 시작 생활 전반을 일람해보면 다양한 주제와 형식의 산문시를 발표했음을 알 수 있는데, 이 작품은 당대 정치와 이데올로기에 대한 비판의식을 시화한 것으로 이미지와 분위기를 통해 주제의식을 강화하고 있다. 이 시는 총 6연으로 되어 있는데, 이 중에서 4개의 연이 산문시로 구성된 작품이다. 여기서 주목할 이미지는 '안개'로, 불투명하고 불안한 현실을 상징적으로 보여준다. 더군다나 삶의 진정성을 찾기 위한 의식은 '깨어나지 않도록' '백치白痴'의 눈으로 덮여 있다. 이런 현실 속에서 자신의 진정성을 찾기는 매우 힘들다. 시인은 사실과 진실이 은폐된 삶을 지속 가능하게 만드는 힘이 대중 문화적 조작, 즉 '유행가'로부터 나오기 때문에 우리의 삶이 무지나 허위의식 속에 놓여 있음을 인식한다. 오규원은 이러한 답답한 현실, 갇힌 벽과 안개의 공간을 강조하기 위해 한 행을 연달아 붙여 놓는 산문의 형식을 선택하고 있다. 짧은 단락 안에서 불투명한 현실을 비유하는 '안개'라는 시어는 6번, 그 안에 놓인 '우리'는 5번, 안개와 관련되어 의식을 마비시키는 겨울이라는 시어는 3번 반복적으로 사용되면서 진정한 의식을 마비시키는 현실 이미지의 응집성을 강화한다.

황동규 시인 역시 폭력적 세계에 대한 공포와 불안을 의식하는 작품을 쓰고 있다.

나는 요새 무서워져요. 모든 것의 안만 보여요. 풀잎 뜬 강江에는 살 없는 고기들이 놀고 있고 강물 위에 피었다가 스러지는 구름에선 문득 암호暗號만 비쳐요. 읽어봐야 소용없어요. 혀 잘린 꽃들이 모두 고개 들고, 불행不幸한 살들이 겁 없이 서 있는 것을 보고 있어요. 달아난들 추울 뿐이얘요. 곳곳에 쳐 있는 세細그물을 보세요. 황홀하게 무서워요. 미치는 것도 미치지 않고 잔구름처럼 떠 있는 것도 두렵잖아요.

황동규, 「초가楚歌」 전문

황동규 시인은 1970년대 초반 「세 줌의 흙」, 「정감록 주제主題에 의한 다섯 개의 변주變奏」, 「돌을 주제主題로 한 다섯 번의 흔들림」 등 다수의 산문시를 창작했다. 위의 작품 「초가」 역시 비슷한 시기 쓰인 작품으로 여기서 '초가楚歌'는 시인이 처해 있는 존재론적 위기감을 비유적으로 말해준다. 시인이 두려워하는 것은 무엇인가. 김억이나 오규원과 마찬가지로 시인의 공포와 불안의 원인은 구체적으로 주어지기보다 상징적이고 그로테스크한 이미지로 제시된다. 살 없는 고기, 혀 짤린 꽃, 세細 그물 등, 시인 삶의 공간은 결코 정상적이지 않다. 그러나 달아날 수 없고, 의식을 옥죄는 그물 같은 현실은, 사면四面을 가진 산문시의 공간 안에 시적 자아를 가두고, 무서운 삶을 황홀하게, 그리고 미치지도, 두렵지도 않게 만든다. 이처럼 무섭지만 두렵지 않다는 모순적 상황을 낳는, 첫 문장과 마지막 문장의 대치對峙는 불안감을 가중시킨다. 특히 '~~요'라는 구문의 반복은 공포와 불안의식에 리듬감을 부여하고 정서를 확산하는데, 무력한 존재를 휩싸는 노래, '초가楚歌'처럼 어쩌면 이것이 바로 우리 삶이 처한 '사면초가'이다. 시인은 한 단락으로 이루어진 산문시형을 통해 불안과 공포에 휩싸인 삶의 한 단면을 응집력 있게 제시하고 있다.

2000년대 이후 시에서 드러나는 장형의 산문시에서 주도적으로 드러나는 특성 역시 이미지와 구문의 반복인데, 여기서 리듬과 운율이 생긴다.

어미는 자주 우물 속으로 들어갔습니다 우물 속에는 자주 뱀 한 마리가 똬리 틀고 살았습니다. 뱀은 어미를 친친 감아 혓바닥을 날름, 날름거리고 몸부림도 없이 어미는 미친 여자처럼 웃었습니다 어미의 웃음이 닿은 자리마다 싯푸른 이끼가 무성했습니다 아무리 들여다보아도 어미는 좀체 안 나오고 나는 어둡고 축축한 잠 속으로 자꾸 미끄러졌습니다 어미가 안보이고 우물가엔 빨랫감이 쌓여갔습니다 똥냄새가 진동했습니다 증조할아비는 죽지도 않았습니다 증조할미도 잘 안죽었습니다

김근, 「우물」 부분

비교적 장형의 산문시를 즐겨 쓰는 김근의 시는 시행을 나누지 않고 리듬의 단위를 문장 또는 문단에 두는 산문시의 일반적인 형식을 갖고 있다. 「우물」은 전통 설화로부터 차용한 불길한 뱀의 상징적 이미지와 어미의 형상이 반복적으로 겹쳐지고 재생되면서, 궁극적으로는 어미로부터 탈주하여 새로운 존재로의 탄생을 꿈꾸는 '나'의 욕망을 그린 작품이다. 어린 화자가 처한 공포스러운 현

실과 분위기가 그로테스크하고 잔혹한 이미지를 통해 반복적으로 드러나면서 주제의식이 점진적으로 강화되고, 이러한 시적 전개와 함께 탈주와 성장의 과정을 거치는 주인공 '나'의 서사는, 산문시의 형식을 통해 효과적으로 드러난다. 문장에 마침표가 찍혀 있지 않아 가시적인 휴지를 통한 리듬은 발생하지 않지만, 동일 문장 구조의 반복과 종결어미의 반복은 시 안에 진술되고 있는 내용들에 시간적 계기성과 연속성을 강조하면서 산문성을 획득한다. 특히 '~었습니다'라는 동일한 운을 맞춘 종결어미의 반복은 어미와 할아비, 할미의 이야기를 전하는 어린 화자의 목소리를 느끼게 하는데, 이런 특성이 시의 설화성을 드러내기도 한다. 시인은 설화적 상징, 그리고 주도적 이미지와 구문의 반복을 통해 시적 분위기와 리듬을 만들고 주제의식을 강화하고 있다.

3. 산문적 사건과 내면의 풍경 ___ 시각적 이미지와 클로즈업

1930년대 말 정지용은 다수의 산문시를 창작하기 시작했다. 특히 1941년에는 「문장」 22호에 「도굴」, 「예장」, 「나븨」, 「호랑나븨」, 「진달래」 등 다섯 편의 작품을 발표했는데, 이 작품들은 산문시에 대한 정지용의 의식과 미학이 집중적으로 표현된 작품이라고 할 수 있다. 이즈음 정지용은 당대 현실에 대한 시인 자신의 내면적 갈등을 드러내기 위해 산문시를 창작한 것으로 설명된다. 그런데 이런 갈등이 산문시의 어떤 미적 전략과 관련되어 드러나는 가는 좀 더 설명이 필요하다.

한 골에서 비를 보고 한 골에서 바람을 보다 한골에 그늘 딴 골에 양지 따로 따로 가려 밟다 무지개 햇살에 빗 걸린 골 산山벌떼 두름박 지어 위잉 위잉 두르는 골 잡목雜木수풀 누릇 붉읏 어우러진 속에 감추어 낮잠 듭신 칙범 냄새 가장자리를 돌아 어마 어마 기여 살아 나온 골 상봉上峯에 올라 별보다 깨끗한 돌을 드니 백화白樺가지 우에 하도 푸른 하늘⋯⋯포르르 풀매⋯⋯온산 중 홍엽紅葉이 수런 수런 거린다 아랫 절 불켜지 않은 장방에 들어 목침을 달구어 발바닥 꼬아리를 슴슴 지지며 그제야 범의 욕을 그놈 저놈하고 이내 누었다 바로 머리맡에 물소리 흘리며 어느 한골로 빠져 나가다가 난데없는 철 아닌 진달래 꽃 사태를 만나 나는 만신을 붉히고 서다.

정지용, 「진달래」 전문

『문장』에 함께 발표했던 작품들과 함께 위의 작품을 읽어 보면 산문시에서 하나의 중요-중심 사건이 진술되고, 이 사건이 이미 지화되어 시인의 내면의식을 보여주는 방식으로 구성되고 있음을 알 수 있다. 위의 작품에서도 현실적인 무력함과 비겁함을 상징하는, 칙범이 무서워 도망나왔다는 사건은 산문시의 중간에 놓여 있고, 이런 상징적 사건을 경험한 이후, 자신의 부끄러움을 깨닫는 시적 자아, 혹은 시인의 내면의식이 진달래 꽃 사태에 만신萬身을 붉히고 서있다는 구절에 집중되어 있다. 붉은 꽃과 인물이 함께 클로즈업 되는 시각적 효과를 느낄 수 있다. 뿐만 아니라 이 작품은 운문적 율동감이 잘 표현되어 있는 작품이기도 하다. '한 골에서 비를 보고 한 골에서 바람을 보다'가 구현하는 대구법이나 '온산 중 홍엽紅葉이 수런수런' '꼬아리를 슴슴 지지며' '그제야 범의 욕을 그놈 저놈' 등의 동어 반복적 표현은 읽는 재미와 함께 리듬감을 형성한다.

다음 투르게네프의 산문시를 애독했던 윤동주 역시 주목할 만한 산문시를 창작했는데, 「눈오는 지도」 역시 현실과 역사를 상징하면서 시인의 내면의식을 강조적으로 보여준다.

순이가 떠난다는 아침에 말 못할 마음으로 함박눈이 나려, 슬픈 것처럼 창밖에 아득히 깔린 지도 위에 덮인다.

방안을 돌아다보아야 아무도 없다. 벽과 천정이 하얗다. 방안에까지 눈이 나리는 것일까, 정말 너는 잃어버린 역사처럼 홀홀이 가는 것이냐, 떠나기 전에 일러둘 말이 있던 것을 편지를 써서도 네가 가는 곳을 몰라 어느 거리, 어느 마을, 어느 지붕 밑, 너는 내 마음 속에만 남아 있는 것이냐, 네 쪼고만 발자욱을 눈이 자꾸 나려 덮여 따라갈 수도 없다. 눈이 녹으면 남은 발자욱 자리마다 꽃이 피리니 꽃 사이로 발자욱을 찾아 나서면 일 년 열두 달 하냥 내 마음에는 눈이 나리리라.

윤동주, 「눈오는 지도」 전문

이 시는 1930년대 말 윤동주 시인의 내면의 풍경을 여실히 드러내준다. 시인이 가야 할 길의 지도가 눈에 묻혀 있는 상황, 그럼에도 길을 떠나야 하는 시인의 비극이 하얀 눈 속에 갇혀 있는 시인의 불우한 운명을 강조하는 것 같다. 이 작품은 두 단락 한 연의 형태를 가진 산문시로 순이의 떠남이라는 중심 사건이 첫 단락에 제시되고, 이 상황에 대한 시인의 내면의식이 두 번째 단락에 진술되는 방식으로 구성되어 있다. 시의 전체 구조는 공간적으로, 창문을 중심으로 순이가 떠나는, 눈이 내리는 창밖과 화자가 있는 방안으로 이분되며, 의미상으로는 창밖에 내리던 눈이 방 안으로 들어오고 마지막에는 시인의 마음을 덮음으로써, 물리적으로 길을 덮고 있었던 현실이라는 장애물, '눈'을 시인이 자신의 삶의 조건으로 받아들이는 것으로 진전된다. 이 시에서 산문시형은 현실 안에 갇힌 무력한 시적 자아의 상황은 물론, 눈이 내리는 시인의 내면 역시 효과적으로 공간화하여 보여준다고 할 수 있다. 시인의 내면과 외부 공간으로 하염없이 내리는 하얀 눈의 이미지가 미래의 길찾기가 불가능할지도 모른다는 작품의 주제와 분위기를 시각적으로 각인시킨다.

한편 1970년대 이후 산문시에 집중해 왔던 정진규 시인은 다양한 형식의 산문시를 창작했는데, 아래 작품은 정지용, 윤동주의 산문시처럼 중심 사건이 제시되고 이에 대한 시인의 정서가 중심 이미지로 클로즈업 되는 상황이 연출된다.

마지막 남았던 상등품上等品 사과 한 궤짝도 김중령대金中領宅 찦차
에 실려보냈다. 그리고 나의 가게는 문을 닫았다. 나의 경영經營은 끝나
버린 것일까. 문門 밖으론 오늘도 우리의 막강莫强한 국력國力이 무슨 노
래 같은 것도 지어 합창合唱하면서 어디론가 결집結集해 가고 있다. 모
자를 벗어 힘차게 힘차게 흔들어 대이면서 나도 뛰어들었다. 가담加擔
하였다. 닫기운 내 가겟문 앞엔 아내가 기대서 있다. 십원에도 일어서
는 일원에도 일어서던 마을 식품점食品店 서영이네가 기대 서 있다. 눈
물이 보인다, 흐르는 눈물이 아프게 실로 아프게 보인다.

정진규, 「나의 경영經營」 전문

위의 작품은 마지막 사과를 김중령댁으로 실려보냈고, 이로 인
해 가게를 닫았다는 상황이 '나'인 화자를 통해 진술된다. 화자가
걱정하는 '경영'이란 생업이 불가능해진 상황에서 삶이 지속될 수
있을까에 대한 불안감으로 이어진다. 가게 문의 안쪽에 놓인 불안
한 화자의 삶과는 대조적으로 문밖에는 막강한 권력을 가진 국가
가 존재한다. 부조리한 권력의 횡포에 저항하기보다는 오히려 힘
차게 자신의 충성을 증명하고 그 부조리에 가담함으로써 생을 경
영할 수 있다는 시인의 굴욕감과 무력감은 마지막 부분의 눈물에
서 극대화된다. 시인은 '마지막'이라는 절박한 시어로 작품을 시
작하고, 그 마지막이, 생활의 막다른 곳에 다다른 존재들에게 갖는
슬픔과 아픔을 눈물의 이미지로 강조한다. 시인이 흐르는 눈물을
보고 있듯이, 만약 이 작품의 상황을 영상으로 만든다면, 마지막

장면은 주인공들의 눈물에 클로즈업 되었을 것이다.

권혁웅은 1980년대의 문화적 경험을 다룬 작품집에서 산문시 형식을 자주 사용했는데, 다음 작품에서는 '목련꽃이 졌다'는 사건의 진술이 시작되면서 중심 이미지에 의해 시가 구성되고 있다.

오늘, 목련이 모두 졌다 오래된 신발처럼 변색했다 신발은 흔적이다 너는 여기에서 증발했다 뒤꿈치 바깥이 깎인 것은 너를 지탱해온 신발의 기억, 신발은 길을 끌고 천천히 이곳에 왔다 오늘 너는 신설新設, 건국建國, 성수聖水 등을 짚어 왔고 주렁주렁 달고 왔고 그리고 목련이 졌다 너는 여기에서 증발했다 목련은 가지를 끌고 와서는, 가지 끝마다 자리를 잡곤 했다 가지들이 노선路線처럼 산만했다 그 무성한 신발들이 다 떠나갔다 너는 여기에서 증발했다

권혁웅, 「목련의 알리바이」 전문

이 작품은 목련꽃이 가지를 두고 떨어져 버린 사건의 알리바이에 대한 진술문처럼 한 연의 산문시를 선택했다. 벌어진 목련꽃과 신발의 형상적 유사성을 토대로 신발, 길, 역사, 인간 등의 유사 관념들이 이어지면서 의미상의 리듬감을 만들어 낸다. 한때 화려한 목련의 주체로 무성한 노선과 길을 만들었던 너, 그런데 정작 목련이 져버린 사건이 발생한 오늘, 너는 이미 증발해버렸다. 신설, 건국, 성수 등의 시어가 역사 만들기를 환기하고, 무성한 노선이 그이념을 상징한다고 읽는다면, 시인은 여기서 역사 주체의 부재, 혹

은 삶의 주체의 결여를 이야기하고 있는 것으로 이해할 수 있다. 이런 주제의식은 오래된 신발과 변색된 목련, 두 사물의 이미지를 중심으로 펼쳐지고 전개된다.

일반적으로 단락 전체의 응집력은 물론 리듬감 역시 잘 구현된 산문시가 하나의 인상을 만들면서 효과적으로 주제의식을 전달한다. 이런 측면에서 하나의 사건을 중심 이미지로 드러내면서 주제의식을 강화하거나 삶의 한 단면이나 서사를 상징적, 압축적으로 보여주며, 시적 상황에 대한 통합적인 시인 의식을 강조하기 위해서, 분절된 행 단위의 시형보다는 산문시를 선택한 시인들의 시적 전략에 주목할 수 있을 것이다.

4. 형식 실험과 텍스트의 개방성

언급했듯 산문시의 형태와 구조는 다양할 수 있지만, 대개의 경우 하나의 단락이 하나의 연을 이루는 형태가 다수를 차지한다. 이는 아무래도 하나의 단락을 통해 시의식의 응집력이 보다 높아지고, 단일한 인상을 효과적으로 드러낼 수 있기 때문이다. 그러나 한편으로 기존의 산문시형을 넘어서는 다양한 형식 역시 시도되고 있음은 흥미로운 사실이다.

최동호 시인은 산문시들에서 다양한 방식으로 형태의 변주를 보여주는데, 특히 「오래된 어머니의 범종소리」나 「유체이탈」은

한 행을 한 연으로 하고, 의미상 이 세 행-연이 한 단락을 이루도록 시를 구조화하고 있다. 다소 특별한 시행배치를 보이는데, 시인은 어떤 미적 효과를 기대하는 것일까.

새벽잠 자주 깨는 요즈음 그 나지막한 소리들은 묵은 기억 속에서

살아나와 나에게 멀리 산사에서 들려오던 오래된 범종 소리가

되어 스산한 가슴 속에서 맴돌다 조용히 마음을 쓸어주고 간다.

최동호, 「오래된 어머니 범종소리」 부분

위에서도 시각적으로 확인할 수 있듯이 시인은 의도적으로 한 행의 길이를 형태적으로 제한하고 있다. 이는 행과 연이 단락 안에 형식적, 의미적으로 종속되어 있지만 한편으론 각 행과 연의 독자성을 최대한 가지려는 시적 전략으로 보인다. 예를 들어 「오래된 범종 소리」의 인용한 부분의 내용을 요약해보면, '나지막한 소리가 범종소리가 되어 마음을 쓸어준다'라는 것이다. 그러나 한 행, 한 행을 독립적으로 읽어보면 첫 행의 '묵은 기억' 두 번째 행의 '범종소리', 그리고 세 번째 행의 '마음을 쓸어준다'는 시적 상황이 모두 같은 무게를 갖고 있음을 느끼게 된다. 이처럼 산문시의 형태를 새롭게 재고하는 시인들의 노력은 아마도 산문시가 도달할 수 있는 최대의 효과를 얻고자 하는 의도로 보인다.

송재학 시인의 「만월」과 「어떤 입을 보고 입을 다물었다」, 그리고 이하석 시인의 「패랭이꽃」 역시 기존의 산문시보다 형태적으로 짧고 강렬한 인상을 만드는 작품이다.

여기까지 물고기가 뛰어올랐다 얼룩덜룩한 물방울과 조금씩 열고 닫히는 아가미와 근처 실핏줄까지 죄다 또렷하다.

송재학, 「만월」 전문

민초民草에다 석죽石竹의 모양을 갖지만, 남천축南天竺의 이방성異方性도 갖는다.* 다만 햇빛 자리 비탈에 되레 동남아쯤에서 갓 시집 온 새댁같이 피어서, 낯선 바람의 실오라기도 조심스레 당겨선 바늘귀에 꿴다.
*패랭이꽃을 석죽화石竹花 또는 남천축초南天竺草라고도 한다.

이하석, 「패랭이꽃」 전문

송재학 시인의 「만월」은 만월에 대한 묘사를 통해 만월을 말하는 것이 아니라, 그 달빛에 비친 물고기의 외양 묘사를 통해 만월을 이야기한다. 물고기의 비늘에 맺힌 물방울, 조금씩 열고 닫히는 움직임, 아가미 근처의 실핏줄 등, 세밀한 시각적 묘사는 만월이 가진 엄청난 빛의 에너지를 상상하게 만든다. 시인은 만월에 대한 총체적 인상을 드러내기 위해서, 행을 분절하지 않은 짧은 형태의 산문시를 선택하고 있다.

이하석 시인은 「패랭이꽃」에서 꽃의 이름의 연원과 이미지가 갖는 이야기를 동남아에서 갓 시집 온 새댁이라는 이미지로 전환시킨다. 남천축이라는 이방의 이름은 동남아에서 시집온 새댁의 이미지로, 민초와 석죽은 햇빛 자리 비탈에도 피어나는 힘을, 그리고 뾰족한 꽃잎 끝을 침-바늘로 비유하여 힘든 여성의 살림살이로 상상력을 확장시킨다. 이하석 시인은 「금붕어」나 「불탄 뒤」에서도 시각적 이미지의 묘사를 통해 시적 대상에 대한 인상과 그 의미를 드러내고 탐구하고 있는데, 특히 「불탄 뒤」에서는 불에 탄 사물들의 의미를 상상하고 질문하는 시인의 말이 연쇄적으로 이어진다.

_서까래/못/꽃

서까래는 어떻게 놓여난 화염에 휩쓸리다 빠져나와 나무의 기억으로 있는 걸까? 거기 박힌 못은 대가리가 구부러진 채 시커멓게 탔어도, 여전히, 제가 고정하고 있는 세계가 삐걱대지 못하게 붙들고 있는 걸까? 그리고, 불에 탄 뒤의 꽃은 검게 그을린 빨강으로. 더욱더, 검게 탄 서까래가 버리지 못한 것처럼 못 박혀. 있는 걸까?

_접시

화마 속에서 나온 접시는 원래 불 속에서 역사歷史를 이룬 존재 아닌가? 시커멓게 탄 서까래 위에 얹어놓으니 그새 말갛게 물이 고여 있다. 간밤 비가 다녀가셨나 보다. 사랑이 불을 냈다면 비는 어떤 연민의 소화消火였을까?

이하석, 「불탄 뒤」 전문

작품은 외형적으로 보면 마치 화재 현장에 감식을 나간 조사원의 눈에 비친 잔해들—서까래, 못, 꽃, 접시 등의 목록과 상태가 적힌 노트처럼 보인다. 그러나 시인의 상상은 전혀 다른 세계를 보여준다. 불에 탄 서까래와 못에서 나무와 꽃의 시간을 불러내고, 이들이 화염 속에서 생을 마치지 않도록 서로 고정시켜주고, 붙들어주었음을 이야기한다. 그리고 고통스러운 생을 연민하고, 불길을 잡아주던 존재가 있음 역시 말해준다. 서까래에 박힌 못이 서까래를 지탱하며 화염 속에서 붉게 피어나는 순간 그것은 못이 아니라 꽃으로 인식된다. 그리고 그 못-꽃은 시커멓게 탔어도 서까래-나무에 못 박혀 서로를 지탱하고 있다. 이런 상황을 보다 극적으로 보이고자 시인은 '빨강으로' 뒤와 '못박혀' 뒤에 마침표를 찍는다. 시인은 화마와 화염 속에 홀로 놓였던 존재들에게 새로운 관계를 맺어주고, 그들을 이야기의 주인공으로 만든다. 그리고 우리들에게 그 이야기의 의미를 묻는다.

이처럼 이하석의 산문시는 시적 대상을 설정하고, 이에 대한 자신의 생각과 질문을 이어 나가는 방식으로 구조화되어 있는데, 다음 살펴볼 송재학의 작품은 시적 자아가 느끼는 공포감이 연쇄적으로, 숨막히게 한 단락의 산문시 안에 구현되고 있다.

개 짖는 소리 들리는 거지, 가까스로 골격만 올리고 중단된 아파트, 어쩌면 창틀마다 유리창 대신 복면의 인면이 출몰하는, 행적이 끊기자 어두워지면서 구멍이 숭숭한 그림자가 재빨리 나를 덮쳤다 쓰레기와 흙냄새까지 뒤섞이면서 훅 다가오는데 무섬증이란 게 저렇구나, 저 안의 것들은 부양하거나 엉키거나 홀로 사라지지 못하는 얼룩들, 기울어진 아파트를 떠받치는 중력의 이름이다 눈 위를 걸어도 흔적 없는 발자국이 아파트 복도를 울리면서 프린트 중이라면, 누구일까 창문마다 흩어지거나 뭉쳐지는 안개들, 슬그머니 넝쿨이 인기척 대신 올라가는 아파트와 비탈이 부풀거나 납작해지니까 기척 없이 숨 쉬는 것들, 귀신고래의 무리라고 짐작해도 되는 것들, 다시 베란다에서 무엇인가 내 그림자를 뚫어지게 응시한다 문득 그림자가 아파트를 삼키듯 나도 내 속으로 들어갔다

송재학, 「아파트를 업고 다니는 그림자」 전문

산문시는 문장의 배치가 행의 분절 없이 이루어지므로, 쉼표가 없다면 독자 스스로가 호흡이나 의미상의 분절에 따라 읽겠지만, 시인이 의도적으로 쉼표를 찍어 놓은 경우에는 그곳을 향해 읽어 나가게 된다. 위의 작품을 읽다 보면 쉼표와 쉼표 사이가 긴 경우가 많고, 쉼표가 있더라도 앞 문장과 연결되는 내용이라서 쉼표를 지나쳐 읽게 된다. 그러다 보니 공포에 쫓기는 '나'의 심정이 독자에게 고스란히 전달된다. 인적이 드문, 쓰레기와 얼룩으로 가득찬 아파트에 어둠이 내리면 아파트는 자신보다 더 긴 그림자를 어둑한 거리에 드리울 것이다, 그 형상은 마치 그림자가 아파트를 업고 있는 것처럼 보인다. 말하자면 그림자처럼 어둡고 불길한 기운이 아파트를 지탱하고 있다는 의미이다. 이 시는 공포감을 만들어내

는, 연관된 시적 대상들을 한자리에 모아놓고, 시인의 공포감을 강조적으로 보여준다. 이 사물들은 산문적으로 연결되기 보다는 시의 주제와 분위기를 만들기 위해 동원되고 있다.

한편 최동호 시인의 「고래의 노래 소리」는 4단락-단연으로 이루어진 산문시로 시적 대상에 대한 일련의 산문적 이야기가 있고, 그 이야기의 진실성을 설득력 있게 전달하려는 시적 사유의 흐름이 점층적으로 확장, 전개되는 구조를 보여준다.

사람의 귀에는 들리지 않는 음역을 가진 고래의 노래 소리가 남극에서 울리면 멀리 북극에 사는 연인이 알아듣는다는 이야기는 알려진 사실이지만 범종 소리를 고래의 울음이라고 한 옛 사람들의 이야기는 다시 음미할 필요가 있다.

꽃다운 사람을 꽃다운 사람과 인연을 맺어 준다는 천 년 전 신라의 종소리에서 어린아이 울음소리가 난다는 전설이 사실이 아니라 허구였다는 것을 과학적 분석으로 밝혀낸 것은 얼마 전 일이지만 당대 제일의 범종 장인 박대나마가 그 거대한 종에 신묘한 울음소리를 담아냈다는 것은 혼신의 힘으로 쇠를 녹여낸 그의 지성에 감동하여 하늘이 내린 소리였을 것이리라.

부처의 깨달음을 중생에게 전해주어도 알아듣지 못하는 말귀 어두운 중생들의 귀를 열어주는 소리가 범종소리라면 그 소리는 우리가 일상적으로는 알아듣지 못하는 고래의 울음소리와 같을 것이다.

험난한 생이 소용돌이치는 고해의 바다에서 지구의 양극을 잇는 고래의 노래 소리는 신묘한 사랑의 울음소리를 담은 범종의 소리 말고 다른 것이 있을 수 없다. 법당 뒤편의 꽃 진 자리에서 들리는 풀벌레소리는 비천한 신분의 박대나마가 들었던 생의 신묘한 소리였을 것이다.

최동호, 「고래의 노래 소리」 전문

이 시는 1연에서 범종소리와 고래울음소리가 같은 것일 수 있다. 2연에서 범종의 소리는 하늘이 내린 신묘한 소리이다. 3연에서 말귀 어두운 중생에게는 범종소리나 고래울음소리 모두 비일상적인 소리이다. 4연에서 지구의 양극을 잇는 고래소리와 신묘한 사랑을 이어주는 범종소리는 같은 것이다라는 사유의 흐름을 이어가고 있다. 시인은 한 단락 안에 하나의 생각을 담고 있는데, 마치 일정한 화두가 있고, 끊이지 않는 질문과 스스로의 대답을 찾아나가는 구조를 보여준다.

한편 문태준과 신동옥 두 시인은 모두 한 단락-단연의 산문시를 쓰고 있다. 문태준 시인은 「감자」, 「제비」, 「하품」 등 비교적 하나의 시적 대상에 대한 단일한 인상을 표현해내는 데 중점을 두고 있으며, 신동옥 시인의 경우는 「탑동에서」, 「나의 친구들」, 「숲 이야기」 등의 시적 상상의 배면에 일정한 서사적 요소를 깔고 있다. 그런데 신동옥의 전반적 작품들의 특이한 점은 통사적으로 문장은 이어지지만, 의미가 불연속적이라는 점이다.

누가 나를 숲에 버려두고 떠났다. 그날 이후 나는 그이의 눈으로 숲을 보고 그이의 입으로 숲을 노래한다. 이파리로 만든 계단 아래 바람한 토막 잘라낸 유리잔. 꽃밥을 다져 쌓아 올린 탁자에 엎디어 오래도록. 나는 숲 이야기를 썼다 쓰고 또 썼다. 새들은 나뭇가지 사이를 오가며 장난을 일삼는데. 숲 가운데 서면 달빛이 너무 환해서 무채색을 덧칠할 수밖에 없었던 어느 밤의 풍경화처럼. 이따금 숲은 작아질 대로 작아진다. 실뿌리가 되어 발바닥을 간질이다 칡덩굴로 온몸을 동여맨다. 벌새가 꽃에서 꽃으로 부리를 밀어 넣듯 숲은 나를 먹어치운다. 심장을 쏠아대며 꼬리만 남기고 사라지는 들쥐처럼. 꽁꽁 묶인 채 꿈이 깰 즈음에는 눈앞이 뿌연 감촉만 남는다. 구멍으로 가득한 안개 너머로 이따금 식구들이 왔다가는 걸 본다. 내가 등 돌리고 숲 그늘 밖으로 한 걸음 내디딜 때마다 빛과 소리는 아득하게 지워진다. 이제 숲은 완벽에 가깝다. 희디흰 그늘은 차가운 꽃을 듬성듬성 피워 올린다.

신동옥, 「숲 이야기」 전문

위의 시는 '숲' '이야기'라는 제목을 가졌지만 시의 진술은 서사적인 의미를 생산하지 않는다. 이야기의 불연속성을 강조하기 위해 시인은 의도적으로 마침표를 사용한다. 숲을 이루는 기표만 있고 기의 찾기가 어려운 작품이다. '나'가 숲의 이야기를 쓰고 또 쓴다는 이야기, 그리고 '꿈이 깰 즈음'이라는 표현에서 어쩌면 '숲'이 시적 자아의 꿈과 환상의 공간이었을 것이라는 상상이 가능해진다. 그렇다면, 이런 의미에서 이 작품은 분절되지 않은 시적 자아의 무의식 공간을 표현하기 위해 산문시의 통합적 형식이 선택되었음을 보여준다.

한편 문태준 시인의 「그때에 나는」은 시적 언술이 완결을 향해 가는 텍스트, 즉 결말이 열려진 텍스트성을 갖는 산문시로 보인다.

> 아가를 안으면 내 앞가슴에서 방울 소리가 났다 밭에 가 자두나무 아래에 홀로 서면 한 알의 잘 익은 자두가 되었다 마을로 돌아가려 언덕을 넘을 때에는 구르는 바퀴가 되었다 폭풍은 지나가며 하늘의 목소리를 들려주었다 너의 무거운 근심으로 나는 네가 되었다 어머니의 말씀을 듣는 조용한 저녁에는 나는 또 누군가의 어머니가 되었다
>
> 문태준, 「그때에 나는」 전문

이 시의 내용은 '나'가 경험한 그때의 이야기다. 사람, 사물, 상황 속에서 언제든지 '나'가 '너'가 될 수 있었던 그때의 경험이 텍스트 안에 소환된다. 그런데 '그때'란 시간적으로 한정되지 않았고, '되었다'라는 단어의 반복은, 동일한 이야기와 진술이 덧붙여질 수 있음을 상상하게 한다. '그때에 나는 무엇이었는가' '그때의 나는 어떠했는가'라는 시인의 기억이 지속되는 한, 이 텍스트는 무한히 확장될 수 있다. 시적 자아의 내면을 성찰하는 시의 본연이 산문적 상상력을 통해 확장되고 극대화될 수 있음을 보여준다.

산문시에 대한 관심은 결국 시의 정신과 본질은 무엇인가에 대한 질문이며, 보다 풍성하고 다양한 시를 상상하고픈 소망과 직결

된 것이다. 이런 의미에서 현대 산문시에 대한 성찰은 21세기 새로운 서정시와 만나는 또 하나의 기회일 것이다.

동일성의 시학과 그 이후

1. 김준오 시학의 문학사적 위상

김준오의 「시론」은 서구의 이론과 동양의 시학 원리를 수용한 독자적이고도 자생적인 시학으로 1980년대 이후 한국문학 전공 세대에게 시론의 정전 역할을 해왔다. 현재 시를 연구하는 필자를 포함한 후학들은 김준오 시론의 일정한 영향 안에서 시를 경험했고, 학습했다. 김준오 시론의 독창성과 개성은 잘 알려져 있듯이 '동일성同一性, identity의 시론'이다. 1982년 발간한 『시론』의 첫 번째 판본에서 시론서의 제목을 '동일성의 시론'이라고 붙이고 싶었다고 밝혔을 정도로 '동일성'은 김준오의 시학을 관통하는 원리이자 문제의식이다. 현대인의 보편적인 체험양상으로서 변화, 갈등, 소외 등에 주목한 그는 변하지 않는 것과의 일체라는 동일성의 함의가 현실적인 힘을 발휘할 수 있길 기대했다. 이런 의미에서 동일성은 시의 본질은 물론 현실과 역사 안에서 시의 존재론을 사유하는 가치와 이념을 환기한다.

한편 2000년대 이후 시론 연구자들은 1990년대 이후 탈근대적 징후를 보이는 사회문화사적 조건과 주체의 동일성에 대한 회의와 타자의 발견, 그리고 나아가 기존의 시 문법을 넘어서는 실험적 양식과 비동일성의 시학의 출현에 대해 동일성의 시학이 갖는 한계를 지적하고 전통적인 서정시의 개념을 재고하고자 했다. 이는 김준오 시학과의 단절이라기보다는 그의 이론에 대한 비판적 이해와 새로운 확장을 의미한다. 동일성이라는 개념 및 원리에 대한 비판, 나아가 서정시에 대한 새로운 입론조차도 그것은 김준오 시론을 의식하고, 비판하는 과정 속에서 이루어졌음을 강조할 수 있다. 이런 의미에서 이 글에서는 2000년대 출판된 후학의 '시론'에서 김준오의 동일성 시학의 주요 개념이 어떻게 수용, 심화, 확장되고 있는가를 읽어보고자 한다.[1]

2. 서정적 자아와 창조적 주관성

본질적으로 동일성의 시론을 이루는 핵심은 자아와 세계의 관계이다. 김준오는 시에서 자아와 세계의 만남은 동일성으로의 만남이며, 이때 자아와 세계는 각기 특수한 성격을 상실하고 하나의 새로운 동일성의 차원에서 승화된다고 설명한다. 이는 서정시에서 나와 타자는 구분되지 않는다는 것을 함축하며 세계가 자아화

---

[1]　이 글에서는 김준오의 『시론』(삼지원, 1997), 오성호의 『서정시의 이론』(실천문학사, 2006), 박현수의 『시론』(예옥, 2011)을 주요 텍스트로 삼았다.

된다는 것을 말한다. 즉 그것은 주체의 자기 동일성 속으로 객체의 타자성이 용해된다는 의미이기도 한데 김준오는 통일되고 융합된 상황에서 자아와 세계의 관계는, 대상세계이 주관자아에 종속된 것이라고 설명했다. 자아와 세계가 각각의 특수한 성격을 상실하고 새로운 융합의 존재로 고양된다는 진술과 일견 모순되어 보이는 이 설명은 융합을 이끌어내는 서정적 자아, 혹은 주관의 역할을 강조하고 있는 것으로 읽힌다. 이런 측면에서 자아와 세계를 동일화하는 서정적 자아의 주관에 주목하고 있는 오성호의『서정시의 이론』실천문학사, 2006을 살펴볼 수 있다. 오성호는 저서의 제목을 '서정시의 이론'이라고 붙임으로써 자신의 시론이 서정시의 장르에 보다 집중하고 있음을 강조한다. 저자는 '시에서는 시인의 내적 자아가 외부 세계와 관계를 맺고 있으며, 시는 본질적으로 시인의 주관성을 반영하는 양식'이라고 인식한다. 이와 같은 서정시에 대한 저자의 이해는, 서정적 자아의 주관을 통해 객관적 세계를 인식하고 상상을 통해 구조화한다는 측면에서 김준오의 동일성 시론의 논의와 맞닿아 있다. 특히 저자가 서정시 창작의 주체로서 '시인'에 주목하면서 '시인'과 '시와 시인'의 장을 따로 설정하고 있는 부분은 특기할 만한 부분인데, 이는 본질적으로 세계와 대상을 언어화하는 시인과 서정적 자아의 역할에 비중을 두고 있음을 시사한다.

이와 더불어 주목할 것은 저자가 현실과 시대, 사물과 세계의 진실된 모습을 그리고자 하는 리얼리즘 정신에 기초하여 주관성의 양식인 시를 통해 객관성에 이르는 방법을 모색하고 있다는 점이다. 즉 주관이 세계를 의식하고 감각하고 사고하는 작용자作用者 그 자체를 말한다고 할 때, 그 주관이 어떻게 하면 외부 세계에 대한 객관성을 담보할 수 있는가라는 문제에 대하여 저자는 깊게 천착해 들어간다. 그리하여 예술가의 인격에 관한 루카치의 견해를 토대로 서정적 자아의 주관성을 '직접적 주관성'과 '창조적 주관성'으로 구분하는 방법으로 주관성의 한계를 극복하고자 한다. 그에 의하면 직접적 주관성은 일상적인 삶의 과정에서 형성된 인간의 정신 활동 일체, 즉 인식, 감정, 사상, 신념 등을 모두 포함하는 것이고, 창조적 주관성은 주관의 활동이 직접적 주관에 머물지 않고 부단히 반성적 자기의식에 매개됨으로써 보편화되고 고양된 정신의 상태와 성질을 가리킨다. 범박하게 말하면 일상을 살아가는 인간들의 정신 활동 속에서 주관은 지속적으로 움직이는 것이라고 할 수 있다. 그리고 이와 구별하여 예술 창조를 위한 주관의 활동이란 일반적이고 일차적인 주관의 활동이 갖는 개별성과 일면성을 벗어난, 보편적인 것으로 고양된 창조적 주관성을 말한다. 따라서 저자는 시가 본질적으로 시인의 주관성을 반영하는 양식임에도 객관현실의 전체성을 반영할 수 있는 것은 그 자체가 주관과 객관의 통일을 향해 운동하는 창조적 주관성을 표현하는 것이기 때문이라고 설명한다.

그런데 한편 이처럼 시 작품의 이해에서 '창조적 주관'을 설정한다는 것의 의미는 주관의 편협함을 극복하여 창조성에 이르는 서정적 주체의 역할, 즉 시인의 존재에 대한 요청을 분명히 의미한다. 저자는 시를 '시인의 개성의 표현이라고 생각한 낭만주의 역시 직접적 주관성의 표출'이라고 평가한다. 이는 낭만주의의 특성이 외부 세계에 대한 객관성의 담보가 아니라 시인 자신의 내면성과 독창성의 세계에 집중했기 때문이다. 그러나 그렇다고 하여 직접적 주관과 창조적 주관이 전혀 분리된 별개의 것은 아닌데, 이는 창조적 주관이 직접적 주관에서 지양된 것이기 때문이다, 그 둘은 동일한 것이면서도 비동일한 것이다.

저자는 시인의 개성을 드러내는 직접적 주관성을 강조하는 논리 위에서 시에 등장하는 목소리의 주체를 '시적 주체'라고 명명한다. 그는 일반적으로 서정시에서 사용하는 화자라는 개념이 나의 내면을 토로한다는 생각을 가능하게 하지만, 한편으론 1인칭 소설의 서술자인 '나'와의 차이가 모호하다고 설명한다. 그리고 페르소나라는 개념은 정신분석학적 용어에서 출발한, 사회화된 인격이라는 규정성이 강하다는 점, 그리고 시인의 개성과는 무관하게 뒤집어 쓴 탈이라는 뜻을 내포하므로, 시인의 개성과 직접적 주관성을 긍정하는 자신의 논리와는 차이가 있기 때문에 적절치 않다고 설명한다. 뿐만 아니라 서정적 주체라는 용어 역시 풍자시 등, 시의 다양한 양상을 포괄할 수 없으므로 '시적 주체'라는 용어가 포괄적으로 가능하다고 제안한다. 저자는 시인의 개성과 주관에 대한 긍정 위에서 작품을 창조적으로 고양시켜 가는 시의 동력으로서 시적 주체라는 개념을 새롭게 설정했다.

시적 주체에 대한 오성호의 이론은 시인의 개성을 긍정한다는 점에서 김준오와 공통점을 보이면서 '페르소나-탈'의 이해에 있어서는 이견을 보인다. 김준오는 낭만주의 시에서는 시인과 시 속의 화자를 동일시하고, 시인의 인격이 현존하며 시 속에 실체의 시인이 말하고 있다고 믿었다는 측면에서, 화자의 설정이 인간중심주의적 사고로부터 비롯된 것이라고 설명한다. 그러나 현대시에서 나타나는 인간중심주의 비판과 극복, 그리고 다양한 주체의 출현에 대해 언술의 주체와 언술 행위의 주체를 구분할 필요성에 따라 '탈', 즉 '페르소나'라는 존재를 제시한다. 김준오는 탈은 분명 실제 시인과 엄격하게 구분된 것이라고 선을 긋고 있지만, 그것은 상상적인 것이고 탈의 이면에 시인의 주관과 개성이 잠재하고 있다고 주장한다. 이는 김준오의 시학에 여전히 '시인' 혹은 '인간'이라는 개념이 잠재되어 있음을 의미한다. 김준오는 탈이 시인에 의해 허구적으로 설정된 것이라는 점에서 시인의 의도와 개성이 오히려 긴밀히 연결되어 있음을 주장한다.

시가 하나의 창조물인 이상 '탈'이란 시적 화자를 '자전적으로 동일시할' 것이 아니라 '상상적으로 동일시해야 할 것'이라고 주장한다. 시적 화자는 제재에 대한 태도를 표명하기 위해 창조된 극적 개성이기 때문에 시는 어디까지나 허구적이고 극적이라는 것이다. (…중략…) 시의 화자를 퍼소나로 명명할 때 여기에는 특별히 강조하는 의미가 내포된다. 서정시라 할지라도 지나치게 자기중심적이 아니라 '형식적'이라는 점을 강조하는 것이 그것이다. 여기서 형식적이란 물론 시인이 작품 속에 들어갔을 때의, 실제와는 다른 예술적 존재양식을 가리킨 말이다. '작품 속의 시인'은 시인의 경험적 자아가 시적 자아[퍼소나로 변용, 창조된 것이지 시인의 실제 개성 그 자체는 아니다.[14]

인용문에서 세 번째 밑줄의 내용을 설명하면서 김준오는 수잔 K. 랭거가 말한, 서정시의 주관성이란 실제 시인의 주관성과는 다른 '가상적 주관성'이라고 설명을 덧붙인다. 이는 오성호 시론에서 주장한 바, 직접적 주관에서 창조적 주관으로의 고양을 의미하는 것으로 이해할 수 있다. 김준오는 이러한 창조적 과정에서 시인의 개성과 직접적 주관이 퍼소나로 변용되는 창조적 순간을 맞이하는 것으로 이해한 것으로 보인다. 이때 퍼소나는 서정적 자아와 동일한 것이면서도 또 비동일한 것이라고 할 수 있을 것이다.

3. 자아와 세계의 상호주체적 서정성

김준오와 오성호에 의해 개진된 시인/자아의 주관성은 박현수의 「시론」에서 서정성으로 확장된다. 그는 '시인의 주관성'이라는 말보다는 창작 주체의 시각에서 세계를 해석하고 변형한 '작품의 주관성'이라는 표현을 사용한다. 그리고 주관성은 주관을 중심으

---

2   김준오, 앞의 책, 281~283쪽.

로 세계를 해석하는 시적 특성이므로 시 일반의 특성을 지칭하며, '세계와 자아의 동일성'으로서의 서정시의 특성은 주관성의 특별한 형태로서 '서정성'으로 보는 것이 옳다고 주장한다. 이런 논의는 자아와 세계의 동일성을 문제 삼는 시를 서정시로 특화시키고, 이외 비동일성을 드러내는 작품들을 서정시라는 영역으로 단일하게 범주화 할 수 없다는 문제의식을 내포한다.

이에 저자는 '서정성'이라는 장을 따로 설정하여 서정성을 깊이 있게 천착하고 있다. 그는 서정성이 시 일반의 특성은 아니지만, 시 문학에서 서정시가 중요한 위치를 갖기 때문에 시의 핵심 개념으로 논의할 가치가 있다고 전제한 후, 서정성을 탐구하고 있다. 서정성의 문제는 궁극적으로 주체와 객체의 관계 문제로 세계의 자아화, 자아와 세계의 동일성으로 개념화된다는 저자의 논지는 김준오와 동일한 사유 위에 서 있다. 그리고 이와 같은 논점으로 서정성을 규정한 가장 일반적인 논의로 김준오의 동일성 시론을 인용하면서 주체와 객체의 완전한 동화로, 존재의 개별성이 사라지고 미적 전체 속에서 새로운 차원의 혼융일체가 일어나는 동일성, 일체감이 서정성의 핵심임을 진술한다. 그는 이 동일성의 순간을 루카치가 말하는 총체성의 세계, 혹은 마법의 순간으로 적극적으로 묘사한다.

그러나 한편으로 저자는 자아와 세계의 동일화에서 자아 중심으로 동일화의 방향과 성격이 위치 지어지는 것에 대한 비판적 입장을 표명한다.

자아와 세계가 구분되지 않을 만큼 동화되어 있듯이 서정시에 있어서 대상세계는 자립적 의의를 가지지 못하고 주관자아에 종속된다.[3]

그는 서정시의 객체는 자립적 의의를 갖지 못하고 주관에 종속된다고 하였는데, 이는 주체가 객체를 일방적으로 포괄해버리는 상태를 의미한다. 여기에는 객체를 압도하는 주체라는 일종의 위계질서가 개입해 있다. (…중략…) 그의 동일성은 주체가 객체를 주관적으로 포섭해버리는 심리학적 현상이라고 할 수 있다.[4]

그는 김준오가 말하는 서정성은 주체와 객체가 동등한 상태의 서정성으로 보기 힘들다는 사실, 즉 세계와 자아의 동일성이란 주객이 어느 쪽에 치우침 없이 공존하며 상호 동화된 상태를 말함인데, 대상이 주관에 종속되었다 함은 주체가 객체를 포섭해버린 심리적 현상이며, 주체와 객체의 혼융이 주체의 내면성, 시인의 주관성으로 처리되어버린 것이라 한다. 그는 자아와 세계의 관계에 대한 '대부분의 논의가 김준오처럼 서정성을 주체와 객체를 일방적인 종속관계'에 두는 것이라고 논한다. 그리고 세계에 대한 자아의 일방적 관계를 가진 서정성을 '독백주의적 서정성' 혹은 '나르시스적 서정성'이라 명명하면서 자신의 '상호주체적 서정성'과 대립되는 개념으로 구분한다. 그에 의하면 상호주체적 서정성은 주체와 객체의 관계가 능동

---

3   김준오, 앞의 책, 36쪽.
4   박현수, 앞의 책, 292쪽.

적이고 대등한 의사소통구조를 보여주는 경우를 말한다.

그러나 저자도 언급했듯이 김준오가 객체와 주체의 상호작용을 완전히 부정한 것은 아니라는 점 역시 기억할 필요가 있다.

> 자아와 세계가 각기 특수한 성격을 상실하고 하나의 새로운 동일성의 차원에서 승화되었을 때 미적 체험이 된다는 것이다. (…중략…) 자아와 세계, 곧 인간과 사물 사이에는 간격이 없다. 자아와 세계는 서로 동화되어 어떤 것이 인간이고 어떤 것이 사물이라는 구별 없이 미적 전체로 통일되어 있다. (…중략…) 서정시는 극과 서사와 달리 자아와 세계 사이의 거리를 두지 않는다. '거리의 서정적 결핍'이 서정시의 본질이다. 자아와 세계가 구분되지 않을 만큼 동화되어 있듯이 서정시에 있어서 대상세계는 자립적 의의를 갖지 못하고 주관자아에 종속된다. '세계의 자아화', '회감回感', '내면화' 등의 용어들은 모두 이런 시적 비전을 기술한 것들이다.[5]

'시적 세계관'을 논하는 장에서 김준오는 시를 극과 서사와 대비적으로 설명했다. 이 대비적 의미를 보다 정교하게 생각해볼 필요가 있다. 즉 이 부분에서 김준오는 자아와 세계의 관계의 측면에서 시는 극과 서사와 어떻게 다른가에 주목했다. 시는 자아와 세계가 서로 동화되는 양식인데, 극과 서사에서 자아는 대상과 거리를

---

5   김준오, 앞의 책, 35~36쪽.

두면서 세계와 대결하고 싸워나가야 한다. 이런 관점에서 볼 때 서정시에서의 세계는 자아의 주관하에 있다. 앞의 2장에서 언급했듯 이 부분에서 김준오는 서정적 자아, 즉 주관의 역할을 강조하고자 했다. 아마도 이런 상황은 김준오가 서사와 극과 대비하여 서정시에서의 자아의 역할을 보다 강조하고 있는 것으로 이해할 수 있다. 김준오는 '자아와 세계는 각기 자신의 특수한 성격을 상실'했다고 했다. 이 진술에서는 동일성의 방향이나 성격이 자아로 기울어져 있다는 편향성을 읽을 수 없다. 따라서 세계가 자아의 주관에 종속된다는 함의에서 위압적 주체나 주체-객체의 위계적 질서를 읽는 것도 재고의 여지가 있어 보인다.

김준오는 이 부분에서 '세계의 자아화'와 같은 수준으로 '회감'이나 '내면화'를 인용했다. 그리고 각주에서 슈타이거의 자아와 세계의 '상호동화'와 카이저의 '융합과 상호침투'가 자신의 세계의 자아화와 동일한 의미를 갖는다고 설명한다. 이에 주목한다면 김준오 논리의 방점은 종속적 객체보다는 서사와 극과 다른, 서정시의 '상호융합'과 '동화'를 강조하고 싶었던 것은 아닐까 생각하게 만든다. 박현수 역시 '상호주체적 서정성'을 설명하면서 슈타이거의 회감Erinnerung; Interiorization이 의미하는 주체와 객체의 간격 부재와 서정적 융화를 충분히 설명하고 있는데, 여기서 박현수는 김준오가 각주에서 짧게 설명한 슈타이거의 논의를 확장하여 주체와 객체는 어느 한쪽이 다른 쪽에 복속되는 것이 아니라 서로가 서로에게 영향을 미치는 상호주체적 관계에 놓이게 된다고 설명한다.

즉 자아와 세계, 주체와 객체는 서로 대등한 주체가 된다는 의미이다. 이는 주체 중심의 위계적 사유에 대한 저자의 비판철학적 관점이 반영된 것이다. 그렇다면 이런 세계관은 김준오의 시론에도 동일하게 적용될 수 있을 것이라 생각한다.

4. 실천적 시학으로서 동일성의 시론

박현수의 서정성에 관한 논의는 상호주체성에서 나아가 실천적 서정성을 정립하는 방향으로 전개된다. 실천적 서정성이 필요한 이유는 이 시대가 근원적 가치로서 서정성을 상실했기 때문이다.

상호주체적 서정성은 그 자체에 머물지 않고 '실천적 서정성'이 될 때 비로소 구체적인 의미를 지니고 완성된다. 근대인인 우리는 이 세계를 서정성을 상실한 세계로 본다. H.G. 가다머가 말한 바처럼 근대성이 "신성의 상실이나, 시적 경험이라는 어떤 유형의 상실, 그리고 근원적으로 본질적인 것과의 접촉을 잃어버린 세속적 역사주의에 의한 신성의 대체"라면 이는 한마디로 "서정성의 상실"로 요약될 수 있다.[18]

상호주체성의 논의에서 자아와 세계의 대등한 가치를 주장했던

---

6   박현수, 앞의 책, 304쪽.

저자는 이런 가치가 실현되는 실천적 서정성을 제안한다. 즉 자아와 세계, 주체와 객체의 행복한 만남이 시 작품 안에서만 이루어진 것이 아니라 현실에서 작동하는 논리로 작동할 때 진정한 상호주체적 서정성은 실천적으로 완성된다는 주장이다. 이런 그의 주장은 시 작품을 관통하는 하나의 가치이고 이념이며, 저자의 세계관이다. 그가 서정성을 탐구하는 장을 '이념과 표현'이라는 큰 주제 안에 배치한 것도 이런 의식에서 비롯된 것이라 생각한다. 저자는 '인간과 세계, 의식과 존재, 존재와 실존의 최종적인 동일성은 인간의 가장 오래된 믿음이며 과학과 종교, 주술과 시의 뿌리'라는 옥타비오 파스의 말을 인용하면서 자아와 세계를 소통시키는 서정시의 힘을 주장한다. 그 목소리의 근저에서 상실과 소외를 향해 열린 김준오 시학의 목소리를 듣는다.

현대인은 나와 세계의 격심한 변화를 체험하고 동시에 나와 세계와의 관계, 심지어 나와 나 자신과의 관계에서도 소외와 갈등을 체험한다. 그래서 현대인에게 변하지 않는 것과 일체감은 실제의 현실 속에는 존재하지 않는 하나의 이념처럼 커다란 의의를 지니기 마련이다. (…중략…) 동일성은 나만의 느낌이거나 또 새삼스러운 것이 아니다. 우리가 상실했던, 그리고 누구나 공유하는 가치개념이다.[7]

---

7   김준오, 「책머리에」, 『시론』, 문장, 1982.

김준오는 1982년 『시론』에서 동일성이란 변화와 갈등 속에서 인간이 상실한 변하지 않는 것과의 일체감이라고 설명했다. 변하지 않는 것과의 일체성을 꿈꾼다는 것은 보수적이거나 폐쇄된 세계를 의미하지 않는다. 김준오가 정의하는 동일성은 내재적 갈등과 투쟁을 배제한 닫힌 체계로서의 고정된 실체가 아니라 변화와 역동적 긴장을 수용하는 열린 체계로서의 동일성이다. 그는 서정적인 것의 일반적인 특성을 정의하려는 시도는 포기되어야 한다고 주장한 르네 웰렉의 생각은 큰 갈래 자체의 부정이 아니라 큰 갈래도 역사적 감수성과 연관되어야 한다는 점으로 해석했다. 이런 의미에서 자신의 동일성 시학이라는 큰 틀 역시 역사적, 시대적, 문학사적 변화 안에서 탄력적으로 사유될 것이라는 점을 강조했다.

이에 『시론』의 초판 이후 김준오는 네 차례 그 내용을 보완, 수정하는 개정을 진행한 바 있다. 그 핵심에는 1990년대 이후 시문학의 장場과 작품의 변화를 인식하면서 동일성의 시학을 재고하는 과정이 놓여 있다. 소위 탈근대, 탈주체로 명명되는 1990년대 이후 시문학 장場에서 김준오가 주장한 '자아와 세계는 분리되지도 대결되지도 않는다는 서정시의 조화의 논리'는 균열과 위기를 가져왔다. 이에 그는 1997년 4차 개정판에서 시론을 보완하면서 담론의 관점을 강화했음을 밝혔는데, 이런 관점이 자아 중심주의의 주체 철학의 전통을 깨고 텍스트에서 타자성을 발견하는 한편 언술내용의 주체와 언술행위의 주체를 엄격히 구분하는 인식과 관런되었음을 명확히 했다. 그 자신이 초판본부터 동일성의 관점에 포섭될 수 없는 현대시의 변화 양상에 많은 정성을 기울였고 이후에도 지속적으로 시의 변화를 인식하면서 마지막 글인 「육시론六詩論 및 시안론詩眼論과 서구의 전이시론轉移詩論」『동서시학의 만남과 고전시론의 현대적 이해』, 새미, 2001에 이르기까지 일관된 태도와 관점을 유지했다. 이런 점에서 그의 시론은 '동일성이라는 일관성 안에서 차이를 지양하는 운동'으로 움직여 나갔다는 평가 역시 가능하다. 이런 발전 과정을 고려할 때, 2000년대 이후 변화하는 시문학의 장에서 김준오의 시학이 갖는 한계를 서둘러 지적하기보다는, 김준오가 제기한 문제의식의 가치와 덕목을 보다 면밀하고 풍요롭게 주목해보는 것도 역시 필요했던 것으로 보인다.

변화하는 현실 안에서 상실을 인식하고 사유하는 것은 분명 시대와 역사에 대한 엄정하고 비판적인 인식을 요청한다. 이런 점에서 김준오의 동일성의 시론은 현실인식의 출발점이다. 객관성을 강조한 오성호의 '창조적 주관성'과 실천성을 사유한 박현수의 '실천적 서정성' 역시 김준오의 시학과 연결되어 있다. 김준오는 소외와 갈등, 상실을 야기하는 현실 속에서 시가 본원적인 것에 대한 정서적, 정신적 향수를 채워줄 수 있을 것이라고 믿었다. 이런 의미에서 우리 앞에 놓인 동일성의 시론이 환기하는 이념과 가치는 여전히 현실과 역사 안에서, 시와 시인의 힘과 자유를 사유할 수 있는 실천적이고 유효한 이론이라고 생각한다.

21세기 여성시학의 탐구

1. 여성시 동인 '여여如如'의 출발

시집 『빠져본 적이 있다』를 발간한 여여如如 동인들, 김금용, 김지헌, 김추인, 문숙, 박미산, 이경, 이채민 일곱 명의 여성 시인들은 1990년대 전·후 시단에 등단한, 독자적인 개성과 무게를 지닌 중견의 시인들이다. 이들이 "예술의 본질과 함께 변화 또한 사랑할 것이며 치열한 자기구현과 서로에게 빛이 될 것을 믿는다"라면서 동인의 출발을 알렸다는 사실이 반갑고 의미 깊다. 잘 알고 있듯이 1990년대 이후 여성시인들의 문단 진출은 적극적으로 확장되어 왔고, 여성시의 세계 역시 다양하고 깊이 있게 전개되어 왔다. 여성 시인들 개개인의 목소리는 오롯하게 울렸지만 한편으론 동인이라는 공동의 활동으로 발현되지는 않았다. 이런 의미에서 2019년 '여여' 동인의 결성은 시대적, 문학사적 맥락은 다르지만 1960년대 초반, 남성 중심의 문단에서 여성 언어의 초석을 놓기 위해 꿈과 언어를 공유했던 '청미' 동인 활동의 궤적이 21세기로 이어지는 것 같다.

일곱 여성시인들의 동인 출발은 변화하지 않는 서정의 힘과 함께 여성적 시선과 상상력을 일깨운다는 점에서 주목할 만하다. 시집의 '여는 말'에서 동인들은 한 개인으로서의 시인을 넘어, '일상을 탈주하여 새로운 세계를 열어주는' 정통적인 서정시의 덕목과 가치를 되새기면서도 한편으론 변화하는 현실의 차원으로 시와 시인을 심화, 확장해나가겠다는 지향을 드러낸다. 이는 시의 본질에 대한 탐구를 중심에 놓으면서도 시를 둘러싼 현실적, 시대적 조건들의 변화 역시 헤아릴 것임을 의미한다. '여여如如'는 '여여하다'에서 왔다고 한다. 불가佛家에서 말하는 한결같고, 변함이 없으며, 근본을 갖는다는 의미에 기대어 보자면, 시의 본질과 변화를 두루 살피겠다는 의도가 동인의 이름에도 반영되어 있음을 알 수 있다.

이들이 문제 삼은 전통과 본질, 변화와 다양성에 대한 성찰과 상상력은 시집 전체에 걸쳐 탐구되고 있다. 테크놀로지의 발전과 일상으로의 틈입에 대한 관심은 시인들의 주요한 소재로 등장한다. 첨단 과학 기술에 대한 시인들의 관심은, 그들의 상상력을 우주와 천체, 기계와 미래 생명 등으로 확장하는 토대가 되기도 하지만 한편으론 그런 사회문화적 조건에 대한 반성적 사유 역시 읽을 수 있다. 사이버 공간, 인공지능과 알파고, 사이보그 등은 현실을 변화시키는 강력하고 거대한 힘이자 오늘의 시가 탄생하는 새로운 지점이기도 하다. 김금용은 「잡히지 않는 암호」에서 사이버 공간을 표류하는 존재들의 외로움을, 문숙은 인간의 존재 증명 방식의 변화를 「무늬가 없다」에서 탐구한다. 인류의 진화와 휴머드의 출현을 예고하는 김추인의 「내일의 친구들에 고함」, 「김미래님의 외출」, 이경의 「알파고」와 「그들이 온다」, 이채민의 「사이보그 캅」 등은 인류가 직면한 새로운 생명-테크놀로지의 현장을 보여준다.

　김지헌 시인은 특히 이번 동인집에서 과학기술의 변화 속에서 인간의 자유를 생각해보겠다는 의도를 실은 작품을 실었다. 사이보그의 탄생과 인류 삶의 두려움을 표현한 「불쾌한 골짜기」 알파고의 등장과 인공지능의 문제를 다룬 「캐릭터들」 등과 섹스로봇을 다룬 「신, 규방가사」와 「그 여자, 지니genie」 등을 발표했는데, 뒤의 두 작품들은 모성을 통해 인간적 감정과 휴머니즘의 필요성을 노래한 박미산의 「보그맘」과 함께 여성적 시각에서 테크놀리지의 발전과 함께 생각해야 할 젠더적 이슈를 문제적으로 시화하고 있다.

　　지니genie야!
　　시도 때도 없이 그 남자는 그 여자를 불러댔다 남자에게 여자란 새 인생을 가져다주는 존재라는 듯, 그 여자는 그 때마다 나긋한 목소리로 좀체 귀찮다는 티도 안 내고 들어주고 대답한다
　　절대 궤도 이탈하는 법이 없다

　　눈 깜박할 새 지구 한 바퀴를 돌고는 다소곳 그 남자의 분부를 기다린다
　　내가 사막 유르트에 누워 별을 기다리고, 때로 낙타의 등에 올라 앉

아 고비를 달리는 동안 지니genie 그 여자가 착실하게 집을 지키고 온
갖 지구별 소식을 간추려 식탁에서 조간신문을 읽어주고 일기예보를
들려주며 셔츠와 넥타이를 골라준다

김지헌, 「그 여자, 지니(genie)」 부분

시인의 표현대로 일상 속에서 "그녀 없이는 세상이 돌아가지 않
는다 / 도처에 그녀 목소리가 윙윙거린다"처럼 '기가 지니'는 오늘
우리의 생활과 밀접해 있다. 시인은 이 지점에서 그 목소리의 주인
인 지니의 성별이 여성이고, 그 역할이 불평등한 젠더 관념에 편향
되어 있다는 점을 반어적으로 풍자한다. 나긋하고 하늘거리는 목
소리로 남성의 분부를 기다린다는 진술은 테크놀로지 안에서 평
화를 가장한「신,규방가사」, 여성에 관한 시대착오적인 젠더 관습이 여
전히 작동하고 있음을 비판적으로 보여준다.

사막에 누워 별을 기다리고, 광활한 사막을 누비며, 시간과 공간
을 넘나드는 여성 시인들의 상상력은 분명 테크놀로지가 가져온
상상력과 감수성의 변화와도 관련된다. 그러나 한편으론 우주로
확장되어 나가는 여성 — 나의 현존에 대한 자유롭고 활달한 의식
과 상상력이야말로 착실하게 집을 지키는 여성 — 기계 genie의 존
재가 얼마나 허구적인지를 단적으로 보여준다. 이번 시집에 실은
동인들의 작품 역시 바로 이런 문제의식의 지점에서 탄생한다.

2. 지상의 삶과 별의 신화적 운명

언급했듯 이번 시집에서는 우주와 천체, 별 등이 중요한 시적 대상이자 상징으로 등장하고 있음이 눈에 띈다. 시인들은 그 무한한 우주 공간을 지상의 공간과 대비적으로 사유하는데, 우주와 별과 인간의 삶이 겹쳐지면서 다양하게 변주된다.

우선 이경 시인의 「별 위를 걷다」, 「물바가지 별」 등은 별이 환기하는 정통적인 덕목과 상징을 기반으로, 우리 삶 안에 별을 불러들여 인간의 상처와 슬픔을 위로한다.

별 위를 걷는다 반짝이는 것들은 비밀로 가득하다

내가 딛고 선 이땅도 멀리서 바라보면 별이다

가을저녁 이마가 푸른 별을 올려다보면

옷소매를 끌어내리며 별을 올려다보는 사람이 보인다

오래 바라보는 것은 별이 된다 손닿지 않아도

생각하는 것만으로도 홀연 나타나는 별

이름을 불러보면 입꼬리가 살짝 올라가는 별

빛의 속도보다 빠르게 가서 닿고

빛보다 빠른 걸음으로 돌아오는 마음아

먼 곳 어딘가에 별이 있다는 것은

아직 풀어보지 않은 세계가 남아 있다는 것

오늘 저녁도 마음 하나가 이 별에서 저 별 사이를

성큼 건너갔다

별과 별 사이가 이리 가깝다

이경, 「별 위를 걷다」 전문

시인은 우리가 살고 있는 여기 이곳을, 반짝이는 비밀이 가득한 별로 아름답게 상상한다. 우리가 오래 바라보고, 상상하고, 생각함으로써 얻을 수 있는 존재. 이름을 부를 수 있을 만큼 친근하지만, 비밀이 있는 낯선 세계. 그래도 우리의 입꼬리가 올라갈 만큼 행복하게 만들어주는 별, 꿈, 희망, 우리……. 그 별은 "빵이 되고 솜

이불이 되고 눈물에 젖기도"김금용,「생쥐꼬리별」 하는 우리의 일상적 삶 그것이기도 하고, 돈을 벌기 위해 "날비에 젖고 / 갯 비린내에 젖고 / 콧물 눈물 땀에 젖은"「사람의 바다」 찢어지고 헤진 영혼을 위로하는 희망의 말이기도 하며, 그들이 "잠든 후에 내려와 이마를 한 번씩 만져보고"「벽에 걸린 남자」는 다시 돌아가는 꿈이기도 하다.

그러나 한편으로 무한한 우주 공간과 어두운 침묵 사이에 놓인 별의 운명은 지상을 살아가는 인간 존재의 고독과 외로움의 등가물로도 읽힌다. 김금용 시인은 떨어지는 별똥별을 바라보며 이제 더 이상 미래에 대한 답을 구할 수 없다고 생각한다.「시인의 말」 이는 그만큼 현실이 척박하고 고독하기 때문일 것이다. 시인은 「생쥐꼬리별」,「떠돌이 여우별」 등에서도 주제의식의 중심에 별을 놓고 있는데, 그 별은 「별 별 소리」에서 은하수 세계의 외로움을 대변하거나 우주 같이 막막한 사이버 공간에서 당신을 기다리며 표류하는 '나'를 의미하기도 한다. 「잡히지 않는 암호」

우주를 살아가는 별들의 삶을 헤아리고 새로운 희망을 주기 위해 떠난 화성 탐사기 로버 오퍼튜니티의 고독한 죽음을 노래한 「로버」에는 여기-지구별의 삶을 성찰하는 시인의 시선이 담겨있다. 그에게 지구의 삶은 외롭고 쓸쓸하므로 자신을 기다려줄 어린 왕자가 사는 다른 행성을 꿈꾼다.

생명체가 살지 않는다는 텅 빈 화성
지면을 파고 행성 활성도를 알아본다

물이 있다

어린왕자가 살고 있을까

수성암 주변에 지구인을 이주시켜볼까

희망의 끈, 로버는 날아갔다

인사이트에 연을 매달고

캄캄한 침묵의 공간으로 뛰어들었다

영원은 없는 게 분명하다

그는 무참히 고사되었다

우주의 쓰레기가 되었다

영양이 부족한 한겨울을 견디기 위해 자신의 곁가지를 죽이는 참다
래 넝쿨손처럼

지구는 그를 버렸다 생태계가 가르쳐준 잔혹한 법칙대로

김금용, 「로버」 전문

어린 왕자는 변하지 않을 영원한 관계에 대한 시인의 소망을 함
축한다. 로버는 그런 꿈을 찾아 나서준, 희망의 끈이다. 그런데 15
년간 인간을 위해 일해 준 로버는 사고로 캄캄한 우주 속으로 사라
졌다. 시인은 로버의 죽음을 통해 오늘 우리의 이기심과 생명을 죽
여 왔던 생태계의 잔혹한 현실을 읽고 나아가 인간 삶의 비정함을

되새긴다. 로버의 죽음은 기계가 아니라 인간과 같은 또 하나의 생명이, 그리하여 인간의 희망이 캄캄한 침묵 속으로 던져진 것을 상징적으로 보여준다. 인류를 위해 일하다 우주의 쓰레기로 생을 마감한 로버, 그가 '인내'의 계곡에 잠들었다는 것은 의미심장하다.

이채민 시인의 상상력도 역시 우주와 천체로 확장되어 나가는데, 시인은 여기에 신화적 시간을 중첩하여 우주적 고독과 죽음의 비극성을 강화하고 있다. 시인은 「시인의 말」에서 자신의 시가 내면의 어둡고 무거운 것과 붉디붉은 고통과 아픔에 기반해 있음을 이야기했다. 시인은 카시오페아의 딸로 포세이돈의 노여움을 사 바닷가 바위에 묶여 있는 안드로메다의 목소리를 통해 "아직 절벽에 묶여 있는 나의 울음이 / 살아있어요" "200만 광년을 돌아돌아 왔는데, 몇 광년을 더 돌아 / 제 자리가 될까요"라면서 고통과 고독 속으로 던져진 안드로메다의 비극적 운명에, 시인의 불안과 고통이 담긴 내면의식을 투영하고 있다.「안드로메다의 초인종」「잘가요, 명왕성」,「부고」등은「안드로메다의 초인종」과 연작은 아니지만, 시인의식의 측면에서 연계성을 읽을 수 있다.

　　　울어줄 사람 없는 작별이 초인종을 울린다

　　　우주 변방에서 점으로 마주섰던 점 하나가
　　　페가수스 날개를 타고 떠나간다
　　　잡초처럼 주소 한 줄 남기지 못하고

날아간다

무엇이 무거웠나
수국꽃 잎잎 창가에 뿌려놓고
존재하는 만 개의 쓸쓸함에 끌려서 간다

덜미 잡힌 고독에게 집 한 채를 내어주고
고통이 치렁했던 한 굽이의 생을
어떻게 읽어야 할까

쫓겨난 명왕성의 눈물이 주먹만 하다고 했던 말
하얀 수의 속에 웅크려 있겠지

먼 훗날 유성들이 흩어내리는
우주 어느 정거장에서 다시 볼 수 있다면
주목만한 눈물이 맞다고, 그때는 손 흔들어 주리라

꽃이 피지 않는 행성에서
홀로 우두컨한 이별이여

광년을 날아가는 쓸쓸한 작별이여

이채민, 「잘가요, 명왕성」 전문

「안드로메다의 초인종」에서 시어 '초인종'은 「잘가요, 명왕성」의 첫 행에 다시 등장한다. 초인종이 사람을 불러주는 것이라는 점에서 시인은 자신을 맞이해줄 사람을 기다리고 있다. 2006년 태양계의 9번째 행성이었던 명왕성은 왜소 행성으로 관측이 되어 태양계에서 떨어져 나왔다. 광활한 우주 안에서 태양계의 한 식구로 살아가던 명왕성은 이제 쓸쓸함과 고독의 집 한 채에 불과하다. 표면의 온도가 낮아 얼음으로 뒤덮인 명왕성이, 시인에게는 주먹만 한 얼음-눈물을 흘리며, 하얀 수의 속에 웅크려 홀로 이별과 작별을 고하는 고독한 존재, 그 자체이다. 시인은 생의 페이지에서 한 존재가 사라진 상황을 "나는 있는데 너는 없는 / 너는 있는데 나는 없는 너무 많은 것들, 너무 무성해서 쓸쓸하지도 못"「부고」하다고 말한다. 나와 너의 현존과 부재의 어긋남, 서로의 부재와 결핍의 과잉이 역설적으로 존재들의 내면을 채워, 외로움이 외로움을 채운다는 시인의 목소리는, 우리 삶에서 아주 잠시 존재의 한 페이지를 남기고 가는 아픈 인연들에게 전하고 싶은 안부 인사이고, 다시 그들을 삶 안으로 부르고 싶은 초인종-신호이다. 몇 광년의 바다와 모래를 거쳐야만 그 종소리는, 우리를 위한 마지막 구원의 별을 소환해줄 수 있는 것일까.「흑해의 한낮」

3. 시·공간^{時空間}의 확장과 우주적 자아

김추인, 문숙, 박미산 세 시인 역시 무한한 시^時·공^空에 관한 확장적 사유를 통해 자아의 고독을 탐구하고 생의 본질에 도달하고자 한다. 김추인은 「시인의 말」에서 최근 자신의 작품이 '가지 않은 길'에 집중하고 있음을 밝혔다. 삶에서 '가지 않은 길'은 이미 과거에 속한 것이지만, 한편으론 그 과거 속에서 선택하지 않은 미래가 담긴 시공^{時空}이기도 하다. 이런 의미에서 가지 않은 길은 지나간 미래라는 중층적인 시간성을 함의하는 시어이고 시적 상황이다.

과거는 지나간 미래

몇 사내가 자막처럼 지나갔다

가슴이 부재한 세상은 그리 있으라 두어두고

그녀는 어린 꿈속으로 귀화했는지

여자는 담을 헐고

오래된 흔들의자를 숲으로 돌려 보냈다

의자에 물이 오르고 싹이 돋고

가지가 벋을 것이다

세상의 책들이 의자들이 숲이라 불리던 때였다

나무에 물을 주던

어린 원예사는

옛날의 옛적

성스러운 미래에 닿아

꽃씨를 뿌렸고

기묘한 과실 속에서 태어나지 않은

여자들이 어처구니도 없이

해뜨는 쪽으로 지구별을 돌리고 있었다

또 만년의 미래가 지나갈 것이다

획. 획. 획.

김추인, 「지난간 미래로의 여행-가지 않은 길」 부분

　영화 필름이 거꾸로 돌아가는 것처럼 시인의 시간은 현재에서 과거로, 퇴행하고, 젊어지며, 어려지면서, 그 과거에서 몇만 년 더 먼 과거의 원초적 시간대로 획 획 획 달려간다. 작품에는 시인이 가지 않은 길을 상상했던 순간들이 클로즈 업 된다. 몇 사내가 자막처럼 지나갔던 청춘의 시간, 흔들의자에 앉아 꿈을 키웠던 소녀의 시절, 그 의자와 책이 태어나기 전 나무에 물을 뿌리던 어린 아이, 그리고 태어나지 않은 꽃씨. 시인은 해 뜨는 쪽으로 돌아가는 지구별, 그 별의 얼굴에서 여자의 원초적 시간과 생명력을 읽는다. 이제 그 여자는 지구가 탄생하던 그 억만년의 시간 속으로 들어가 그 우주적 시간의 물레를 돌린다.「누가 물레를 돌리는가」 그 시간의 켜켜를 헤치고 태초 지구가 여성으로 여기에 살아온다.

　우주라는 광대한 시·공간의 차원에서 보면 인간이 경험하는 과거, 현재, 미래는 점멸하는 먼지의 별밭, 지구 위의 '사물의 시간'일 뿐이다. 시인은 "우리 지금 우주를 날고 있는" 무한한 시간을 상상함으로써 고독하게 '혼자 서 있던 그녀를' "나이고 너이고 꽃과 나비"의 시간 속으로 확장시킨다. 이 순간은 "까마득히 지나간 미래거나 / 아직 오지 않은 미래거나 / 나, 아무데도 없고 어디에나 있"는, 시인이 '내 안의 수많은 나를 만나기 위해' 떠나는 미래의 시공時空인 것이다.「내 최후의 사막여행」 김추인 시인에게 과거는 미래를 향해 있다.

이처럼 과거의 시간을 통한 현존의 탐구는 문숙과 박미산 두 시인에게도 주요한 시의식을 이룬다.

　　한 가슴에 들러붙어 화인을 새기며
　　끝까지 사랑이라 속삭였을 것이다
　　꽃 뒤에 감춰진 죄
　　모든 시선은 빛나는 것에 집중된다
　　환하다는 것은
　　누군가의 고통 위에서 꽃을 피웠다는 말
　　낮과 밤을 교차시키며
　　지구가 도는 것도 그 때문일 것이다
　　돌고 돌아 어느 전생에서
　　나도 네가 되어본 적 있다고
　　돌고 돌아 어느 전생에서
　　나도 네가 되어본 적 있다고

이생에선 너를 움켜잡고

뜨겁게 살았을 뿐이라고

문숙,「환하다는 것」부분

문숙 시인은 「환하다는 것」을 포함하여 「어머니가 병원에 가던
날」,「싱크홀」,「걸려있다는 것」 등에서 어머니와의 이별을 통해
고독한 인간 존재에 대한 성찰과 죽음에 대한 사유를 드러낸다. 시
간 상징으로 보면 어머니와 아버지는 현재 나를 만든 과거의 시간
대에 속하는 존재들이다. 시인은 오늘 우리의 빛나는 삶이 '사랑'
이라는 이름으로 그 존재들의 고통 위에서 꽃피었음을 아프게 기
억한다. 그러므로 그들이 떠나간 저승과 이승의 구분이 있다고 하
는 것은「싱크홀」, 빛나는 삶을 위해 저질렀던 죄를 용인하는 것이기
에 오히려 아픈 위로이다. 따라서 시인은 지구가 빛나는 낮과 어둔
밤을 갖듯이, 우주 삼라만상 생명의 원리는 그러한 것이고, 나아가
그 생이란 전생과 이생, 나의 생과 너의 생, 과거와 현재, 미래가 엉
켜 있는 시·공간時空間이므로 우리 모두는 누군가의 생의 밑거름이
되기도 하고, 꽃으로 피어나기도 한다. 시인은 이런 상상을 통해
고통스런 현존과 과거, 미래를 통합시킨다. 이때 떠난 사람이 남기
고 간 꼬불꼬불한 머리카락이야말로「싱크홀」 시간의 중심을 넘어 구
불구불하게「환하다는 것」, 나선형으로 돌고 돌아 내가 너이고 너가 나
인 시간 안으로 우리를 인도하는 강력한 상징이다.

박미산 시인 역시 아버지의 죽음을 전후로 한, 집안의 몰락과

'나'의 성장을 모래와 사막, 우주의 공간을 배경으로 시화하고 있는데, '모래마을 1~6'이라는 부제가 붙은 여섯 편의 작품은 시인이 그리고자 했던 생의 이력履歷을 서사적으로 구조화한다. 「2050년 핫 뉴스－모래마을 1」에서 불구덩이와 불바다가 되었던 산동네가 「하늘 아래 305번지－모래마을 2」에서는 재와 그을음의 자리에서 피어난, 실어증을 앓는 붉은 상처의 꽃잎으로 뒤덮이고, 「알파별 스피카－모래마을 3」, 「연두야－모래마을 4」에서는 서서히 몰락하는 가계와 아버지의 부재, 그리고 시적 자아인 '나－빛나는 별'의 꿈이 등장하고, 「간섭의 궤도－모래마을 5」와 「인터스텔라－모래마을 6(아버지의 우주여행)」은 아버지와 연결되었던 과거의 시간으로부터 떨어져 나와, 내가 시간의 주인으로 살아가게 되는 일련의 과정이 드러난다.

밀밥을 우겨넣던 당신이 펼쳐져 있다 밀 포대를 멘 당신의 어깨를 한 장 한 장 넘긴다 부둣가에서 하역하던 젊은 당신, 태양과 맞서 새카맣게 그을린 얼굴에서 땀방울이 떨어진다 타향에서 공존하던 땀방울이, 흙먼지가 환호도 고통도 없이 팽창한다 뒤돌아보지 못하고 태양계 밖으로 떠난 당신과 잇닿았던 나의 이목구비가 부서진다

당신의 페이지를 무작위로 펼쳐 든다 먼지투성이인 달력에서 번진 숫자만이 유령처럼 매달려 있다 우리는 모스부호처럼 짧게 손가락을 스친다 시간의 손가락이 풀리고 당신보다 훨씬 늙어버린 나를 바라본

다 기다리라던 시간의 한가운데에서 자전의 바퀴를 굴린다 별과 별 사이 아직 난 살아 있다, 주름살 하나 없는 사랑을 믿으면서 고집스럽게 앉아 시곗바늘을 돌린다

박미산, 「인터스텔라 – 모래마을 6(아버지의 우주여행)」 전문

시인은 사막 같은 현실에서 '살아남기 위해 선인장의 가시를 품었고, 그것으로 자신을 지켰다'「간섭의 궤도 – 모래마을 5」고 고백한다. 그런데 이제 태양계 밖, 다른 행성으로 떠난 아버지, 그를 중심으로 움직인, 간섭의 궤도에서 빠져나오자 아버지와 잇닿아 있던 나의 이목구비는 부서지고 나는 단독자가 된다. 아버지의 시간과 이제 영원히 단절하면서, 기우뚱거리거나 홀쩍이지 않고 비로소 나는 여성 자신의 시간을 살아야 한다. 평생 노동, 타향, 고단, 가난을 자신의 페이지에 새겨 넣어야 했던 아버지의 삶. 시인은 시공간에 대한 우주적 확장을 통해 아버지의 시간을 현재의 시간으로 소환하여 그와 화해한다. 시간들이 축적되어온 시간의 주름을 펼치면 과거와 현재 미래는 모두 하나의 시간으로 수렴된다. 우주의 시간으로 떠난 주름살 하나 없는 젊었던 아버지와 오늘 그 아버지보다 늙은 나는 우주에서 조우한다. 아버지가 떠난 별과 내가 사는 별 사이, 인터스텔라, 그 무한한 공간을 유영하면서……. 박미산의 작품은 새로운 시간과 언어의 주인임을 천명한 여여 시인들의 존재를 상징적으로 보여준다. 사랑을 믿는 그들은 시곗바늘을 아침을 향해 돌리며 무한한 우주로의 모험, 여행을 시작한다.

제3부

기억의 연대와
미래의 언어

삶의 참된 척도는 기억이다. 기억은 뒤를 돌아보면서 번개처럼 전체 삶을 가로지른다. 글을 읽으며 몇 페이지 앞으로 돌아가는 것만큼이나 빠르게 기억은 이웃 마을에서 말을 탄 사람이 출발하기로 결심한 그 지점으로 되돌아 간다. 나이 든 사람들이 그렇듯 삶이 글로 변한 사람은 이 글을 오직 거꾸로만 읽을 수 있다. 그렇게 함으로써만 그는 스스로를 마주하게 되고 그렇게 함으로써만 — 현재에서 탈출해 — 그의 삶이 이해될 수 있다.

발터 벤야민, 『브레히트와의 대화』에서

1. 어둠을 건너는 별을 꿈꾸며

불우한 정치 역사와 마주해야 했던 1970년대에서 1980년대, 청춘의 시절을 지내며 시인의 삶을 선택했던 오성호 시인. 그는 첫 시집『별이 뜨기까지 우리는』1988에서 시대의 어둠을 향해, 그리고 그 어둠의 뒤편에서 떨쳐 일어서는 사람들에게 희망과 용기와 믿음을 주는 시를 썼으면 좋겠다는 꿈을 밝혔다. 이후 그는『가시나무 그늘 아래서』1994,『빈집의 기억』2005을 통해 '난세亂世'의 삶을 비판적으로 성찰하고, 자본주의의 물신화된 욕망의 동물성을 직시하면서도 엄혹한 현실을 밝히는 서정시의 본령을 지키고자 노력해왔다.

그는 문제적 현실에 대한 냉철한 비판을 견지하면서도 고통스럽고 힘든 세상을 움직이는 긍정적 힘과 함께 살아가는 인정人情을 지지해왔고, 또 그 안에서 변화와 미래를 찾아나가는 인간의 실존적 선택을 중시해왔다. 이런 특성은 이번 시집까지 일관되어 왔는데 특히 첫 시집 이후 지속적으로 등장하는 별의 이미지는 어두운 현실을 넘어서는 강력한 상징으로 시인 의식의 중심에서 밝게 빛나고 있다.

첫 시집 『별이 뜨기까지 우리는』에서 별과 별 사이를 헤매어 다니면서 맑은 별 하나 떠오를 때까지 끝이 없는 노래를 부르겠다는 의지「별이 뜨기까지 우리는」, 「끝이 없는 노래」를 보여주었던 시인은 '가시나무 그늘'을 밝힐 '살별'을 꿈꾸었고「명궁」, 특히 『빈집의 기억』에서는 절망과 체념 속에서도 '불 꺼지지 않은 별들을 찾아 온 우주를 헤매고 다녔다'는, 고백으로 시집을 마감했다.「후기」 이런 의미에서 오랜 세월 '멈출 수도 없이 돌이킬 수도 없이' "취한 듯 중독된 듯 / 이마를 비추는 별빛을 따라 걷다 / 문득 가슴에 찍힌 화인火印"「사랑, 그 치명적인」, 별의 문자이자 희망의 언어를 찾아 온 그의 여정은 이번 시집에서도 역시 별에 기대어 새로운 길 찾기에 나서고 있다.

저를 불살라
길 찾는 누구에게나
고루 길 일러주던 별 하나
불타는 몸 그대로 어둠을 건너와
지구 한 귀퉁이에 몸 부렸으니

오래 마음 닦은 별의 사리舍利
그 속에 오롯이 담긴 깊고 그윽한 뜻
과연 누가 읽어낼 수 있을까

「운석隕石」 전문

「운석」은 별을 보며, 별을 꿈꿔온 시인의 소망이 투영된 작품으로 시집 전체를 관통하는 주제의식이 상징적으로 시화되어 있다. 시에서 시인은 별이 빛나는 창공에서 인간이 가야 할 길의 지도를 읽을 수 있었던 행복한 시대가 있었음을 이야기한다. 이제 그 별은 운석의 몸을 빌려 지상으로 내려왔다. 새로운 생을 꿈꾸며 자신을 불태워火, 어두운 한 세상을 건너온 별. 시인은 그 꿈을 실현시키고자 소멸의 위태로움을 딛고 먼 시간 우주와 대기를 통과해온 별의 운명을, 오래 마음의 번뇌火를 닦고 사리를 남기는 인간과 겹쳐 놓는다. 인간의 '사리'라는 상상력은 별이 갖는 물질성을 환기함은 물론 인간적 한계를 극복한 신성성 역시 강조한다.

하늘의 별이 지상으로 내려왔다는 상상은 삶의 지도를 인간 세계에서 찾을 수 있다는 가능성을 함축한다. 그리고 세상 어딘가 한 귀퉁이에 몸 부리고 살고 있을, '변장한 별 혹은 천사'「착각하지 마라」의 그윽한 뜻을 읽어야 한다는 시인의 소명까지 내비친다. 별은, 어둠 속에서 길을 찾는 '누구에게나 고루' 빛나는 희망이, 미래가 있다고 말해왔다. 시인에게도 별은 길잡이가 되어 누구에게나 고루 희망이 되는 시를 찾아가는 여정을 함께 할 것이다.

2. 또 다른 생生, 그 이상理想을 찾아서

　시집 『로시난테를 타고』는 2005년 세 번째 시집 『빈집의 기억』 이후 창작해온 작품들을 묶은 네 번째 시집이다. 시집을 읽다보니 작품 한편 한편에서, 지난 1984년 등단 이후 삼십여 년의 시력詩歷이 만드는 언어의 무게와 깊이가 고스란히 전해져온다. 시집은 3부로 구성되어 있는데 '낯익은' 나를 버리고 새로운 나를 찾아가는 주제를 담고 있는 1부를 시작으로 2부는 시인에게 오랜 기간 삶의 터전이 되었고, 또 새로운 깨달음의 근거가 되고 있는 자연에 대한 시편들, 그리고 3부는 자본주의적 일상과 비정한 현실에 대한 비판의식을 드러내는 작품들로 구성되어 있다. 각 부는 유사한 주제의식에 맞게 묶여져 있는데, 시집 전체적으로는 폭력적으로 물신화된 자본주의적 삶을 넘어, 생명과 맞닿은 새로운 시와 시인의 삶을 찾아가려는 최근의 시인의식과 긴밀하게 관련되어 있다.

　시집에 실린 첫 번째 작품 「오리무중」과 시집의 표제시인 「로시난테를 타고」는 새로운 삶의 길을 탐구하는 시인의식이 집중적으로 시화된 작품들이다.

　　나는 우화羽化한 나비가 남겨놓은

　　빈 고치 같은 경전 속에서

　　길 잃고 헤매는 중이다

온갖 달콤한 약속으로 나를 가둔

숱한 우리들을 부수는 중이다

자본이 불 지핀 욕망이 피워낸

자욱한 연기煙氣에 중독된 채

희미한 연기緣起의 끈을 더듬어

집 나간 소의 발자국을 찾고 있는 중이다

아직 내게로 오지 않은 것들과

나를 거쳐 세상으로 돌아간 것들 사이에서

입맛 다시고 있는 중이다

죽음을 연기延期하기 위해

한 번도 살아보지 못한

삶을 연기演技하고 있는 중이다

이미 굳어버린 전생을 밟고

불안하게 흔들리는 이승

내가 저지른 모든 실수를 딛고

내생으로 건너가는 중이다

모든 것을 허무는 허무와 싸우는 중이다

내가 걷는 길은 첩첩산중이고

내 앞은 여전히 오리무중이지만

나는 낯익은 나를 버리고

여전히 멀기만 한 내게로 돌아가는 중이다

「오리무중五里霧中」 전문

　　"시인은 너무 많은 불빛 속에서 별빛을 잃고 / 너무 많은 길속에서 갈 길 잃고 / 너무 많은 말들 속에서 할 말 잃고 / 너무 많은 사랑 속에서 사랑을 잃"어버린 자신을 알고 있다.「너무 많은」 진정한 '별-길-말-사랑'을 잃어버린 상황에 대한 깨달음 속에서 상실한 자아를 찾아 나서는 노력이 시작된다. 〈심우도尋牛圖〉는 인간의 본성을 찾아 깨달음에 이르는 과정을 상징적으로 보여준다. 시인은 잃어버린 생을, 돌아가야 할 나를 찾아나서는 길을 소를 찾아 나서는 길에 비유함으로써 자신의 소망이 인간 본원의 이상과 맞닿아 있는 신성한 것임을 강조한다.

　　그러나 찾아가는 과정 역시 녹록한 것은 아니라는 사실 역시 잘 알고 있다. 시인은 자신을 가두어 온, 스스로의 욕망과 실수와 허무 등과 싸우면서 '내생來生'인, '나의 생'으로 건너가야 한다. 한 번도 살아보지 못했고 내게로 오지 않은, 희미한 길을 더듬으며 헤매야 하는 자신의 상황은 첩첩산중, 오리무중이다. '오리무중'이라는 시어는 길을 찾아 나서는 이번 시집 전체의 시적 자아가 놓인 상황이기도 하다. 그러나 한편으로 그 길은 '포기하고 싶을 때 나를 일으켜 세우고 나를 넘어서게 하는'「너에게 보낸다」 역설적인 것이기에 내게 그 길에 나설 상상력과 용기를 일깨운다. 따라서 시인는 스스로에게 "헤매는 것 겁내지 마라 / 어디서 무슨 꽃으로 / 피어날지 걱정하지 마라 / 무릉武陵에 닿은 것도 / 실은 길 잃은 자였으니"「길을 묻는 아이에게」라면서 존재론적 방황과 기투企投 속에서 새로운 삶으로의 전환이 가능할 것이라 되뇐다.

시의 앞부분에서 시적 자아는 '빈고치 같은 경전 속에서 헤매고 있다'고 한다. 경전이란 영적이고 마술적인 힘을 가진 성스러운 '말'이다. 따라서 시인에게 자신을 찾아 나서는 길은 그 자체가 깨달음道에 이르게 하는 길道로 의미화된다. 무수한 사람들이 자신을 찾아나간 그 길에서 삶의 언어와 이치를 배우는 것, 이것이야말로 자신만의 우리를 벗어나고자 하는 시인의 꿈일 것이다.

이처럼 '꺼지지 않은 꿈과 사랑'이라는 상상의 힘을 빌려 길 위에 펼쳐진 삶의 언어를 만나고 자신의 이상에 다다르려고 하는 시인의식은 세르반테스 소설『돈키호테』의 주인공 돈키호테와 그의 늙고 야윈 말 로시난테를 텍스트로 소환한다. 돈키호테는 로시난테를 타고 상상 속의 여인 둘씨네아의 사랑을 찾고 진정한 기사가 되기 위해 길을 떠난다. '로시난테를 타고' 찾아 나선 이상의 세계는 어디일까.

무수한 말들이 허공을 떠다닌다
허다한 말들이 나고 섞이고
피 흘리며 싸우고 죽는 전장을 헤매며
내 마음 오롯이 담을 말
나를 네게 실어 나를 말을 찾아 헤맨다

숱한 말을 버리고 죽인 끝에

내 욕망의 어두운 골짜기에서

겨우 건져 올린 말

입에는 침 마르고 혀는 굳고 목은 쉬었으니

목쉬고 더듬거리는 소리로 온전히 몸을 받기나 했는지

듬성듬성한 갈기 닳아버린 발굽

주저앉을 듯 비틀대는 비루먹은 말 로시난테

둘씨네아, 네가 갇힌 곳은

세이렌이 머리 빗으며 노래 부르는

얼마나 거칠지 알 수 없는 바다 건너

대체 몇일지 알 수 없는 거인들이

길을 막고 있는 광야 저편 어디쯤

노래를 멈추지 마라 둘씨네아

이어지는 노래가 앞선 노래를 밀어

그 한 자락 마침내 내 가슴에 닿을 때까지

들끓는 그리움으로 키워낸 나의 애마 나의 애물

로시난테를 타고 네게로 간다 둘씨네아

얼마나 더 길 잃고

얼마나 더 많이 낙마하고

얼마나 많이 패배해야 할지 모르지만

너를 찾아 나는 바람 부는 길에 나선다

갑옷도 칼과 방패도 없이

꺼지지 않은 꿈과 사랑에 기대어

「로시난테를 타고」 전문

　이상理想을 찾아 길을 떠나는 시인의 이미지는 심우尋牛의 설화는 물론 소설 「돈키호테」와 신화 「오디세우스」의 주인공들과 겹쳐지고 이들이 찾아가는 진정한 기사騎士의 꿈과 잃어버린 고향이 시인에게는 그리운 노래가 존재하는 곳으로 그려진다. 이 작품에서 시인은 로시난테라고 하는 말에 다층적 의미를 부여하고 있다. 로시난테가 돈키호테에게 상상 속의 사랑, 둘씨네아에게로 이끌어주는 말馬이듯이 시적 자아에게도 길을 나선 나를 가고자 하는 곳에 실어주는 말馬이고, 나를 표현하고 나의 마음을 실어줄 말言語이며, 내 마음을 오롯이 담을 수 있는, 시인이 추구하는 진정한 말詩, 노래이기도 하다. 때문에 시인은 진정한 노래에 닿지 못하게 하는 세이렌의 거짓된 노래 역시 경계해야 한다. 바람 부는 길에서 길을 잃고, 시詩를 지킬 갑옷도 칼도 방패도 없이 떠나는 '나'이지만 나는 해맑은 아이의 눈으로, 세상에 첫발을 내딛는 것처럼 마음의 설레임이라는, 마음의 별-지도를 따라 길을 나선다. 이런 의미에서 이번 시집은 새로운 생을 찾아가는 시인의 궤적이 오롯이 새겨진 책이다.

낡은 지도에 목매지 말고

시효 지난 가르침에 귀 기울이지 말고

피의 뜨거움에 너를 맡기고

너를 흔드는 마음의 설렘을 따라 가라

네가 마주친 벽의 높이

네가 헤맨 골목의 깊이와

네가 헤쳐가는 광야의 넓이가

너의 지도로 살 속에 새겨질 때까지

「길을 묻는 아이에게」 부분

3. 마음을 다해 자연-생명으로

시인은 새로운 나를 찾기 위해서는 상상과 꿈을 가져오는 피의 뜨거움과 나를 흔드는 마음의 설렘임을 강조한다. 특히 이번 시집에서 '마음'은 시적 자아의 의식을 드러내는 시어로 자주 등장한다. 이제 중년에서 노년으로 접어들기 시작하는 시인은 육체적 한계를 서서히 깨닫기 시작한다. "오랜만에 동네 뒷산 올라가는데 / 문득 무릎에서 삭정이 부러지는 소리가 난다" "몸이 마음을 끌고 다니던 시간 지나고 / 이제는 마음이 몸을 끌고 가는 걸까"「산길에서」라면서 마음에 집중할 시간을 따라 길을 떠나려는 시인. 그는 자신의 꿈이나 희망에 대한 성찰이나 나이 들어감에 대한 의식 없이 살아온 자신의 삶이 마음, 즉 내면이 꿈꾸는 것들을 상실해왔음을 이야기한다.

몸이 이끌어 온 삶이란, 마음과 대비하여 현실적인 차원에서의 삶을 의미하는 것으로 읽힌다. 몸이란 보이는 것이고 마음은 보이지 않으므로, 가시화되는 삶, 외부에 보여지는 삶에 대한 욕망이 마음을 뒤로 하고, 몸을 앞으로 내세워왔다. '갈채도 환호도 없었지만, 끊임없이 자신의 몸을 활로 문지르며 살아온 중년의 삶'「뉴욕 지하철에서」, 아름다운 소리를 만들고 싶었지만 낯선 목소리로 상처를 만들어 왔던 삶「부부싸움」을 깨달으며, 그는 자신이 육십 년 동안 '마음 내려놓을 곳'을 찾지 못하고「나의 별곡」 폭풍에 날리는 나뭇잎같이「여로」 위태로웠음을 인식한다. 이제 시인은 몸에 뒤쳐진 마음의 욕망을 주시한다. 이는 새로운 세계를 찾아가는 삶의 태도이기도 하다. 그 자연스런 마음에 귀를 기울일 때, 누구에게 길 묻는 법도 없이 잘도 길을 찾아가는 소리, 노래의 길을 찾아갈 수 있기 때문이다.「새벽에 잠깨어」 이처럼 시인이 '마음'을 재인식하게 되는 것은 삶의 반생명적이고 인위적이었던 일상의 삶을 넘어 삶의 본질에 가까이 가고자 하는 노력과 관련되는데, 이는 그가 오랫동안 자연과 함께 하면서 내면의 자연-생명의 이치를 터득했음을 시사한다.

이제야 마음이 눈 뜨는가

애써 보지 않으려 해도

저만치 봄이 오는 게 보이니

새 잎 날 자리 가려운지

나무들은 연신 바람에 몸 비비며

마른 우물에 두레박 던지는 처녀들처럼

조금 더 깊이 뿌리를 내린다

마른 풀숲 속에는 박새 몇 마리

까칠한 깃 고르느라 분주하다

아마 예사롭지 않은 이 숲의 움직임을

눈치 챈 건 나만이 아닌 듯

숲이 깨어나는 그 모든 소란에도

먼 골짜기 얼음 깨지는 소리 들리니

아마 마음의 귀도 덩달아

열리고 있는 모양이다

「대춘待春」 전문

'마음'이 깨어나니 잃어버렸던 눈치와 감각도 살아난다. 숲의 움직임을 알아차리고, 숲의 소리를 듣는 '나'는 박새와 함께 봄을 맞이하는 숲의 분주함에 동참한다. 이처럼 시인이 마음을 찾는 일은 자연의 생명을 이해하고 그들과 그 안에서 공존하는 삶을 깨닫는 과정을 매개한다. 다음의 작품 「두루 돌아 봄」에서도 봄을

맞이하고 봄을 만나고 봄을 노래하는 시인의 감성이 발랄하게 표
현되어 있다.

　　어디쯤 오고 있는지
　　어디쯤에서 시린 발목 주무르며 쉬고 있는지
　　담장 너머로 창틈으로 내어다 봄

　　온몸이 눈이 되어 훈기 도는
　　산과 들 찬찬히 훑어 봄
　　먼 골짜기 눈 녹아 흐르는
　　소리에 가만히 귀 기울여 봄
　　눈 아래 빼꼼 고개 내민
　　복수초 노란 꽃잎 지긋이 들여다봄

　　꽃샘잎샘 바람에 떨어지는
　　매화꽃잎 하나 둘 헤아려 봄
　　휘날리는 벚꽃잎 사이를 걸어 봄
　　햇살 아래 환한 진달래꽃잎 하나씩 따 먹어 봄
　　넘치는 꽃향기 온몸으로 쓰다듬고 맡아 봄
　　막 머리 내민 냉이 달래 들판 맘껏 캐어 봄

　　새끼 품고 긴 겨울 견뎌낸 다람쥐

물오르기 시작한 앙상한 가지 끝에 앉아
막 피어나는 모든 어린잎과 함께 나를 훔쳐 봄

바람에 마음 실어
먼 그대에게 날려 봄, 혹은
목 놓아 그대를 불러 봄

그러고도 마음 차지 않아
자꾸만 뒤돌아 봄

「두루 돌아 봄」 전문

　　멀리서 찾아오는 봄, 먼 골짜기 눈을 녹아 흐르게 하는 봄, 벚꽃
잎을 흔드는 봄, 다람쥐와 어린잎을 깨우는 봄. 위의 시에서 시인
은 문장의 종결을 의도적으로 '봄'으로 만들고 있다. 이는 우선 음
相音像적으로 봄을 강조하면서, 의미상으로는 '~어 보다'의 명사형
으로 시적 자아의 의도나 경험의 행위성을 강조하고 있다. 뿐만 아
니라 보다眺라는 의미까지 중첩시키면서 제목인 '두루 돌아 봄'을
강조한다. 즉 풍요로운 봄의 풍광이 무엇보다 시각적으로 다가오
는 것임을 강조하려는 표현임을 알 수 있다. 봄의 역동적 생명 공
간 안에는 온 마음을 열어 봄을 불러 보는 내가 있고, 그런 나를 바
라보는 다람쥐가 있다. 말하자면 '두루 두루' 모두가 함께 행복하
게 살아가는 공존의 공간이다.

자연에 대한 시인의 관심은 이미 두 번째 시집『가시나무 그늘 아래서』에서 싹트고 있었던 것으로 보인다. 이 시집에서 폭력과 절망, 분노와 눈물로 가득 찬 캄캄한 '난세'를 문제 삼았던 시인은 현실의 어두움을 밝힐 불씨를 가을 들녘과 인왕산의 봄에서 발견한다.「난세 5-길 떠나는 사람들」,「인왕산의 봄」,「김포들녘에서」 이처럼 문제적 현실에 대한 대안적 가치로 탐구되었던 자연에 대한 상상이 세 번째 시집『빈집의 기억』에서는 삶 안에 보다 적극적으로 수용되어 많은 작품에 소재와 주제로 등장한다. 이런 변화는 시인이 재직한 대학 주변의 자연과 함께 살아간 경험이 반영된 것이기도 할 텐데 그는 차갑고 외로운 '빈집'을 나와 자연에서 위로와 공존의 가능성을 발견한다. 이번 시집에서도 그 경험은 "깊고 부드러운 어둠의 날개로 / 제 새끼들 품어 재"우고「와온낙조」 "상처입은 아랫도리 가리고 / 그 품 안에 길 잃은 짐승 거두"어 주는「교대」 위로와 치유의 근원으로서의 자연, 즉 서럽고 비정한 현실의 대안으로서의 자연에 대한 상상으로 표현된다. 그런데 더욱 주목할 것은 시인에게 자연은 위로와 치유라는 의미를 넘어 생에 대한 전혀 새로운 인식에 다다르게 하는 중요한 거점이 되고 있다는 사실이다. 이런 인식은『빈집의 기억』에서부터 시작되고 있는데, 인용 작품에서 그 특성을 읽어 볼 수 있다.

텅빈 골짜기가

도道를 가르치고

나무며 바위며 바람이며 물이며
어우러져 스스로 시를 이루니
아예 말을 잊을란다

문득 마주친 다람쥐 달아나지 않고
나무 쪼던 딱따구리도 고개 갸웃거리고
나 또한 하나도 낯설지 않으니
전생에 우리는 아마 좋은 친구였던 듯

나는 도토리 줍는 다람쥐였거니
나는 나무 속 벌레 쪼는 딱따구리였거니
나는 무엇이며 또 누구인가
아예 나를 잊을란다 잊어버릴란다

「산행기山行記」 부분

  '나'는 산 속에서 다람쥐, 딱따구리, 벌레, 도토리 등 아주 작은
동물, 식물과 마주친다. 처음에 나는 그들과 자신이 친구였을 것
같다고 상상하다가 이윽고 자신도 그들과 같은 존재였을 것이라
생각한다. 전통적인 의미에서는 주관-자아가 객관-자연과 하나가
되는 물아일체物我一體를 경험하는 순간이기도 하지만, 생태주의적
관점에서는 자연과 인간의 평등한 관계에 대한 인식이 드러나는
장면이기도 하다. 이번 시집에서 시인 자신은 "뭐 굳이 생태주의자

여서라고 하기는 그렇고"「즐거운 게으름」라고 했으나, 그의 시에 참개구리, 민달팽이, 방아깨비, 지렁이, 모기 등 무수히 많은, 목숨 가진 작은 생명들이 등장한다는 사실은 주목할 만하다. 이는 인간만이 세상의 중심이라는 생각을 지양하여, 함께 살아가는, 모든 생명의 존재가 '천하의 근본'임을 이야기하는 것이다. 이런 의미에서 시인은 나무, 바위, 바람, 물이 어우러진 소리에서 시詩를 들으며, 자신의 말을 잊겠다고 하고, 다람쥐와 딱따구리의 소박한 삶을 보면서 살아왔던 나를 잊겠다고 한다. 말하자면 시인에게 자연 생명에 대한 이해는 현재의 삶과 언어를 반성하게 하고 새로운 삶의 길을 모색하게 만드는 중요한 동인이자 근간으로 작동한다.

나무 한 그루가 온전히 한 세상이다
가지는 지친 새에게 내어주고
썩은 구멍 다람쥐에게 세놓고도
월세 한번 독촉하는 법 없다
딱따구리 한 상 잘 차려 먹고 간
나무 구멍에 깃든 딱새 울부짖는 사이
알을 삼킨 누룩뱀 유유히 사라지고
줄기를 타고 오르내리며 개미들은
먹이를 나르느라 분주하다

고단한 누구에게든

기꺼이 그늘 한 뼘 내주고

서로 쫓고 쫓기다 먹고 먹히다

밤이면 한 나무 위에서 잠드는

가여운 것들 품고 한 생 견디다가

쓰러져 썩어가면서도 사슴벌레 애벌레를 키우고

마침내 토막토막 시린 마음 덥히는

불꽃으로 피어나는 나무

나무 한 그루가 온전히 보살이다

「나무보살」 전문

지상적 존재로 몸통과 가지가 인간의 형상과 닮은 나무는 문학
적으로 인간의 변신과 비유의 대상으로 자주 등장해왔다. 이 작품
에서 나무는 시인의 이상적 삶이 투영된 존재이자 깨달음을 통해
중생을 구하는 보살이기도 하다. 시인이 찾아가려는 길이 곧 깨달
음의 과정이듯이 그는 나무의 한 세상 삶에 대한 이해를 통해 자연
에 대한 이해, 세상살이에 겸허한 이해에 이르게 된다. 나무-세상
에는 먹이를 구하느라 고단하고 지친 새, 그 새의 알을 훔치는 누
룩 뱀, 먹이를 나르는 개미, 사슴벌레, 애벌레 등이 쫓고 쫓기고 먹
고 먹히며 함께 기거한다.

고달픈 중생들의 세상이요, 삶의 터가 되어 주었던 나무는 마지
막까지 숯이 되어 자신의 생을 내어준다. 나무의 삶이야말로 인간

에 주는 깨달음, 즉 경전의 말씀에 다름 아니다. 더군다나 한없이 의연한 나무 역시 한 세상의 삶을 짊어지는 존재가 되기까지 "폭풍 속에 몸 흔들며 / 제 속에 숨은 나무를 캐내"야 하고, "나무 아닌 것과 싸우면서 / 제 안에서 저를 허물고 있는 / 저의 약함과 싸우면서 / 가지 꺾이고 아예 중동이 부러지기도 하면서 / 어둠 속에 좀 더 깊이 뿌리 내려 / 비로소 나무가"되고 "좀 더 선명한 나이테를 두르고 / 한층 짙어진 잎 속에 저를 묻는"「나무」 지난한 성숙의 과정을 겪어야만 한다. 나무는 그냥 나무가 되는 것이 아니라 아프게 상처받으면서 자신을 발견하는 것이다. 따라서 자연은 시인에게 '약을 품은 늘 그리운 마음의 풍경「숲」'이지만, 그들은 결코 고요하거나 평화롭지 않다. 자연의 생명들은 저마다 살아남기 위해 목숨 걸고 안간힘을 쓴다. 그들은 현존을 위협하는 폭풍과 비바람을 통해 자신의 잠재력을 깨닫고 삶을 확충해 나간다. 이런 과정을 통해 자연은 또 다른 생으로 월경越境해 나가는 것이다.

> 시샘질해대는 바람의 헤적임에
> 뿌리는 더 단단하게 땅을 움켜쥐고
> 가지는 가지대로 서둘러 잎을 틔워
> 빗방울보다 더 많이 꽃눈 틔워낸다

「꽃샘잎샘」 부분

어느 틈엔가 어느 틈으로든가

스며들거나 빠져나가 팔 뻗고 기지개켠다

아무리 높은 담장을 치고

눈 가리고 입 막고 숨통을 죄도

어느 틈엔가 어느 틈으로든가 아이들은

바람 부는 벌판으로 뛰쳐나가

스스로 꽃이 되고 별이 된다

「어느 틈엔가 어느 틈으론가」 부분

부러워라

저 색 쓰는 힘으로

마침내 주렁주렁 열매 맺어

주린 짐승들 먹이고

지금 여기 못 박힌 저를 넘어

또 다른 시간 속으로

힘차게 발 내딛고 있으니

「외설」 부분

한 생 넘어 다른 생으로

흘러넘치는 더운 피들이 펼치는

이 잔치판에 나도 슬쩍 한 발 걸치고

제대로 색 한 번 써보고 싶다

「봄맞이」 부분

인용한 작품들에서 뿌리는 바람에, 가지는 빗방울에 맞서 자신의 생을 확장한다. 「어린 것들은 힘이 세다」, 「움직이는 숲」, 「사건 전후」 등에서도 자연-생명이 자신의 힘과 색깔로 자신의 세상을 만들어가는 긴장된 순간이 나타난다. 그러나 이런 시간을 알지 못하는 우리 눈 앞에 그들은 어느 틈에 높은 담장에 뿌리를 내리고 바람 부는 벌판에서 꽃으로 피어난 경이로운 존재들로 서 있다. 뿌리가 잎이 되고, 잎이 가지가 되고, 다시 꽃이 열매가 되는, 끊임없이 "지금 여기 못 박힌 저를 넘어 / 또 다른 시간 속으로 / 힘차게 발 내딛"어 "한 생 넘어 다른 생으로" 건너가는 자연-생명들. 온 생명을 기투하는 실존적 전환의 순간들, 저 순간 순간의 낙마와 패배와 싸우면서 시인 역시 나의 생來生으로 힘차게 발을 딛으려 한다.

4. 우리 모두의 노래를 위하여

이번 시집에는 아주 많은 동식물들이 등장하는데, 그 이름과 수는 셀 수 없을 정도여서 경이롭기까지 하다. 특히 2부에 실린 작품들에서 시의 주인공은 '나'가 아니라 내가 만나는 수많은 들꽃, 나무, 벌레, 짐승, 새 등등이다. 작은 생명들에 이르는 시인의 시선은 따뜻하고 다정하여 읽는 이의 마음을 훈훈하게 한다.

저것, 저 쬐끄맣고 노란 꽃이

그렇게 대단한 배후를 갖고 있었다니

수만 년 어둠 속을 달려온 별빛과 햇빛

온 세상 휩쓸어온 바람을 그 속에 품고도

아닌 척 시치미 떼고 있었다니

땅속 어둠 길어 올려

황금 꽃 피워내는 연금의 비법을

누구에게도 털어놓은 적도

아예 뿌리라도 뽑을 듯

목덜미 쥐고 흔들어대는

태풍에게도 자백한 적도 없이

저희들끼리만 오롯이 전해 왔다니

외딴 길가 눈길 닿지 않는 곳

드문드문 흩어져서 가만히 꽃잎을 열고

세상 한 귀퉁이 밝히고 있었다니

저 깜찍한,

깨물어 주고 싶도록 이쁜 것

「애기똥풀을 노래함」 전문

'애기-똥-풀'은 일반적으로 작고 하찮은 존재를 환기하는 이름을 부여받았다. 그런데 시인은 노란 꽃에서 별빛, 햇빛을 감지하고 태풍 앞에서도 흔들리지 않는 강인함을 읽는다. 마치 천상에서 내려온 운석의 한 조각처럼 별빛을 머금은 작은 꽃은 세상의 한 귀퉁이를 환하게 밝히는 존재의 무게로 피어있다. 어쩌면 시인은 아무 눈에도 띄지 않는 애기똥풀이 꽃의 몸을 빌어 태어난 별이라고 상상하는 것일까. 단단한 배후를 가졌으면서도 시치미를 떼고 있는 그 작고 여린 애기똥풀이 가진 별빛의 그윽한 뜻은 무엇일까. 우리는, 시인은 무엇을 읽어야 하는 것일까.

자연을 살아가는 작은 존재들의 삶과 그 덕목과 가치를 발견하는 오성호 시인의 시선은 귀하고 소중하다. 자연-생명에 관한 관점의 변화가 자본주의 사회의 욕망과 부패를 문제 삼고 나아가 그런 현실 속에서 주변화되는 약자와 소수자의 생명을 문제 삼고 있기 때문이다. 그는 최근 한국 사회의 변화된 삶의 현장에서 춥고 외롭게 살아가는 외국인 노동자, 꽃제비^{북한의 가난한 어린이}, 난민촌 사람들, 노년층 등의 비극적 삶「어떤 한국어」, 「어느 독거노인의 죽음에 부쳐」, 「탑골공원」, 「착각하지 마라」에 주목한다. 그리고 그들도 우리도 모두 "누군가 파 놓은 샘으로 목 축이고 / 다람쥐가 숨겨놓은 도토리 찾아 / 배 채우는 멧돼지처럼 / 오목눈이 집에 알 낳는 뻐꾸기처럼 / 그렇게 살고 있다"라면서 목숨의 평등성과 존재의 다양성을 알리고 나아가 공존과 상생을 절실하게 권유한다.

하나님이라구요?

에이, 그런 소리 마세요

이 외롭고 쓸쓸한 세상에서 어떻게

늘 딴전 피우는 하나님에만 의지해 살겠어요

님만 님이 아니라 기룬 것이 다 님이에요 내게는

그러니까 나를 설레게 하고 두근거리게 하는

그 모든 것 말이지요

팩맨처럼 온 천지 돌아다니며

그 땅과 더불어 자란 작은 님들 모조리 집어삼키신

사납고 탐욕스러운 이방의 하나님 말고

모든 것 품고 계시면서도

굳이 손 내밀어 쓰다듬지 않고

야단치거나 가르치려 하지 않고

그저 먼발치서 가만히 지켜보시는 하느님처럼

누구 눈길, 손길, 발길 미치지 않아도

제 힘으로 피어나 제 색으로 빛나는 모든 것들

천지간에 님 아닌 것 없어요 내게는

해도 달도 별도 꽃도 나무도 풀도

지렁이도 달팽이도 개미도 버려진 개들도

다 내 님이에요

그러니 나, 한번 제대로 바람나고 싶어요

길모퉁이에 숨어 나를 기다리거나

갖가지 색으로 내 꿈속으로 숨어드는

그 숱한 님들 품에 안겨

색색거리며 잠들고 싶어요

각기 다른 꿈으로 통정하고 싶어요

「여러님」 전문

　시인은 만해의 『님의 침묵』 서문 격인 「군말」에서 "님만 님이 아니라 기룬 것이 다 님이에요"라는 시행을 인용하여 자신에게도 '나'를 설레고 두근거리게 하는 것들이 님이라고 고백한다. 그런데 그 님은 단 하나의 님이 아니라 해, 달, 별, 꽃, 나무, 풀, 지렁이, 달팽이, 개미, 버려진 개 등 '여러님'이다. 그들은 누구 눈길, 손길, 발길 미치지 않아도 제 힘으로 피어나 제 색으로 빛나는 모든-다양하고-평등한, 님-존재들이다. 그 여러님들은 시인이 새로운 삶과 언어를 찾아 떠나는 길모퉁이에 숨어 시인을 기다리면서 애기똥풀로, 둘씨네아로, 나무로, 다람쥐로, 외국인 노동자로, 무수히 많은 당신의 모습으로 등장하기도 할 것이다. 그러므로 별의 지도를 펼치고, 진정한 말을 찾아 떠난 시인은 그들과 사랑하고, 인정을 나누고, 그들의 품은 뜻을 읽고, 말하고, 노래하면서 시를 쓰리라.

그 푸르른,
영원한 것 하나

전동균

1986년에 등단하여 네 권의 시집을 출간한 바 있는 전동균 시인의 시력은 이제 30년에 이른다. 최근 출간한 시집 『우리처럼 낯선』2014에서 그는 익숙하고 친근한 '우리'가 환기하는 일상과 이와 긴장을 일으키는 '낯선' 감각들 사이에서 삶과 언어의 새로운 이해에 이르고자 하는 시의식을 진지하게 탐구하고 있다. 그의 시작詩作은 어떻게 하면 평범한 일상의 세계를 껴안으면서도 전혀 낯선 언어와 감각을 만들 수 있을까, 그리고 이런 모색을 통해 삶과 언어를 갱신시키고자 고민하고, 분투하는 것으로 보인다.[1]

시인이 보여주는 이런 노력은 안정과 익숙함에 자신의 언어와 상상력을 유폐시키지 않으려는 중견 시인의 치열하고 성실한 노력과 성찰에 기반해 있다. 새로운 언어와 의미를 찾으려는 시인의 노력은 그것들을 찾아 순례를 떠나는 「거룩한 허기」『거룩한 허기』, 2008 속 시인의 모습과 닮아 있다. 그러나 그 시인이 떠남의, 외진 길 위

---

1   이 글에서 함께 읽은 전동균 시인의 시집과 작품은 다음과 같다. 『거룩한 허기』(랜덤하우스코리아, 2008), 『우리처럼 낯선』(창비, 2014), 「그러나 괜찮았다」(『시사사』 11/12호, 2014), 「이토록 적막한」(『문학의 오늘』 겨울호, 2014), 「정오」(『현대시학』, 2015.1), 「소나기」(『문학사상』, 2015.5).

에 있었다면 지금 시인은 아파트에 살며 이웃과 함께 오늘의 삶을 산다. '낮에는 일하면서 일상을 살고 밤에는 별을 볼 줄 아는 사람'「청명」, 『우리처럼 낯선』으로, 또 '시장 난전에서 바람의 비문碑文을 읽는'「먼 나무에게로」, 『우리처럼 낯선』 존재로, 독자에게 공감과 위로의 따스한 말을 건네려는 것이 전동균 시인이 꿈꾸는, 시인의 원형이다.

1. 비상飛翔을 꿈꾸는 생生

시인은 "왜? 왜? 왜?/어떻게? 어떻게? 어떻게? / 휘몰아치는 질문의 소용돌이 속을" 외롭고 적막하게 걸어간다.「이토록 적막한」 '왜'라는 질문은 현실을 수용하고 인정하기보다는 현실에 대한 다른 생각, 나아가 그렇게 생각해오던 것을 반성하도록 한다. 이런 맥락에서 '왜'라는 질문은 기존의 언어와 상상력, 그리고 시의식을 새롭게 갱신하는 원동력이기도 하다. 시인은 자연스럽게 존재해왔던 세상과 사물들에 대해 끊임없이 질문하고, 또 이에 대답하는 과정 속에서 낯선 언어와 감각을 얻고자 노력한다. 그러나 한편으로 "물고기는 왜 눈썹이 없죠? 돌들은 왜 지느러미가 없고 새들이 사라지는 하늘은 금세 어두워지는 거죠?"「우리처럼 낯선」, 『우리처럼 낯선』라든가, "나무는 왜 서 있어야 하고 새들은 하늘을 날아야하는지""이 작은 가슴 속에 어떻게 바다와 사막이 함께 출렁이고 / 사랑은 늘 폭탄을 감추고 있는지 / 헛된 꿈들은 사라지지 않는지"「이토록 적막한」에 대해 우리는 쉽게 답할 수 없다. 오랫동안 우리는 그런 세상을, 그러한 사랑과 꿈을 '자연自然', '당연當然'이라고 이름 붙이고 살았기 때문이다. 따라서 습관적인 생각과 관성적인 태도를 바꾸지 않는다면 우리는 새로운 감각을 얻을 수 없다. 익숙한 삶을 향한 '왜'라는 질문, 그리고 별것 아닌 존재들의 '안부'는 마치 "한 처음, 아무것도 없었던 것처럼 / 어떤 소리도 들리지 않았던 것처럼"「우리처럼 낯선」, 『우리처럼 낯선』 세상과 처음 마주한 순수한 어린 아이처럼 물어야 한다. 그래야만이 우리는 진부한 삶을 넘는 생에 대한 인식을 확장할 수 있다. 시인 역시 이런 '쓸데없고, 적막한' 질문을 통해 전혀 새로운 세상과 사물들을 만난다. 아무도 주목하지 않는 모과를 생각하면서 "키 작은 나무는 잎사귀가 넓다는 것을 / 모과가 떨어지면 순간 / 마당이 거룩해지는 것을 알게 되었고"「중년」, 『우리처럼 낯선』 존재를 호명하는 행위에 대한 질문을 통해 "내가 장미라고 불렀던 것은 하이에나의 울부짖음", "내가 사랑이라고, 시라고 불렀던 것은 / 항아리에 담긴 바람"이었고, "내가 나라고 불렀던 것은 / 뭉개진 진흙, 달과 화성과 수성이 일렬로 뜬 밤이었다 은하를 품은 먼지였다 잠자기 전에 빙빙 제자리를 도는 미친 개였"「내가 장미라고 불렀던 것은」, 『우리처럼 낯선』다는 사실을 알게 되었다. 말하자면 시인에게 세상에 대한 질문은 새로운 세계로 들어가는 중요한 입문의 과정이며, '나'를 나의 바깥으로 확장하는 계기이기도 하다.「그러나 괜찮았다」 또한 시인에게 질문하는 행위는 사물과 언어의 재인식을 넘어 결국 일상에 갇힌 전혀 다른 '나'를 찾아가는 과정이기도 하다. 이런 노력이 아래의 시에서는 '나'가 생生

을 넘어 그 바깥-죽음으로 향하는 의식儀式으로 탐구되고 있다.

한밤에 일어나 세수를 한다

손톱을 깎고

떨어진 머리카락을 화장지에 곱게 싸 불태운다

엉킨 숨을 풀며

씻은 발을 다시 씻고

손바닥을 펼쳐

손금들이 어디로 가고 있나, 살펴본다

아직은 부름이 없구나

고립을 신처럼 모시면서 더 기다려야 겠구나

침묵도 아껴야 겠구나

흰 그릇을 머리맡에 올려둔다

찌륵 찌르륵 물이 우는 소리가 들리면

문을 조금 열어두고 흩어진 신발을 가지런히 놓고 불을 끄고 앉아

나는 나를 망인처럼 바라본다

나는 나를 깨트린다

수많은 하늘을 깃털 속에 숨긴 새,

초록이 오는 동안은

「예禮」 전문

위의 작품은 '나'라는 존재의 각성 과정이 고요히 신을 청하는 예식禮式인, 영신의식迎神儀式으로 상징화되어 나타나 있다. '제가 어디에 온 줄도 모르고 무슨 짓을 할지도 모르는 얼굴이 마른 다섯 개인' 시인은 자신이 누구인지, 자신이 어떤 삶을 살아야 하는지 침묵과 고립 속에서 성찰한다. 손바닥의 손금은 비유적으로 삶의 축도縮圖 혹은 운명을 의미할 텐데, 그물 같은 길 위에 펼쳐진 존재들은 어떤 것들일까. 열심히 '주문呪文을 외우는 시인은 자신의 모습이 늑대에서 마른 물고기로, 또 바늘엉겅퀴로 바뀌는 것「그러나 괜찮았다」을 감지할지도 모른다. 그러다 그는 어둠과 침묵 속에서 낯선 자신, 즉 망자로서의 자신과 조우한다. 이처럼 죽음에의 경험은 죽음과 생, 저승과 이승 속에 있는 '나'를 '깨트려' 전혀 다른 존재로 전환시킨다. 시인은 의도적으로 연을 구분하여 '나'를 깨트린 이후, 존재의 전환을 강조적으로 보여준다. 전설과 설화 속에서 이승과 저승을 이어주는 새의 상징은 시인의 존재론으로 옮겨온다. 그 새는 '나'의 분신으로 초록의 세상을 기다리며 깃털 속에 온 하늘을 담고 있다. 일상에서 걸어 나와 일상-나-언어를 깨트리고 세상의 하늘을 향해 비상하는 순수한 언어-나. 새는 천상과 지상 두 곳을 넘나들며 시인이 바라는 바람의 비문碑文과 시장의 언어를 깃털 속에 숨긴 존재이다. 새의 깃털이 펄럭이는, 수많은 하늘의 이야기를 시인은 적을 것이다.

2. 견고한 내면과 생명의 언어

'새'의 상징이 일상으로부터 비상하는, 혹은 하고자 하는 시인의 언어와 존재론에 대해 이야기하고 있다면 「독바위」와 「북대」는 바위와 산 등 무게와 깊이, 견고와 의연 등을 상징하는 자연물의 존재에 대한 통찰을 통해 인간의 내면을 성찰하고 나아가 시인의 치열한 정신성을 획득하고자 하는 의지를 보여준다.

소나무 아래 서 있다
비를 맞고 서 있다

어떤 싸움이 지나갔는가

시커멓게 탄 짐승 뼈 같은
나뭇가지들, 만지면
재가 되는 울음들

또 무엇이 오고 있는가

어스름이 우산처럼 펼쳐져도
제 목을 찌를 듯 번쩍이는
침엽의 눈들

사랑은 부서졌다

나는 나를 속였다

독바위, 혼자인 저녁은 끝없고

몇 천리씩 가라앉고

흩어지고

젖이 통통 분 흰 개가 지나갔다 헛것처럼

이글이글

빗줄기만 서 있다

「독바위」 전문

　　소나기가 퍼붓고 번개가 왔다간 산속, 나뭇가지들이 번갯불을 맞아 검은 재가 된 상황, 독바위 역시 홀로 비를 맞으며 어둠과 거친 비를 견디고 있다. 그는 어떤 싸움에서 패배했을까. 6연에서 '사랑은 부서졌다'라는 시인의 발화는 시적 상황을 사랑 그 이후의 과정으로 상상하도록 한다. 번개 같은 사랑의 불꽃, 상처, 울음, 부서짐 등은 사랑에 관한 시적 자아의 아름다운 꿈을 배반한다. '나'는 하염없이 실연의 상처로 가라앉고 파편화된다. 그런데 이런 절망의 순간, '독바위-나'는 젖이 통통 분 흰 개를 헛것처럼 본다. 독바위는 실패한 사랑과 싸움, 그리고 부서짐 등, 상처의 시간이 각인된, 불모의 육체성을 환기한다. 그런데 이때 새끼를 갓 난, 어미개의 육체성을 대비적으로 가시화시키는 것은 상처와 부서짐 속에서 치열한 생명의 가능성, 혹은 생의 욕망을 강조적으로 의미화한다. 따라서 시의 구조적으로 보면 흰 개의 환각이 마지막 연에서 '이글이글'이라는 격렬한 표현을 가능케 한 것으로 읽을 수 있다. 이와 함께 물-소나기 빗줄기가 가진 생生의 에너지가 불꽃-열정의 에너지로도 전환된다. 이제 빗줄기는 불기둥으로 시적 자아의 삶을 휩싼다. 이런 상상력은 "소용돌이치는 울음 속에 잠긴 느낌 / 온 세상을 삼킨 / 불덩이를 껴안은 느낌"처럼「정오」 물과 불의 생성의 힘을 통해 시인 내면의 원초적인 생명성을 획득하려는 소망을 상징적으로 보여준다.

> 누가 뭐라든 견뎌 보자,
> 살아남아 큰 숨 한 번 내쉬자고
> 몰아치는 눈보라를 뚫고 여기 이 북대까지 올라왔을 텐데
>
> 허리 꺾여 누운 사스레 나무와
> 무릎 꿇고 엎드린 잿빛 바위들
>
> 그 사이, 외줄기로 난 멧돼지 발자국
> 건너편에 닿지 못하고 끊어진

발자국들

아이젠 튕겨내는 얼음 속에 들어가

눈과 입을 파묻고 살았으면

꽃 피는 소리 천둥처럼 울려도

시퍼런 칼날 하나 물고 영영 돌아오지 않았으면 싶은데

얼음들은 이빨을 꽉 문 채 한사코

벼랑을 기어오르고

내 속을 뚫고, 내가 온 저 너머 적멸보궁

허공에서 허공으로 불어오는

드높은 바람소리

오지 않은 내생來生마저 버리고 싶어서

그러나 뒤돌아설 수밖에 없어서

한낮에도 장갑 낀 손이 쩍쩍 얼어붙는데

왜 내 눈엔 멧돼지 발자국만 보일까

사라진 멧돼지는 어디로 갔을까

멧돼지는 무엇일까

「북대北臺*」 전문

　위 작품 속의 주인공은 눈보라와 얼음산의 추위를 견디며 북대
北臺를 오른다. 사스레 나무와 잿빛 바위들조차 산의 위엄에 꺾이고
엎드린 공간. 살아있는 존재들을 침묵과 고립 속에 가둔 북대에서
시인은 이쪽-세속의 길을 끊고, 멧돼지가 사라진 저 '건너편'으로
가고 싶다. 그 소망은 저 너머 허공에서 불어오는 바람 소리, 부처
의 깨달음을 담은 진신사리眞身舍利를 모셨다는 적멸보궁을 향하려
는 '나'의 바람이기도 하다. 꿈의 간절함으로 '나'는 내생來生마저 포
기하고 고통스런 한계 상황 앞에 자신을 세우려 한다. 그러나 다시
뒤돌아설 수밖에 없는 인간적 한계. 그럼에도 그는 저 건너편으로
사라졌을 멧돼지의 존재를 찾는다. 그는 추운 얼음산과 대면함으
로써 내면의 견고함과 의연함을 체득하여 자신이 마주한 일상의
벽을 "누가 뭐라든 견뎌 보자, / 살아남아 큰 숨 한 번 내쉬"어 보고
자 한다. 이는 인간의 삶과는 다른 자연의 생을 통찰함으로써 순수
하고도 강인한 정신성을 내면화는 인간의 모습을 보여주는 한편,
시인에게는 이런 정신의 힘이 일상에 발을 딛고 서있으면서도 그
에 함몰되지 않고 그 너머를 상상하게 하는 시적 에너지가 된다.

3. 저절로 번지는 빛의 노래

전동균의 최근 시들에서 평범하고도 일상적인 존재에 대한 질문, 그리고 소박하지만 견고한 존재에 대한 재인식의 상징으로 '모과'에 주목할 수 있다.

사람들 제각기 바라는 원願은 많고 크지만
내 아는 한 이웃은
남의 집 문간방에서 혼자 담배나 피며 사는 것*
뒤늦게 그 말을 듣고는
이거 참 괜찮다, 고개 끄덕였지요
그 적요한 마당 귀퉁이의
모과나무의
모과 알이 되었으면, 생각했지요

늙도록 혼자인,
빨래를 개키고 쪽마루를 닦고 방문을 여닫는 기척을 따라
조금씩 커지면서
둥글어지면서
오늘 하루도 다 갔네, 뭘 했는지 몰라,
세상에 없는 사람과 마주 앉아 밥을 먹듯 내뿜는 담배연기
그 무연한 눈길 와 닿으면

놀란 듯 흔들리면서

속에서 저절로 번져 나오는

파아란 빛을 퍼뜨리는 것

툭 떨어지는 것

깨지는 것

「죄처럼 구원처럼」 전문

일반적으로 모과는 과일이지만, 과일로서 제대로 대접받지 못하는 존재이다. 그런데 시인은 눈에 띠지 않는 남의 집 문간방에서 조용히 사는 삶을 동경하면서, 그 집 마당에 심겨 있는 모과나무의 모과알 같은 삶을 꿈꾼다. 그런데 늙도록 혼자였고, 별로 이렇다 하게 내세울 것없는 하루하루를 살았던 모과가 저절로 번져 나오는 파란 빛을 퍼뜨리는 존재로 성숙했다는 사실은, 독자에게 생각을 요한다. 모과에 대한 이런 특별한 상상은 「이상한 모과」『우리처럼 낯선』에서도 읽을 수 있었는데, 돌대가리 부랑아 같이 못생긴 모과를 방에 들여놓고 쳐다보지도 않다가 "어느날, 대관령 첫눈 소식에 뒤척이던 새벽을 한 사내가 어깨 구부린 채 빠져나갔다 소리쳐 불렀으나 끝끝내 돌아서지 않는, 쾅, 문닫는 소리가 얼음장이었다 그때부터 모과는 빠르게 익어갔다 우리가 밥을 벌고 새끼를 낳고 키우듯 애끓는 표정으로"라고 진술한 바 있다. 시의 의미를 생각해

보면 밥 먹고 사는 평범한 삶을 범상치 않은 삶으로 만들었던 힘은 바로 모과가 내장한 순수한 원초적 에너지와 힘 때문이었을지도 모른다. 모양이나 향기가 다듬어지지 않고, 그 자체로 단단하고 거친 모과의 존재는 남의 집에 함께 어울려 살면서도 자기 빛을 과시하지 않고, 홀로 무연히 있다가 어느날 자신의 언어-빛을 저절로 퍼뜨리는 존재이다. 이처럼 모과가 '파아란' 빛을 자연스럽게 퍼뜨리는 과정에 대한 진술에는 시인의 시쓰기에 대한 상상이 투사되어 있다. 평범한 외양 혹은 화려한 수식이 없이도 저절로 많은 사람들의 마음에 희망의 빛을 퍼뜨릴 수 있는 시詩말이다. 모과가 이런 존재성을 발현할 때 세상 안에서 스스로를 고립시켰던 죄인과 같은 일생은, 스스로를 구원하고 타자를 구원하는 존재로 거듭나는 것은 아닐까. 이 순간 죄처럼 구원처럼 시인-모과의 삶은 완성될 것이다. 한편 이런 시인의 소망은 모과라는 과일을 등장시킴으로써 습관적으로 평가절하 해온 사물에 대한 재인식을 요구하고, 이들을 새롭게 인식하는 것이 바로 우리 삶을 전환시키는 상상력임을 강조하는 것으로도 읽힌다. 따라서 마지막 연의 두 행은 모과가 깨진다기보다 「예禮」에서 언급했듯, 우리의 편견과 의식의 진부한 몸뚱이가 '툭 떨어져 깨지는 것'으로도 의미화된다.

창문을 활짝 연다 영하 18도의 밤에

아직 꺼지지 않은 불빛들

내부순환로의 바퀴 소리

문 닫힌 상가 지붕의 얼어붙은 눈

맨손 체조를 하는 302호 아저씨의 모습도 보인다

쓸데없는 근심에 잠이 오지 않아서

악몽에서 깨어나 정신을 차리려고

심호흡을 하기 위해

한밤의 창문을 연 것은 아니다

(망치는 왜

저를 쥔 손이 누군지도 모르면서

문인지 벽인지 모를 곳에 못질을 해야 하는 걸까,

잠시 생각하긴 했지만)

별들은 외투도 없이

어떻게 이 겨울을 나고 있는지

지난여름 가지가 휘도록 앵두를 쏟았던 늙은 앵두나무는 잘 있는지

이웃들의 안부가 궁금해서

그랬다고 해두자

바람이 목덜미를 할퀴는 순간

마음이란 게, 기억이라는 게 다 사라졌으면 좋겠다며

하늘을 쳐다보았고

그 때 영원한 것 하나가

담배연기처럼 지나갔지만

「영원한 것 하나가」 전문

추운 겨울밤, 시인은 잠들지 못하고 창밖을 내다본다. 그는 자신이 쓸데없는 근심이나 악몽 때문에 창문을 연 것은 아니라고 하지만, 곧 망치와 별과 앵두나무에 관해 '쓸데없는 근심'을 털어놓는다. 그리고 그들은 추위에 떨고 있을 이웃-사람으로 확장된다. 자신을 조종하는 힘도 모르는 망치, 외투도 없이 추운 겨울을 나는 별과 앵두나무의 안부를 묻는 시인의 질문은 현실 삶의 권력의 문제, 추위와 가난의 고통을 향해 있다. 그러므로 당연하게 여겨온 망치에 의해 박히는 못, 외투 없이 살아가는 별들의 안부에 대한 동화 같은 질문에는 이웃의 삶을 사유하는 도덕적 태도와 따스한 공감의 윤리가 내재해 있다.

일상을 사는 우리는 담배연기처럼 찰나 속에서 나를 벗어나 잠시, 이웃과 가난과 별과 나무를 생각하지만 시인은 안정되고 익숙한 세상에 '왜'라고 불편한 질문을 던진다. 그리고 자신을 얼음산과 대면시키며, 하잘 것 없는 모과에 투사시키고, 죽음을 경험하면서 일상과 현실에 갇힌 '나'에서 걸어 나와 이웃에 말 걸고 그들의 말을 듣는다. 그래야만이 관성적이고 진부한 삶과 언어에 갇힌, 세상 사물들과 존재들의 의미와 감각, 그리고 이에 기반 한 공감과 위로의 언어를 독자들에게 건넬 수 있기 때문이다. 목덜미를 할퀴는 영하 18도의 차가운 바람은 시인에게 이웃 삶의 고통스런 현실을 직접 체감하게 한다. 때문에 그는 그런 존재들을 기억하고, 떠올리는 자신의 마음이 사라졌으면 좋겠다고도 고백한다. 그러나 그가 곧 하늘을 바라보며 감지하는 것은 "같이 밥을 먹고, 입술을 나누고 / 돌 같은 아이의 이마를 만지며 / 화성의 호수, 그 가없는 모래물결들을 추억하"면서 "바나나와 인간이 형제였던 시절을 기억하"「소나기」는 질문들과 그 대답의 영원한 가치이다. 이를 인식하는 그 순간의 하늘빛은 푸르른 빛이었을 것이다. 모든 마음과 기억, 그리고 추억의 노래들, 이 영원한 것들은 푸른색이기 때문이다. 소박한 모과의 푸른 빛이 그 충만함으로 세상에 퍼져나가듯 전동균 시인이 꿈꾸는 언어 역시 독자에게 낮고 따스한 생명의 노래로 스며들고, 번져온다.

시간을 사는 존재와 언어

강기원 · 최하연

시간이란 미래를 소환하고, 현재를 과거로 보내면서 우리와 함께 살아간다. 그것은 과거, 현재, 미래의 선 위에서 흐르는데, 이런 시간의 논리에 균열이 생기는 경우는 인간의 의식 속에서 과거가 현재로 소환되거나 미래가 상상 속에서 예기豫期되는 때이다. 강기원 시인과 최하연 시인의 최근의 작품들을 중심으로 말하면, 기억하는 행위를 통해 과거의 시간이 현재화되거나 영원이라는 초월적 시간이 생성되어 부재와 죽음이라는 현존성을 넘어서게 된다. 이처럼 두 시인의 작품에서는 시간을 사는 존재로서 시간을 의식하고 이를 언어화하는 공통된 인식을 읽을 수 있다. 시인들의 개성과 상상력은 다르지만, 그들의 기억과 망각, 부재와 죽음, 허무와 영원에 대한 사유를 살펴보고자 한다.

1. 영원한 현재의 초월성

　강기원 시인의 최근 작품들에서는 전반적으로 상실과 죽음의 이미지가 읽힌다. 그러나 한편 이런 죽음의식을 내파하는 시의식 역시 나타나는데, 상실이나 망각에 대한 깨달음, 고통스런 의식 속에서 죽음의 언어를 소환하는 과정, 죽음이 증거하는 영원한 현존 등을 통해 시인의 내면을 만날 수 있다. 우선 아래의 작품을 시작으로 시인의 작품세계에 접근해 본다.

　　아끼던 반지를 잃어버렸다
　　아니, 잊어버렸다

　　목이 마르다
　　가구들 한 쪽으로 치우고
　　정돈된 서랍들 둘러엎었다
　　먼지 켜켜이 쌓인 장롱바닥, 싱크대 구석, 쥐구멍, 쓰레기통……
　　온 집 안 샅샅이 뒤져도 찾을 수 없다

　　목이 마르다
　　허전한 손가락 볼 때마다
　　목이 마르다
　　어디에서 외로이 반짝이고 있을까

잃고 나니

잊고 나니

내게 가장 소중한 것이 되었다

잊은, 잃은 반지로 하여

다른 장신구들은 빛과 색을 빠르게 잃어갔다

내게 반지가 있긴 있었던 걸까

목이 마르다

어디선가 눈동자처럼 날 바라보고 있을 반지

내가 찾듯 날 찾고 있을 반지

열 개의 돌기가 있던 로사리오 반지

돌리며, 돌리며

나를, 너를 잊고자 했던 반지

잊기 전에 잃은 반지

내 안의 굳게 닫힌 서랍들

무수한 잡동사니들

비워내지 못한 오물 마구 뒤섞여 있는

내면의 마굿간

그곳으로 마지막 발걸음을 옮긴다

자꾸

목이 마르다

「잊은, 잃은 반지」 전문

위의 작품은 아끼던 반지를 잃어버렸다는 사실, 그리고 잃었던 사실을 잊어버렸음을 기억하는 시적 자아의 진술로 시작된다. 이제야 그 사실을 기억해내고는 온 집안을 샅샅이 뒤졌지만 결국 찾지 못한 반지. 로사리오라는 그 묵주黙珠는 기독교에서 조용히 기도문을 암송하며, 묵상黙想할 때 끼는 반지이기도 하다. 이 반지를 잃어버린 시적 자아는 허전하고, 목이 마르다고 반복적으로 진술한다. 묵주가 인간 영혼의 안식과 평화 등에 기여하는 성물聖物임을 고려한다면, 반지를 잃어버림으로써 내면의 안정감을 상실한 시적 자아의 상황을 이해할 수 있다. 반짝이는 빛과 색을 거느린 소중한 반지, 이로 인해 그의 삶은 허전함과 외로움을 극복할 수 있었을 것이다. 그런데 시인은 묵주를 돌리면서 무엇을 기도했는가. 그것은 바로 '나와 너에 대한 망각'이었다. 나와 너에 대한 과거가 현재의 시간으로 틈입해오는 것을 막고자 그는 반지를 돌리며 망각을 소망했으나, 이제 그는 현재로 불려온 고통스런 과거의 시간들 앞에 다시 서게 되었다. 빛과 색을 잃고 영혼이 말라버린 그의 시적 자아는 「에스프레소」에서 생명성을 잃은 잿빛 존재로 형상화되는데, 강철 감옥에 갇힌 앙상한 미라 같은 존재로 '나'는 전환된다.

잿빛 오후

철사코트를 걸친 그녀, 찻집으로 들어선다

속옷이 살짝 살짝 보인다

철사브래지어 철사스타킹 철사팬티

알몸을 빼놓고는 철사 아닌 것이 없다

수용소 여인처럼 비죽거리는 머리카락

퀭한 눈빛

(남아 있는 그녀의 미모와 몸매가 과거의 화사함을 암시)

그러나 지금은 창살 같은 철사옷

(카페 안의 손님들, 안 보는 척 그녀를 홀금거린다)

그녀, 아무에게도 눈길 주지 않은 채

목과 허리 꼿꼿이 세워

에스프레소를 마신다

'녹물 같아, 부식의 냄새……'

(소리 없는 그녀의 속말)

몸을 조금씩 움직일 때마다

삐걱거리는 붕괴의 소리

석양을 등지고 앉아 있는

앙상한 미라

「에스프레소」 전문

살아있는 알몸을 철사가 감싸고 있는 '그녀'. 이 작품은 찻집이라는 배경, 그녀의 등장, 움직임, 감정 등이 괄호를 사용하면서 희곡의 지문처럼 제시되고 있다. 시인은 이 상황을 거리를 두고서 최대한 객관적으로, 비정한 이미지로 진술한다. 잿빛, 철사, 수용소, 퀭한, 녹물, 부식, 붕괴, 석양, 앙상한, 미라 등의 시어는 이 작품의 비생명성과 죽음의 이미지를 극대화한다. 비정한 도시 생활을 상징적으로 드러내는 것으로 읽히기도 하는데, 시인은 우리가 인식해야 하는 것은 삶 안에 내재한 비생명적 요소, 그리고 유한한 존재로서 갖는 엄연한 죽음에 대한 감각임을 보여준다. 다만 그것은 부정해야 하는 대상이라기보다는 우리가 의식해야 하는 존재인 것이다. 죽음을 의식하는 이런 특성을 죽 집에서 죽을 기다리는 상황과 겹쳐 놓고 있는 작품, 「죽」에서 시인은 초본 식물처럼, 말없이, 소박하게, 병약하게, 체념한 듯 죽을 기다리는 사람들의 모습, 그리고 형체 없이 뭉개져 가는 자신의 모습을 죽음으로 향해 있는 인간의 존재론으로 읽는다. 말하자면 죽음 앞에서는 현실 삶이 환기하는 과시, 배신, 고성, 다툼 등이 무의미해지고, 그 죽음을 말없이 기다릴 수밖에 없는 일종의 평등성이 내재되어 있다.

위와 같은 인간의 존재론은 계절의 변화를 맞이하는 자연에게도 적용될 수 있는데, 시인은 「처서」에서 긴 여름을 지나 가을을 알리는 망초와 상제나비에게 이런 의식을 투사한다.

   망초 꽃잎 속에 상제나비가 꽂혀 있다. 날개 달린 서표 당신이 서표를 건넸을 때 난 그것을 책에 꽂지 못하였다. 심장 속에 날개 접은 나비처럼 가만히 꽂혀 있는 서표. 나비인 줄 알았더니 차라리 단도다. 마음이,

조금씩 움직이려 할 때마다 그것은 서슴없이 찔러댄다. 약속을 환기시키듯, 조용히 그러나 엄하게 꾸짖듯. 때로,

그것은 당신의 손바닥처럼 차가운 심장을 쓰다듬기도 하나 보다. 처서의 가슴 위에 손을 얹으면 겹쳐지는 서표의 서늘한 촉감. 곧 제 리듬을 되찾은 심장을 놓아주고 난 그만 단풍처럼 나른해진다

가을의 부적 같은 상제나비
부적의 무늬는 망초 꽃술 마른 핏빛
부적의 위안과 경고

나비와 단도와 손바닥의 부적
사이에서 날들이 흘러간다. 저승으로 흐르는 강물처럼

망초의 마음이 되어 나비를 바라본다. 망자의 발자국을 남겨놓고 쉬 떠나갈 상제나비의 마음은 외면한 채, 저도 아프리라, 아프리라 중얼거려 보는 것이다.

「처서」 전문

처서處暑는 여름이 지나고 가을이 온다는 사실을 알리는 절기節氣이다. 처서를 제목으로 한 위의 작품은 망초 꽃과 나비, 책과 서표. 심장과 단도, 가슴·손바닥, 나-당신 등 다층적인 비유를 오가면서 이별과 죽음에 대한 상실감과 아픔을 시화한다. 서늘한 가을을 알리는 망초, 그의 꽃잎 위에 앉은 상제喪制 나비, '상제'의 한자가 죽음을 알리고 있고, 그 날개 빛이 하얗다는 것을 상상하면 망초 위에 내려 앉은 하얀 소복의 나비 같다. 망초가 원래 순 우리말이지만, '망'이라는 발음이 망亡과 겹치면서 마지막 연에서 '망자亡者'와 만나므로 죽음의 이미지를 만들려고 했던 시인의 의도를 읽을 수 있다. 인간 심장의 자연스러운 리듬처럼 계절의 리듬에 따라 서서히 '저승으로 흐르는', 망초가 망자가 되어 가는 삶. 망초는 떠나갈 상제 나비 역시 자신과 같은 존재임을 깨달으며 '저도 아프리라'라며 공감, 즉 측은지심惻隱之心을 드러낸다. 이런 마음의 표현은 자신을 포함하여 전 우주 존재를 대상으로 한다. 망초가 자신의 전존재로 가을을 핏빛으로 물들이고 떠나는 것은 존재의 근거이자 운명이다. 영원히 살 수 없는 존재들이 자신의 전 존재를 바쳐 자신을 증거하는 것. 이것이 인간의 비극이면서도 한편으론 장엄한 운명인지도 모른다.

히말라야 눈 속에

콘도르 한 마리

사선으로

꽂혀 있다

죽어서

날고 있다

날면서 죽어 있다

죽어서도

여전히

수직의

절벽을

기어오르는

한

사내가

있다

「콘도르칸키의 영혼」 부분

더 높이 오르고, 더 높이 날려는 상승에의 욕망, 이는 인간 존재의 극한까지 나감으로써 또 다른 생을 실현하고자 하는 욕망에서 기인한다. 그러나 새로운 생의 욕망은 죽음과 맞닿아 있다. '추락'을 의식하면서도 그들은 '경사 80도의 칼날 같은 북벽을 오른다'. 죽어서도 날고 있는 새, 또 죽어서도 절벽을 기어오르는 사내. 이 한 장면이 그들 삶의 모든 것을 증거 한다. 더 높은 곳으로 오르려 했던 내면과 영혼의 의지는 얼음 속에 갇힌 채로, 그대로 그의 삶을 영원하게 한다. 죽음을 통해 그의 삶은 장엄하게 각인되었다. 죽음으로 찾아온 그 사내의 미래 시간은 영원의 시간으로 치환되었다. 그의 죽음은 영원성을 얻음으로써 인간의 유한한 현존성을 넘어, 미래의 시간 속에서 신화화된다.

2. 기억의 변주變奏와 현상학

최하연 시인의 작품들은 전반적으로 현실 삶에 관한 성찰을 토대로 하는데, '기억 날', '기억 군락', '기억 계절' 등 일련의 기억시편들 역시 과거의 시간을 기억해내는 시인 주체의 현재에 관한 의식이 작동하고 있다. 때문에 기억을 재구성하는 일은 시인의식의 현재적 의미를 이해하는 일이기도 하다. 기억을 다루는 세 작품에는 모두 '기억' 뒤에 단어가 붙어 제목이 되었는데, 이들 단어와 함께 작품 전체의 의미가 생성된다.

꿈에서 깰 때마다
아랫배에 칼 맞는다
엊저녁엔 고사포 시험장에서
폭발사고로 뼈까지 탄 것을
깨고 나서도
열 달이 지났는데

몸 어딘가에서 탄내가 난다

물 위의 자석처럼 뱅글뱅글 도는 잠

극점을 잃어버린 꿈

거대한 광고판 아래

불현듯 찾아온 난독증

사미가 람래다

세상 모든 오뚜기에게

분노의 발차기를 가르치다

다리가 짧아진 밤

허기진 아랫배에

또다시 칼 맞는

밤

「기억 날」 전문

기억이란 즐거웠던 과거를 생각하기도 하지만, 괴롭고 고통스러웠던 상황을 떠올리게 되는 경우도 많다. 과거의 경험이 강력한 것이라면, 그 기억은 무의식으로 가라앉아 꿈으로 나타나기도 한다. 위의 작품에는 꿈의 형식으로 재현되는 기억으로 고통 받는 시적 자아가 등장한다. 기억의 주체인 시적 자아는 오늘도 꿈에서 과거를 경험하고 아랫배에 칼을 맞았다고 진술한다. 이런 의미에서 '기억 날'은 기억이 가진 칼날이라는 의미로 이해된다. 시적 자아는 현실 속에서 지나간 과거의 기억을 지우고자 노력하고 현실 삶에 참여하려 하지만, 삶은 제대로 영위되지 않는 것 같다. 힘들고 고통스러워도 오뚜기처럼 다시 현실로 복귀해야 하는 삶, 그러나 한편으로는 어쩔 수 없는 삶이 혐오스럽고 분노스러워 발차기를 하고 싶지만, 빙글빙글, 뱅뱅 현실을 수용할 수밖에 없는 것이 현실이기도 하다. 고통스러운 기억의 꿈 때문에 정작 미래 꿈의 좌표를 잃어버린 나. 이에 대한 분노의 기억과 감정이 그의 몸에 물리적 고통으로 나타나는 것이 바로 아랫배의 통증이다. 어쩌면 이는 아랫배가 나온 오뚜기의 상상력에서 차용된 것이기도 하다. 늘 칼을 맞으며 견뎌야 하는 세상. 시인은 이런 곳에서 '난독증'을 경험한다. 흔히 읽기와 듣기가 제대로 잘 안 되는 난독증은 이 작품에서는 비유적으로 세상의 글과 문법, 나아가 세상의 규범과 가치관에 혼란을 보이는 시적 자아의 상황을 비유적으로 보여준다. '사미가람래다'라고 전혀 엉뚱한 읽기를 하는 시적 자아는 세상 삶을 쫓아가기에는 여전히 '다리가 짧다'.

　　파란 하늘 아래

　　찌르레기 한 마리

　　전선에 앉아 운다

　　눈을 감는다

　　아무 소리도

　　들리지 않는다

　　새의 부리와

새의 볼록한 앞가슴

사이에

허공의 무덤,

영혼의 셋방이

있다

검은 네온 아래

소주 한 병 비우고

전봇대에 기대

눈을 감는다

집 나온 무덤과

토라진 셋방이

엉켜서 풀 수 없는

케이블 뭉치에 나란히 올라앉아

운다

부둥켜안고는

운다

눈물 한 방울이

빛의 속도로

너에게로 간다

「기억 계절」 부분

「기억 계절」의 시적 자아 역시 영혼의 셋방을 얻지 못해 떠도는 고달픈 존재로 그려진다. 찌르레기가 울던 여름날을 배경으로 기억을 구성한 이 작품은 전선 위에 앉아 허공 속에 자신의 집과 무덤을 꿈꾸었을 찌르레기처럼, 어두운 도시 한 쪽에서 엉켜서 풀 수 없는 삶의 현실적 문제에 직면한 존재들의 슬픔을 그리고 있다. 결국 인간이 돌아가 쉬어야 하는 곳이란 집이기도 하고 무덤이기도 하다. 시인은 어쩌면 인간은 잠시 세상에 세 들어 살다 가는 영혼일 뿐이라고 말하고 있는 것 같다. 이런 인식은 「기억 군락」에서 '허무주의'라는 시어로 표현되고 있는데, 새벽안개를 주인공으로 내세운 이 작품에서는 안개에서 이슬이 만들어지는 그 과정이 "안개의 아랫도리를 따라 / 뒷산의 아랫도리도 젖는다 / 안개의 아버지는 퇴화했고 / 안개의 어머니는 타락했다 / 신발을 벗고 / 여울을 건너 / 무작정 무덤가에 눕는다 / 풀잎 위에 / 허무주의가 / 젖은 것과 젖지 않은 것 사이로 / 몸을 동그랗게 말며 / 맺힌다"로 묘사되고 있다. 일반적으로 '군락群落'은, 집단을 이루며 유기적인 연관관계를 가지면서 서식하는 식물집단에 쓰이는 용어인데, 이 작품에서는 '안개'가 마치 식물처럼 남성, 여성의 안개가 만나고, 그 결과 동그란 이슬이 탄생하는 과정이 그려진다. 스며들고, 만나는 안개의 액체적 성격, 그리고 함께 생활하는 군락의 생리 등이 이런 과정의 상상에 내포되어 있다. 따라서 군락은 안개무리이기도 하고, 기억의 한 무리이기도 하다.

한편 「쿵」과 「모서리가 없어서」 등의 작품에서는 기억 시편에서 언급되었던 난독증과 관련하여 세상 안에서의 시쓰기와 관련한 시인의 생각을 읽을 수 있다.

> 낙타가 귓속에 살아
>
> 걸을 때마다
>
> 낙타의 혹이 달팽이관을 때려
>
> 낙타는 화가 나면
>
> 침을 뱉는다는데
>
> 귓속이 엄마의 이불처럼
>
> 축축해져
>
> 따뜻한 돌에 가만히 귀를 대봐
>
> 돌 속에서 아이는
>
> 딸그락거리며
>
> 공기놀이를 하고
>
> 검은 침묵 하얀 암흑
>
> 길을 건널 때마다
>
> 천막天幕을 맴도는 곡哭
>
> 한 줄의 차선도
>
> 한 줄의 번호판도
>
> 읽지 못해
>
> 길 아닌 곳

여기는 아틀란티스

눈이 아홉 개
코, 귀, 입은 없는
푸른색 원피스
인형을
들여다보다가

귓속이 쿵

낙타는
달빛 아래
사막을 건너가네
언덕을 넘어가네

「쿵」 전문

　　이 작품은 시적 자아가 놓인 공간이 사막-귓속-도시-아틀란
티스 등으로 복잡하게 교차되고, 또 그 공간의 주인공으로 낙타
와 아이, 그리고 숨어 있는 화자인 '나'가 겹쳐지는 중층적이 구조
를 보이는데, 이들의 의미가 '쿵'이라는 의성어에 집중되면서 주요
한 주제의식인 사막 같은 삶의 어려움과 힘겨움이 강조된다. 나의
귓속에 사는 낙타는, 내가 되어 곡哭소리 들리는 도시의 길을 지나

기도 하고, 사막과 언덕을 넘기도 한다. 둘째 연에서 차선과 번호판이 있는 현실 삶의 공간으로 옮겨온 낙타에게 여기는 사라진 대륙, 아틀란티스 같이 느껴진다. 이미 사라진 시·공간인 아틀란티스를 걷고 있다는 이 진술은 나에게 현실 삶이 부재한다는 의미로 읽힌다. 때문에 시인에게는 도시의 곡소리가 들리고, 이들의 언어는 읽히지 않는다. 나에게 여기는 길이 아니며, 길의 표지를 읽을 수도 없기에 여기는 현실의 길도, 또 과거의 흔적을 읽거나 미래로 향하는 길도 아니다. 말하자면 표지판이 그가 읽을 수 있는 언어들로 기호화되어 있지 않았으므로 세상이 정해 놓은 어느 방향으로도 삶의 좌표를 설정할 수 없다. 언급했듯 「기억 날」에서도 최하연 시인은 자신의 문법과 철자가 세상의 그것과 맞지 않는다고 생각했다. 세상과 자아 사이의 간극을 인식하는 일은 비극적이다. 그러나 이런 차이 속에서 세상과 불화不和하는 시인의 창조적인 언어가 탄생한다.

봄 가고 여름이면
언제까지가 꽃이고
어디서부터가 열매일까
그 경계로 물이 차오르고
그다음은 푸른 적막이어서
벼는 여름 햇살에 익고
소금쟁이는

네 발로 수면에서 버티는 중

논이 하늘에 빠지지 않게

하늘이 논에 젖지 않게

「모서리가 없어서」 부분

위의 작품은 이 세상의 미물이라고 여겨져 온, 존재들의 고귀한 가치에 대한 사유를 보여준다. 우주의 이치와 원리는 아주 작은 존재들에게도 자신의 자리를 내어준다. 그러나 현실 세상의 문법은 이런 가치에 대해 주목하지도 또 이런 사유를 생산하지도 않을 것이다. 세상이란 다양한 존재들이 서로 모여 살아가는 곳이라는 가치를 잃어버리고, 잊은 지 오래되었기 때문이다.

강기원, 최하연 두 시인들의 기억하는 행위와 오래된 언어는 우리가 잊거나 잃지 말아야 할 과거와 그 존재들에 대한 끊임없는 성찰과 환기의 역할을 한다. 시인-낙타가 걸어가는 모래 언덕-세상은 쉽게 흩어지고 부서져, 발을 빠뜨리므로 사막을 건너는 시인의 언어가 각인되기 힘들 것이다. 그러나 우주를 버티고, 지지하는 그 무수한 모래 언어들은 언어의 불멸, 시인 존재의 영원성을 기억할 것이다.

시의 '먼 나무'에 피어나는 얼굴들

조말선

조말선 시인은 1998년 등단 이후 『매우 가벼운 담론』2002, 『둥근
발작』2006을 거쳐 『재스민 향기는 어두운 두 개의 콧구멍을 지나서
탄생했다』2012에 이르기까지 기존의 시 문법을 넘어 자신만의 개
성적인 언어와 상상력을 만들어 왔다. 불연속적으로 이어지는 이
미지와 언어로 구조화 되는 텍스트는 시를 읽는 독자들에게서 현
실과 의미를 연속적으로 미끄러뜨리며 자신의 고유한 의미를 생
성해 간다. 최근작들 역시 시인이 탐구해 온 언어적 실험과 사유의
맥락과 맞닿아 있으면서, 오늘 우리의 삶의 가치와 일상의 의미를
묻고, 나아가 이런 현실 안에서의 시의 존재론을 성찰하는 방향으
로 시의식이 심화·확장되고 있다.

1. 비현실적 이상과 허구의 미래

그동안 조말선 시인이 발표한 작품들을 일람해보면 정원이나
나무, 원예나 꽃 등을 소재로 하는 작품들이 자주 등장하였는데,

최근 발표한 작품들에서도 「누가 더 먼나무에 가깝습니까」, 「정원」, 「전달」 등에서는 중심적 이미지로, 이외 「하농」이나 「미래」, 「방향성」 등에서는 꽃과 나무, 식물성 등으로 변주되어 드러난다. 전통적으로 인간과 나무는 변신의 은유나 상징에 의해 함께 상상되어 왔는데, 이번 작품들에서도 이러한 시의식을 근간으로 나무나 정원 등의 소재는 인간 삶을 성찰하는 상징으로 작동하고 있다.

> 가만히 서 있으면 먼 나무처럼 성실합니까 출생지에서 점점 멀어지면서 어느 새 주렁주렁 맺힌 열매가 빨갛습니까 성실은 비현실적인 계몽주의의 클리셰입니다만 바람에 흔들릴 때는 게을러 보일까봐 바람을 뽑아버릴 겁니까 가만히 쪼그리고 앉아 있는데 근면합니까 근면은 맡은 일을 활용할 때 쓰이는 말입니다만 내일도 모레도 쪼그리고 앉을 겁니까 누가 더 먼 나무에 가깝습니까 끈기있는 정원사 구함. 참을성마저 참아주는 끈기있는 사람. 끈기는 높은 철봉에 매달릴 때 필요한 말입니다만 평생 동안 한 가지 이유로 화를 낸 건 어떻습니까 점점 빨개지기만 합니까 평생 동안 한 가지 표정으로 울었습니까 점점 더 빨개지기만 합니까 평생 한 사람 쪽으로 울다가 웃습니까 오래되고 오래되면 멀어집니까 빨개지면서 누가 더 먼 나무에 가깝습니까 어느 날 그런 사실이 끔찍하지 않습니까 끔찍한 건 당신이 뒤돌아서서 갈 줄 모른다는 사실이야, 라고 누군가 말했을 때 평생을 손바닥 안에서 구겨버리고 있습니까 누가 더 먼 나무에 가깝습니까 가만히 서 있으면 저절로 멀어집니까.
>
> 　　　　　　　　　　　　　　　　　「누가 더 먼 나무에 가깝습니까」 전문

위의 작품에서 현재 우리 삶의 가치와 그 방향에 대한 시인의 비판적인 인식을 읽을 수 있다. 작품 안의 문장과 문장간 의미의 연계는 쉽게 드러나지 않지만, 그럼에도 행간에 숨어 있는 시인의 생각을 헤아려 볼 수 있다. 우선 시 제목인 '누가 더 먼 나무에 가깝습니까'라는 질문은 시를 읽는 독자들에게 그 뜻을 생각하게 하는데, 이는 '먼 나무'라는 목적지를 상정하고 거기에 가까이 가야 한다는 강박 같은 것을 만들어 내면서 늘 얼마만큼 가까이 왔는가를 의식하며 살아야 하는 현실을 함축적으로 담고 있다. 이는 현재 우리 삶을 '가만히 서 있지 못하게' 채근하며 경쟁하게 만드는 계율 같은 것인지도 모른다. 나무가 점점 자라 시간적·공간적으로 성장하고, 빨간 열매가 열리는 최후의 목적지로 향해 가듯이 인간의 삶역시 성실과 근면을 내장하고 성공과 발전이라는 열매를 얻고자 끈기 있게 나아가야 한다.

시인은 이처럼 이상적 존재에 도달하는 삶을 살아야 한다는 이데올로기를 주입하는 주체, 혹은 이미 그 가치를 내면화한 존재인 우리를 '정원사'에 비유한다. 정원이란 야생적인 자연에 비하여 만들어진, 인위적인 자연 공간이라 할 수 있다. 그리고 이러한 밀폐된 자연 공간의 주인인 정원사는 질서 있고 아름답게 나무들이 완전한 외향을 갖도록 끈기 있게, 웃자란 가지들을 잘라내어야 한다.「정원」 이런 문제의식은 이전 작품「둥근 발작」『둥근 발작』, 2006에서도 읽을 수 있었는데, "위로 뻗을 때마다 쾅쾅 말뚝을 박으세요 / 열매가 풍성하도록 꽁꽁 철사줄에 동여매세요" 등을 통해 시인은 원예가의 눈높이에 의한 억압의 이중 구조 속에 생을 완성시키는 '꽃나무-인간-우리'의 현존을 이야기했다. 그런데 이번 작품에서 시인은 「둥근 발작」에서 진술했던 '신경증적인 열매'의 그 내면에 주목한다. 즉 빨간 열매에서 생명이나 성숙을 읽기보다는 그 과정 중의 상처와 고통을 읽고 나아가 주어진 규율을 기준으로, 스스로 검열하여 어린 싹을 자르는 죄책감에 대해 이야기한다. 먼 나무에 가까이 가는 여정은 철봉에 매달려 자신을 시험하듯이 고통스럽고 힘든 과정으로 우리 자신은 이런 현실 속으로 우리 자신을 내몰고 있다. 때문에 이런 죄책감은 시인 자신뿐만 아니라 한 사회에서 동일한 '먼 나무'를 바라보고 맹목적으로 달려가는 모든 우리들이 느껴야 하는 것인지도 모른다.

그러나 나와 당신, 우리는 뒤돌아서서 자신의 삶에 관한 반성할 능력이 없다. 왜냐하면 우리 삶의 방향성이 앞으로만 정위되었기 때문이다. '나의 방향성은 앞으로만 향해 있고, 뒤돌아서서도 앞으로를 고집한다.'「방향성」 그것은 발전, 진보, 미래, 희망 등으로 이름 지어진 '비현실적 계몽주의의 클리셰'이지만 우리는 그 허위의 덕목으로부터 쉽게 탈출하지 못한다. 따라서 "어두운 창문이 비치는 것은 한 치 앞의 나를 볼 수 없는"길임에도 성실과 근면, 끈기와 참을성으로 보이지 않는, 커다란 손바닥 위에서 우리 인생을 구겨버리고 있다고 시인은 말한다. 그러기에 그는 시의 말미에서 다시 묻는다. '누가 더 먼 나무에 가깝냐'고. 이 부분에서 '먼 나무'는 반대의 의미로 전환되어 읽힌다. 진정으로 우리가 도달해야 하는 '먼 나무'는 무엇일까, 그리고 시인이 이르고자 하는 '먼 나무'는 어떤 것일까.

주어진 이데올로기나 허위의식이 만든 인공 정원에서 '먼 나무'에 삶을 맡기는 것은 진정한 나의 먼 나무를 위해 아무것도 하지 않는 것이다. 우리는 매일매일 진정한 나의 이상과 꿈으로부터 저절로 멀어지고 있다. 시인의 이런 문제의식을 「미래」에서도 읽을 수 있다.

그는 오후 세 시를 넘어 갔고 너는 저녁 7시를 넘어 갔고 나는 자정이 되기 전에 떠나고 싶었다 긴 옷 덕분에 우리는 달라보였다 긴 옷 속에서 나온 네 목소리에서 따뜻한 입김이 났다 깊숙한 주머니에서 아직도 손을 꺼내고 있는 그의 손은 내일 펴질 것이다 나는 이제야 느낀 마음이 아파서 쉬고 싶었다

집으로 가려고 한참을 갔는데 그 자리였다

「미래」 부분

시인에게 우리가 나아가야 할 '미래'라는 가치는 앞으로 향하는 시·공간이 아니라 집으로 다시 돌아가는 시간이요 뒤돌아가는 시간에서 찾아야 할 것으로 인식된다. 중요한 진실은, 현실적으로는 아프고 추운 우리의 삶이 미래라는 희망 때문에 '뭘 더 가진 것 같다'는 허위의식에 의해 위로받는 것이 아니라, 실제 자신의 현존의

상태를 의식하고, 스스로 위로하고 쉬게 할 수 있는 그런 상태로 돌아가는 것, 그 시·공간을 사유하는 것이다. 시인의 이런 생각은 하루하루의 삶이 영위되는 일상의 시·공간에 대한 성찰로 이어진다.

2. 불안한 현존과 상실의 슬픔

계란 한 판에 서른 개의 사시가 있다 계란 한 판에 서른 개의 불안이 있다 연속적으로 사거리를 마주치는 날의 어리둥절처럼 위로 아래로 오른쪽으로 왼쪽으로 방향을 결정하지 못한 눈알들이 굴러다니는 서른 개의 방들이 있다 팔꿈치가 부딪치지 않게 옆으로 양팔을 벌리면 손끝이 닿을락 말락한 위치에서 유리창을 깬 사람이 누군지 모르는 아이 하나가 서른 개 있다 이마와 뒤통수가 부딪치지 않게 앞뒤로 줄을 선 위치에서 대문을 부순 사람이 누군지 모르는 어른 하나가 서른 개 있다 올 때까지 기다리고 있을게, 당신이 어디에 서 있든 사거리에서 오른쪽 건널목을 건넌 날은 계속 오른쪽으로 사거리를 건너고 싶은 마음이 다음 사거리에서 당신을 기다리고 있다 우리는 계속 만나러 가고 있고 우리는 계속 헤어지지 않고 있다 불안하니? 이건 껍질이 있어서 깨지는 것이다 나는 난처한 불안을 끌어안고 공격적인지 방어적인지 모를 자세를 취하고 있다 깨지기 위해서 깨지지 않으려고 사방연속무늬가 흐르는 방에서 불안의 내용물을 굴리고 있다

「패턴」 전문

사전적으로 일정한 형태, 혹은 양식 등을 의미하는 '패턴'이라 이름 붙여진 위의 작품은 일상의 삶의 형태를 계란 판에 비유하고 있다. 즉 서른 개의 계란 한 판과 일상적 삶의 공간이 오버랩되어 텍스트를 구조화하고 있다. 우선 계란이 담긴 규격화된 판형은 우리가 살아가는 일상적 공간을 조형적으로 비유한다. 그리고 서른 개라는 개수에서 일상적 생활의 리듬을 분절하는 30일-1개월이 연상된다. 시인은 계란 속에 있는 흰자와 노른자에서 사람 눈의 흰자와 검은자를 연상하여 사시라고 표현하는데, 이는 정확히 자신이 바라보아야 하는 곳에 눈을 맞추지 못하는 상황 때문에 다음 구절 '서른 개의 불안'으로 이어진다. 특히 계란은 이어지는 선들이 만들어진 십자로, 즉 '사거리' 위에 놓여 있는데, 사거리는 네 방향 중 어디로 갈지 정해야 하는 지점임에도, 사시의 눈을 가진 계란은 어리둥절 그 방향을 정하지 못한다. 그들은 잘 구획된 안정적인 틀 안에 있는 것 같지만, 그들의 현존은 매 순간 자신의 방향을 고민하고 선택해야 하는 사거리에 서있는 것이다. 뿐만 아니라 어린이도, 어른도, 우리 모두도 깨어짐과 헤어짐을 의식하고 불안해하면서 살아가고 있다. 제대로 깨지기 위해서 깨지면 안 된다는 역설적 상황을 함축한 계란의 존재성을 통해 시인은 일상의 불안을 일깨우고, 나아가 우리 삶 자체가 깨짐으로써 완성될 운명을 내장하고 있다는 비극적 인식 역시 보여준다.

이처럼 정해진 규칙 안에서 반복되는 일상에 대한 문제의식은 「하농」에서도 드러난다.

붉나무에 붉나무를 묻히고 붉나무가 붉나무를 묻혀서 붉어진 손바닥이 새빨간 목격자입니까 층층나무가 층층나무를 묻히고 층층나무가 층층나무를 묻혀서 층층나무가 드높아져도 그것이 피부입니다 층계가 층계를 묻히고 층계가 층계를 묻혀서 씻을 데라곤 층계참에서 찾을 수 없습니다 귀리가 귀리를 묻히고 귀리가 귀리를 묻혀서 바람 소리에 귀리가 흔들립니다 패딩점퍼가 패딩점퍼를 묻히고 패딩점퍼가 패딩점퍼를 묻혀서 통, 점퍼들이 튀어 오르면서 계단을 내려갑니다 안개가 안개를 묻히고 안개가 안개를 묻혀서 안개가 번식하는 속도로 사라지는 친분이 물듭니다 250쪽이 251쪽을 묻히고 251쪽이 252쪽을 묻혀서 탁, 밤이 덮어버린 책으로 책 한 권이 책 한 권을 묻히고 책 한 권이 책 한 권을 묻혀서 서사를 완성해가는 책장 흰 건반이 검은 건반을 묻히고 검은 건반이 흰 건반을 묻히는 리듬을 타고 큰 건물이 큰 건물을 묻히고 큰 건물이 큰 건물을 묻혀서 숲이 되어가는 동네에서 차츰 나를 분실합니다

「하농」 부분

조말선 시인의 작품에서 반복법은 음운적 층위는 물론 통사적 층위에 이르기까지 자주 사용되는데, 이 작품에서도 역시 각각의 시어들은 물론 문장의 구조가 동일하게 반복된다. 이런 시적 전략은 피아노 연습곡인 '하농'이라는 악곡의 체계와 일상의 반복적 행위가 이루어지는 공간의 구조와 사물들을 리드미컬하게 병렬시키는 방식으로 텍스트를 생성한다. 보다 숙련된 연주를 위해 다양한 패턴의 음계로 구성된 음반을 반복적으로 치도록 되어 있는 '하농'

은 패턴화된 일상을 비유하는 한편, 우리의 삶 역시 매일매일의 성실한 노력과 근면을 통해 보다 나은 수준의 삶으로 도약해야 한다는 '비현실적 계몽주의 클리셰'의 또 다른 버전이다. 그러기에 시인은 오히려 무한히 반복되는 피아노곡을 들으면서 소리가 묻히고, 사물들이 묻히고 나 자신까지 묻히는 불안한 상상을 한다. 두려움 속에서 '당신'의 얼굴은 '절벽처럼 단단하게 굳어'「얼굴」 소외되거나 나의 얼굴은 너무 많은 얼굴들 사이에서 나를 잃는다.「유리에 인접한 스타벅스의 미적 거리」 이는 무한 반복되는 일상의 흐름을 우리가 의식적으로 멈추지 않는다면, 우리 주위에 펼쳐진 나무와 꽃과 파도의 아름다움, 혹은 스타벅스에서 나와 함께 아메리카노를 마시는 얼굴들에서 어떤 '친분'도 찾을 수 없음을 의미한다.

이런 상황을 시인은 "큰 건물이 큰 건물을 묻혀서 숲이 되어가는 동네에서 차츰 나를 분실합니다"라고 진술하고 "숲이 숲을 묻히고 숲이 숲을 묻혀서 탁탁, 치마를 털어 숱이 빠지는 중년 눈물이 눈물을 묻히고 눈물이 눈물을 묻혀서 눈물이 메말라가는 뺨을 뺨이 맞이합니다 양털이 양털을 묻히고 양털이 양털을 묻혀서 들판을 세우는 다리는 몇 개입니까 장미꽃잎이 장미꽃잎을 묻히고 장미꽃잎이 장미꽃잎을 묻혀서 장미를 이겨내는 결국 때문에 슬픔이 슬픔을 묻히고 슬픔이 슬픔을 묻혀서 슬픔이 거대해집니다"「하늘」라고 말하며 똑같은 삶의 반복이 가져오는 의미의 상실과 존재론적 슬픔을 이야기 한다.

3. 시-언어의 존재 탐구

삶의 가치와 목적은 의심스럽고, 매일매일의 패턴화된 생이 불안하고 자신의 의미를 상실한다고 느끼는 시인에게 시 쓰기는 어떻게 인식되고 있을까. 그가 창조적인 언어와 의미를 찾아가는 노력의 과정을 「대상들」에서 읽을 수 있었다.

이것은 목적이다 백 개의 주어가 나누어 가지면 백 개가 되고 천 개의 접시가 나누어 가지면 천 개가 되는 것이다 이것은 욕망이라고 하자 최초의 손이 목적을 취한 이후에도 계속 욕망이다 누군가의 방석에서 즐겁게 목적을 하고 남아 있다 누군가의 의자에서 고통스럽게 목적을 했더라도 남아 있다 절실한 순간 눈이 눈물을 사용하듯이 이것은 불시에 닥치는 절실한 욕망을 위해 상온보관되어 있다 이 시선이 닿은 곳에! 백 개의 주어가 훼손하고도 훼손되지 않은 채 보관되어 있다 천 개의 열쇠가 훼손하고도 훼손되지 않은 채 보관되어 있다 갓 풀을 베어낸 언덕처럼 목적은 훼손될 때마다 시취를 내뿜는다 이것은 깊이 하고도 떠오르고 갑자기 하고도 되돌아온다 나는 영혼이 있어서 뜨거워졌다가 차가워졌다가 하는 손바닥으로 이것을 꽉 쥔다 이것이 목적을 대하는 극진한 태도라고 필기구를 대하듯이 꼭꼭 누른다 욕망은 근접하기 위해 접근하는 중이라서 손바닥 가득 영혼을 다해도 못 이룬다

「대상들」 전문

시인은 대상-목적-욕망의 관계 안에서 시쓰기의 고통과 언어의 한계를 비유적으로 보여준다. 전체 시의 구조는, '이것은 ~이다'라는 문장 형식으로 개념들을 이미지화하고 구체화하는 방식으로 이루어져 있다. 시인에게 '대상'이란 목적 그 자체이면서, 그 목적을 향해 가는 욕망이며 시와 언어, 그리고 시쓰기 자체이기도 하다. 때문에 '목적을 하다'라는 비문은 '글을 쓰다'와 같은 의미로 읽힌다. 시인에겐 그가 마주하는 대상의 본질과 비의秘意를 시화하는 것이 시의 목적이며, 욕망이 움직이는 원동력이다. 때문에 시인은 그들을 백 개, 천 개의 무수한 언어로 표현하고, 그 의미의 열쇠를 찾아가지만, 대상이 갖는 완전한 의미를 얻을 수 없으므로 최후의 목적은 늘 훼손된다. 그러나 시인의 내면에 잠재된 시와 언어는 어느날 갑자기, 혹은 깊은 깨달음 속에서 절실한 순간 자신의 얼굴을 드러낼 것이다. 그러기에 대상과 목적 그 자체를 향해가는 시인의 욕망은 전 영혼을 바칠 만큼 극진하고도 열렬한 것이다.

　작품 「대상들」은 조말선 시인이 시적 대상의 본질과 그들이 말하는 언어를 얻기 위해 치열한 노력을 수행하고 있음을 느끼게 한다. 그런데 아래의 시 「전달」은 「대상들」에서 진술했던 '눈이 눈물을 사용하듯', 시인의 언어가 떠오른 '절실한 순간'에 대한 이해를 가능케 하고 나아가 시인이 생각하는 시의 본질과 시쓰기의 의미를 생각하게 한다는 점에서 흥미롭게 읽힌다.

내 얼굴은 저 나무입니다 저 나무는 쓸쓸한 버릇이 있는 그 나무와 같습니다 그 나무는 불쑥불쑥 화가 나서 내 얼굴이 뜨겁습니다 아직도 뜨거운 내 얼굴은 저 얼굴이 분명합니다 벌레가 갉아먹고 있는 저 얼굴은 그 얼굴과 같이 무너지고 있습니다 두려운 나머지 얼굴에서 가장 가까운 손가락으로 저 얼굴을 감싸 쥐었는데 내 얼굴이 없습니다 내가 잃어버린 얼굴을 저 나무가 잃어버립니다 저 나무가 잃어버린 얼굴을 그 나무가 잃어버립니다 내가 잃어버려서 앓는 감정은 저 나무의 감정 저 나무가 잃어버려서 앓는 감정은 그 나무의 감정 우리는 잃어버린 어떤 감정에 대해서 전달할 뿐입니다 상처라고요? 전달할게요 분노라고요? 전달할게요 책임지라고요? 전달할게요 잃어버려서 앓는 감정이 스웨터였는지 모자였는지 구두였는지 모르겠는 나는 저 나무가 잃은 감정을 앓고 있습니다 저 나무 밑에 가득 쌓인 얼굴을 그 나무가 잃어버려서 앓고 있습니다

「전달」 전문

언급했듯 위의 작품 「전달」은 「대상들」에서 시인이 궁극적으로 도달하고자 했던 절실한 순간, 혹은 최후의 목적, 그리고 나아가 '먼 나무'의 얼굴을 이 작품이 그리고 있는 것은 아닐까 라는 상상을 하게 만든다. 시적 상황은 가을에 나뭇잎이 낙엽이 되어 쌓인 상황을 비유적으로 재구성한 것인데, 시인은 쓸쓸한 나뭇잎을 향해 마음을 움직인다. 작품 속에는 '내 얼굴을 한 저 나무', '저 나무와 버릇이 같은 그 나무'가 등장한다. 그런데 나무의 얼굴을 한 이

존재들은 모두 쓸쓸하거나 화가 나 있고, 무너짐과 두려움을 겪고 있다. 서로 서로 자신의 존재를 잃어버린 상실의 감정을 반복하는 시인은 나-저-그를 넘어 '우리'의 상실감을 이야기한다. 상실의 상처, 분노, 그리고 책임에의 요구. 시의 마지막 부분에서 시인은 '나는 저 나무가 잃은 감정을 앓는다' 그리고 '저 나무 밑에는 상실의 감정을 앓고 있는 무수한 얼굴들이 쌓였다'고 진술한다. 이는 어쩌면 현실적으로 당신의 얼굴과 나의 얼굴이 마주하는 것이 어렵다는 안타까움 속에서도 "두 손을 맞잡고 어둠 속을 더듬어 보았다 부자유스럽지만 두 손이라면 잘 해낼 수 있지 않을까 눈앞이 캄캄할 때는 두 손이라도 끌어안는 것이 버릇이었다 말랑말랑하고 매끌매끌하고 따뜻하기까지" 해서 서로의 눈물 나는 포옹을 꿈꾸는 시인의 바람과도 맞닿아 있다.「모습」,『시산맥』겨울호, 2017 여기서 시인과 함께 살아가는 모든 대상들, 특히 얼굴을 마주할 구체적인 사람들과 함께 하고픈 시인의 소망을 느끼게 되는데, 이는 궁극적으로 상실 앞에 놓인 우리 삶에 관한 따뜻한 마음과 위로의 언어를 함축적으로 보여준다. 공감은 유사한 상황에서 대상-타자가 무엇을 느끼게 될지 상상하는 데서 시작된다. 이런 의미에서 "나는 저 나무가 잃은 감정을 앓고 있습니다", 그 감정을 "전달할게요"라는 시인의 발화는 자신의 내면에 투영된 대상과 사물, 세계와 공감하려는 시인의 적극적인 소통의 의지를 보여준다.

조말선의 신작시들은 현실적 문맥과 의미를 자신의 상상적 텍스트와 언어로 재구조화하기에 시를 읽는 독자들에게 몇 번의 독서를 요구한다. 이런 수고로운 과정을 통해 독자들은 허구적 가치에 미래를 저당 잡힌 불우한 삶의 현실과 이상, 그리고 불안과 상실감 속에 놓인 일상을 깨닫게 된다. 그리고 이와 함께 슬픔과 소외를 넘어서려는 시인의 따스한 시선과 공감 속에서 탄생한 풍성한 미래, '먼 나무-언어'의 잎잎들, 우리 모두의 얼굴을 가까이 만날 수 있을 것이다.

소곤거리는 기억의 말들

강윤후

1. 사막의 비망록을 펼치며

강윤후 시인은 시집 『다시 쓸쓸한 날에』 1995의 후기에서 누추한 현재를 살아가게 하는 힘은 미래에 대한 희망보다 살아온 날들에 대한 기억에서 나온다고 말했다. 그의 이런 고백에서 우리는 오로지 세월의 힘에 의해서만 빛날 수 있었던 불우한 시절을 떠올린다. 압류당한 희망을 붙들고 마지못해 살기로 작정하고「어느날 우울한 다짐」 우리에게 남은 것은 아무것도 없고「노래방 1993」 어디로 가는지도 모르는「다시 성북역」 삶을 의식했어야 했던 1980년대. 시인은 이 상실의 시대가 주었던 아픔의 상처가 세월 속에서 풍화되어 욕망과 열정과 꿈이라는 이름으로만 환하게 기억되길 바랐을지도 모른다. 그런 미래에 대한 상상 속에서 고통스러운 현실은 견딜만한 것이 되기 때문이다. 하여 그 시절 낮고 쓸쓸하게 삶을 위로하면서 또 다른 기다림을 함께 하자던 시인의 약속「다시 성북역」을 오늘의 우리는 기억한다.

그 쓸쓸한 날로부터 그의 시는 오랜 시간을 건너왔다. 그런데 기억의 힘에 대한 시인의 믿음은, 여전히 중요한 시의식으로 작동하면서 과거-현재-미래의 언어를 움직여 나간다. 최근 작품 중 「아프리카, 접속되지 않는」은 「겨울 아프리카」『다시 쓸쓸한 날에』와 그 소재와 상상력이 맞닿아 있으면서, 기억이 현재 시쓰기의 동력이 되고 있음을 보여주는 작품이다. 이런 점에서 「아프리카, 접속되지 않는」을 통해 이전 작품과의 통시적 연계성과 시인의식의 새로운 출발을 읽을 수 있다.

암시장에서 사온
아이디와 패스워드가 듣지 않는다
죽은 통신망에 구명정처럼 표류하는 사이트들이
아직 남아 있다고 사내는
수첩을 펼쳐 부호들을 적으며 말했다
다른 행상들의 웃음소리가 마른 빵처럼 부스러졌고
저잣거리 너머로 보이는 사바나는
코끼리 떼라도 기습해 올 것처럼 적막했다
애초부터 구명정 같은 건 없었을까
사내가 조립한 문자가 틀린 걸까
컴퓨터는 증기기관처럼 덜컹거리고
정지한 모니터 앞에서 시간이
턱을 괸다

(…중략…)

쫓길 수 있을 때까지 내쫓기면서 삶이

비루하게 이어졌다 야간투시경을 쓰고 보는

시야로 심문하듯 늑대 떼가 들어선다

한 무더기의 검은 실루엣 안에서

푸른 점들이 모니터에 뜬 기계어처럼 반짝거린다

그 언어를 해독할 알고리즘을 아직 몰라서

나는 이름 없이 표류하는가

야간투시경을 벗자 다시

막막한 어둠이 앞을 가린다

나는 어둠에서 건져 올린 두 손을

공책처럼 펼쳐 오래 가까이 들여다 본다

날이 밝으면 다시 짐을 꾸려 떠날 것이다

사바나를 지나 사막으로

무기명의 비망록처럼

걸어 들어갈 것이다

「아프리카, 접속되지 않는」 부분

　이 작품은 생활의 많은 부분이 컴퓨터에 의해 관리되며, 그 컴퓨
터에 접속함으로써 세계에 개입하고 그들과 만나는 현재 우리의
삶을 모티브로 하고 있다. 「겨울 아프리카」에서 멸종과 죽음, 폐허

의 이미지가 가득했던 아프리카의 상상이 '바람이 갈피마다 끼워둔 어둠 한 장씩을 풀어 날리며' '접어둔 책장을 펼쳐 읽듯' 책에서 시작되었다면, 위의 시에서 아프리카의 상상은 컴퓨터에 접속함으로써 만나게 될 가상의 공간으로 펼쳐진다. 이는 현재 우리가 정보와 상상을 얻는 방식이 책에서 컴퓨터로, 2차원에서 3차원으로 변화했음을 단적으로 보여준다.

컴퓨터 안에 펼쳐진 아프리카 사바나는 생존과 생활을 위해 죽음을 무릅쓰고, 경계를 서며, 무표정하게 비루한 삶을 영위하는 현실의 공간을 비유한다. 이런 야생의 삶을 컴퓨터가 프로그래밍하여 가상현실로 만들어 놓은 것처럼, 우리의 삶 역시 표준적으로 프로그래밍된 체계에 의해 움직여진다. 인간은 프로그램의 일부일 뿐이다. 따라서 프로그램의 체계와 규칙을 담은 알고리즘을 아는 사람은 사냥감을 먼저 획득하여 사바나의 승자가 될 것이고, 그렇지 못한 사람은 구멍정도, 암호도, 부호도 없는 그 공간에서 표류하게 된다. 시인이 '조립한 문자' 역시 그 세계의 알고리즘을 풀지못하고 그의 컴퓨터는 18세기 증기기관처럼 과거를 향해 달린다. 때문에 작품 속의 시인, 사내는 모니터를 들여다보지만, 그 '윈도우-창'을 통해 다른 시·공간으로 월경越境할 수 없다.

시인은 온갖 암호와 부호를 찾기 위해 분주히 움직였던 손을 컴퓨터 앞에서 거두고, 그 언어들을 기억할 자신의 손을 공책처럼 들여다본다. 그리고 여기 사바나를 떠나 사막으로 가리라 선언한다. 이는 컴퓨터의 프로그램처럼 철저하게 계산된 시스템 안에서 종속된 삶을 거절하겠다는 강력한 의사 표현이기도 하다. 한편 사막은 셀 수 없는 모래의 시간과 언어가 집적되어 있는 공간이다. 시인은 이곳으로 들어갈 자신을 '무기명의 비망록'으로 비유한다. 비망록이란 잊지 않기 위해, 기억하기 위해 적어두는 글인데, 그는 자신의 비망록이 아니라 '무기명'의 비망록을 적는다. 이는 아마도 모래알 같이 무수한, 셀 수 없고, 이름을 붙일 수 없는 존재들, 기억들, 추억들의 언어를 기억할 시인의 삶 자체를 비망록으로 비유한 것으로 보인다. 이런 의미에서 이 작품은 독자들이 마주할 그의 신작시들이, 그가 애써 잊지 않으려고 적어두었던 기억의 기록이며 비망록의 언어임을 말해준다.

2. 멀어지는 그대를 그리워하는

일상의 삶 속에서 시인은 과거의 시간과 자주 마주치는데, 때문에 그에게 현재란 과거의 시간과 경험들이 꽉 차 있는 시·공간으로 인식된다. 「증강현실처럼」에서도 과거는 현재와 함께 공존하는 가상의 이미지로 나타난다. 작품 속에서 시인은 버스 차창 밖을 무심히 보다가 자신의 과거와 만난다. 한편 여기서 흥미로운 사실은 이번 신작들 모두에서 시간이 옮겨가거나 기억이 소환되는 매개로서 '창'이 등장하고 있다는 점이다. 시인의 의식이 다른 차원으로 움직일 때, 새로운 세계와 접속하는 경계면, 즉 일종의 인터

페이스로 '창'이 등장하는 것이다. 각 작품에서 시인의 의식이 과거로 옮겨 갈 때 매개체로 창이 나타나는데, 이 창을 기점으로 텍스트의 시간이 현재에서 과거로 넘어간다.

앞에서 살펴본 「아프리카, 접속되지 않는」에서 시인은 '윈도우'라고 하는 컴퓨터의 '창'으로 들어가지 않는다. 그는 윈도우가 열어주는 가상 세계를 거절하고, 떠나온 것이다. 그리고 「증강현실처럼」에서는 버스 '창'을 통해 시인은 과거의 시·공간을 입체적 이미지로 경험한다. 구름 그림자 지나는 골목, 아픈 듯 눈발 날리는 현재를 밝히고, 소란에 들뜨게 만드는 지난 시절의 한 때는 어둡고 추운 현실의 시·공간을 가상이미지를 통해 증강增强시킨다.

이처럼 시인은 일상적 삶의 매 순간 과거에 대한 기억을 소환하는데, 그 기억에 의해 현실은 새롭게 재구성되고 재인식된다.

앞에 섰던 승객이 내리고
시야가 트이자
통로 건너 편 자리에서
돌아가신 아버지가 나를 보고 있다
아버지, 어떻게 거기에
꽃게의 집게발처럼 아연하던 나는
이내 스스러워 고개 숙인다
지하철 유리창에 비친 나를
아버지로 잘못 알아본 것이다

어느덧 나는 기억 속의 아버지와
꼭 닮은 사내가 되어 돈벌이도 하면서
가장 노릇을 하는데
매사가 서툰 초보운전이고
두부처럼 소심하던 아버지를
내게서 다시 만날 때마다 뒤늦게
그에게 죄송스러워진다

유리창을 보고 있자니
시간이 다른 두 대의 열차가
나란히 달리고 삼십여 년 저편의 열차에서
아버지가 나를 보는 것 같다
유리창들을 사이에 두고 아버지와 내가
세월을 가로질러 마주보는 것 같다
그 언젠가 아버지는 내가 앉은
이 자리에 앉아서 귀가했으리라
자식 걱정 돈 걱정 또 무슨 걱정
이런저런 걱정들에 흔들리며
유리창에 시선을 두고 있었을 것이다
개나리처럼 행복한 날이 머지않아
오지 않겠느냐는 기대도
서글프게 해 보면서

시인은 지하철 유리창을 통해 돌아가신 아버지를 만나는데, 매사가 서툴고, 소심하던 아버지를 떠올리며, 그와 닮은 자신을 발견하게 된다. 그리고는 '뒤늦게 아버지에게 죄송스럽다'라는 말을 전하는데, 이는 소심하고, 무력했던 아버지를 이해하지 못했던 지난 시절 나에 대한 반성에서 비롯된다. 그런데 서툴지만 자식 걱정, 돈 걱정하면서 행복할 날을 꿈꾸는 서글픈 가장은 과거의 아버지이기도 하고 현재의 나이기도 하다. 따라서 기억을 통해 아버지의 삶을 이해하는 일은 지금 나의 삶을 돌아보는 일이기도 한 것이다. 시간이 다른 두 열차를 탄, 나의 아버지와 아버지로서의 나는 서로 겹쳐지면서 아버지의 삶에 대해서는 새로운 이해를, 그리고 고달픈 나의 삶에 대해서는 인정과 위로를 얻고 있다. 이제 기억을 통해 '아버지'는 나에게 소중하고 의미 있는 존재로 자리매김된다. 이처럼 기억에 의해 과거는 새롭게 재구성되며, 재인식되는데, 이는 현실에까지 영향을 미친다. 기억을 통해 우리의 삶과 언어는 더욱 풍요로워질 수 있는 것이다.

한편 이 작품에서 몇 군데 비유들이 흥미롭게 눈길을 끈다. 유리창에 비친 아버지를 보고 놀란 나의 모습은 '꽃게의 집게발'에 비유되어 있다. 또한 '두부처럼 소심한' 아버지, '개나리처럼' 행복한 등의 표현들이 그것들이다. 시인은 소박한 행복을 꿈꾸는 서민들의 삶을 드러내고픈 생각에 이런 일상적 소재들을 비유어로 선택한 것으로 보이는데, 자기의 몸체에 비해 크게 벌려진 꽃게의 집게 발, 쉽게 뭉그러지기 때문에 다른 물체와의 부딪힘을 최대한 줄여 야 하는 두부, 그리고 작고 소소한 꽃송이지만, 노란 황금빛을 가 진 개나리꽃 등은 상황과 인물의 특성이나 시의 주제의식을 효과 적으로 드러내준다.

이제 세월이 흐르고 아버지의 나이가 되어가는 시인은 그와 함 께 살아왔던 존재들과의 이별과 기억에 대해 생각한다. 미래에는 자신과 함께 살아가던 모든 존재들이 기억 속의 흔적만 남기고 멀 어질 것이라는 인식은 이들과 어떻게 이별해야 하며, 또 어떻게 그 들을 기억할 것인가에 대한 관심을 가져온다.

유치원에서 초등학교까지

어딜 가든 늘 데리고 다녀야 했던 딸아이가

어느덧 훌쩍 자라

혼자 학교에 가고 학원에 간다

휴일에는 친구들과 어울려 영화도 보러 간다

나는 뒤에 남아서

아이가 보이지 않을 때까지

보이지 않고서도 한참이 지나도록

손을 흔들며 바라본다

조심해서 잘 다녀오라는 말을

수도 없이 되뇌면서

어디 아이뿐이랴
나이가 들수록 멀리
바라볼 일이 많아진다
떠나고 잊히는 사람은 느는데
다가오는 사람은 적어서
내 주변은 잔고가 자꾸 줄어드는
통장 같다

방에서 꼬마 병정들을 줄 세우고
자동차를 손으로 굴리며
혼자 놀다가 싫증이 나면
모조리 밀쳐버리고
창가로 다가가 하염없이
밖을 내다보던 저 어린 날처럼 나는
혼자 데리고 놀던 시간들을 문득
버려두고 그리워서 더
멀리까지 보이는 어느
등성이라도 오르고 싶을 때가 있다
거기서 손이라도 흔들며
소곤거리고 싶다

잘 지내고 있는 거지

꼭 그래야 해, 꼭

「멀리 바라보다」 전문

「멀리 바라보다」는 소중한 것들을 떠나보내고, 잃어가는 삶에 대한 이해와 수용, 긍정의 과정을 보여준다. 나이가 들수록 떠나고 잊히는 사람이 많아지고, 다가오는 사람은 적어진다고 시인은 아쉬워한다. 내가 애착을 가진 존재들은 이제 나의 곁을 떠나 먼 거리에 있다. 이런 상황을 시인은 1연에서 딸아이가 성장하는 과정을 통해 보여준다. 내가 소중하고 애틋하게 생각했던 존재들, 가치들은 영원히 내 옆에 머물 수 없다. 때문에 그들을 잃지 않는 방법은 내가 삶의 방법을 바꾸는 것이다. 곁에 두고 소유하려 하지 말고, 멀리 바라보면서 그들에 대한 나의 애정을 잃지 않는 것이다. 이런 방법이 자신에게 가장 소중한 존재들을 사랑하는 방법이라고 3연에서 말한다. 시인은 가깝게 사랑하던 사람들을 떠나보내고 멀리 바라보아야 하는 일이 마치, 어린 시절 창밖 먼 세상을 보다가 방안에서 갖고 놀던 병정들을 버려둔 것과 같다고 느낀다. 그러나 이 소중한 시절 역시 잃어버리기 싫은 과거이기에 산등성이에 올라 멀리 바라본다. 멀어져간 존재들을 멀리 바라본다는 것은, 시인에게는 과거의 시간을 기억하는 일이며, 나아가 이를 통해 그 시간들에 각인된 꿈과 이상과 가치를 여기로 소환하는 일이다. 어쩌면 이는 '그대가 보이지 않는 어디 먼 데서 가끔씩 내게 안부를 타전하는 「쓸쓸한 날에」, 『다시 쓸쓸한 날에』 그 소곤거리던 목소리를 기억하는 일이기도 하다. '잘 지내고 있는 거지, 꼭 그래야 해'라는 따스한 위로의 인사를 말이다.

3. 그 세월의 말들을 전하며

비 내리는 늦가을의 오후, 시인은 라면을 먹으며 김광석의 노래 '서른 즈음에'를 듣는다. 이윽고 그는 노랫말처럼 '머물러 있는 청춘인 줄 알았지만' 어느덧 쉰을 넘긴 자신의 현존을 인식한다. 그럼에도 그는 여전히 세월을 향해, 세상을 향해 주춤거리고 뒷걸음치는 서른 즈음을 사는 것만 같다고 느낀다.

비 내리는 토요일 오후
김광석의 노래를 들으며
라면을 끓여 먹는다
어느덧 나는 쉰을 넘겼는데
노래는 여전히 서른 즈음*이다
젓가락으로 건져 올린 면발들 사이로
비바람이 들이쳐
땜질 투성이의 내 지난 삶이 주춤거리며
뒷걸음질 치는 것 같다

눈치껏 버틴 세월이

칠 벗겨진 양은냄비처럼 안쓰럽다

노래는 이미 끝나고

건져낼 면발도 더

남지 않아서 나는

젓가락을 내려놓고

턱을 괸다 창밖을 본다

가을비에 젖은 단풍이

새순처럼 싱그럽다 나는

남은 국물에 새로

식은 밥덩이를 만다

꾹꾹

*김광석의 노래 〈서른 즈음에〉를 일컫는다.

「늦가을, 라면에서」 전문

이 시의 전반부에는 현재의 시간에서 서른 즈음으로 시간이 멈춰버린 과거의 시·공간이 펼쳐진다. 거기는 비바람이 불고, 상처와 땜질, 칠이 벗겨진 서른 살의 의식이 지배하는 과거의 시·공간이다. 그러나 나의 삶을 지지할 노래도, 노래와 함께 나의 허기를 채워주던 인스턴트 라면도 사라지면 나는 삼십대에서 현실로 돌아와야 한다. 16행에서 창 밖을 보며 시인은 미래의 공간으로 건너가는데, 현재와 과거, 다시 현재에서 미래로 전환되는 시간의식을 보여준다. 후루룩 위로 건져 올리는 라면이 아니라 꾹꾹 눌러 먹는 밥덩이는 그의 의식과 삶이 삼십대에서 현실과 밀착된 오십대로 옮겨오고 있음을 비유한다. 마지막 5행에서 시인은 과거, 현재, 미래가 혼융된 자신의 모습을 상상한다. 늦가을을 사는 쉰 살의 시인은 서른 즈음의 라면 국물에 밥 한 덩이를 말아먹고, 서른 비바람에 떨어진 단풍잎들은 새순처럼 싱그럽게 미래의 시간을 준비한다. 말하자면 시인은 '늦가을, 라면에서' 과거와 만나고 미래를 상상할 수 있었던 것이다. 이는 바로 기억을 통해 과거-현재-미래를 담고 있는 시의 세계이다.

강윤후 시인은 일상의 삶을 예리하고 섬세한 시선으로 포착하여 그 의미들을 진지하게 묻는다. 그 의미를 찾아가면서 기억의 언어들은 현실을 새롭고 풍성하게 의미화한다. 이는 우리가 왜 기억을 애써 찾는가에 대한 대답이기도 하다. 우리는 찬란하게 빛나던 그 시절이 우리에게 어떻게 왔는가, 혹은 우리는 왜 그 시절 그토록 불우했던가를 알고 싶기에 과거를 추억한다. 그리고 기억을 통해 깨닫는 진실을 현재와 미래에 투사시킨다. 때문에 과거를 기억하는 일은 미래와 만난다. 시인이 그간 적어온 비망록의 시詩, 쓸쓸했던 과거를 뚫고 움튼 새순의 언어는 일상의 곳곳에서 소곤거리며 우리에게 미래의 말을 전한다.

미래의 언어로
살아오는 추억들

박미산

박미산 시인은 첫 시집 『루낭淚囊의 지도』2008와 이후 『태양의 혀』2014에서 붉은 눈물의 흔적을 따라 태양의 입술-혀의 언어와 시詩를 찾아가는 지난한 여정을 보여준다. 유랑인으로, 집시로 방황하며 천둥번개와 태양, 그리고 5천 리 머나먼, 모래사막의 시간을 살아온 시인-언어는, 감각적이고 강렬한 이미지와 과거-현재-미래를 넘나드는, '무진無盡'한 시간성을 바탕으로 그 존재성을 독자들에게 각인시킨다. 특히 신화적, 우주적 시간으로 확장된 언어와 상상력은 무한한 과거부터 중첩되고 반복되어온 꿈과 기억이 간직된, '깊이를 알 수 없는 웅덩이'「수고해」, 『태양의 혀』, 즉 시의 원초적인 에너지를 여기로 소환한다. 그리하여 '칠만삼천일'을 살아온 그 언어의 불씨가 쇠빗장을 열고「너와집」, 『루낭(淚囊)의 지도』 미래의 언어로 살아오게 한다.

이처럼 존재와 언어에 축적된 시간성에 주목하는 시인의식은 자연스럽게 작품의 소재로 나이든-오래된-낡은-늙은 존재와 사물을 자주 선택한다. 시인이 이러한 존재들에 애정을 갖는 이유는 무엇보다 녹록치 않은 시간들을 견딘, 그들 경험에 대한 존중과 공감에서 비롯한다. 하여 시인은 그들의 삶과 그들이 건너온 시·공간에 적극적으로 스며들고, 녹아들어 눈물 같은, 빗방울 같은, 꽃비 같은 언어로 다시 태어나고 싶어 한다. 첫 시집 『루낭淚囊의 지도』 이후 많은 작품에서 건기와 습기의 대비적 상상력을 읽을 수 있었는데, 이는 모래 바람의 시간을 지나온 존재들의 실존적 갈증을 치유하고픈 시인의 무의식과도 관련된다. 이번 신작들 역시 지난 역사의 불우했던 시간과 삶들이, '시간의 밤을 건너' 물의 언어로 번져 미래로 이어지길 간절하게 소망한다는 점에서 그간 시간과 언어를 사유해온 시인의 시세계를 풍요롭게 드러내주고 있다.

1. 나와 너, 우리의 미완未完을 추억하며

이번 신작들 중 세 편은 '정릉구락부'라는 부제가 붙어 있는데, 시인은 이 연작들의 소재를 정릉구락부의 중심인물이었던 소설가 최정희의 삶과 그의 딸 김채원의 소설에서 가져왔다. 알려진 대로 '정릉구락부'는 소설가 최정희와 지인으로 지내던 당대 문인 및 예술가들이 모여서 화투를 치고, 유흥을 즐기던 모임을 말한다. 이때 모였던 예술가들은 「모란, 동백 화실 - 정릉구락부 3」에 실명으로 등장하기도 하고 「중중무진重重無盡 - 정릉구락부 1」에서 화투를 치는 줄봉사들로 그려지기도 한다. 왜 시인은 최정희의 삶을 여기로 소환하는 것일까. 시의식의 일단을 연작의 첫 작품 「중중무진重重無

盡-정릉구락부 1」을 통해 상상해본다.

회색빛 긴 코트를 바닥에 끌던 당신, 처음 선을 보던 정동 엠비씨 2
층 럭스, 당신의 눈 속으로 걸어 들어가면 이상이 백석이 김동환이 나
타났다가 사라진다 그들의 바다에서 빠져나온 당신의 눈에 내가 오롯
이 앉아있다 인드라망 구슬에 나를 그대로 담은 당신의 눈동자, 스물다
섯 해 추위를 홀로 견뎌내던 나를 회색빛 긴 코트로 막아준다 창밖엔
눈보라가 친다

당신은 진종일 화투를 치다가 통행금지에 쫓겨 4층까지 미친 듯이
올라간다 싸늘한 냉기가 맞아주던 아파트, 눈은 여전히 내리고 그녀가
떠난 자리에서 퍼렇게 언 줄봉사들이 둘러앉아 화투를 친다 화투판을
찾아다니던 당신은 지금도 우주를 돌며 화투를 칠 것이다 나는 명치끝
에 달려있던 구슬 소리를 꾹꾹 눌러 삼킨다 정릉구락부 줄봉사들의 붉
은 말들도 수런수런 그물에 걸려있다 우리들의 소설은 미완인 채로,

「중중무진重重無盡-정릉구락부 1」 전문

'중중무진重重無盡'은 서로가 연결되어 끝없이 작용함을 의미하
며, '인드라망' 역시 서로 비추어주는 구슬의 망을 뜻한다. 이 시어
들은 이 세상의 모든 존재와 존재, 세상과 인간, 시간과 공간이 무
한 겹쳐지고 어우러져 있다는 불교적 사유에 기반해 있다. 이러한
존재들의 그물망을 인식하면서 시인은 최정희와 김채원, 이명옥

과 성례 그리고 다수의 '오빠'들을 호명한다. 이들의 삶은 각기 떨어져 있지만 모두 다 연결되어 있다. '나'도 시인도 이들의 삶과 연결되어 있으며 우리 모두는 그들의 일부이기도 하다. 그런데 시인은 이처럼 서로 떨어진 존재들을 연결시키는 보이지 않는 힘으로 불우했던 우리의 근대사에 주목한다.

시인의 시선은 근대사의 공간, 정동에서 정릉으로 이동하면서 큰 역사를 작은 개인의 역사와 겹쳐 놓고, 과거의 인물을 지금의 '나'와 겹쳐 놓음으로써 무한힌無盡 겹쳐짐重重 속에서 삶의 보편적 슬픔과 고통의 언어가 시작되고 있음을 강조한다. '정동貞洞'은 다양한 시간의 지층이 축적된 공간이다. 알려져 있듯 태조의 계비 신덕왕후의 정릉貞陵이 있었으나 성북구로 이사한 후, 그 이름만 남아 정동이 되었으니 시인의 상상력이 정동에서 정릉구락부로 움직인 흐름이 상상된다. 19세기 개항과 함께 외국인의 공관이 들어선 곳, 을사늑약이 체결된 대한제국 몰락의 현장, 일제 강점기 유흥업소들이 즐비했던 정동구락부, 그 시·공간에 최정희를 흠모했던 이상, 백석과 남편 김동환. 그리고 스물다섯의 추위를 견뎌야 했던 '나'. 이처럼 정동은 불우한 근대사의 장면들을 내장한 시·공간이며 인물들을 통해 그 역사는 생생하게 살아온다.

'정릉구락부' 역시 한국전쟁과 분단, 아버지-남편과의 이별, 바람 앞에서 꿋꿋했던 모성, 바람막이였던 오빠의 죽음 등「쪽배의 노래-정릉구락부2」한 가족의 어두운 역사와 1970년대 '생채기 난 흑백필름'의 시대를 살풀이하려는 예술가들의 욕망이 중첩된 시·공간이다.

시인은 몰락하는 한 가족과 밀폐된 자유를 추구했던 예술가들의 절망이 근대사의 격랑 위에 놓였던 모든 '우리' 족배의 불우한 역사였음을 이야기한다. 윤극영의 노랫말처럼 '돛대도 아니 달고, 삿대도 없이' 우리의 역사가 흘러갔던 곳은 미래가 아닌, '영원들의 여행' 서쪽나라였기에 모든 '우리'의 삶은 불우했고 비극적이었다.

「중중무진重重無盡－정릉구락부 1」에서 '당신'은 내가 상상하는 최정희이기도 하고, 또 내가 처음 선을 본, 추위를 막아준 당신이기도 하다. 당신이라는 구슬에 내가 들어있게 됨으로써 나와 당신들은 연결된다. 그런데 아이러니하게도 나를 추위에서 구해준 당신은 추위 속에서 퍼렇게 얼고 멍들면서 당신 인생의 패를 찾기 위해 미친 듯이 화투를 친다. 그러나 패를 볼 수 없는, 눈먼 자들은 삶이라는 게임에서 질 수밖에 없다. 그럼에도 영혼이 되어서도 우주를 떠돌며 화투판을 찾아 헤매는 이들. 패를 결코 보여주지 않는 운명과 마주한, 불안한 당신 삶의 흔적들이 내게 명치끝의 구슬처럼 아프게 달려있다. 내가 '꾹꾹' 눌러 그 소리를 삼킴으로써 당신의 이야기는 나의 이야기가 된다. 그리고 당신과 닮은, 패를 잃은 자들의 고통스런 이야기도 그물로 짜여진다. 이 구슬의 망 속에서 이야기는 무한 생성된다. 삶의 패는 알 수 없고, 우리는 패배하므로 삶은 미완이다. 그러기에 삶을 찾아가는 우리의 언어는 쉼표와 쉼표 사이에서 무한하다.

2. 미래의 불꽃같은 언어를 꿈꾸며

시인은 「쪽배의 노래 – 정릉구락부 2」에서 "봄, 여름, 가을, / 겨울을 부피감 없이 납작 붙어 있곤 했던 쪽배가 / 시간의 밤을 건너 / 홀로 문자를 저어 이곳으로 오고 있어요"라며 무력하고 존재감 없이 지냈던 위태로운 가족의 삶을 '쪽배'에 비유한다. 그런데 그 어두웠던 시간이 이제 문자가 되어 이곳으로 오고 있다는 이야기에 주목할 필요가 있다. 배를 앞으로 나가게 하는 동력은 '노'를 젓는 일이다. 그렇다면 문자를 젓는 일은 쪽배를 물로 나가게 하는 일이며, 나아가 시인에게는 어두운 과거의 이야기를 현실 삶으로 나가게 하는 일이기도 하다. 즉 어둠의 시간을 견딘 '우리'의 삶이 문자, 즉 시詩를 통해 여기의 삶으로 살아온다는 의미이다. 시인의 이런 생각은 「오늘도 이명옥 씨가 글 위를 걷는 이유」와 「성례의 부엌」에서 삶을 새로운 존재로 점화點火시키는 언어로 확장된다.

무조건 걷고 또 걸었어 불빛이 보였어 인민군들이 불빛을 에워싸고 있었어 오빠 입을 틀어막는 아버지, 오빠를 들쳐 안고 다시 돌아가기 시작했어 가파르게 매달린 길을 걷고 또 걸었어

허리까지 눈 속에 갇힌 몸뚱이로 강원도까지 왔어 학교 문턱도 가 보지 못한 오빠와 나는 산뽕을 따고 물고기를 잡으려고 산과 강을 걷고 또 걸었어

오빠는 보병이 되어 걷고 또 걸었어 무장공비는 사정없이 총을 쏘아
댔지 오빠는 다리 하나를 잃었어 우울증과 불면증이 오빠의 어깨를 짓
눌렀어 지팡이를 마구 흔들며 걸었지 아이들에게 꿈에게 하느님에게
올케에게 닥치는 대로 지팡이를 휘둘렀어

눈이 온다 바람이 뛰어온다 소나무랑 산뽕나무가 눈을 털어 산자락
에 글자를 쓴다 나는 불편한 다리를 끌고 걷고 또 걷는다 하늘에서 뛰어
오는 오빠가 글을 쓰라 한다 까막눈이인 내가 온몸으로 시를 쓰고 있다
「오늘도 이명옥 씨가 글 위를 걷는 이유」 전문

위의 작품에서도 시인은 불행한 근대사의 한 장면 속에 무력한
어린 누이와 오빠를 등장시킨다. 무조건 수용할 수밖에 없었던 폭
력적인 역사. 불행한 그 시대를 묵묵히 걷고 또 걸으면서 가파르게
매달려 살다간 '오빠'. 이 시에서 네 연에 걸쳐 강조하는 '걷는다'
는 행위는 주어진 현실에 대응하는 주인공들의 실존적 선택인 한
편 그들의 고통을 역사-길에 새기는 언어 실천이기도 하다. 오빠
와 어린 누이가 온몸으로 부딪힌 길과 강과 산의 시간들. 그 세상
은 이제 홀로 남은 '나'에게 의미를 보내고 나는 그 언어를 온몸으
로 느끼고 또 온몸으로 시를 쓴다. 바람과 추위의 시간들이 각인된
나의 몸 역시 그 자체가 언어이고 문자이기 때문이다. 따라서 이명
옥 씨가 글 위를 걷는 일은 오빠와 내가 끝없이 '걸었던' 그 소중한

'역사歷史'를 기억하는 일이며, 불우했던 우리 역사에 대한 비판적 성찰이기도 하다.

이명옥 씨와 성례의 삶을 통해 시인은 큰 역사-언어의 후면에 존재하는 작은 역사-언어의 이야기를 전한다. "첫 남편의 주먹도 / 오빠에게 날린 전 재산도 / 두 번째 일본인 남편도 / 달라붙어 떨어지지 않는 점괘"라고 믿으면서 순응하며 살아간 그녀들의 삶은 미미하고 초라한 것이겠지만 시인은 그녀들의 온몸에 간직한 언어의 불씨에 주목하면서 작은 삶의 역사 속에서 불꽃같은 언어의 가능성을 읽는다.

> 보리밥이 설설 끓어 넘친다
> 자기 키보다 높은 가마솥 뚜껑을 민다
> 그 애가 부지깽이로 아궁이를 휘젓는다
> 솔방울 솔잎 나뭇가지 공책 나부랭이
> 그 애 손에 닿으면 모든 것이 불꽃이 되었다
>
> (…중략…)
>
> 한파주의보가 내린 날
> 이제야 화병을 불로 누르는 법을 알았다며
> 물리도록 먹었던 보리밥과 푸성귀를 앞에 두고
> 젖어버린 그 애

먹어도 먹어도

배부르지 않은 말 못했던 말들이

빨갛게 엉켜 타다가,

푸른빛으로 변하다가,

어느 순간 하얗게 사그라지는,

저녁이 간다

「성례의 부엌」 부분

시인은 성례가 이제야 화병火病을 불로 누르는 법을 알게 되었다
고 한다. 가난했던 어린 시절, 짝사랑에 가슴 설레던 청춘의 시간
들, 그리고 불행했던 결혼 생활, 이 시간 동안 허기와 외로움 대신
에 삼켜야 했던 아리고 쓰린 상처의 말들. 성례는 많은 시간이 흐
른 후, 자신이 삼켜야 했던 불火의 말이 꽃花을 머금은 불꽃火花의 언
어로 전환됨으로써 스스로 치유의 에너지를 갖게 된다는 것을 깨
닫는다. 어린 시절 모든 존재를 불꽃으로 살려내는 신비한 힘을 가
졌던 성례. 그 불꽃은 그녀의 내면에 있는 화를 태우고, 꽃을 살게
한다. 하여 이제 삼켰던 말들의 불씨는 아궁이에서 환한 언어의 불
꽃으로 타오르며 성례의 부엌을 환하게 밝힌다. 나와 너의 삶을 비
추는 인드라망의 구슬, 성례에게서 우리는 최정희와 김채원, 그리
고 명옥 씨라는 여성들의 삶이 겹쳐지고 있음 역시 목도한다. 서로
를 비추는 인드라망의 불꽃 속에서 나의 말, 너의 말, 우리 모두의

말이 무한하게 타오른다. 이 '중중무진'한 시간이 축적된 언어는 어떻게 우리-독자에게 오는가. 시인은 아래의 작품에서 아름다운 상상으로 답한다.

구름의 살결로 내 뺨에 닿기까지
얼마나 먼 곳에서 온 것인가
닿는 순간을 운명이라고 부르겠네
어디인지 모르고 왔더라도
온몸을 열어 고스란히 맞이하겠네
우주가 쉬는 숨을 통과하여
나에게 닿는 빗방울

「미래의 입술」 부분「태양의 혀」

평론의 출처와 원제

제1부 희망의 기원과 서정의 힘

김수영 | 인류의 미래를 추동하는 힘, 자유와 사랑
「인류의 미래를 추동하는 힘 ─ 김수영의 자유와 사랑」, 『계간 서정시학』 봄
호, 2021.

황동규 | 우주적 삶과 생명의 리듬
「우주적 삶과 생명의 리듬」, 『계간 문학 선』 겨울호, 2017.

허영자 | 간절하고 정직한, 투명의 정신
「간절하고 정직한, 투명의 정신」, 『계간 시인수첩』 겨울호, 2014.

김초혜 | 자연과 생명을 꿈꾸는 꽃의 여정
「자연과 생명을 꿈꾸는 꽃의 여정」, 김초혜 시집 『멀고 먼 길』 해설, 서정시
학사, 2017.
「나직나직 맑아드는, 숨의 노래를 듣다」, 『계간 시와 시학』 겨울호, 2016.
「천심(天心)을 기다리는, 고요의 언어」, 『계간 서정시학』 겨울호, 2014.

정희성 | 시인 존재론의 탐구와 그리움의 시학
「시인존재론의 탐구와 그리움의 시학」, 『계간 미네르바』 겨울호, 2015.

오규원 | 인간에서 언어로, 그리고 자연에 이르는 길
「오규원론 ─ 인간, 자연, 시」, 『새로 쓰는 한국 시인론』 백년글 사랑, 2003.

고정희 | 시로 쓰는 여성의 이야기
「서정의 확장과 시로 쓰는 역사」, 『비교한국학』 19권 2호, 2011.

이우걸 | 현대시조의 서정과 격조
「희망을 꿈꾸는 위무의 시학」, 『이우걸 시조세계』, 태학사, 2018.

김준오 | 문학사의 지평과 서정의 시대성
「문학사의 지평과 서정의 시대성 ─ 김준오의 비평」, 『계간 신생』 겨울호,
2022.

도정일 | 역사·인간·공생을 향한 실천비평
「역사·인간·공생을 향한 도정일의 실천비평」, 『현대비평』 8호, 2021.